从"错误"到"有罪"

对文学中"罪"的观念考察

李庭坤　著

九州出版社
JIUZHOUPRESS

图书在版编目（CIP）数据

从"错误"到"有罪"：对文学中"罪"的观念考察/李庭坤著. --北京：九州出版社，2024.2

ISBN 978-7-5225-2578-5

Ⅰ．①从… Ⅱ．①李… Ⅲ．①文学研究 Ⅳ．①I0

中国国家版本馆 CIP 数据核字（2024）第 035098 号

从"错误"到"有罪"：对文学中"罪"的观念考察

作　　者	李庭坤 著
责任编辑	陈春玲
出版发行	九州出版社
地　　址	北京市西城区阜外大街甲 35 号（100037）
发行电话	（010）68992190/3/5/6
网　　址	www.jiuzhoupress.com
印　　刷	武汉市籍缘印刷厂
开　　本	710 毫米×1000 毫米　16 开
印　　张	15.75
字　　数	233 千字
版　　次	2024 年 2 月第 1 版
印　　次	2024 年 2 月第 1 次印刷
书　　号	ISBN 978-7-5225-2578-5
定　　价	78.00 元

国家一流专业建设点汉语言文学专业建设成果
贵州省一流学科中国语言文学建设成果

前 言

"刑天舞干戚，猛志固常在"，很小的时候，读到刑天的故事，很是不以为然，觉得这个神真是太弱了，虽然他也砍头不死，但却远远不及孙悟空这样会七十二般变化的神仙。后来长大了，再次知道刑天时，这个无名巨人战斗不止的伟岸形象就扎根脑海挥之不去了，与他一样充满神秘色彩还有蚩尤、共工、夸父等一类具有悲情意味的神，从神话故事本身来说，他们无疑都以一种失败者的落寞背影给我们留下了巨大的想象空间。到底是谁，能够强大到将他们击败呢？而他们的故事又该如何看待呢？

随着时间的推移，这些古老的沉睡的巨人在我们的精神世界中重新焕发了生机，他们不再被简单看作是与天帝争夺帝位或愚昧蠢笨的人，他们被赋予一种新的含义，成为一种与天斗、与地斗、与人斗的斗争精神的象征。令人感兴趣的是，这些巨人形象含义的转变似乎总伴随着人们对"故事"本身及其解读的漫不经心的状态。正如齐天大圣孙悟空被如来佛翻掌压倒在五行山下，因为大闹天宫被天庭追缉，斩妖台、炼丹炉等都无法真正对他构成惩罚，最后在与如来佛的赌斗中被困五行山，他不怕寒暑，不吃饮食，由土地神监押，饥餐铁丸，渴饮铜汁。长期以来，民间通常把悟空看作一个"逃不出如来佛五指山"的戏剧人物，他的一生似乎都被限定在人们对于"戏"故事的期待中，人们一传十十传百，一代代口耳相传，在"看戏"的享受中将那些神话或历史人物的故事传播出去，同时也让这些人物或故事变得更加戏剧化了。

人们乐于这种"戏"化的过程，特别是在"劝恶从善"这样严肃的事情上，简单虚构一个"惩恶扬善"或因果报应的故事已经很难有吸引力和说服力了，人们不得不转向对故事细节的处理，在这种情况下，各种离奇的"巧合""奇遇"或超自然力量的随时加入就成为中国古代小说的重要

1

组成部分，故事变得越来越好看、越来越好听，同时也越来越程式化。

　　我常常认为，恰恰是在那种"戏"化的过程和人们对"戏"化的期待中，那些从远古流传下来的悲剧性的严肃性的东西被忽略了。因此，我想寻找一个中西方共同的同时也十分严肃的话题来探讨这一问题，这就是"罪"，我试图以一种批判的眼光重新审视中国古代小说中的"判罪"或"惩罚"问题。我大胆地假设，中国古代小说中人们所处的社会是一个比较纯粹的封建世俗社会，在这样的社会中，"犯罪"或"惩罚"问题在某种意义上就只是社会性的问题，很难成为个体性的问题，"罪错"本身紧紧与社会联系在一起，往往以社会大众的判断为判断，反映为一种大众意识或公众的预期，它呈现出一种"罪错"本身与公众对话的状态。"罪错"是被公众恐惧、排斥但是也闲谈、消遣的对象，很难构成每个人内心备受折磨的精神图景，它们似乎在另外一个世界，在纯粹"他人"的世界中。"罪错"与故事本身一样同质，"犯罪"或"犯错"被作为故事在人们的闲谈中被消解了，它似乎能随时被记起，又能随时被遗忘。

　　基于这种判断，我想进一步探索的是，中西方文学作品中到底会有怎样一种关于"罪错"的观念呢，当然，限于知识、能力、视野等方面原因，我无法穷尽中西方涉及"犯罪""惩罚"或"罪恶"的作品，因为，这样的作品简直太多了，一部作品，但凡有"冲突"，就极有可能涉及"罪错"的问题。在我看来，中国古代小说中的社会通常将"犯罪"行为与"罪恶"本身等同起来，从而使得个体的"犯罪"变为社会普遍问题的某个个案。

　　本书仅仅对某些文学文本作具体的分析，试图以此尽可能触及我所想要探讨的"罪"的观念及其变化，"罪"不仅是人类生活的古老话题，也是文学的永恒母题，作为人类"善"的对立面，"罪"与"恶"在某种程度上恰恰规定着人自身的边界。人类对"罪"的认识一定程度上反映了文明的进程，暴力、伤害与报复被判定为"罪行"不也正是文明的进步吗。在现有文学批评中，人们普遍将基督教背景下的"罪"（sin）当成了研究"罪"的重要参照，由于人类的始祖偷吃了禁果，人类世代从生下来就有"罪"，这个"罪"通常也被认为是"罪性"（sinful nature）或"原罪"（original sin）。然而，在古希腊悲剧《普罗米修斯》中，普罗米修斯的"罪"

并非宗教意义上的"罪"(sin)，而是由盗火、启蒙和渎神共同组成的"错误"(αμαρτιας)。因此，本书还试图探讨，"两希"传统作为西方文学的发源地，在"两希"文化的融合中，从文学的角度看，古希腊的"错误"是如何"演变"为基督教意义上的"罪"的？也即是说，希腊文化语境中人与宙斯的分离如何与希伯来文化语境中人与上帝的合一相统一？更进一步的问题是，在希腊化和古罗马时期，诗人和城邦公民是如何在实践中将一种对"罪"的伦理看法逐渐"变为"一种宗教看法的？与之相比，中国古代文学作品中的"罪错"更多强调良心谴责，对"罪"的追究不像西方那样偏重于灵魂的"负罪"式忏悔，而是注重一种功能性的对"罪"的消弭，其目的不是"负罪"而是"减罪"，从而获得心灵的安稳。

颇为遗憾的是，因时间、精力不足和学识欠缺，我甚至还无法兼顾到若干经典作品，也很难如愿真正构建起一部关于文学中"罪"的历史，这一艰巨任务只有等到以后完成了。

最后，感谢我的导师李应志教授和所有曾经帮助过我的师长、朋友们。

作者 2024 年 1 月 26 日于贵州都匀

目　录
Contents

1

第一章　从普罗米修斯的"错误"开始

第一节　从盗火到渎神

　　狄金森说，"犯罪和惩罚是埃斯库罗斯剧中最常有的题目"①。在现今流传下来的埃斯库罗斯的 7 部悲剧中，始终弥漫着一种"罪"的气息，隐约地流露出埃斯库罗斯对"罪"的思考。演出于公元前 490 年的《乞援人》讲述的是一个逃婚、复仇和判罪的故事；《波斯人》上演于公元前 472 年，主要讲述波斯王薛西斯率军入侵雅典之后的波斯王城发生的事情，谴责波斯人犯了渎神罪，以波斯的惨败告终；《七将攻忒拜》据说于公元前 476 年上演，主要讲述了俄狄浦斯家族受到神的惩罚，两个儿子最后互相残杀，激起人们对诅咒和亲族仇杀的思考；公元前 458 年，《奥瑞斯特斯三部曲》上演，这是埃斯库罗斯唯一完整流传下来的三部曲，以特洛伊战争后阿伽门农回国后的血亲仇杀为主要情节，对城邦公民的"罪与罚"进行了深刻而精彩的探讨。这些都是理解《普罗米修斯》②悲剧"罪"主题的钥匙。

　　古希腊悲剧总是通过模仿现实中的人的行动来让公民受到教育，正如亚里士多德在《诗学》中所指出的："较稳重者摹仿高尚的行动，即好人

---

　　①[英]狄金森．希腊的生活观[M]．彭基相，译．上海：华东师范大学出版社，2006：20.

　　②本论文分析使用的悲剧文本《普罗米修斯》统一采用王焕生先生译本，希腊文见 E. Capps, Ph. D. , LL. D. T. E. Page, LITT. D. W. H. D. Rocse, LITT. D, ed., The Loeb Classical Library, London: William Heinemann, 1925，除非专门标注，文中涉及的对悲剧文本的引用均直接用（行＊）字样注于文中，不再另行加脚注或尾注，但统一与其他文献列入参考文献。

的行动，而较浅俗者则摹仿低劣小人的行动。"[①] 而悲剧就是"对一个严肃、完整、有一定长度的行动的摹仿"，其摹仿方式"是借助人物的行动，而不是叙述，通过引发怜悯和恐惧使这些情感得到疏泄"。[②] 人物的行动构成了悲剧中的事件或情节，这是最重要的，是使悲剧得以成立的最关键要素。在此意义上，普罗米修斯在悲剧中的行动就显得至关重要，但非常耐人寻味的是，与埃斯库罗斯的其他几部悲剧相比，《普罗米修斯》恰恰是最缺乏行动的。他被绑缚在舞台假设的山岩上，无法通过实际的行动来构成情节，只能通过与另一个演员或歌队的对话来迫使观众理解其言语和思想，并由此形成一个大致的故事轮廓。从悲剧交代的故事逻辑来看，当观众看到普罗米修斯出场时的惨景时，最关心的就是他为何被惩罚；在弄清楚他被惩罚的原因后，观众最关心的则是他的下场。这是一条总的线索，其中的核心就是他被惩罚的原因 —— 罪。这个"罪"并不是靠人物行动得到演绎，而是靠人物的"言语"来讨论并逐渐让观众明晰的，下面将普罗米修斯的罪行一一列出。

一、盗火之罪：从开场到第一合唱歌（行1—行435）

悲剧的开场，威力神宣布了普罗米修斯的罪行：盗火给人类（行8）。同时指出，把普罗米修斯绑缚在高峻陡峭的山崖上正是为了实施对他的惩罚，"为这罪过，他理应遭受天神们的惩处"（行9）。威力神在这里用的"罪过"是"αμαρτιαs"，本意为失误、过错，而惩处（διδωμι）的目的则是为了"让他从而学会应该服从宙斯的无限权力，不再做袒护人类的事情"（行10—11）。威力神的言行代表了宙斯的意志，在戏剧的开场，这些具有宣判意味的话无疑是对普罗米修斯的所作所为进行某种法理界定，他盗火给人类是错误的，这违背了宙斯的意志，是对宙斯及其权力的一种冒犯。艾

---

①[古希腊]亚里士多德. 诗学（第4章）[M]. 陈中梅，译. 北京：商务印书馆，1996：47，行15—20.

②[古希腊]亚里士多德. 诗学（第6章）[M]. 陈中梅，译. 北京：商务印书馆，1996：63，行3—6.

伦认为，威力神的话给观众提供了一种官方总结，即通过承认惩罚普罗米修斯的合法性来解释了宙斯权威的合法性，他的目的就是为了告诉歌舞场上的其他角色，应该默许并接受对普罗米修斯的惩罚①。威力神的用语十分谨慎，αμαρτιας 虽然指出了普罗米修斯的罪过，但给普罗米修斯也留下了余地，如果普罗米修斯承认自己的盗火只是一次偶然的不小心犯的过错，那么，惩处也只是一种理所当然的例行的并不特别具有针对性的处罚。处罚的目的仅仅是让普罗米修斯记住教训，不可冒犯宙斯，尤其是他刚刚从老一辈那里夺得权力。

然而，威力神的官方结论也不禁让人发问，为什么盗火会是一个"错误"？同时，紧接着的问题是，谁会把这个"错误"纳入惩罚的范围？我们可以从艾伦那里继续得到提示，与赫菲斯托斯出于同情而拖延惩罚相比，威力神更加注重惩罚，在大地之边无所顾忌的施暴举动其实只是在"维护宙斯并不牢靠的权威"。因此，对埃斯库罗斯来说，悲剧似乎想通过官方话语与社会观点之间的论争来传达某种"社会"和"政治"价值。普罗米修斯的绑缚在演出过程中经过了几个定义，有时是"虐待"，有时是惩罚。这种多定义使得宙斯所企图的权威被动摇并产生了政治上的歧义。② 由此看来，似乎正是出于维护权力的需要，宙斯才将普罗米修斯的盗火定义为一个需要加以惩罚的"错误"。但是，这种解答其实并不令人满意，盗火只是一个偷盗行为，一个行为之所以被定义为偷盗，一定是它构成了对他人财产的侵犯。如按卢梭的看法，自然状态的野蛮人绝对不可能知道"财产"这回事，因为伴随着"财产"的必然是私有制③。正是出于私有，唯一拥有火的宙斯才会巩固自己对火的支配权，他既能将火交给赫菲斯托斯来掌管和使用，也应该有权对盗火者进行报复。艾伦的观点"过早地"赋予

---

①Danielle S. Allen. The World of the Promethues: The politics of Punishing in Democratic Athens [M]. Princeton University Press, 2003, p27.

②Danielle S. Allen. The World of the Promethues: The politics of Punishing in Democratic Athens [M]. Princeton University Press, 2003, pp. 2～30.

③[法]卢梭. 论人类不平等的起源和基础 [M]. 李常山，译. 北京：商务印书馆，1962：127.

了宙斯权力，认为宙斯对普罗米修斯的惩罚是出于维护一种既成的权力，但事实上，对普罗米修斯的这次惩罚可能只是宙斯权力产生的一个环节。

威力神一开始就已经向观众点明了普罗米修斯被惩罚的原因 —— 盗火给人类。很显然，"盗火"和"盗火给人类"有本质的差异，在火这种财产的拥有者宙斯看来，单纯的"盗火"可能只是侵犯其财产的"为我"的偷盗行为，但是"盗火给人类"则有明确的"为他"的目的。的确，在悲剧中，并没有专门提到"盗火"是"错误"（αμαρτιας），而是将"盗火给人类"定为"错误"。将某种行为纳入"错误"的范畴，就表明一种权力关系的作用，对"错误"的界定和惩罚只是为了证明自己有权和宣布自己有权。问题的关键正在这里，如果仅仅是针对"盗火"，那么被盗者对偷盗者的惩罚就只能是私人报复行为，可如果能将"盗火"上升为一种"错误"，那么对其惩罚就成了一种为维护公共秩序而施行的权力行为。这样，威力神一上场对"盗火"的直接定性就带有一种策略意味，用"盗火给人类"这一罪行顺其自然地带出了宙斯的权力。但这毕竟有些笼统和粗暴，要将"盗火"上升为一种"为人类"的"错误"，从而成为某种秩序必须排斥的项目，还必须由另外的角色加以证明。

赫菲斯托斯是宙斯授权的火的管理者和使用者，现在他成了执刑人，按理他以执刑人的身份应该立即附和威力神的说法，但是埃斯库罗斯却用了一个小小的转折，赫菲斯托斯首先表达的是自己的"于心不忍"：他参与惩罚是被逼的。斯文森关心宙斯为何派赫菲斯托斯来执行具体的惩罚任务，因为赫菲斯托斯没有看管好宙斯交给的火种而对之惩罚吗？还是要借此机会磨炼他？或者，满足赫菲斯托斯对盗火者的报复欲望呢？① 对此，斯文森没有给出最后的答案。但就赫菲斯托斯对普罗米修斯的同情来说，这里给观众造成了一种错觉，罪犯能被同情必然有其冤屈。赫菲斯托斯同情的基础是自己与罪犯是"同宗神明"，这一理由不仅打动了观众对于亲

①Judith A. Swanson.The Political Philosophy of Aeschylus's Prometheus Bound: Justice as Seen by Prometheus, Zeus, and Io[J]. *Interpretation*, 1995（22）: 215—245.

族共同体的基本感情，更为罪犯"强调"了一个无法摆脱的"同宗神明"的共同体联系。换句话说，对罪犯的绑缚不是宙斯私人性质的报复，而是以共同体的名义施加的惩罚。

赫菲斯托斯的同情无疑是真挚的，就像歌队和奥克阿诺斯一样，但恰恰也是他们的同情、怜悯以及劝告才使得宙斯对普罗米修斯的惩罚具有了更多合法性，它们从侧面表明宙斯的统治正处于合理状态。迫于压力，赫菲斯托斯最终还是将普罗米修斯绑钉起来。这个矛盾指出了一个残酷的事实，尽管"亲缘关系或共同生活的力量强大"（行39），但这种靠亲缘感情维系的秩序现在正需要重新思考。这里可能暗示了两个信息，一是赫菲斯托斯一定对宙斯之前的时代心存怀念，也许，在赫菲斯托斯看来，诸神之战之前的克罗诺斯时代还是一个靠亲情维系的平等共治的时代。熟悉《神谱》的雅典观众知道，克罗诺斯并非真正意义上的独裁统治者，而只是提坦家族中成绩最伟大的一员，神话中他没有凌驾于提坦家族而对同宗神明进行惩罚，而这恰好也是人类的"黄金时代"。二是宙斯正在打破克罗诺斯时代的秩序，意图建立自己的凌驾于亲缘关系的独裁统治，宙斯很可能想通过对普罗米修斯的惩罚来进一步确定自己的权力秩序。

新旧时代之交的这次对同宗神明的惩罚既是戏剧的起点，又内蕴着戏剧冲突的动力。惩罚必须要有相应罪行，按威力神和赫菲斯托斯的说法，爱护人类才是定性其罪行的依据。问题进一步转化为，为什么爱护人类就会被定性为罪行呢？赫菲斯托斯的讲词提供了一些信息，他指责普罗米修斯"把神明们的荣耀送给凡人"（行30），而这是违反常律和令众神愤怒的。由此看来，把爱护人类定性为罪行并没有什么特别的原因，只是因为掌权者将毁灭人类当成了常律，这已是神界的共识。由于赫菲斯托斯有"同情"的一面，因此，大段的讲词也流露出复杂的感情，既惋惜和指责普罗米修斯，也惧怕和指责宙斯。相较而言，威力神感情就比较单一，他和暴力神在悲剧中是宙斯的工具，从威力神对赫菲斯托斯的吼叫和命令看，他们在新的秩序中已经成了宙斯排除异己进行独裁统治的主要力量，其地位甚至已经凌驾于众神，这表明威力和暴力已经成为宙斯实施新统治的主要手段。威力神"κρατος"本义为权力和"力量"（power），暴力神"βια"本义为"不顾他人意志"的"强迫"（force），这一对组合构成一个不可分割的整体。暴力神"βια"之所以一言不发就是因为他仅仅具有"强迫"的侧面，他必须依托威力神"κρατos"通过言语施发的命令来发挥作用，同样，既然是"命令"就势必具有强制的意味，它要求"受者"必须完全无条件地服从。言语行为在这里不仅表明一种对话的能力，在戏剧中，还表明对自身权力与统治的辩护，作为宙斯命令的施行者，威力神与暴力神负有传达命令、维护命令和保证命令实施的职责。

因此，所谓普罗米修斯的盗火之罪事实上是一个新兴事物，是一种诸神之战之后的一种新现象。在这个新旧时代之交，并不是先有罪才需要惩罚，而是先有了惩罚的意图才产生了罪。当赫菲斯托斯在感叹"这行实在可恨之至的手艺啊"（行 45）时，他感叹的并非自己的手艺（χειρωνξια）将绑缚普罗米修斯，而是感叹自己的手艺已经完全被外在的统治力量支配。这是宙斯新权力的主要特征，除了他本人可以自由自在、为所欲为外，其他的众神和人类都将受到他的束缚和管理。正如《荷马史诗》中宙斯曾经宣称的，他住在高高的天上，众神和人类都比他低，所有的力量都不能把他拉下来，而他只要轻轻一拉，就能把所有的神和人拉到天上去。不过，即便宙斯可以为所欲为，他也不应该成为一个滥用权力的暴君，他必须对权力的有效性和合理性进行设计。

威力神和暴力神下场后，从第 88 行开始到第 126 行，普罗米修斯对自己的"犯罪"进行了申辩，在他自己看来，他是遭到了"迫害"。对此，刘小枫认为普罗米修斯的说法不过是一种为博取政治同情的表演①。事情未必如此简单，这一说法将激起观众追根究底的热情，谁会迫害他？为何迫害他？如何迫害他？诗人继续通过解决这些潜在的问题来推动悲剧情节的发展。罪犯提出的异议在于，他的"犯罪"不过是宙斯为他"构想的可耻的禁锢"（行 97）。为什么是"构想"？这里有必要简单讨论一下普罗米修斯的"预见"，因为他是"能预见的"，他一向以为自己能"清楚地预知一切未来的事情，绝不会有什么灾难意外地降临"（行 101—103）。既然如此，

---

① 刘小枫. 普罗米修斯之罪 [M]. 北京：生活·读书·新知三联书店，2012：80.

那他为何没有"预见"到盗火的后果?很显然,要么他的"预见"能力有缺陷,要么他就陷入某种计谋而无法"预见"。普罗米修斯坚信自己的"预见"能力,正如他后面对歌队所说的,"我完全清楚地知道我所做的一切,我是自觉地犯罪,我不否认"(行267—268),这就是说,他早就"预见"到了盗火的后果。如前所述,盗火的后果要么被私人报复,要么被纳入惩罚,从"自觉地犯罪"这一点来看,他"预见"到的后果应该是后者。

在陈述完自己的"预知"(προυξεπισταμαι)后,他又提到了自己"知道"(γιγνωσκονθ)"定数乃是一种不可抗拒的力量"(行105),"知道"指的是在经验基础上的认识和了解。可见,"定数"并不需要"预见"能力,因此,结合整个悲剧看,假如宙斯不会"预见"或不如普罗米修斯的"预见",也不会影响宙斯对"定数"的理解。然而,戏剧的后半部,宙斯似乎极力要从普罗米修斯这里打听到一个关系其存亡的秘密,普罗米修斯在跟伊奥和歌队谈到这个秘密时多次用了"定数"(αναγκης),并且认为"技艺远不及定数更有力量"(行514)。所以,问题只在于这个"定数"到底指的是一个什么事件?这个事件有无因果以及它服从什么必然性的规则?正是基于自己的"预知"和"知道",普罗米修斯提醒自己"应该心境泰然地承受注定的命运"(行103—104),这就充分证明了,他之所以说宙斯为他"构想"出罪行与惩罚,乃是基于一种必然性规则的推断,而非情绪化的控诉。

情绪化的感情宣泄与理性的逻辑推断互为矛盾,普罗米修斯要使自己的盗火行为变得可以理解,就必须进一步向观众指出宙斯"构想"其犯罪的依据。他用"ποινας"一词指出宙斯对他的定罪乃是一种"出于报复的惩罚",而且,他还因此成了"受全体神明憎恶的天神"。罗伯特就认为,由于普罗米修斯不仅侵犯了赫菲斯托斯的职责,更打乱了宙斯毁灭最初人类的计划,宙斯必须想方设法惩罚普罗米修斯[①]。这是通常的看法,即只看到宙斯表面的惩罚动机——报复。事实上,报复根本不必用到"预见",这是谁都"知道"的。因此,"构想"一词就意在暗示宙斯处心积虑的计谋。

---

①H.B.Robert Aeschylus Playwright Educator[J].*Martinus Nijhoff,The Hague*,1975:117—118.

为了找到一个合适的能帮助自己施惩立威的对象，从赫西俄德神话的墨科涅分牛开始，一直到盗火成功，宙斯都被普罗米修斯欺骗，结果都是宙斯主动"帮助"骗子。墨科涅分牛是由宙斯先选的，是宙斯自己把好的东西留给了人类，而将火种藏在茴香秆里，也必然由宙斯施放雷电而引燃。显然，在这些欺骗中，宙斯好像落了下风，但这难道就不是宙斯为最后给普罗米修斯定罪设下的陷阱吗？由此，普罗米修斯一定深知自己的罪行必然是出自宙斯的"构想"。如此一来，普罗米修斯及其盗火就终于为宙斯所利用，通过合理的报复而顺带明确权力独裁的合法性，结果还是宙斯更加高明。

但是普罗米修斯并未停止与宙斯的斗争，他首先用自己的惨景博得了观众的同情，歌队指责宙斯的残暴帮助观众暂时站在了弱者一边。正因为他靠着强大的毅力"忍受着沉重的折磨"和"戴着坚固的脚镣忍受凌辱"，所以他才打动人心备受尊重。但是如果戏剧只停留在博取观众对英雄的同情上，那么对城邦公民的教育显然是不够的。埃斯库罗斯及其所处时代的雅典公民并不缺乏勇敢和刚毅，这个时期雅典刚刚取得萨拉弥斯海战的胜利，城邦和公民都处于繁荣的巨大热情中。悲剧显然还要告诉公民们更为重要的东西。戏剧该如何继续？诗人向观众抛出了普罗米修斯的"预谋"（βουλευμ，本义为"计划""决定"），这个"预谋"会使宙斯"失去享有的王权和宝座"（行 172）。

二、启蒙之罪：从第二场到第二合唱歌（行 436—560）

普罗米修斯的"预谋"无疑会引起观众对剧情的期待，在为歌队从头梳理自己"犯罪"的动因和过程时，普罗米修斯专门提到了曾经用"计谋"帮助宙斯。在宙斯与提坦神族发生争战之初，宙斯靠普罗米修斯的"计谋"（βουλαις）最终取得了胜利，这个"计谋"到底是什么已经无从知道，本来最开始是普罗米修斯为提坦神族准备的，但是他们仗侍自己拥有强大的武力（原文用 βιαν 和 κρατερον 来表达，分见行 210、215），对"计谋"不屑一顾，于是才转为宙斯所用。宙斯对"计谋"的成功使用表明在最初的权力争夺中，"计谋"的确含有大家共同计划并最终共同"决定"的含义，具有很大的民主成分。夺取权力必须依靠民主，稳固统治则需要独裁，随着宙斯建立了自己的政权，"民主"的地位很快就会被独裁的武力取代。正是在这个意义上，刘小枫将普罗米修斯看作是一个自恃有功并企图推翻宙斯僭主统治的启蒙者，普罗米修斯的罪实质上就是对人类的启蒙，其目的是建立民主政治而反对僭政。在他看来，普罗米修斯及其母亲忒弥斯都是政治上的阴谋家，他们为了"创制民主统治"，竟然"用伊娥的色相去诱惑宙斯"①。不过，这一民主理想注定要破灭，普罗米修斯必须为他的阴谋和欺骗付出代价。

何谓启蒙？按康德的说法，就是"人类脱离自己所加之于自己的不成熟状态，不成熟状态就是不经别人的引导，就对运用自己的理智无能为力"②。如按此定义，普罗米修斯的情况其实并不是启蒙，因为人类如果还处于卢梭所谓的"一无所知"的自然状态，那他就无所谓"理智"，当然也就无所谓"启蒙"。事实上，康德的"启蒙"并非强调"理智"，而是强调"运用理智的勇气"，同时，他也要求"必须永远有公开运用自己理性的自由"，只有这样"才能带来人类的启蒙"。当然，刘小枫很可能是从尼采的角度来理解启蒙的。尼采曾说："如果说启蒙运动是一场大祸，那么，这场灾祸的原因便是启蒙知识人对人的深刻怜悯……启蒙哲人自视为'好人、正义者、善良的人'，其实不过是病入膏肓的病人，在'充斥着机密和压抑的空气'中不断编织'无比丑恶的阴谋之网'。"③这样，刘小枫就将普罗米修斯理解为启蒙智识人普罗塔戈拉的化身，他在"爱怜人类"之心的支配下终于成了"企望在政治上成就一项伟大的事业"的政治家。

在霍克海默和阿道尔诺看来，尽管启蒙的根本目的是"使人们摆脱恐惧，树立自主"并"唤醒世界"，但人类最早的启蒙其实就是神话，神话通过"对本原进行报道、命名和叙述"，从而"阐述、确定和解释本原"。不过，启蒙本身是一把双刃剑，一方面给世界确立秩序，另一方面也可能

---

① 刘小枫. 普罗米修斯之罪 [M]. 北京：生活·读书·新知三联书店，2012：80.

②[德]康德. 答复这个问题"什么是启蒙运动？"[M]. 何兆武，译 // 历史理性批判文集. 北京：商务印书馆，1990：22—31.

③ 刘小枫. 普罗米修斯之罪 [M]. 北京：生活·读书·新知三联书店，2012：58—59.

使世界陷入新的灾难。①尽管启蒙本身可能见仁见智，但刘小枫的判断无疑过于偏激。事实上，普罗米修斯的作用可能连康德意义上的"启蒙"都未达到，何来"阴谋"之说？就本文来说，所谓普罗米修斯的"启蒙"只是"开化"意义上的"开导蒙昧"，但同时也可能包含了霍克海默和阿道尔诺所意欲揭示的"双重性"。就悲剧本身来看，普罗米修斯的启蒙只是在"盗火给人类"的基础上对人类生存意义的教导，其目的只不过是为了强化人类的生存能力。事实上，艾迪斯·霍尔在其《雅典悲剧中的社会学》一义中也曾指出，将普罗米修斯带到野蛮的斯基泰人的地界去惩罚是非常值得注意的，雅典公民强调自己与无语言无思想的原始民族或野兽区分开来，普罗米修斯的"技术性"的演讲在悲剧中包含了一种从野蛮到文明的愿景②。但恰恰是这个启蒙的愿景，使得普罗米修斯的"错误"更大，他的"罪"愈发不可逆转了。

诚然，单纯的盗火行为固然是对宙斯的一种冒犯，但还不至于成为一种可以阻碍甚至动摇其无限权力"τυραννιδα"的罪行。对盗火者采取严厉的惩处是必要的，它警告其他妄图对宙斯不敬的神，不得在言行上有任何冒犯宙斯的地方，以此来加固宙斯的绝对统治，但是，如若仅仅因为"盗"的行为就给一个神定下重罪，就只能让宙斯成为人人惧怕的绝对的暴君，不过这恐怕并非诗人的本意，因为在诗人的其他几部剧作中，宙斯不仅不是暴君，更是人人都尊崇敬拜的全能主神。除非《普罗米修斯》一剧确非埃斯库罗斯所作③，否则诗人不可能将光辉的宙斯在《普罗米修斯》中自相矛盾地刻画成一个昏庸无能又多疑残酷的暴君。戏剧一开始，在进场歌中，歌队就因为普罗米修斯的惨景而将宙斯看作暴君，他们指责宙斯"性

---

①[德]马克斯·霍克海默，西奥多·阿道尔诺.启蒙辩证法[M].渠敬东，曹卫东，译.上海：上海人民出版社，2006：1—40.

②Edith Hall, The sociology of Athenian tragedy, P.E.Easterling, ed., *The Cambridge Companion to Greek Tragedy*[M].Cambridge University Press, 1997: 97.

③刘小枫在《普罗米修斯之罪》一书中证明了《普罗米修斯》一剧并非出自埃斯库罗斯之手，而是无名诗人的作品。但就目前国内外的研究，绝大多数学者仍然坚持《普罗米修斯》是埃斯库罗斯现存悲剧中不可或缺的一部。

情暴虐"和其"残暴统治",但随着戏剧的推进,当普罗米修斯的"大无畏"精神"升华"为一种自以为是（αυθαδια）的傲慢（χλδη）时,歌队对宙斯的看法改变了,她们唱道:

> 宙斯执掌万物,但愿他不会施威阻挠我的愿望,但愿我能永远为神明们奉献神圣的祭品,来到父亲奥克阿诺斯的流水旁杀牛祭奠,不会有言语冒犯,愿这规则永留我心头,不会熔化。（行526—535）

歌队在这里认识到尽管宙斯残暴,但他也给神和人带来了基本的秩序,她们接着指责了普罗米修斯"按己愿太爱护人类"（行544）的错误做法。为什么一直怜悯普罗米修斯的歌队会突然发出指责而认同宙斯的秩序?根据第一场歌队向普罗米修斯的打探,普罗米修斯的盗火并不单纯。"盗"本来是一种偷偷摸摸的力图不为人知的行为,按亚里士多德的说法,在古希腊,如果一个人被发现从他人居室中偷盗,则只判罚所盗物价值的两倍。当然,如果一个人是从澡堂、市场、学校等公共场所行窃,则会被处以死刑,理由是在公共场所的人没有更多能力和条件保护好自己的财产。既然火是神明们的宝物,又有专门的匠神保管,如果普罗米修斯只是单纯"盗火"就不应该受到太过严厉的惩罚。问题恰恰在于,普罗米修斯"盗火"的目的并不单纯,他"盗火"不是为了自己临时的利用,而是为了用火去拯救宙斯意欲毁灭的人类。

悲剧第二场,普罗米修斯向歌队细数了自己对人类的一系列馈赠,正是通过这些馈赠,布鲁诺·舍勒认为,埃斯库罗斯的人类变得与荷马的人类完全不一样了,荷马史诗中的人不会意识到自己可以"自发地"思考或行动,因为他相信一切都是神安排好的,但是埃斯库罗斯悲剧中的人就开始意识到选择的自由了[1]。换句话说,启蒙导致了人类从对神的绝对依赖转向了选择依赖,这是神所需要的吗?普罗米修斯可能从未意识到自己怜悯凡人、拯救凡人必将与宙斯为敌,换句话说,他并没有"看到"宙斯一心

---

[1]Bruno Snell, *The Discovery of The Mind: The Greek Origins of European Thought*, translated by T.G.Rosenmeyer[M].Harvard University Press, 1953: 121—122.

毁灭人类的动机，他只是在"怜悯"的感情中不自觉地滑向了宙斯的对立面。要知道，当时人类非但无资格成为宙斯的敌人，甚至连被神提起都十分不易，与永生的天神相比，生命短暂的凡人对于神而言可谓毫无意义。在此情况下，宙斯要毁灭旧人类或创造新人类都可以随心所欲，人类不过是可有可无的存在，但是普罗米修斯却将"怜悯"这种感情用在了人类身上，更为重要的是，他将纯粹的情感"怜悯"变成了对人的实际的启蒙和馈赠行动。对此，斯文森解释道，普罗米修斯似乎"是在某种程度上让人类配不上他的馈赠"，因为，他可能认为"馈赠或者优待应该与接受者相匹配"。他进一步追问，既然人类如此贫乏，那么普罗米修斯为什么还要启蒙人类呢？他引用哈弗洛克的观点说这是因为"知识"触动了普罗米修斯，因为埃斯库罗斯的重心是要戏剧性地表现"仁慈是远虑的产物"，由此，"利他主义的膨胀超越了基督教博爱的范围，进入了公共领域"。但是，斯文森也指责哈弗洛克的观点无法解释普罗米修斯的自怜。他进而引申哈弗洛克的观点认为普罗米修斯给予人类理性事实上是一种危险行为，因为人类有了理性之后就完全可能利用理性来质疑神性，从而推翻宙斯的政权。这样，普罗米修斯就彻底惹怒了宙斯，不仅如此，他将偷来的"赃物"送给人类，也给人类带来了面对众神时"道德上的不安"。或许正是这样，普罗米修斯才产生了自怜。之后，斯文森推测，普罗米修斯的罪恶事实上很可能比亚当还要大，因为他就是尼采所说的"主动犯罪"，不仅反对人，还反对神。[①]

这样看来，普罗米修斯对人类的启蒙在神和人那里都没有讨好，宙斯和人类都会将其行为判定为"错误"，斯文森实际上揭示了这个"错误"对于人和神的意义，普罗米修斯被当成了一个人和神都应该唾弃的对象，似乎唯有如此，才能确保宙斯的正义与人类的正义能够紧密相通。按普罗米修斯的说法，先前的人类承受种种悲苦，他们"枉然视听，却视而不见，听而不闻，如同梦幻中经常出现的种种浮影，在浑浑噩噩之中度过漫长

[①] [美]斯文森. 普罗米修斯、宙斯和伊俄眼中的正义 [M]. 乔戈，译 // 刘小枫选编·古典诗文绎读（西学卷·古代编上）. 北京：华夏出版社，2008：81—83.

的一生"。(行 447—449)宙斯想要毁灭的正是这些人类,他们和其他动物没有什么两样,有眼睛、耳朵,却"看不见",也"听不到","如同渺小的蚁群,藏身于土中,居住在终日不见阳光的洞穴深处。"(行 452—453)这些生物本来自生自灭,他们既然没有在诸神之战中发挥作用,被宙斯抛弃进而毁灭也是理所当然。但普罗米修斯却毫无征兆地"怜悯"起他们来,并且首先使他们"具有理性(εννονs),获得思想(φρενων)"。"理性"让人类"有了头脑",能够知觉和领悟,而"思想"则让人类变得"聪明",懂得推理和演绎。在此基础上,普罗米修斯还教会了人类筑房造屋、识别季节、观识星象、习得数字和字母,以及驾乘和远航等,除此之外,他还教给人类更多的技艺,如治病、预言、祭祀和使用金银等财富,一言以蔽之,"人类的一切技能(τεχναι)都源于普罗米修斯"(行506)。这样的功绩对人类而言无论如何形容都不为过,不过可能令普罗米修斯自己都没想到的是,歌队不仅对他的功绩不以为然,而且指出他帮助人类是一种"心灵迷误",她们请他"不要过分地帮助人类",而要更加"关心自己可能遭受怎样的苦难",并且希望他"摆脱目前的桎梏",并"像宙斯现在一样强大"。

按斯文森的理解,歌队的表现乃是出于希望宙斯和普罗米修斯和好的希望,这样,歌队的同情才能够跟普罗米修斯所遭受的"报应"同等重要,因为,在埃斯库罗斯那里,政治秩序的一个重要标准就是平衡同情和报应①。罗伯特则认为,埃斯库罗斯的正义就是遵守"惩罚"和"报应"的规则,如果一个人用剑违背了这个规则,那么他应通过剑而被惩罚②。这里,歌队通过对普罗米修斯启蒙人类的功绩更加理解了其受惩罚无非就是一种报应。很显然,和赫菲斯托斯一样,歌队也不是站在人类的立场去考虑普罗米修斯的行为,因为他们是神,所以更加注重的是如何在宙斯秩序中保持现状。宙斯的秩序显然是没有问题的,唯一让他们心神战栗的是宙斯为

---

①[美]斯文森.普罗米修斯、宙斯和伊俄眼中的正义[M].乔戈,译//刘小枫选编·古典诗文绎读(西学卷·古代编上).北京: 华夏出版社,2008: 83.

②H.B.Robert Aeschylus: Playwright Educator[J], *Martinus Nijhoff, The Hague*,1975, P17.

了保证秩序竟能在普罗米修斯身上制造出如此巨大的痛苦和灾难。在他们看来，普罗米修斯所受的痛苦可以归结为两个必要的方面，一是普罗米修斯的确犯了罪（过错），既然宙斯放弃了人类，普罗米修斯就不应该僭越宙斯去启蒙人类，让他们拥有众多技能而得到更好的生活；二是宙斯对普罗米修斯过于残暴。因此所有的劝说和担心实质上都是围绕普罗米修斯认罪来展开的。既然如此，作为普罗米修斯的同宗、朋友或同情者，就很有必要帮助他找出错误——太爱护人类（φιλανθρώπου）以让他认识并加以纠正。他们满怀希望地认为，只要普罗米修斯向宙斯认罪，就会得到宙斯的饶恕。但是普罗米修斯却告诉他们，这件事是被命运注定的定数，"技艺（τεχνη）远不及定数更有力量"，因此事情绝不可能按她们期望的那样结束，他"只有在忍受无数的不幸和苦难之后"才能摆脱宙斯的镣铐。普罗米修斯的这句话具有一种谜语的性质，根据上下文，似乎是说他启蒙人类并因此受罪就是一种定数，但是似乎同时也意在指出，他教给人类的"技艺"注定要成为对自己的一种束缚或一种惩罚。

普罗米修斯谜语性质的话的确令人深思。第一场，当歌队问他为何被宙斯绑缚时，他首先回答了"怜悯"和"拯救"，但是这个回答看起来并没有什么实质性的内容，只是一种情感诉说。于是歌队长紧接着问他"除此之外，你没有犯什么其他过错？"（行249），他回答了两个过错，一是"让会死的凡人不再预见死亡"；二是把火赠给了人类。第一个过错"让会死的凡人不再预见死亡"是如何犯下的？普罗米修斯曾经回答歌队长，"我把盲目的希望放进他们胸膛"（行252）。什么是"盲目的希望"？它为什么能让会死的凡人不再预见死亡？众所周知，死亡是凡人与天神得以区分的最重要的标记，同时也是神为人类安排的一项自然法则，这让人想起可以使人延长寿命或死而复生的阿斯克勒皮奥斯的高明医术，普罗米修斯也向人类传授了治病的技术，但是它们显然违背了宙斯所设计的宇宙秩序。在阿斯克勒皮奥斯神话中，他被宙斯用雷电杀死，在悲剧中，普罗米修斯被宙斯惩罚。然而，与前者不同的是，普罗米修斯在悲剧中指出了"治病技术"的缺陷，它既能治病，也能让人产生"不死"的幻觉。如此说来，普罗米修斯教给人类技艺的所谓启蒙就充其量是一种表象，它的确为人类提供了一些对抗自然、强迫自然和欺骗自然的手段，但这些对人来说都必然只是表面而短暂的满足，它们仍然无法撼动神对自然所作出的一切安排。问题的关键就在于，为什么普罗米修斯对传授给人类的技术要"自揭其短"呢？倘若注意一下他对歌队说的话，在他教给人类技艺之前，人类是"盲目地从事一切事情"（行456），既然他是如此"爱护人类"，为何又让人类只掌握可以带来"盲目希望"的技艺呢？对这两个问题，显然只能从两个方面来理解，要么普罗米修斯知道自己的技艺有限，要么他就是要进行某种布局。同样，第二个过错其实也是启蒙的问题，普罗米修斯所盗之火是什么？柏拉图在《斐莱布篇》中曾借苏格拉底之口提到了普罗米修斯的故事，断言火就是普罗米修斯给人类的"一种礼物"——智慧，人类必须用这个智慧来"整理事物的秩序"[1]在这个意义上，火就不只是单纯的自然物质，更是一种与启蒙紧密相连的心理物质，或许，正因为有火，启蒙才得以可能；又或者，正因为启蒙，火对于人类才有了价值。在《普罗泰戈拉》中，尽管普罗米修斯教给人类的技艺也只是维持生命的手段，但正是得到了火的缘故，人类也具有了神性，这也是后来赫尔墨斯能够将尊敬和正义分配给人类的重要前提。[2]因此，对于人类来说，火至少有三个方面的作用：一是帮助人类"生存"；二是帮助人类"看到"；三是帮助人类"创造"。事实上，这三个作用中的后两个完全可以合并到"启蒙"的范畴，当歌队听到普罗米修斯把火给人类时才不无惊讶地问道："那生命短暂的凡人也有了明亮的火焰？"（行255）普罗米修斯对此进行了补充"凡人借助火焰将学会许多技能"（行256）。正是借助于火的"照亮"的性质，"启蒙"才有了意义。

但是仍然必须加以注意的是，普罗米修斯为什么要指出自己"启蒙"的局限性，因为它既能"照亮"人也能"迷惑"人，带给人类"盲目的希望"。按柏拉图的普罗泰戈拉的说法，普罗米修斯教给人类的只是维持生命的技

---

① [古希腊] 柏拉图. 斐莱布 [M]. 王晓朝, 译//柏拉图全集卷三. 北京: 人民出版社, 2002: 184.

② [古希腊] 柏拉图. 普罗泰戈拉 [M]//王晓朝, 译柏拉图全集. 卷一, 北京: 人民出版社, 2002: 443.

艺，人类仍然缺乏政治技艺，没有政治技艺，普罗米修斯的技艺其实并不完善，而由他的技艺所给人类的"启蒙"也自然是不完善的，如此一来，普罗米修斯似乎是将一种有缺陷的"礼物"送给了人类。如果宙斯本来是要毁灭人类，那么给人类一个有缺陷的"馈赠"看起来的确也很像一桩阴谋；反过来，如果宙斯本来是"爱护人类"的，那么普罗米修斯送给人类有缺陷的"馈赠"，就既对神犯下了"错误"，也对人犯下了"错误"。这样，无论如何，普罗米修斯都算不上对人类有恩，反而只剩下有罪了。

三、渎神之罪：从第三场到第三合唱歌（行561—行906）

从开场到悲剧第二场，观众已经相当清楚普罗米修斯犯罪的动因、过程和罪名，概而言之，他是为了人类才被定罪和惩罚。但是普罗米修斯的"爱护人类"无疑伴随着"鲁莽和傲慢"，其"强迫自然的技术"必然使人类陷入危险[①]，对人的启蒙同时也是对神的"僭越"，虽然使凡人得到了实惠，却也"破坏了神人关系的既有格局"，其傲慢骄横必然导致错误[②]。悲剧的第一场，普罗米修斯曾经向歌队感叹，"我怜悯那些会死的凡人，自己却得到不应得到的对待"（行241—242），对自己因怜悯凡人而受罪一事似乎有些后悔。因为，与弱小的凡人能够给他的支持相比，他自己付出的代价要大得多，不仅与强大的宙斯反目，更遭到众神的唾弃，即便是像赫菲斯托斯和神女们这样对他报以同情的神，也在指责他对人类的一厢情愿和对神的傲慢。在强大的永生的天神面前，人类弱小得完全可以忽略，但普罗米修斯却因为这些毫无价值的人类而众叛亲离，这难道不是又一重惩罚吗？在第二合唱歌中，歌队已经流露出对普罗米修斯拯救人类这一行为的完全不理解，她们绝望地唱道：

> 看哪，朋友，恩德如何无报应！告诉我，谁来保护你？生命短暂

---

①[法]皮埃尔·阿多，伊西斯的面纱 [M]．张卜天，译．上海：华东师范大学出版社，2015：151—156．

②陈中梅，普罗米修斯的hubris——重读《被绑的普罗米修斯》[J]．外国文学评论，2001（2）：75—89．

的凡人来相助？君不见他们软弱无力，有如虚渺的梦幻，把那昏盲的芸芸众生在其中禁锢？凡人的意愿永远不可能破坏宙斯的秩序。（行545—552）

将凡人比作梦幻，更加拉开了天神与凡人的差距，这意味着凡人连"物"都不是，他们可能仅仅在某个时候偶然出现在天神的梦境中，虚无缥缈又无根无迹。谁会相信梦中的影像是真实的呢？普罗米修斯自己不也说人类"如同梦幻中经常出现的种种浮影"吗？难道说普罗米修斯仅仅因为自己的"梦"就不惜与众神为敌吗？观众在这里很可能和歌队一样，已经为犯罪的英雄感到不值，在缅怀普罗米修斯婚姻的幸福时刻，他们或许正在感叹一个"曾经的神明"的凋落，这个昔日无限光荣的神如今已被遗弃在最遥远而又寒冷的地方，因为帮助"梦中的浮影"被永远地钉在高山上，忍受着永恒的巨大痛苦。

悲剧在这里成功引发了观众的"恐惧和怜悯"，通过情节本身的构合而让人产生"恐惧和怜悯"之情，悲剧才真正具有艺术性①。在第一合唱歌和第二合唱歌中，观众都会因为普罗米修斯的苦难而落下同情与怜悯的泪水。只是经过第二场普罗米修斯的讲述后，观众已经从单纯的对其受苦的怜悯转到对其价值观的怜悯上来。观众应该在这个时候才真真正正意识到自己正是整个神话故事中受普罗米修斯恩惠的人类，他们不会质疑普罗米修斯拯救人类的动机，只会权衡凡人的力量是否能够解救恩人，抱着对恩人感激而又束手无策的复杂感情，他们的怜悯必定充满悲恸和期待。因此，悲剧急切需要人类的出现。

作为悲剧中唯一的人类，伊奥适时地在第三场上场了。伊奥的出场某种程度上改变了悲剧的英雄风格，她的漂泊和无助印证了凡人的"软弱无力"，让普罗米修斯获救的渺茫变得更加清晰，随着戏剧的推进，那种强烈的由普罗米修斯独自对抗众神的崇高被瓦解了。普罗米修斯突然成了一位世俗生活中的先知，专门解答伊奥的疑问。正是在这个过程中，普罗米

---

① [古希腊] 亚里士多德. 诗学（第14章）[M]. 陈中梅，译. 北京：商务印书馆，1996：105，行1—5.

修斯犯下了另一桩罪行——渎神。按柏拉图对渎神的界定，它指的是那种"用言语或行动侮辱神灵"的行为，这种行为的人主要有三种：第一种是不相信神存在；第二种是相信神存在，但认为神不关心人类；第三种是认为神灵虽然关心人类，但很容易用牺牲和祈祷来哄骗①。普罗米修斯在回答伊奥的问题时面对的正是他盗火赠予以及技艺启蒙的人类，但他却在人类面前指责甚至诅咒了宙斯，并有意将人类"带离"神的秩序。约翰斯顿的论文指出了这种对神的亵渎，并且正是这种亵渎将影响人与神、人与宇宙之间的关系②。同样，斯文森发现普罗米修斯跟伊奥的对话"泄露了自己的'仁慈'"③，这或许也算是一种对神的尝试性的取代。

伊奥一出场就看见了受到惩罚的罪犯，她关心两个问题：一个是罪犯身犯何罪；另一个是自己的未来。第一个问题观众已经知道，这里只是伊奥在漂泊过程中与相同遭遇之人的招呼，她已历经苦难和孤独，迫切需要找到同伴倾诉和交流。与眼前的这个罪犯一样，她也正在遭受惩罚——受牛虻的叮咬追逐而漂泊着，不同的是，她不知道自己为何遭惩。"我有何过错？"不仅是一种求解，更是一种质问，它喊出冤屈。伊奥在这里看到的，不是自己的"过错、罪责"（αμαρτιας），而是自己遭到的惩罚。这让人想起之前歌队反问普罗米修斯"你不认为你有罪吗？"，反问的背后是大家都不知道罪在何处，伊奥不知道，歌队也不知道，甚至连赫菲斯托斯、赫尔墨斯和威力神、暴力神等都未必知道。但是普罗米修斯肯定知道，正如他回应歌队的反问时回答的"我完全清楚地知道我所做的一切，我是自觉地，自觉地犯罪，我不否认。"（行267—268）面对伊奥发出的质问，普罗米修斯立即进行了解答，他言简意赅地指出，伊奥的罪就在于"她使

①[古希腊]柏拉图.法篇（第十卷）[M].王晓朝，译//柏拉图全集卷三。北京：人民出版社，200：645.

②W.Robert Johnston, Aeschylus' Prometheus Bound: Building a Framework for Successive Interpretations of Man's Relationship to the Deity and the Universe.ProQuest Dissertations Publishing, 2017.

③[美]斯文森.普罗米修斯、宙斯和伊俄眼中的正义[M].乔戈，译//刘小枫选编·古典诗文绎读（西学卷·古代编上）。北京：华夏出版社，2008：85.

宙斯燃起爱火",因而受到赫拉的憎恶和惩罚。普罗米修斯的解答让伊奥谴责赫拉,她被赫拉"狠毒的计谋折磨(επικοτοισι μηδεσι δαμεισα)",这个"计谋"δαμεισα指的正是她自己"被置于婚姻的轭下"。雅典观众知道,赫拉是主管婚姻的天神,伊奥显然是在谴责赫拉恶意地让宙斯终娶自己。的确,在神话中,伊奥的逃亡不就是为了与宙斯结合吗?

普罗米修斯在这里成功地向人类铺垫了神的恶意,宙斯和赫拉这一对主宰成了被人类憎恨甚或质疑的对象。当他向伊奥告知自己的身份之后,伊奥只是轻描淡写的一句"啊,你曾经惠赐人类这共同的好处"(行613)。这是什么情况?给予人类无限恩惠的英雄从人类那里得到的竟然只是一句轻飘飘的赞赏,难道说人类就不该为受难的普罗米修斯做些什么吗?难道说,伊奥真的只是"一个无情无义地打探消息的人"吗?[1]事实上,伊奥的话不仅反映出她对普罗米修斯启蒙人类的功绩的无知,更从一个侧面警示普罗米修斯,他所爱护并塑造的人类只会关心自己的问题,他们还看不到神的恩惠,随着后面伊奥对"谁会推翻宙斯"的深刻关切,人类显然更像一种只考虑眼前的动物。普罗米修斯的确是"仁慈"的,他没有责怪伊奥对自己所受遭遇的冷淡,他似乎十分清楚,在这共同被流放的人神相遇中,人类仍然并将继续处于绝对的被支配地位,他们向神追问问题、聆听神的谕示、遵照神的安排。如果说普罗米修斯居然沦落到凡间一个先知的地步,那么人类也是离不开先知的启发和安顿的。所以伊奥在打听完普罗米修斯因何受罚、受谁惩罚等问题后,还是回到"自己"的范围,正如那句著名的箴言"认识你自己",当伊奥发出"漂泊何处终止"和"灾难何时终了"的询问时,人类已经踏上了"认识自己"的漫漫旅程。

从悲剧中我们看到,人类的"认识自己"由普罗米修斯来加以引导,他首先要求伊奥履行自己的义务,将自己"不幸的遭遇"告诉歌队,以"引起聆听的人们的同情泪珠"(行639)。同普罗米修斯一样,伊奥的不幸始于一些幻象(ονειρατα),这些"幻象"规劝她必须与宙斯结合,她无

①[美]斯文森.普罗米修斯、宙斯和伊俄眼中的正义[M].乔戈,译//刘小枫选编·古典诗文绎读(西学卷·古代编上).北京:华夏出版社,2008:84.

法逃脱神的旨意，但是这场婚姻其实一开始就是惩罚，她被赶出家门，被变成母牛，受到牛虻的追逐而漂泊不定，陷入赫拉的阴谋之中而无法自救。故事的开始和结局与普罗米修斯的受罪惊人地相似，都是起因于"幻象"，都受到惩罚，最关键的，好像都已陷入某种蓄谋已久的安排。歌队这时唱的道，"命运啊，命运啊，看见伊奥的遭遇，令我战栗"（行694—695），显然已经洞察到伊奥的遭遇来源于某种神秘的定数。不过普罗米修斯能控制场面，他胸有成竹地开始预告伊奥接下去受到的折磨，事实上，与其说是预告，不如说是安排。因为他已经指出，伊奥的漂泊之路就是他的"心智标记"，其"洞察能力远胜过视力所及"（行843），意思已经非常明白，伊奥将按照指定的路线漂泊，而这些漂泊终将成为普罗米修斯刻入人类心灵的"家"（εστι），换言之，最后是普罗米修斯，也就是"预见"（προμηθευs）将伴随人类进行"自我认识"之旅。正是在这里，普罗米修斯也做出了他终将取代宙斯的安排，他渴望看到，人类"预见"的"理性"终会战胜那使人匍匐在地的神秘的压迫，人类应该用"理性"来"认识自己"和指导自己的生活，而不是屈从于神的意志，仅作为众神的梦幻而影影绰绰。

对伊奥未来的指引宣告了普罗米修斯对宙斯的最后一击，看起来，他的安排将塑造一种"不信神"的新新人类，这就将盗火和启蒙的罪过完全上升为一种渎神之罪。通过展览悲惨和循循善诱，普罗米修斯对伊奥的现场启蒙取得了一定成效，伊奥立刻关心宙斯的统治是否可能会被推翻，如果宙斯被推翻，她将十分"欣喜"，因为正是宙斯给她带来苦难。伊奥的态度表明，曾经受到虔诚祷告的拥有无限权力的宙斯开始被人类质疑，他将被"看作"创造苦难的暴君，必须经由人类的审判。那么，谁会推翻宙斯的统治呢？普罗米修斯没有直接说出来，只说了一个谜语般的婚姻作为答案。不过对人类而言，这就是一种保证，一种推翻宙斯的可能性的保证。既然有这种可能，就势必会有相应的结果，似乎正是从这里开始，人类后来的生活就是在这种可能性中平衡着自己对神的信仰，要么全信，要么不信，要么又信又不信。也是从这里开始，普罗米修斯将神对于人的真实性反转为一种梦幻（ονειρειον）性质。

至此，对于雅典观众来说，在表面的悲剧故事中就隐含着一条普罗米修斯从盗火、启蒙到渎神的犯罪线索。如果说"盗火给人类"是一个表层的"错误"，那么启蒙人类则将这个"错误"上升到对人类的"错误"上，最后，通过渎神的系列"邪恶"（ατιμασας）表现，普罗米修斯的"错误"很可能不可逆地混合成一桩确切的"罪恶"，它以"错误"为表，以"罪恶"为里，共同构成了普罗米修斯之罪（依然用悲剧中的"错误"来表示）。

第二节 一体两面的普罗米修斯与和宙斯

前文所述，普罗米修斯之罪（αμαρτιας）就不能简单理解为一种"错误"，在"错误"的背后，还包含着"罪恶"的性质。那么，普罗米修斯之罪到底如何产生，又是在什么情况下产生的？赫西俄德的神话中曾经描述过人与神幸福共处的黄金时代，然而，像伊甸园神话一样，黄金时代并不持久，人类最终必然被神所抛弃，离开那最初的天堂。如果说伊甸园神话中人类是因为犯了罪被驱逐，那么在希腊神话中，人类是因为普罗米修斯之罪而被毁灭吗？

一、宙斯的计谋

在《工作与时日》《神谱》中，赫西俄德最早讲述了普罗米修斯神话。在这两部著作中，赫西俄德最常用"ποικιλοβουλον"（诡计多端的）[①]、"αγκυλομητης"（诡诈的）[②] 等词来形容普罗米修斯，相反，宙斯则是

---

① [古希腊] 赫西俄德. 神谱 [M]. 张竹明，蒋平，译. 北京：商务印书馆，2011: 42，行 521.

② [古希腊] 赫西俄德. 神谱 [M]. 张竹明，蒋平，译. 北京：商务印书馆，2011: 43，行 546.

"αφθιτα"（思想不变的、永恒智慧的）[①]、"μητιετα"（大智慧的）[②]。按《工作与时日》，普罗米修斯最先用诡计欺骗了宙斯，宙斯才"为人类设计了悲哀"并且"不让人类知道生活的方法"[③]，但是，正如维尔南所说，"劳动是宙斯和普罗米修斯冲突的结果"，普罗米修斯欺骗宙斯的代价就是终结了人类的黄金时代。赫西俄德的神话"意味着我们必须接受人类的生存状况、服从于神安排下的秩序"，这个秩序就是"劳作"，"劳作在人与神之间确立了新的关系"。[④]

维尔南的观点其实是就普罗米修斯所教给人类的技术而言的。在他看来，赫西俄德所认定的"劳作"是与统治相对立的，这也是普罗米修斯与宙斯相对立的地方，普罗米修斯代表了柏拉图《理想国》中的第三阶级，即工匠和平民，他们拥有技术；宙斯则代表了第一阶级，这个阶级是君王，他们拥有智慧。因此，"劳作"其实为广大的工匠和平民安排了理想的位置，对他们来说，柏拉图所要求的品质就是"节制"（σωφροσυνη）[⑤]。从政治驾驭术的角度上看，维尔南的看法无疑是正确的，这里包含了统治者对城邦理想秩序的安排，通过技术的传授，让人数最多的工匠或平民在其"理性的限度"内保持平稳，城邦繁荣、国家安宁，这才是真正的智慧（μητιετα）。如此一来，普罗米修斯用"诡计"对宙斯的欺骗就反过来以宙斯的"智慧"获胜。

因此，所谓宙斯的计谋（βουλαις）实际上也是其"智慧"（μητιετα）。事实上，在埃斯库罗斯的悲剧中，用μητιετα来指代计谋是常见的，例如悲剧第三场，歌队在听完伊奥的故事之后发出如下感叹。

---

① [古希腊] 赫西俄德. 神谱 [M]. 张竹明，蒋平，译. 北京：商务印书馆，2011：43，行 545.

② [古希腊] 赫西俄德. 工作与时日 [M]. 张竹明，蒋平，译. 北京：商务印书馆，2011：4，行 104.

③ [古希腊] 赫西俄德. 工作与时日 [M]. 张竹明，蒋平，译. 北京：商务印书馆：2011：2，行 42—50.

④ [法] 让-皮埃尔·维尔南. 希腊人的神话和思想——历史心理分析 [M]. 黄艳红，译. 北京：中国人民大学出版社，2007：275—277.

⑤ [法] 让-皮埃尔·维尔南. 希腊人的神话和思想——历史心理分析 [M]. 黄艳红，译. 北京：中国人民大学出版社，2007：280—281.

"我不害怕门第相当的婚姻，我并不惧怕，却但愿那强大的众神明不要把那难逃脱的爱欲眼光射向我。那是无法抗争的战斗，无出路可寻，那时我不知道该怎样生活，不知道如何才能逃脱宙斯的计谋。"（行901—906）

尽管歌队的歌唱中表达了对伊奥的同情和对宙斯的指责，但提到宙斯的计谋她们仍然用的是 μητιν 而非那种具有"狡诈"含义的 ποικιλοβουλον 或 δολω。同样，《乞援人》"只要神明不会施什么新谋划，我永远不会偏离现在的路线"中的"新谋划"也没用"诡计"，而是用的"决定"（βουλευται）。

宙斯的计谋总是晦涩艰深的，最有代表性的是《伊利亚特》中阿伽门农被宙斯欺骗。当时由于阿喀琉斯受到阿伽门农的侮辱，他强掳了阿喀琉斯的战利品 —— 女俘布里塞伊斯。阿喀琉斯因此请自己的母亲忒提斯向宙斯寻求帮助，要宙斯帮助特洛伊人屠杀阿开奥斯人，以此报复阿伽门农。宙斯答应了忒提斯的请求，他这样实施计谋：给阿伽门农一个"有害的幻梦"，梦中告诉阿伽门农立即攻打特洛亚就会取胜。这不可能的事情通过"梦"的形式让阿伽门农知道后，凡人与天神的智慧比赛就开始了。在凡人阿伽门农的一面，他肯定知道"梦"的虚幻性，于是他立即设计了一个精明的策略，由他发出休战回家的演说以试探军心，同时安排其他将领劝说士兵立即攻打特洛亚。在全军大会上，阿伽门农将宙斯的梦反说为神示阿开奥斯人调转船头回家，这个说法同时也迷惑了支持阿开奥斯人的天后赫拉，她立即安排雅典娜前往劝说最聪明的奥德修斯不能退缩，应该马上组织军队开战。事情很快按阿伽门农的计划顺利实施，所有的将士都情绪高昂地要发起进攻，结果可想而知。在宙斯的一面，他并没有亲口向阿伽门农发出欺骗，而是托给阿伽门农一个并不真实但恰恰能打动人心的梦，阿伽门农的失败就在于他过度的聪明，他的策略无论如何实施，都只会达到宙斯的目的，而宙斯看似什么都没做，但所有的事情都会按他的意愿实现。宙斯的计谋是一种最富智慧的安排，这也是宙斯的意志，凡人根本无法领会，《乞援人》中歌队曾经唱的：

　　宙斯掌管的事情坚定、可靠，他的判决永远会如愿实现，尽管宙斯的智慧隐晦难辨识，彻悟的道途于凡人艰深而昏暗。①

的确，除了《普罗米修斯》，宙斯在埃斯库罗斯其他几部悲剧中都是万能的，他既是"分配命运的宙斯"，也是"无所不能的天父"，"是宙斯给芸芸众生指出了智慧的道路，他公正地规定，应该从苦难中寻求智慧"②。宙斯如果要施行计谋，就无人能够识破，但如果有人想欺骗宙斯，就只会招来宙斯的灾难，大流士就曾痛心疾首地讲出这条真理："凡人自己想遭殃，神明襄助他实现。"③

相比宙斯计谋的神秘性来说，普罗米修斯的"预见"就十分容易明了，他对伊奥的指点就是明证。这是"预见"固有的有限性，为了能证明"预见"，就必须清楚地说明"预见"到的事情，以便别人最终在事实面前相信。因为不被相信的"预言"无法被称为"预言"，正如卡珊德拉的遭遇。普罗米修斯当然是伟大的，他的理性的"预见"实践毕竟可以"照出"一片地方，尽管它在宙斯无限广袤的迷雾中微不足道。不过如果照埃斯库罗斯同时代的阿尔克迈翁的理解，"预见"无非就是一种"推断"，"唯有神拥有那些不可见的、可朽的事物的确切知识，人只能通过结果进行推断"④。在这个意义上，"预见"也只能纳入"神意"之中，因为不管是"推断"还是"预见"，最终都无法穿透"神意"的重重迷雾，宙斯的计谋和陷阱就无处不在这些迷雾中，甚至可以说，任何一个已经被"预见"或"猜测""照亮"的地方，也总是同时伴生着宙斯的陷阱。

因此，所谓宙斯的计谋事实上并不是一个确切的"巧计"或"计划"，而是"决定"、"智慧"等的同义词，与巧计或计划对可执行性的严格要求

---

① [古希腊]埃斯库罗斯等.古希腊悲剧喜剧全集（第一卷）[M].张竹明，王焕生，译.南京：译林出版社，2007：9，行91—95.

② [古希腊]埃斯库罗斯等.古希腊悲剧喜剧全集（第一卷）[M].张竹明，王焕生，译.南京：译林出版社，2007：288—289，行176—178.

③ [古希腊]埃斯库罗斯等.古希腊悲剧喜剧全集（第一卷）[M].张竹明，王焕生，译.南京：译林出版社，2007：115，行742.

④ [古罗马]第欧根尼·拉尔修.名哲言行录（第八卷·第五章）[M].徐开来，溥林，译.桂林：广西师范大学出版社，2010：426.

相比，宙斯的计谋可能恰恰是含混不明甚至是无法执行的，因为它本来就不提出执行的要求，它像一个无法摆脱的圈套或罗网，等待着钻入其中的人一步一步地实现宙斯的意图。如歌队所言，伊奥的命运其实正是宙斯的计谋，谁都知道伊奥的漂泊受苦是无辜的，但这就是她的命运，她必须接受宙斯的爱欲从而陷入赫拉的折磨。神的意志既然无法抗拒，自然就是一种"不顾他人"的暴力。在普罗米修斯看来，伊奥的受罪与自己的受罪具有同样的性质，都是因为宙斯"对于所有的事情都一样残暴"（行736）所造成的。问题的关键就在这里，普罗米修斯只提宙斯的残暴、宙斯的愤怒、宙斯的图谋甚至宙斯的愚蠢，等等，而从来不提宙斯的计谋和宙斯的智慧。埃斯库罗斯是有意要由此突出宙斯的无能，还是要强调普罗米修斯的偏狭与傲慢？事实上，宙斯的计谋是最神秘莫测而又让人无法摆脱的，这才是其真正残暴之处，正是在普罗米修斯对宙斯的贬损中，宙斯的计谋变得更加晦涩不清。

二、普罗米修斯就是宙斯

克罗诺斯时期的黄金种族是第一代人类，根据赫西俄德神话和悲剧提供的历史判断，普罗米修斯所袒护的人类可能处在白银时代或青铜时代，而宙斯与提坦神族的战争似乎应该发生在白银时代，虽然赫西俄德没有说明是克洛诺斯还是宙斯创造了白银种族，但从宙斯因为他们"不愿意崇拜神灵和给幸福神灵的祭坛献上祭品"[①]而抛弃他们来看，这个种族很有可能是战争前夕克洛诺斯统治时代诸神创造的，他们不会向神献祭，说明他们还是按照黄金时代神人共同生活的标准被创造。往深层次看，宙斯之所以抛弃他们，一是他们由前王所造，必须摧毁；二是宙斯要制定新的统治规则，必须要有新的能支撑并维护自己统治的人类。这时的宙斯刚刚取得战争的胜利，按悲剧的说法，这场胜利是由于普罗米修斯贡献了计谋，也是在这个时候，宙斯"对各个神明一一论功行赏"，但"对那些处于不幸中

①［古希腊］赫西俄德. 工作与时日 [M]. 张竹明，蒋平，译. 北京：商务印书馆，2011：5，行135.

的凡人却弃之不顾，甚至企图彻底消灭整个人类，重新繁衍新的种族"（行231—235）。《神谱》中将此事描述为"当初神灵与凡人在墨科涅发生争执"①，赫西俄德用的"争执"是希腊语 εκρινοντο，本意其实是"抛弃"，W. 莫斯特将其英译为 settlement 并加了注释，他认为赫西俄德使用这个动词的意思是要表明人与神绝对地分开②。这就是说，神人之间的所谓"争执"很可能就是悲剧中普罗米修斯所说的"宙斯图谋毁灭人类"一事，尽管悲剧中没有写普罗米修斯如何处理这次"争执"，但普罗米修斯肯定正是从这里开罪了宙斯。如若根据《神谱》的故事，普罗米修斯处理这次"争执"的方法就是宰杀一头大牛来进行分配，他将牛肉、内脏在牛皮上堆好，再把牛的瘤胃覆盖其上，这一份放在人类的面前，又堆了一堆白骨，上面蒙上一层发亮的油脂，这一份放在宙斯面前。结果宙斯被骗，选择了覆盖油脂的白骨，这次分牛之后，愤怒的宙斯时刻谨防受骗，"不愿把不灭的火种授予居住在地上的墨利亚的会死的人类"③。

既然宙斯要毁灭人类，为何不直接施用神力毁灭而要采取食物分配的方法？此外，为什么"分配"这一任务要交给普罗米修斯而不是其他神明来执行？的确，如果宙斯真的要抛弃白银种族，他完全可以找一个威力神这样执行能力很强的神来进行分配，按威力神在悲剧中的表现，他一定会将牛骨头分给人类，从而让人类无法生存以达到宙斯的目的。在这次最初的分配中，事实上只有两种可能，一种是宙斯的确不知道普罗米修斯的诡计而选择了油脂覆盖下的白骨；一种是宙斯明知道普罗米修斯的诡计而不说破。如果是第一种情况，欺骗宙斯看起来应该是一件十分简单的事情，只需要蒙蔽他的眼睛即可，但是，如果众神之王能够轻易地被欺骗，他又如何被赫西俄德称为"智慧无穷"呢？因此只有后一种情况，这就需要考

---

①[古希腊] 赫西俄德. 神谱 [M]. 张竹明，蒋平，译. 北京：商务印书馆，2011: 42，行 535—536.

②Glenn W. Most, ed.. *The Lobe Classical Library, Hesiod, Theogony, Works and Days, Testimonia* [M]. Harvard University Press, 2006: 46.

③[古希腊] 赫西俄德. 神谱 [M]. 张竹明，蒋平，译. 北京：商务印书馆，2011: 43，行 563.

虑宙斯的真正动机，赫西俄德认为宙斯之所以不戳穿普罗米修斯，是因为他要找个借口惩罚人类。如果是这样的话，那么宙斯就不是要抛弃人类。他要么只是玩弄人类，要么只是保全人类。从玩弄的角度看，似乎不大成立，因为"玩弄"背后的"神的恶意"并不符合赫西俄德的正义观，在赫西俄德那里，正义乃是一种安宁的平衡①，不应该受到"玩弄"的破坏。既然宙斯的惩罚不是为了玩弄人类，那就只能是保全人类。这与他意欲抛弃白银种族和毁灭人类不就自相矛盾了吗？

事实上，这是宙斯的一种十分类似欺骗阿伽门农的手法，也是其"智慧"所在，他的真实意愿是要保全人类，但他却对外宣布他要毁灭人类，刚刚经历了诸神之战的神降的降、赏的赏，剩下的都打入塔尔塔罗斯了，有谁会起来反对宙斯所宣布的决定呢？特别是，对众神来说，人类就像"梦中的形影"毫无意义，那谁又会为这不值一提的生物而与宙斯为敌呢？当然没有，就像悲剧中的所有角色，都对普罗米修斯的爱护人类表示不解甚至愤怒。只有"清楚地知道"宙斯真正意愿的神才可能站出来"反对"宙斯，谁能"知道"宙斯的真正意图并反对他呢？当然只有他自己。正如汉斯·布鲁门伯格所说"惟有神才能反对神"，这倒不是说只有诸神之间才能发生对抗，而是说只有神自己才能反对自己。在归纳谢林、海涅和马克思的普罗米修斯神话辩证法研究中，布鲁门伯格也暗示了普罗米修斯和宙斯之间的对立统一。当宙斯看到已分配好的两堆牛肉时，他责备普罗米修斯"伊阿佩托斯之子，最光荣的神灵，亲爱的朋友，你分配得多么不公平啊！"②，这句话显然具有双重含义，一方面，责备普罗米修斯对人类的不公平，如果瘤胃下的确是不好的东西：另一方面，也责备普罗米修斯对神灵的不公平，如果油脂下藏着白骨。普罗米修斯没有辩解，因为这本来就是宙斯"计谋"中的一个"巧计"，无论如何，这样的安排对人对神都是不公平的，如果让人类先选，人类将被蒙骗而必死无疑。因此普罗米修斯决定让神来

①[美]纳尔逊.《劳作与时日》中的正义与农事 [M].刘麒麟，译 // 刘小枫.古典诗文绎读西学卷·古代编上.北京：华夏出版社，2008：57.

②[古希腊]赫西俄德.神谱 [M].张竹明，蒋平，译.北京：商务印书馆，2011：43，行542—543.

选择，"宙斯，永生神灵中最荣耀、最伟大者，你可以按照自己的心愿，随便挑取任何一份"①。宙斯的选择不仅让神失去了实际的利益，还让神背负了"贪图"的名，由此，神通过自己承担"贪图"的责任而保证了人类的生存，同时，普罗米修斯也通过承担起"狡猾"的责任而促成了这次分配。对神来说，人从此必须明白一件事，那就是神对前述责任的担当不是出于无能而是出于"爱"。西蒙娜·薇依就指出这次分配的玄妙，作为人与神的中介，普罗米修斯注定通过受难而将宙斯的"爱"传递给人类②。在这里，很容易看出，普罗米修斯与宙斯就是对立统一的整体。别林斯基就曾说，"普罗米修斯和宙斯是自行分界的神，是分裂为按照辩证法发展规律变得互相敌对的两个方面的意识。宙斯是丰满直感的意识，普罗米修斯是进行推理的力量，除了理性和公道之外不承认任何权威的精神"③，将普罗米修斯和宙斯看成了相互依存的一体两面。

在悲剧第一场，普罗米修斯在讲述自己曾经用计谋帮助宙斯时提到"母亲忒弥斯，她又名盖亚"（行211）。事实上，在《神谱》中，普罗米修斯的母亲并不是忒弥斯而是大洋神之女克吕墨涅，忒弥斯是盖亚的女儿，也是宙斯的姑姑，她后来与宙斯生下了新的摩伊拉三姊妹。现在的问题是，埃斯库罗斯为什么在悲剧中将宙斯的妻子忒弥斯说成是普罗米修斯的母亲？同时，又把忒弥斯说成是盖亚呢？是埃斯库罗斯不熟悉赫西俄德神话吗？当然不是，埃斯库罗斯这样的安排其实另有深意，如果参照《神谱》，从母亲的角度，我们会发现普罗米修斯既是宙斯的兄弟，又是宙斯的儿子，甚至还可能是宙斯的父亲（因为克罗诺斯正好是盖亚的儿子，如果普罗米修斯是盖亚的儿子，那么他就是宙斯的父辈）。很显然，这种极度的伦理

①［古希腊］赫西俄德．神谱［M］．张竹明，蒋平，译．北京：商务印书馆，2011：43，行547—548.

②［法］西蒙娜·薇依．柏拉图对话中的神［M］．吴雅凌，译．北京：华夏出版社，2012：112—122.

③［俄］别林斯基．对民间诗歌及其意义的总的看法1844［M］．满铸，译//陈洪文，水建馥选编·古希腊三大悲剧家研究．北京：中国社会科学出版社，1986：180.

错乱是无法解释的，而最好的解释就是他们本来就是一体。①西蒙娜·薇依曾经追问，在埃斯库罗斯的其他作品中，宙斯首先是智慧神，为何在《普罗米修斯》一剧中却没有了智慧甚至危及王权呢？她解释说，宙斯需要普罗米修斯的计谋才能避免被推翻，这正说明普罗米修斯就是宙斯的智慧，"普罗米修斯这个名称的本义就是神意"，如果再结合普罗米修斯对人类的启蒙和《阿伽门农》中宙斯对人类的开智来看，可以肯定，"宙斯和普罗米修斯是唯一、同一的神"，由于普罗米修斯就是宙斯，薇依进一步认为，普罗米修斯与宙斯的敌意就不过只是表象而已②。

可以再结合悲剧和《神谱》来解释一下普罗米修斯与宙斯之间斗争的表象。在与提坦神族的战争胜利后，宙斯的第一件事是加固自己的统治，建立自己的统治秩序，奖赏可以收拢人心，将政敌打入幽暗的塔尔塔罗斯则起到立威震慑的作用。但是对普罗米修斯却难以进行奖赏或惩罚，因为他最开始要献计的是提坦而不是宙斯，当提坦拒绝其建议时才转向对宙斯的支持，对提坦来说，普罗米修斯是一个"背叛者"③，而对宙斯来说，普罗米修斯又是一个危险的"投机者"，"投机"当然产生自"预见"。事实上，普罗米修斯献给宙斯的"计谋"也有相当大的投机成分。在《神谱》中，这个"计谋"由该亚提出来，就是借助被乌兰诺斯囚禁的布里阿瑞俄斯、

---

① 根据法国著名政治学教授菲利普·内莫对"正义"的理解，正义是由诸神发布的，它反对过分的傲慢行为或邪恶的行为。正义通常是指由神或国王颁布的正义，在《伊利亚特》中，阿基琉斯对阿伽门农所说的"在宙斯面前捍卫法律的人"指的就是立法者法律。《神谱》中，新的摩伊拉姊妹就是秩序、正义与和平。内莫教授相信，如果普罗米修斯是忒弥斯的儿子，那么普罗米修斯也就是"正义"，而"正义"恰恰是宙斯给予人类的馈赠。见菲利普·内莫《民主与城邦的衰落——古希腊政治思想史讲稿》，张竝译，上海：华东师范大学出版社2011，第52—53页。

② [法]西蒙娜·薇依. 柏拉图对话中的神[M]. 吴雅凌，译. 北京：华夏出版社，2012：112—122.

③ 王焕生认为普罗米修斯是提坦，他说"埃斯库罗斯把普罗米修斯视为提坦神之一"（见《古希腊悲剧喜剧全集》译序，第8页）。"提坦"在《神谱》中是天神乌兰诺斯责骂儿女时使用的浑名，意为"紧张者"。普罗米修斯的父母伊阿佩托斯和忒弥斯虽然是提坦，但他本人并不一定是，悲剧中也没有充分的证据表明他是提坦。

科托斯和古埃斯三兄弟的力量，这三个神也是克洛诺斯的兄弟，他们力大无穷，在战争中决定了战局，使宙斯最后获得了胜利。该亚是乌兰诺斯的母亲，也是他的妻子，他们生了六男六女和布里阿瑞俄斯三兄弟，六男六女中的伊阿佩托斯和忒弥斯生了普罗米修斯，克洛诺斯和瑞亚生了宙斯。从整个神话看，该亚是最古老同时也是最有影响的神，她直接生于混沌神卡俄斯，她先帮助儿子克洛诺斯战胜了父亲乌兰诺斯，又帮助孙子宙斯战胜了儿子克洛诺斯，在悲剧中，她又被普罗米修斯认为母亲，显然，这个无处不在的人地女神一直都是某种混沌形象，她是大地，既生养万事万物，又赋予万事万物自我生长的各种能力。从这个意义上看，忒弥斯司法律、秩序和预言的能力当然也来自该亚，普罗米修斯完全可以把该亚（悲剧中译为"盖亚"）称作母亲。正是如此，该亚的"计谋"必然也是以一种"普罗米修斯"的方式影响宙斯，它给宙斯指出了未来的某种可能性，普罗米修斯想必就是在这种意义上宣称他给宙斯贡献了"计谋"（原文用 δολω，精明、狡猾的）。同时，普罗米修斯也明确地进一步指出，正是由于他的"计谋"（原文用 βουλαις，决定），"塔尔塔罗斯的幽暗而深邃的地穴囚禁了年迈的克罗诺斯和那些同他一起战斗的众神明"。（行 221—223）"计谋"从以"δολω"的方式提出到以"βουλαις"的方式结束，这里面都贯穿着普罗米修斯的参与，但是，难道"决定"不是应该由宙斯来发出吗？在接下来的申辩中，普罗米修斯又提到"众神之王得到我如此巨大的帮助，现在却用如此残酷的惩罚回报我。看来这是所有暴君的通病：不相信自己的朋友"（行 224—227）。尽管十分愤怒，但正如刘小枫所看到的，普罗米修斯显得十分克制和有分寸①。他更多是以一种"自怜"的方式来向世人展现自己遭到的惩罚。这种自怜，或许正如薇依所说，是像耶稣一样的替代人类受难，而非如刘小枫所断言的怀揣阴谋的表演。

---

① 刘小枫. 普罗米修斯之罪 [M]. 北京：生活·读书·新知三联书店，2012：28.

第三节　"罪"的产生

安东尼曾指出普罗米修斯与宙斯之间存在"互惠"关系，宙斯惩罚的是普罗米修斯的傲慢，普罗米修斯指责的是宙斯的专横，这一相互的作用促成了他们在后面两部悲剧中的和好。[1] 这一说法从侧面指出了宙斯与普罗米修斯在悲剧中可能的共谋联系。在前述的分析中，既然普罗米修斯就是宙斯，那么在墨科涅分牛时，他们各自承担"狡猾"和"贪图"之责又有何意义？这是否就是说，神必须在道德上不如人类呢？赫西俄德肯定不这么看，而在埃斯库罗斯的悲剧中，也完全没有这种情况。阿里斯托芬十分赞赏埃斯库罗斯，他称埃斯库罗斯的悲剧就是为了营造一种悲壮肃穆的高尚，以帮助观众达到净化的目的，"表达高尚的思想和理想，必须创造出高尚的语言来。英雄和神样的伟人说话，应该用庄严华丽的辞藻"[2]。尽管普罗米修斯在悲剧中不断指责宙斯施加给他的惩罚，但他同时又承认自己是"自愿犯罪"，这样看来，他也并不是要以一种纯粹的"冤屈"姿态来拉低宙斯的道德，而是要在被惩罚的过程中传达某种担当。因为如果宙斯的确是一位无能的暴君，那么他的道德也就没有说服力了。如此看来，神在墨科涅分牛时的担责就一定包含某种深意，不妨将分牛神话与伊甸园神话做一个小小的比较，或更有助于我们理解其意义。

伊甸园中，摆在亚当和夏娃面前的实际上只有两个选项，一棵"生命

---

①Anthony J. Podlecki, Reciprocity in Prometheus Bound, Greek, Roman, and Byzantine Studies[J]. 2003, Vol.10, No.4, pp287—292.

②[古希腊]埃斯库罗斯等. 古希腊悲剧喜剧全集(第七卷)[M]. 张竹明, 王焕生, 译. 南京: 译林出版社, 2007: 107, 行1058—1061.

树"，一棵"死亡树"①。从表面上看，是亚当和夏娃受不了诱惑而主动偷吃了"死亡树"上的果子，上帝以此"罪过"惩罚他们"必归于尘土"，又怕他们再吃"生命树"上的果子而长生，就把它们逐出了伊甸园。但是，果真是他们自己选择的吗？亚当和夏娃从被造那一刻起，就要么"有死"，要么"不死"。如果他们本身是"不死"的，选择"生命树"没有意义，只有选择"死亡树"；如果他们本身是"有死"的，选择"死亡树"就没有意义，只有选择"生命树"。在第一种情况中，暗藏着上帝"迫使"亚当和夏娃选择"死亡树"的可能；在第二种情况中，假定上帝确实希望亚当和夏娃选择"生命树"，但是上帝却不特别告诉他们"生命树"上的果子可以令人永生，反而有意"透露"出"死亡树"上禁果的秘密，这是否说明，上帝并不想他们永生呢？上帝是全知全能的，他肯定知道蛇听到这个秘密，也知道蛇会去诱惑人类，然而，上帝并没有阻止蛇的诱惑和人类的错误选择，这就是说，上帝默认了这一切。没有证据表明亚当和夏娃一开始就被赋予了"不死性"，而上帝又剥夺了他们的"不死性"。事实上，他们只是由泥土所造，既无所谓生也无所谓死，但或许唯有"死"才能令"生"变得真实可感。因此，事情的真相其实应该这样，亚当和夏娃被造出之后就面临两种命运，一种是被上帝抛弃和毁灭，人类也就不成其为人类；另一种是被上帝安排了"有死性"，从此人类才"知道""生"。所以，所谓"生命树"要么不存在，要么就是足以毁灭人类的树，上帝是仁慈的，他高明地设下计谋，迫使人类一定选择"死亡树"。

分牛的神话也是如此，尽管人类没有主动选择，但仍然由宙斯对牛骨的选择而被迫选择了牛肉。普罗米修斯的牛肉和牛骨就是两个选项，瘤胃覆盖下的牛肉以食物的形式让人类获得了"有死性"，正如让-皮埃尔·韦尔南（也译作维尔南）所指出的，人类得到肉的同时也得到了"必死性"，

---

① 圣经中，这棵树是"分别善恶的树"，但是上帝警告亚当不能吃上面的果子，因为"吃了必定死"。詹姆斯·乔治·弗雷泽曾在《〈旧约〉中的民间传说》中推测伊甸园故事的原始形态，认为这两棵树一棵是生命树，另一棵其实是死亡树，两棵树都对人开放，然而人却受到蛇的误导，吃了不该吃的果子，从此失去了永生的可能。本文也将此树理解为"死亡树"。

对牛肉的享用意味着人类再也无法摆脱肚子规律的制约，他们必须依靠食物维持造物主最初赋予的生命力，但这种生命力也随着食物自身可腐的属性会逐渐衰竭、耗尽和死亡。相反，神则在不可食用的骨头和油脂的香味中保留了"不朽"的本质①。与伊甸园神话惊人一致的是，上帝和宙斯在这个最初的选择中都放弃了干预，却共同地降罪于人类。同样，普罗米修斯与伊甸园中的蛇都以相似的"狡猾"对人类的选择做出了提前的安排，在两个神话的故事结构中，他们发挥了相同的"计谋"的作用而让人类获得了"错误"。由于普罗米修斯就是宙斯，因而某种程度上也可以把那条蛇等同于上帝，正如保罗·里克尔的推断，宙斯与上帝事实上就是满怀恶意的"恶神"，宙斯的目的就是要引起人类的恐惧和不安，并且将自身的罪恶隐藏在对普罗米修斯的折磨背后，从而教导人类"知从苦中来"，这就是悲剧的智慧。② 因此，所谓人的"错误"（罪恶）其实从一开始就只是神的预设，这个"错误"在两个神话中都具有如下双重性，一是人类对神犯下的错误，人类因此必须受到神的惩罚；二是人类对自身犯下的错误，人类因此必须"有死"。

宙斯和普罗米修斯的分牛计谋不仅使得宙斯有了惩罚人类的借口，也使人类学会了开始向神明奉献祭品。悲剧中，普罗米修斯在夸耀自己的功绩时就曾说过，"我把腿肉和长长的腿骨裹上肥油，焚烧献祭，把这种难以理解的技术教会凡人，使得往日人们不了解的祭火的各种征兆变得清楚明了"（行 496—499）。后世的人类传承了这种焚烧献祭的技术，每次向神明献上祭品的同时也必须伴之以祈祷，阿伽门农就曾用这种方式向宙斯献祭，并祈求宙斯满足他打败特洛伊人的心愿。在每一次献祭中，正是作为人类祈祷的对象，神对人类的惩罚就越来越具有合法性，同时，神也就越具有主宰性。但是，人类最初的错误仍然必须进一步演化，宙斯对人类藏起了火种，以此惩罚人类，既然从分牛开始就是宙斯的计谋，那么藏火种

---

①[法] 让-皮埃尔·韦尔南. 古希腊的神话与宗教 [M]. 杜小真，译. 北京：生活·读书·新知三联书店，2001：56—58.

②[法] 保罗·里克尔. 恶的象征 [M]. 公车，译. 上海：上海人民出版社，2005：192—202.

的目的就不是为了毁灭人类而是为了教育人类。普罗米修斯再一次按宙斯的意愿为人类偷来了火种，我们不清楚普罗米修斯是如何在赫菲斯托斯手中盗取的火种，但是显然这次盗火并不难，普罗米修斯没有受到任何阻挠就用空茴香秆从赫菲斯托斯那里偷走了"远处即可看见的不灭火种"。茴香秆是古希腊最常见的引火植物，正是其可燃性和普遍性帮助人类永久地保存了火种，人类借助火开启了新的生活。但是还应该留意，既然普罗米修斯教会了凡人焚烧献祭，那么他的盗火是在这次教授之前还是之后呢？悲剧第一场，当普罗米修斯讲述他反对宙斯图谋毁灭人类之后，歌队长与普罗米修斯有如下对话：

> 歌队长：除此之外你没有犯什么其他过错？
>
> 普罗米修斯：我还让会死的凡人不再预见死亡。
>
> 歌队长：你为治疗这疾病找到什么良药？
>
> 普罗米修斯：我把盲目的希望放进他们的胸膛。
>
> 歌队长：你给予了凡人如此巨大的好处。
>
> 普罗米修斯：不仅如此，我还把火赠给了他们。（行 249—254）

很明显，埃斯库罗斯认为普罗米修斯盗火的行为发生在"宙斯图谋毁灭人类"之后，这次毁灭前文已有所述，正是赫西俄德神话中"宙斯抛弃白银种族"以引起神人"争执"一事。但在悲剧的第二场，普罗米修斯却不再提自己盗火的事实，而只讲了自己"启蒙"人类的种种事迹，这些事迹中直接与火有关的就是他教授人类焚烧献祭的技术。焚烧献祭所用的火难道不是人类的煮食之火、照亮之火和助长技能之火吗？如此一来，盗火就一定发生在教授焚烧献祭之前，但若"宙斯图谋毁灭人类"一事指的确实是赫西俄德神话中的"宙斯抛弃白银种族一事"，盗火就势必发生在教授焚烧献祭之后，对于十分熟悉赫西俄德神话的雅典观众，这无疑是一个太过低级的矛盾。如果人类从来没有火，一直到普罗米修斯盗火才有火的话，这个矛盾的确无法避免。当然，也还有另外一种可能，假设神与人发生"争执"之时人类已经有火，那他们完全可以学习焚烧献祭技术，正是由于普罗米修斯欺骗宙斯的缘故，宙斯才藏起了火种，之后才发生了盗火事件。这样的话，矛盾就消失了。

这两种情况都应该引起重视，无论哪一种情况都隐藏着神的预谋，他们必须将罪恶预先指派给人类。之所以如此说，是因为这里暗含了埃斯库罗斯的某种意图，正如米歇尔·安德森所看到的，埃斯库罗斯之所以将原来分别独立的两个神话——普罗米修斯神话和伊奥神话融合在一起，是由于他们都处于暴政受害者的相同地位[1]。但是在这两个神话传统的背后，埃斯库罗斯创新地融入了第三个传统，即宙斯将被儿子推翻这个预言所带来的忒提斯神话传统。米歇尔·安德森在这里强调的其实埃斯库罗斯对神人关系的反思，在他看来，埃斯库罗斯有意将三个独立的神话进行融合就是要证实一种宙斯的法则。在忒提斯神话中，为了神圣的等级秩序，她最后被迫与一个凡人结婚，但是神庆祝其婚礼的后果却是她的儿子阿喀琉斯在特洛伊战争中的死亡，这种分裂补充了普罗米修斯在神与人之间"越界"的角色[2]。普罗米修斯看起来更像一个神人之间的中介，只不过这个中介却是宙斯有意安排的，因为他自己不可能亲自下降到人的位置。第一种情况下，由于人类从来没有火，他们就像普罗米修斯所说的"梦中的浮影"一样枉然视听，不知道向神灵献祭，对这些懵懵懂懂毫无意义的生物，宙斯决定予以启蒙。但是众神之王必须让自己的意图艰深晦涩不为诸神所知，他将"启蒙"的目的隐藏在"图谋毁灭人类"的说辞之中，这个意图瞒不过普罗米修斯，因为普罗米修斯本身就是"神意"而参与了策划。于是就有了普罗米修斯在墨科涅分牛的安排，在这次分牛中，一种类似"双簧"的戏剧性的分配表演产生了，人类观众"看到了"英雄的努力和宙斯的愤怒，随着英雄的再一次努力，人类得到了火，他们在火光中将会"认识"更多东西。其中，最为重要的有两个方面：一是宙斯拥有绝对的智慧和力量；二是普罗米修斯为人类而遭受了惩罚。正是基于这种双重的认识，人类不仅学会了虔诚，也学会了同情，从而才有可能心甘情愿地承受过错和罪过。

第二种情况，假设人类本来就有火，只是他们不知道如何用火，直到

---

①Michael J. Anderson, Mthy, Justina Gregory, ed..*A Companion to Greek Tragedy*[M].Blackwell Publishing Ltd, 2005: 133—134.

②Michael J. Anderson, Mthy, Justina Gregory, ed..*A Companion to Greek Tragedy*[M].Blackwell Publishing Ltd, 2005: 133—134.

普罗米修斯出来教授他们。这里又有两种可能，一是普罗米修斯先教给人类其他技艺，但是恰恰没有教人类焚烧献祭而引起宙斯不满，于是宙斯"图谋毁灭人类"，之后普罗米修斯为了保全人类而在墨科涅教会人类焚烧献祭技术。此情形下，普罗米修斯十分符合一个掌握着"巧计"的"阴谋家"形象，教人类焚烧献祭只是为了平息宙斯不满的权宜之计，他还将玩弄自己的聪明而一次次戏弄和打击宙斯。悲剧似乎正是凭着这种认识而让普罗米修斯不断地嘲讽宙斯的残暴和无能，同时也让宙斯残酷地惩罚其权力政治中的异己分子。然而这种情形真的值得信赖吗？如若焚烧献祭技术只是某种权宜之计，那么为何宙斯在分牛中不借被欺骗一事而大做"毁灭人类"的文章，却偏偏只是藏起火种？难道说，宙斯的强烈报复只是让普罗米修斯用盗火来再一次羞辱自己？如按悲剧中威力神和暴力神的力量，宙斯完全可以在分牛之后就立即惩处这个欺骗者，完全没有必要再给普罗米修斯一次盗火的机会。问题的关键只在于，为什么宙斯偏偏以偷盗而不是欺骗给普罗米修斯定罪？比较合理的解释只有一个，那就是宙斯根本不想毁灭人类，而是计划通过与普罗米修斯的智力斗争来向人类传递普罗米修斯的"恶"：正是普罗米修斯的"自作聪明"，才使得人类屡遭惩罚。正如阿里松·格拉哈姆指出的，普罗米修斯所带给人类的其实是一种"非人道的爱护"，他创造的过于技术性的世界忽略了"人"的价值，反而宙斯惩罚的暴政却教育了人类[①]。在这场斗争中，被戏弄的宙斯仍然取得了最终胜利，既惩罚了敌对者，又赢得了名誉和人类的信仰。另外一种情形是，普罗米修斯一开始就教给了人类焚烧献祭的技术，只不过在这次教授中他对分配动了手脚。在这种情形下，由于普罗米修斯教授人类的目的是让人类更好地献祭，因而这似乎可以看作宙斯的授意，普罗米修斯更像是宙斯的亲信在执行"神意"，他懂得如何让事态朝着宙斯的意愿发展，也愿意承担施加其身的预定惩罚。这样，普罗米修斯的欺骗、盗火以及被惩罚和申辩都

---

①Allison Graham, Inhumane Philanthropy and Philanthropic Tyranny: Prometheus and Zeus in Aeschylus' Prometheus Bound, Pseudo-Dionysius 2015, Vol.17, pp121—126.

成了宙斯与普罗米修斯共谋计划的一部分。

对盗火的追溯使我们明白了普罗米修斯之罪的出发点，这是一个从一开始就被神"预设"的"罪"。在墨科涅分牛中，神通过最初对"狡猾"和"贪图"的担责不仅赋予了人类生存的机会和条件，同时还赋予了人类"错误"，正是这一最初的"错误"，又引发了盗火的"错误"。之后，从盗火、启蒙到渎神，普罗米修斯在演绎这个"错误"的同时为其增加了罪恶的意味。与此同时，我们还看到，这一"错误"的赋予不仅伴随着宙斯的恶意，也伴随着普罗米修斯的"仁慈"。的确，由于普罗米修斯本身就是宙斯，通过这一双重身份的叠合，宙斯就以一种既"恶意"又"仁慈"的形象被人类记住，人类不仅记住其仁慈和威严，也记住其玩笑式的"狡猾"。难怪托德说，埃斯库罗斯不仅在悲剧中展现了普罗米修斯的睿智和帮助人类，更展现了宙斯的公正、仁慈和可爱①。至此，宙斯的形象及其"预设"的普罗米修斯之罪就相当清楚了。

---

① Todd O J. The Character of Zeus in Aeschylus Prometheus Bound[J]. *Classical Quarterly*, 19.2(1925):61—67.

第二章 古希腊文学中的报复与惩罚

第一节 古希腊文学中的报复书写

正是在悲剧《普罗米修斯》中，我们看到了宙斯对"报复"和"惩罚"的统一，或者毋宁说，悲剧是向我们展示了宙斯如何将一种单纯的"报复"转化为一种需要审判的"罪恶"。为了尽可能弄清楚其中的秘密，我们有必要重新回到古希腊文学中去审视那种单纯的服从于自然原始法则的"报复"。

报复是人类世界交往中最原始也可能最永恒的主题，它服从于一种有意识地对伤害自己的人进行回击的本能。古希腊文学中，报复几乎无处不在。在《伊利亚特》的第一卷，阿波罗的祭司克律塞斯向希腊联军统帅阿伽门农请求赎回自己的女儿，却遭到了阿伽门农的无情拒绝，于是，祭司向阿波罗祈祷：

> 银弓之神，克律塞和神圣的基拉的保卫者，统治着特涅多斯，灭鼠神，请听我的祈祷，如果我曾经盖庙顶，讨得你的欢心，或是为你焚烧牛羊的肥美大腿，请听我祈祷，使我的愿望成为现实，让那达那奥斯人在你的箭下偿还我的眼泪①。

毫无疑问，克律塞斯的祈祷就是为了报复阿伽门农，因为自己没有力量对抗，所以必须借助阿波罗的力量。听到自己祭司的祈祷，愤怒的阿波罗将自己的神箭射向了阿伽门农的军营，替自己的祭司报了仇。由于神的介入，人类的力量无法对抗，无奈之下，希腊军中的最勇猛的阿喀琉斯在

---

① [古希腊] 荷马. 伊利亚特（第一卷）[M]. 罗念生，王焕生，译. 上海：上海人民出版社，2017：13—14，行37—42.

军事会议上首先发出了疑问，到底是什么惹怒了阿波罗？鸟卜师卡尔卡斯指出，正是阿伽门农不敬重阿波罗的祭司，不释放祭司的女儿，远射之神阿波罗才降下灾厄和苦难，当务之急只有把祭司的女儿还回去，并且不收受赎礼，才能平息阿波罗的怒火。

鸟卜师的话马上刺激了会上的阿伽门农，他凶狠地责骂卡尔卡斯是个尽喜欢预言坏事的人，他同意把祭司的女儿还回去，但同时要求其他将士给他一份相当的礼物。他的这一要求马上被阿喀琉斯驳斥，称他为"最贪婪的人"，然而这也更加刺激阿伽门农的报复心，他表示如果谁不给他礼物，他就亲自去抢夺。听到这里，阿喀琉斯愈加愤怒，他痛骂阿伽门农：

> 你这个无耻的人，你这个狡诈之徒，阿开奥斯人中今后还有谁会热心地听你的命令去出行或是同敌人作战？我到这里来参加战斗，并不是因为特洛亚枪兵得罪了我，他们没有错，须知他们没有牵走我的牛群，没有牵走我的马群，没有在佛提亚，那养育英雄的肥沃土地上毁坏谷物……你竟然威胁我，要抢走我的荣誉礼物，那是我辛苦夺获，阿开奥斯人敬献。每当阿开奥斯人掠夺特洛伊人的城市，我得到的荣誉礼物和你的不相等，是我这双手承担大部分激烈战斗，分配战利品时你得到的却多得多。①

报复的初级形式就是相互咒骂，你骂我一句，我骂你十句，随着相互报复性的咒骂愈加升级，语言的咒骂可能就演变为肢体的击打动作，随着报复的加剧，可能会引发越来越多人的参与，到最后便是战争。《荷马史诗》很多地方都极其细致地描写了这种报复的初级形式，从文学批评的角度看，这也是造成"冲突"的主要形式，也是推动故事发展的根本力量。的确，再也没有任何一部作品能像《荷马史诗》那样优雅而又真实地描写人与人之间的相互咒骂，它的语言在优雅中蕴藏"刺激"的力量，一步步地将双方之间的争吵推向白热化，武力往往一触即发。阿喀琉斯越骂越愤怒，以不再帮助阿伽门农相威胁，但阿伽门农对阿喀琉斯的威胁不以为然，他坚

---

① [古希腊] 荷马. 伊利亚特（第一卷）[M]. 罗念生，王焕生，译. 上海：上海人民出版社，2017：23，行149—166.

决要从阿喀琉斯手中夺走阿喀琉斯的战利品，要把阿喀琉斯的女俘布里塞伊斯带走，他用一种小孩子般不受理性左右的思维直接回击，"我比你强大"，所以你必须服从。史诗这时写到阿喀琉斯的表现：

> 佩琉斯的儿子感到痛苦，他的心在他毛茸茸的胸膛里有两种想法：
> 他应该从他的大腿旁边拔出利剑，解散大会，杀死阿特柔斯的儿子？
> 还是压住怒火，控制自己的勇气①？

阿喀琉斯经过一番挣扎，决心杀死阿伽门农。但是，正当他要拔出剑时，天神雅典娜从天而降，她劝阿喀琉斯不要伸手拔剑，只需要"尽管拿话骂他"，因为"咒骂自会应验"。为什么是雅典娜而不是别的神来阻止他？雅典娜代表理性和智慧，她的出现表明阿喀琉斯身上理性思考与情绪冲动之间斗争的结果，理性最终占据上风。希腊人第一次在实施报复行为时加入了理性对事态的权衡，阿喀琉斯成功克制了自己，这是理性的胜利，他的愤怒最终转为一个决定，他不再服从阿伽门农，这是阿喀琉斯的第一次愤怒，这次愤怒所带来的后果正如他自己所说，没有他的参战，阿开奥斯人许多人都"被杀人的赫克托尔杀死"。

只要报复还在两者之间交替进行，报复就不构成犯罪。但是报复不可能一直交替进行下去，"冤冤相报何时了"，如果不加控制，肆意报复只会加速报复双方的灭亡，甚至影响到整个城邦的安危。亚里士多德说："所有城邦都是某种共同体，所有共同体都是为着某种善而建立的（因为人的一切行为都是为着他们所认为的善），很显然，由于所有的共同体旨在追求某种善，因而，所有共同体中最崇高、最有权威，并且包含了一切其他共同体的共同体，所追求的一定是至善。这种共同体就是所谓的城邦或政治共同体。"②城邦是人类结成团体共同生存的自然的产物，因而在本质上就优先于家庭和个人，亚里士多德指出，人类如果不讲礼法、违背正义，就会堕落为淫凶纵恶、贪婪无度的最肮脏、最残暴的野兽，因此，城邦必须

---

① [古希腊] 荷马.伊利亚特（第一卷）[M].罗念生，王焕生，译.上海：上海人民出版社，2017：25，行188—192.

② [古希腊] 亚里士多德.亚里士多德全集（第九卷）[M].苗力田主编。颜一，秦典华，译.北京：中国人民大学出版社，1990：3.

以正义为原则，由正义衍生的礼法，就可以判断人与人之间的是非曲直。

报复必须被正义所控制。古希腊三大悲剧诗人均对此有深刻探讨，最典型的复仇出现在阿伽门农被其妻子克吕泰墨涅斯特拉杀死之后的系列故事中，阿伽门农抢夺了阿喀琉斯的女俘布里塞伊斯，之后又献祭了自己的女儿伊菲革涅亚给狩猎女神阿尔忒弥斯，这引起了他王宫中妻子的不满，她做好了报复阿伽门农的准备，埃斯库罗斯在写克吕泰墨涅斯特拉的报复时，提前在悲剧中营造出复仇的宿命气氛，在阿伽门农返家之际，远在王宫中的守望人站在宫殿的屋顶上叹息，在没有阿伽门农的日子里，宫殿已经不复往日的辉煌，萧条的宫殿源于阿伽门农和墨涅拉奥斯两大统帅带兵不远万里漂洋过海去报复特洛亚的阿勒珊德罗斯，歌队已"预感"到祸患，但是他们仍然歌唱阿伽门农和墨涅拉奥斯，他们"手持报复的戈矛，由猛禽载往透克罗斯的国土"，去惩罚阿勒珊德罗斯"骇人的罪行"。希腊人的军队在奥利斯的时候，统帅阿伽门农的傲慢引起狩猎女神的不满和报复，于是带来大风大浪，军队无法起航，歌队唱出了遭到报复的希腊军队的惨状：

> 从斯特律蒙刮来风暴，恼人的滞留引起饥饿，军队四处闲散地游荡，船只和缆绳日见朽损，时间就这样久遭延误，阿尔戈斯的花朵遭枯萎①。

之后，阿伽门农为了平息阿尔忒弥斯的怒火，按照先知卡尔卡斯的主意，将女儿伊菲革涅亚献祭给了狩猎女神，祭坛上的伊菲革涅亚曾苦苦哀求自己的父亲，但献祭显然没有因此停止，可怜的姑娘心中何等悲伤与绝望。悲剧写道：

> 她的祈求，她对父亲的神圣呼唤和处女的生命都没能感动好战的首领们。父亲祷告，吩咐执事人把诚信扑倒在他的长袍前，脑袋低垂的女儿举起，如同小羊般放上祭坛，让他们严密封住少女那微微翘起的美丽嘴唇，免得她对家庭发出诅咒②。

---

① [古希腊] 埃斯库罗斯等.古希腊悲剧喜剧全集(第一卷)[M].张竹明,王焕生,译.南京：译林出版社,2007：289，行192—197.

② [古希腊] 埃斯库罗斯等.古希腊悲剧喜剧全集(第一卷)[M].张竹明,王焕生,译.南京：译林出版社,2007：291，行228—237.

为了避免伊菲革涅亚发出"诅咒"以报复那些把她送上祭坛的人，他们把她的嘴给封住了。古希腊悲剧中利用"诅咒"来进行报复的事件很多，埃斯库罗斯通常利用歌队的歌唱来探讨"诅咒"的威力。《乞援人》的开始，由达那奥斯的女儿们组成的歌队刚刚从埃及逃出，前往阿尔戈斯求助，她们祈求宙斯的帮助时先表明自己无罪，"我们逃离与叙利亚毗邻的神圣故土，并非由于犯凶杀罪愆，遭受城邦审判被判处，而是有意逃避男人们，憎恶埃古普托斯儿子们的邪恶追求"（《乞》行 4—10），她们祈求宙斯"仁慈地庇护"她们，同时把埃古普托斯的 50 个儿子赶下海，"让他们遭受狂风、霹雳、闪电和裹挟着暴雨的强劲气流的袭击，一起葬身于凶顽的大海"（《乞》行 33—36）。当阿尔戈斯国王佩拉斯戈斯听到她们诉说自己的遭遇后，对她们十分同情，他加入了"诅咒"的行列，"愿诅咒降落到我的敌人们头上"（《乞》行 376），但是，为了避免自己因帮助这些乞援人而使自己的城邦陷入危机，他理性地思考两个相互矛盾的问题：既不要把城邦拖进争执之中，又不把坐在祭坛边上的乞援人交出。是否接纳乞援人，从阿尔戈斯的律法来说，他无权自己做主，必须与全体邦民共同商量，但如果不帮助乞援人，他又恐惧神明的报复，因为一旦把保护乞援人的神明得罪，"可怕的报复神"将"不断追袭，甚至在冥间也不把犯罪人放过"（《乞》行 415—416）。为了让佩拉斯戈斯下定帮助的信心，乞援人歌队再次告诉他，她们也受到宙斯的保护，不管他做何决定，他的"孩子和家庭都将面临战争，遭受同样的报复"（《乞》行 434—436），如果阿尔戈斯的国王不帮助他们，她们将自缢在神像前。最后，在佩拉斯戈斯富有说服力的演讲下，全体邦民通过表决，她们终于得以留在城邦中。城邦全体居民的表决必须遵守，如果有人不服从，将会"丧失名誉，遭到放逐"（《乞》行 615）。尽管她们受到阿尔戈斯的保护，但当他们眼看那 50 个邪恶的儿子追击而来即将上岸时，仍然十分绝望，她们"宁愿从此成为恶犬的猎物"，也要逃脱这邪恶的婚姻，她们发出强大的诅咒，"啊呀，啊呀，愿你悲惨地葬身于汹涌的咸涩大海上，在萨尔佩东的多沙的古墓旁，受东方的风浪冲击"（《乞》行 867—871）。

伊菲革涅亚是无辜的。与埃斯库罗斯的悲剧不同的是，欧里庇得斯《伊菲革涅亚在奥里斯》中塑造了一个更加真实却无情的阿伽门农。当墨涅拉奥斯指责他变卦不想献祭女儿时，他直接说出了"我不想杀我的孩子"的想法，他最开始的时候写信骗他的女儿前来和阿喀琉斯结婚，实际上就是听信先知卡尔卡斯的话要杀女献祭，后来他实在不忍，又派老仆送信回家，叫女儿不要前来。可惜老仆的信被墨涅拉奥斯截获，以为要与阿喀琉斯结婚的女儿如期前来，他陷入痛苦中。他的兄弟墨涅拉奥斯看他痛哭流泪，也于心不忍，劝他不要杀自己的女儿，他又说："我们已落入必然的命运，必须做杀害女儿的事了。"①之后，不管墨涅拉奥斯怎么劝说他，他都以事情已被众人皆知无法逆转为由，坚决要杀掉自己的女儿，他同时欺骗了自己的妻子和女儿，为了能顺利杀死自己的女儿，他想方设法让克吕泰墨涅斯特拉离开军营。与埃斯库罗斯悲剧中的阿伽门农相比，欧里庇得斯的阿伽门农已经完全变成一个世俗世界的军队统帅，英雄的神性的悲剧性已经完全转化为人类生活中常见的悲欢离合和细细碎碎的家长里短，当妻子坚持要留在军营中安排女儿的婚事时，无奈的阿伽门农只好去找卡尔卡斯，"一个聪明人应当家里养一个又有用又有德的妻子，不然干脆别结婚"（《伊》行749—750），即便他嘴上如何说自己多么痛苦，但是在权力、虚荣以及战争狂热面前，亲情已经不再那么重要了，悲剧要在全剧的后半段才开始凸显。

埃斯库罗斯的悲剧总是从一开始就营造某种神秘的宿命式的报复氛围，可以说是古希腊文学中关于报复与惩罚的集中体现。当欧里庇得斯的阿伽门农还在绞尽脑汁如何杀死自己的女儿时，埃斯库罗斯的阿伽门农已经结束了对特洛伊的战争，正在回程的路上。悲剧性从他返程的消息传给妻子时就开始了，尽管在众人面前表现得喜悦，但克吕泰墨涅斯特拉的内心却透着无法消除的恐惧：

　　特洛伊今天已属于阿开奥斯人。我想城里的呼喊声不会有混淆。
　　当你把醋和油装进同一个器皿，你会说它们不友好地彼此相敌视。被

---

①［古希腊］埃斯库罗斯等.古希腊悲剧喜剧全集（第一卷）[M].张竹明，王焕生，译.南京：译林出版社，2007：33，行511—512.

征服者和征服者的声音听起来也会像他们的命运，分成两半。有些人扑倒在丈夫或兄弟的尸身上，孩儿扑倒在他们生父的遗体上，他们已不能用自由的喉咙为自己至亲之人的命运哭泣①。

女人的天然的同情心反映了埃斯库罗斯对战争的深刻反思，阿开奥斯人战胜了特洛伊意味着什么呢？难道仅仅是阿开奥斯人的胜利喜悦吗？埃斯库罗斯必须警告希腊人，任何时候都应保持克制和节制，不可过度追求超过自己限度的东西，须知万事万物都是神所拥有和控制。歌队对克吕泰墨涅斯特拉担忧的回应更能说明这一点：

> 有人说神明不屑费心于凡人践踏神恩的行为，这样思想对神明不虔敬。不应有的狂傲骄纵必然招来严厉的惩罚，当有人地位显贵无比，家宅里财富充盈过分，超过最为合适的限度。聪明人往往安然无恙，他们满足于命定所得。如果一个人富裕得超过应有的限度，把正义女神的巨大祭坛一脚踢翻，那他就失去了不可见的保障。②

尽管阿伽门农带领希腊人取得了胜利，他们成功地为墨涅拉奥斯报了夺妻之仇，为他赢回了尊严，但他们同样给希腊士兵的家庭、给特洛伊人民带去了灾难，民众中的反战情绪已经逐渐滋生，报复将引来新的报复。正如歌队所唱：

> 市民们的沉重怨言蕴含着郁愤，需要为人民的诅咒付出代价。我心中害怕，怕听到隐藏在黑夜中的消息。神明并非不注意，多行杀戮的人们。穿黑袍的埃里倪斯啊，终会使好行不义之人命运逆转、人生受折磨，声名默默无闻被湮没，永远不可能获得拯救。一个人声名过重是一种沉重的负担，从宙斯那里会降下霹雳射向他的双眼。③

这里已经暗示了阿伽门农的命运，正如阳光照射的地方同时存在黑暗，

---

①[古希腊]埃斯库罗斯等.古希腊悲剧喜剧全集(第一卷)[M].张竹明，王焕生，译.南京：译林出版社，2007：297，行320—329.

②[古希腊]埃斯库罗斯等.古希腊悲剧喜剧全集(第一卷)[M].张竹明，王焕生，译.南京：译林出版社，2007：299—300，行370—384.

③[古希腊]埃斯库罗斯等.古希腊悲剧喜剧全集(第一卷)[M].张竹明，王焕生，译.南京：译林出版社，2007：303—304，行456—470.

荣耀背后也正在酝酿阴霾，阿伽门农的战争暴行所带来的灾难显然已经超过了墨涅拉奥斯的尊严，在返程的大军中，复仇的真正当事人墨涅拉奥斯却没有身影，他和那拐走海伦的帕里斯一样，都遭到了应有的报复，一个国破家亡，一个消失在茫茫大海。阿伽门农虽然凯旋，但他已经因为杀戮而犯罪，埃里倪斯正在朝他追来。当他回到自己的宫廷时，歌队在欢迎他的时候讲了一个双关语，"一个聪明人能很好地分辨羊群，他不会看不出一个人的眼睛，当那人貌似一片善良的用心，用掺了水的热情献媚时"（《阿伽门农》行 795—798），歌队长甚至直接指出阿伽门农是"为了那自愿的无耻行为，使许多人丧失了性命"（《阿伽门农》行 803-804），意在向观众暗示即将出现的仇杀，而阿伽门农浑然不知，他自以为他行的就是正义，是在"公正地惩罚普里阿摩斯的城邦"（《阿伽门农》行 812），一个人最大的傲慢就是不知道自己的傲慢，埃斯库罗斯称其为"恶魔"，不可抵御、不可战胜，正如阿伽门农嘴上说要致敬神明，内心却只是希望胜利永远伴随他一样，凡人永远不知道自己到底会面临何种不幸，他们盲目地享受正在进行的幸福，却不知神明已经对他们的幸福生出不满，他们的厄运即将降临。克吕泰墨涅斯特拉专门用一条紫色的花毯铺就小道，让阿伽门农一下车就踩上花毯进宫，这一奢侈的做法尽管令阿伽门农不喜，他知道过度的荣耀将引来神明的嫉妒，但却难掩内心真实的想法，他相信自己的"功绩"的确配得上这种铺张，于是半推半就地依了妻子。

正如希伯来神话中夏娃让亚当吃下"禁果"一样，克吕泰墨涅斯特拉用盛大的欢迎仪式"诱惑"了盲目自信、盲目沉浸于胜利喜悦的阿伽门农，当他踏上花毯进宫的时候，歌队预感到仇杀的恐惧，他们"心中唱起埃里倪斯的悲歌"（《阿伽门农》行 991），但是真正"看到"仇杀的是阿伽门农带回的俘虏，那个能准确预言却无人相信其预言的卡珊德拉。她直言"有人在这宫廷里谋划巨大的灾难，亲人们无法忍受无法救治的灾难"（《阿伽门农》行 1103—1104）。不仅如此，她还"看到"那头"公牛"被"母牛""罩在长袍里"谋杀。可惜这一切都无人相信，她痛苦她的预言无人相信，于是她准备用"理性"的方式来告诉人们真相：

　　　　请你们为我作证，紧紧跟随我寻找那往昔犯下的罪恶踪迹。有一个歌队从未离开过这个家，它声音谐和不优美，歌唱不详。这支疯狂的歌队喝的是人血，喝了更有力量，就留在这家里，很难赶走，埃里倪斯亲姐妹。她们就坐在这宫里，唱着颂歌，唱着祖先的罪孽，心怀憎恶，唾弃那践踏兄弟床榻之人。①

卡珊德拉在这里讲到了阿伽门农家族昔日的罪愆，其父阿特柔斯不是曾亲手杀害自己兄弟的两个儿子，并让兄弟吃了吗？他们家族注定遭到埃里倪斯的诅咒和追究，卡珊德拉告诉歌队：

> 你们可看见在那宫殿前面坐着孩子，如同梦中的影像？他们好像丧命于亲人之手，双手捧肉，供亲人饮宴的肴馔，原来是各种内脏，悲惨的食物，满满一堆，父亲把他们品尝。我告诉你们，有人想为此复仇，一头胆怯的狮子，辗转于卧榻，天哪，在家里等待主人的归来——我的——奴役的辕轭终需忍受，但这位舰队统帅，伊利昂征服者，却不知那条可憎的恶狗怎样花言巧语，竖起兴奋的耳朵，如隐蔽的迷惑神给他制造灾难。她有这样的胆量，弑夫的女人。②

那头"胆怯的狮子"正是阿伽门农妻子的情夫，在阿伽门农外出征战的年月里，埃里倪斯的姐妹们给克吕泰墨涅斯特拉召来了情人埃吉斯托斯，他们计划将阿伽门农杀死在他的卧室。卡珊德拉的预言应验了，她和阿伽门农都被那一对偷情者杀害。克吕泰墨涅斯特拉在杀死阿伽门农后，当着大臣的面讲述了自己的杀夫理由，是因为阿伽门农杀害了自己的女儿伊菲革涅亚献祭，同时，她为自己与埃吉斯托斯的通奸辩护，认为是阿伽门农先侮辱了她，她进一步将报复的起因往前追溯，她之所以杀死阿伽门农不过是遵循古老复仇神埃里倪斯对阿特柔斯家族罪恶的追究。当年，阿伽门农的父亲阿特柔斯为了争夺王位，把自己的亲兄弟提埃斯特斯赶出城邦，还把他的孩子切成肉块做成菜肴，提埃斯特斯于是被迫带着自己的小儿子埃吉斯托斯再次遭到放逐。因此，杀害阿伽门农既是克吕泰墨涅斯特拉的

---

①[古希腊]埃斯库罗斯等.古希腊悲剧喜剧全集(第一卷)[M].张竹明，王焕生，译.南京：译林出版社，2007：342—343，行1184—1193.

②[古希腊]埃斯库罗斯等.古希腊悲剧喜剧全集(第一卷)[M].张竹明，王焕生，译.南京：译林出版社，2007：345，行1217—1231.

复仇，也是埃吉斯托斯的复仇。

　　人类的复仇生活本身演绎着罪恶，但是报复的真正起源却从神开始。赫西俄德在《神谱》中记载了神话世界中最古老的复仇故事，天神乌拉诺斯因为憎恨自己的子女而把他们藏到大地深处，这个罪恶引发了地母该亚的罪恶性报复，她让小儿子克洛诺斯用一把巨大的镰刀割下了乌拉诺斯的生殖器，在血液滴入的大地，产生了最初的复仇女神厄里倪厄斯（即埃里尼斯）。这个最古老的关于罪恶和报复的神话在某种程度上解释了天与地的分离，但更为重要的，是表明一种秩序的开始，天神乌拉诺斯带给孩子的恐惧成为父权的明证，父亲的权力对孩子的压迫宣告了乌拉诺斯被迫从该亚的身上离开而升到高空，卡俄斯（混沌）消失了，取而代之的是神祇不断繁衍所带来的秩序。

第二节　"报复"的叙事及其伦理逻辑

　　摩尔根曾在《古代社会》中说："自从有人类社会，就有谋杀这种罪行：就有亲属报仇来对这种罪行进行惩罚。"① 血亲复仇如果不加控制，就会导致双边罪行的不断加深。"冤冤相报何时了"，事实上，在亲族关系还未确定的远古时代，报仇的最终目的其实并非为了亲情，而是为了发泄内心的愤怒，因此，发生复仇冲突的双方都无所谓"罪行"，双方一次又一次地相互报复更像一种儿童之间的游戏。这种游戏的文学表现最先是从神祇开始的，阿喀琉斯的女俘布里赛伊斯被阿伽门农强行带走之后，阿喀琉斯独自一人到海边向母亲忒提斯诉苦，他像一个孩子一样跟母亲讲述了阿伽门农的霸道和无理，他请求自己的母亲保护他这个心灵已经受到伤害的孩子，要她去请求宙斯帮助特洛伊人。在这里，我们会发现，希腊人和特洛伊人之间长达10年的战争仇恨被阿喀琉斯的愤怒情绪轻描淡写地掩盖了，他虽然是希腊联军中的将领，本该讲究国家和军队利益的他却因为与统帅阿

① [美] 路易斯·亨利·摩尔根. 古代社会 [M]. 杨东莼，马雍，马巨，译. 北京：商务印书馆，1992：74.

伽门农的争吵而愤然离开，甚至希望特洛伊人将阿开奥斯人赶到海边，他讽刺所有没有帮他说话的阿开奥斯人能好好享受一下有阿伽门农这样粗暴愚昧的国王的乐趣。大洋女神忒提斯听了自己儿子的诉苦，流下了伤心的眼泪，她安慰孩子就应该生阿开奥斯人的气，并且叮嘱他不要去参加战斗，她会亲自去找宙斯帮他的忙。

阿喀琉斯和忒提斯的行为都具有天真而朴素的孩子气特征，尽管阿喀琉斯有着超强的战斗力，但他也知道自己仍然没有阿伽门农的统帅力量，他不会与阿伽门农动手，为了惩罚阿伽门农而平息自己的愤怒，他选择寻求母亲的帮助。忒提斯没有忘记对孩子的承诺，她亲自找到宙斯，请求宙斯为自己的孩子报复阿开奥斯人，让他最后得到应有的赔偿。正如马克思所说，"希腊人是正常的儿童"，在人类的儿童时期，报复行为不可能被理解成一种社会性行为，报复是本能的、无罪的甚至仅仅是游戏的。忒提斯的请求让宙斯感到烦恼，因为他担心自己帮助特洛伊人会被妻子赫拉发现，从而与他发生争吵。善妒的赫拉早已知晓丈夫与忒提斯的会面，她讥笑宙斯为"狡猾的东西"，并且认为宙斯肯定会为了帮助阿喀琉斯而让阿开奥斯人尸陈海边。宙斯不堪忍受赫拉对他的监视和干预，当他愤怒地准备对赫拉扇耳光的时候，赫拉终于惊恐地安静下来。之后，在他们的儿子匠神赫菲斯托斯的圆场劝说下，两位神重归于好，其他的天神也终于从充满火药味的紧张气氛中解放出来，他们"整天宴饮，直到日落时分，他们心里不觉得缺少相等的一份，宴会上还有阿波罗持有漂亮的七弦琴和用美妙歌声相和的文艺女神们"①。

这其乐融融的家庭聚会场景让神与神之间的争吵、报复都变得具有一种温情脉脉的韵味，天神们身居高天之上，永生不死，无灾无痛，但这样的生活显然缺乏必要的趣味，当阿喀琉斯因为好友帕特罗克洛斯的战死而最终与阿伽门农和解释怨时，希腊人与特洛伊人的战争开始进入白热化。这时，天神宙斯命令特弥斯召集众神到奥林波斯山开会，对于开会的原因，

---

① [古希腊] 荷马. 伊利亚特（第一卷）[M]. 罗念生，王焕生，译. 上海：上海人民出版社，2017：59，行 601—604.

宙斯这样说：

> 我的心牵挂着那些即将遭毁灭的人。我自己将留下在奥林波斯山顶高坐，观赏战斗场面，你们其他神都可以前往特洛伊人和阿开奥斯人军中，帮助他们任何一方，凭你们喜欢。①

宙斯的话迅速让奥林波斯山的众神分成两拨奔赴战场，天后赫拉、智慧女神雅典娜、海神波塞冬以及赫尔墨斯、赫菲斯托斯等选择帮助希腊人，战神阿瑞斯、太阳神阿波罗、女射神阿尔特弥斯以及阿佛罗狄特、克珊托斯等则选择帮助特洛伊人。众神的参战激起希腊人与特洛伊人之间更为激烈的厮杀，同时，众神之间也发生了战斗，波塞冬与阿波罗对战，雅典娜与阿瑞斯对战，赫拉则受到太阳神阿波罗的妹妹阿尔特弥斯的猛烈进攻。同时，神明们还鼓动自己钟爱的凡人中的英雄去勇敢挑战自己的对手，当人类的战争进入白热化时，双方的神明却休战了，他们坐在高空观赏希腊人与特洛伊人的厮杀，不时将神意注入厮杀的双方，战争成了神明们的家庭游戏，约翰斯顿就说："他们（神明）之间或爱或恨，他们通常并没有什么明确的原因就不断地发生口角，之后便又和好；他们相互欺骗，转而又会建立联盟；他们相互揶揄，侮辱，谩骂，也有尊敬；他们为权利区域、家庭朋友、荣誉以及在为任何有过大家庭生活经验的人所熟知的其他问题中做一个主角而时常相争不下。"②

天神们的这种相互争斗给凡人之间的相互报复注入了"神圣的"力量，报复似乎具有一种诗意的象征，它是神明之间的争斗在凡人身上的一种投射，凡人们像神的傀儡一样任神摆布。正如奥林波斯山上众神经常性的争吵一样，在报复的行动发生之前，凡人的英雄们都绝不吝啬语言而发表"长篇大论"，即使是地位卑贱的士兵特尔西特斯，他也会用恶毒的语言表达对统帅阿伽门农的痛恨：

---

① [古希腊] 荷马. 伊利亚特 (第二十卷) [M]. 罗念生，王焕生，译. 上海：上海人民出版社，2017：1037，行 21—25.

② Johnston, I. C. The Ironies of War—An Intoduction to Homer's Iliad. p. 39. 转自杨德煜《希腊神话传说中的复仇主题研究》，上海师范大学 2004 年博士学位论文第 10 页.

　　阿特柔斯的儿子啊，你又有什么不满意，或缺少什么？你的营帐里装满了青铜，还有许多妇女，那是阿开奥斯人攻下敌城时我们首先赠予你的战利品。你是否缺少黄金，希望驯马的特洛伊人把黄金从特洛亚给你带来赎取儿子？那个儿子可能是被我或别的阿开奥斯人捆住带来。你是否还想要一个少女，你好同她在恋爱上结合，远地藏娇？你身为统帅，不该让阿开奥斯人遭灾难。你们这些懦夫，这些可耻的恶徒，是阿开奥斯妇女，不再是阿开奥斯男子，让我们坐船回家，留下他在特洛亚欣赏他的礼物，看我们对他有无帮助。他现在甚至侮辱比他好得多的阿喀琉斯，他下手抢走了他的礼物，据为己有。阿喀琉斯心无怒气太疏懒，否则这是你，阿特柔斯的儿子啊，最后一次侮辱人。①

低等普通士兵特尔西特斯的话发生在阿伽门农试探军心一卷，阿伽门农先是鼓动士兵们准备回家，因为希腊人"攻不下街道宽阔的特洛亚"，所以他吩咐大家"坐船逃往亲爱的祖国的土地"，士兵们欢呼雀跃，立即把战船拖下大海，随时准备返航。聪明的奥德修斯显然知道这不过是阿伽门农对将士们的试探，他站出来劝阻希腊人，这引起了特尔西特斯的不满，这个头发稀疏、脑袋尖尖、塌胸驼背、罗圈瘸腿的士兵代表了一类尖酸刻薄之人，他们与高贵、英勇、荣誉等相去甚远，总是站在一切眼前的实际的利益上看问题，语言浅薄、举止粗俗，因此奥德修斯对他的"无礼顶撞"和"蛊惑军心"的报复就毫无例外地具有一种压倒性，特尔西特斯被奥德修斯用权杖击打得痛出眼泪，他那充满挖苦与讽刺的报复性的"长篇大论"失败了。从语言报复的角度来说，他那"混乱的词汇"也远远无法与"神样的"奥德修斯的华美的语言相比较，他被其他士兵嘲笑，被大家称为"鲁莽的诽谤者"。反之，奥德修斯的语言则既华丽又神圣，他既同情将士们对家乡妻儿的思念，又理解大家久攻不下特洛伊的焦躁烦闷，他善于用丰富的词汇编织出充满预言的故事，用以做出最后的引导，他相信在战争的第十年希腊人终将"攻下那个宽大的都城"。在与特尔西特斯的辩论中，

---

　　①[古希腊]荷马.伊利亚特(第二卷)[M].罗念生，王焕生，译.上海：上海人民出版社，2017：79，行225—242.

奥德修斯赢得了希腊将士的尊敬，从而重新凝聚起希腊人的战争力量。

特尔西特斯与奥德修斯的辩论展现了语言报复的某种侧面，它以辩论和争吵的形式推动着最后的行动的酝酿，杀戮还未开始，鲜血不曾洒满大地，复仇女神就不会出现，只有不和女神进行不断的语言攻击。当奥德修斯说服了希腊将士的时候，阿伽门农就曾对涅斯托尔说："克罗诺斯之子、提大盾的宙斯给我降苦难，使我陷入这种无益的冲突和争吵。我和阿喀琉斯为一个女子的缘故用敌对的言语互相攻击，是我先发怒；要是我们议事商谈，意见一致，特洛伊人的灾难就不会有片刻推迟。"① 因此，古希腊文学中的语言报复似乎存在这样一种简单的模式，即通过语言对他人的攻击来维护自身的尊严，其结果要么以一方的妥协结束，要么以双方的实际行动再度掀起新一轮的行动报复。语言的运用使人与人之间的报复有了一个可以直接避免流血的缓冲区，从而使之区别于粗野的、迟钝的、无知的动物，这样，语言报复在古希腊文学中就具有了一种理性的面具。

作为报复的一种工具，语言在报复运用中一般呈现两种形态：一种是咒骂，另一种则是辩论。与其他报复手段相比，语言报复无疑是最常见且最便捷的一种报复手段，咒骂通常发生在普通人之间，而辩论则因为修辞术的使用在上流社会颇为流行。阿提克农民狄凯奥波利斯在参加讨论是否与斯巴达议和的公民大会上就做好了骂人的准备，如果执政者们不与斯巴达议和，他就"要吵闹、打断和痛骂演讲的人"，当两个之前被派往波斯的使节回国时，狄凯奥波利斯骂他们"你这个剃光屁股的色鬼，你这个蓄着长发的猴子"②。与之相反，当赫克托尔在战场上看到自己的弟弟帕里斯胆怯地悄悄躲避墨涅拉奥斯时，他痛骂：

> 不祥的帕里斯，相貌俊俏，诱惑者，好色狂，但愿你没有出生，没有结婚就死去。那样一来，正好合乎我的心意，比起你成为骂柄，受人鄙视好得多。长头发的阿开奥斯人一定大声讥笑，认为一个王子

---

①[古希腊] 荷马. 伊利亚特（第二卷）[M]. 罗念生，王焕生，译. 上海：上海人民出版社，2017：89，行375—380.

②[古希腊]埃斯库罗斯等. 古希腊悲剧喜剧全集（第六卷）[M]. 张竹明，王焕生，译. 南京：译林出版社，2007：15，行119—120.

成为一个代战者是由于他相貌俊俏，却没有力量和勇气。你是不是这样子在渡海的船舶上面横跨过大海？那时候你召集忠实的伴侣，混在外国人里面，把一个美丽的妇人、执矛的战士们的弟妇从遥远的土地上带来，对于你的父亲、城邦和人民是大祸，对于敌人是乐事，于你自己则可耻。你不等待阿瑞斯喜爱的墨涅拉奥斯吗？那你就会知道你占去什么人的如花妻子，你的竖琴、美神的赠品、头发、容貌救不了你，在你躺在尘埃里的时候。特洛伊人太胆怯，否则你早就穿上石头堆成的衬袍，因你干的坏事。①

尽管也是责骂，但赫克托尔的话明显具有古希腊典雅语言的修辞特征，它除了开头部分的咒骂外，其余部分都充满理性且具有极强的说服力，它甚至给了帕里斯以重新面对敌人的勇气，这是语言的魔力所在。听了赫克托尔的一席责骂，帕里斯终于鼓起勇气与墨涅拉奥斯单独决斗。与特尔西特斯咒骂阿伽门农一样，这种咒骂也是发生在群体的内部，因此就具有一种对被骂对象的行为进行评判的意味，首先是发泄个人的愤怒，然后似乎是"理性地"评价被骂者的行为并指出其"错误"，骂人者作为群体的一员不经意间就自觉承担起了维护群体利益的责任，他们不加证明地坚信自己不是在为自己说话，而是在为群体说话，他们通过指出他人的错误并加以责备来表明自己的正确性，这种咒骂一方面达成了报复的目的——回击，另一方面也向群体中的成员传达出"何为正义"，因而，这种咒骂形式一开始就自带有一种"为他人界定错误"的意识。当赫克托尔与阿喀琉斯决斗时，阿喀琉斯因为愤怒赫克托尔杀死自己的好朋友帕特罗克罗斯，他痛骂赫克托尔"你这条狗"，他甚至痛骂阻挡他的太阳神阿波罗"射神，最恶毒的神明，你欺骗了我"，这是伴随着直接的肉体厮杀的报复，语言在这里成了一种辅助的武器，它被简化为极致愤怒的短促的恶毒的咒骂，它的目的就是为了"复仇、复仇、复仇"。因此，阿喀琉斯不会再用"长篇大论"去阐述自己的杀人动机，更不会去和特洛伊人展开富含修辞艺术

①[古希腊] 荷马. 伊利亚特（第三卷）[M]. 罗念生，王焕生，译. 上海 上海人民出版社，2017：135—137，行39—57.

的辩论，他的全部精神和力量只凝聚到一点上，那就是为好友报仇。这种单纯的两个阵营之间的战争在《伊利亚特》中是平等的，它不存在"对"与"错"的问题，战争本身或许十分残酷，特别是当阿喀琉斯横扫特洛亚军队留下一大片一大片的尸体时，尽管河神克珊托斯指责了他的"暴虐"，并把他困在河流中，但显然，河神并不具备审判的资格，阿喀琉斯的背后仍然有强大的宙斯和雅典娜、波塞冬等诸神明，对凡人的审判必须由天上的诸神来做最后的决断，天后赫拉派出赫菲斯托斯燃起熊熊大火打败了河神克珊托斯，使他不得不答应再也不帮助特洛伊人。神明之间的战争在这里开始分出胜负，站在特洛亚阵营的战神阿瑞斯、阿佛罗狄特、阿尔特弥斯等先后被希腊阵营的赫拉、雅典娜等打败，太阳神阿波罗不愿意与波塞冬决战，天平向特洛伊人一边倒了下去，正如宙斯曾把阿喀琉斯和赫克托尔的死亡判决一同放在"黄金天秤"上，"他提起秤杆中央，赫克托尔一侧下倾，滑向哈得斯……"[①]命运由此注定，阿喀琉斯的报复终将取得最后的成功。

在希腊人与特洛伊的这次战争中，战争的本质毫无疑问就是报复。帕里斯诱拐海伦的行为看起来是战争双方不断反复报复的根源，但神明们的做法显然赋予了战争以游戏性质，他们操纵着战争的结果和走向，甚至，战争本身就是由神明们挑起的。因此，报复的伦理实际上就是：报复是由神所决定的，只有神才能改变"报复"的性质。宙斯的"黄金天秤"具有最早的裁判意义，无论希腊人如何认为自己的征讨多么正义，它与特洛伊人的反抗在"正义性"上都是一样的，没有谁更多，也没有谁更少。"黄金天秤"同时也说明，宙斯此时此刻的裁判仍然比较初级和原始，它明显还无法划出"错误"的分界线，但也应该看到，"黄金天秤"的使用的确是终止"报复"的最佳手段。这里反映了早期人类经常借助神秘概率来解决问题的努力，当人们无法确定某一件事的"正确性"或"错误性"的时候，只好求助于某种神秘而又未知的力量，这就是命运。

---

① [古希腊] 荷马. 伊利亚特（第二十二卷）[M]. 罗念生，王焕生，译. 上海：上海人民出版社，2017：1143，行212—213.

第三节　"报复"的边界与"惩罚"的正义

单纯的仅仅服从于自然原始法则的"报复"反映出一种原始的秩序观念，但这种秩序的缺陷也是显而易见的，乌拉诺斯可以杀害自己的孩子，也可以被孩子反过来阉割，同样，克罗诺斯的社会也延续着这种初级的秩序。正是从埃斯库罗斯开始，一个神圣的新的正义法则被建立起来，他坚信罪的报应是不可避免的，从乌拉诺斯的最初诞生，到宙斯对权力的绝对掌控，其中构成神圣王朝历史的系列事件，无疑都是由罪和报应所决定[①]。的确，罪恶呼唤正义，正义才诞生文明，埃斯库罗斯的普罗米修斯改变了原始"报复"那种依靠往来反复伤害对方而获得自我满足的性质，他以神的身份为凡人规定了"报复"的边界，"报复"不能无限循环和无限扩大，它应该被一种更强的被某个群体共同认可的力量所终止，也就是说，要使人们停止那种无休止的"冤冤相报"的报复行为，就必须将"报复"的双方限定在各自的活动领域，他们不得有所逾越。那么，到底需要什么样的力量才能做到这一点呢？很显然，这种力量必须是一种公众力量，它迫使"报复"当事人不得不放弃自己的报复激情，转而依靠公众的裁决和惩罚。

毋庸置疑，"报复"是生物"自我保护"的一种本能，克罗诺斯和宙斯如果不对自己的父亲进行报复，就必然被毁灭。拉法格在《思想起源论》中认为，"正义思想的人的起源是报复的渴望和平等的感情"，他进一步指

---

① 有关内容可参考肖厚国《古希腊神议论——政治与法律的序言》。他引用 W. C. Greene《命运》一书的观点认为，埃斯库罗斯的悲剧试图重申宙斯对新秩序的绝对创造和统治地位，宙斯最终将普罗米修斯迎进了奥林匹斯的神圣秩序中，他因其新的道德品格而被免除了其父辈的诅咒，人类可能依然受难，但不再是神圣嫉妒或报复的结果。该著作进一步指出，正是从宙斯开始，奥林匹斯才建立了自己的神圣的新的正义法则，这个法则以和平、节制、智慧及劝说为表征，同时也认同同情的价值，它使宙斯最终逃脱了命运的锁链。但书中显然"过早地"将克罗诺斯对乌拉诺斯、宙斯对克罗诺斯的"报复"当作了惩罚，这就将原始的单纯的报复"主观地"纳入了文明社会的惩罚体系，在作者看来，正是家庭赋予了这最初的惩罚。

出："报复是人类精神的最古老的情欲之一；它的根子是扎在自卫的本能里，扎在推动动物和人进行抵抗的需要中，当他们受到打击时就会不自觉地予以回击……报复，归根结底说起来，是一种反射的缓和动作，类似眼睛遇到危险时眼皮就会眯缝的那种不自觉的运动。"[①]他引用美国历史学家阿多尔的话说，"红种人如有血仇未报，便会日夜感到烈火烧心。他们将亲属被杀、民族成员被杀的记忆父子相传，即使是老妇人也不例外"[②]。而希伯来神话中的上帝，虽说仁慈但也同样喜欢报复，凡是不遵行其诫命律例的，必受其诅咒，并且要被他帝以痨病、热病、火症、疟疾、刀剑、干旱、霉烂等进行报复，直到被报复者死亡。（《申命记》28：15—23）

早期的"报复"是同等的吗？阿伽门农被妻子克吕泰墨涅斯特拉杀害，克吕泰墨涅斯特拉也同样被儿子埃瑞斯特斯杀害，帕特罗克洛斯被赫克托尔杀死，阿喀琉斯为了帮助友人复仇杀死了赫克托尔。通过这两个例子，我们大致可以判断，亲族内部的复仇行为和不同族群之间复仇存在着差异。在亲族内部，如阿伽门农一家之间的仇杀，往往比较单纯而没有侮辱的成分。相反，在不同族群之间的复仇则往往带有侮辱成分，阿喀琉斯就曾拖着赫克托尔的尸体绕着城墙示众三天，从而让特洛伊受尽侮辱。"侮辱"的使用使复仇开始变得具有惩罚意义，换句话说，"侮辱"必须建立在族群之间某种共同的价值观下，即大家都认同某种事件具有侮辱性，"侮辱"才得以成立。因此，"侮辱"从来不建立在纯粹的个体身上，它必须成为族群的共同财产。阿喀琉斯将赫克托尔的尸体绕城拖拽，其目的除了单纯的泄愤之外，更是要让赫克托尔的族群集体感受到这种羞耻，赫克托尔死了，他的身体已经无法再为自己的尊严做出任何保护，只能任人脱掉他的亮光闪闪的青铜铠甲。在赫克托尔单独对阵阿喀琉斯时，他的父亲普里阿摩斯就预想到了一具失去生命的身体将遭受怎样的凌辱，这具尸身已没有灵魂，它招来"贪婪的狗群"把他的下身尽情玷污。在为帕特罗克洛

---

①[法] 拉法格. 思想起源论 [M]. 王子野，译. 北京：生活·读书·新知三联书店，1963：67.

②[法] 拉法格. 思想起源论 [M]. 王子野，译. 北京：生活·读书·新知三联书店，1963：67.

斯举行葬礼时，阿喀琉斯让士兵们把赫克托尔的尸体扔到帕特罗克洛斯的灵床前，脱下他的铠甲，丢给疯狂的狗群，只是因为阿佛罗狄忒和阿波罗的保护，他的尸身才比较完好，"躺了十二天，皮肤一点没有腐烂，也没有被那些吃战死的人的蛆虫侵蚀"①。为了赎回赫克托尔的尸身，让他不再遭受凌辱，普里阿摩斯带了丰厚的礼物去祈求阿喀琉斯，听完普里阿摩斯的哀求，阿喀琉斯深表同情，他把赫克托尔的尸首还给了普里阿摩斯，并且决定停战十二天，以便特洛伊人为赫克托尔举行葬礼。同样的，当时赫克托尔杀死帕特罗克洛斯之后，也曾剥下他的铠甲，并且自己穿上。

"同等报复只是在侮辱中实行平等——按照受屈辱的大小取得补偿；只有那种与所受损伤恰恰相当的伤害——以命还命，以烙还烙——才能满足原始人追求平等的精神。规定平分食物和财富的平等的本能创造了同等报复；在原始社会的风俗中之所以实行这种办法是由于防止流血复仇的毁灭性后果之必要所引起的"②。从理论上看，在人类的早期社会，"报复"必须是平等的，但是在具体的实践中，"报复"其实很难进行精准控制。坦塔罗斯为了试探众神是否真的无所不知，他用自己儿子珀罗普斯的肉宴请众神，这一举动引起了诸神的愤怒，他遭到诸神的惩罚，被关押到地狱站在没颈的水中遭受口渴饥饿之苦。他想喝水时，水就退去，他想吃果子时，果子就飞到空中，"在人们面对自然力而感到无能为力的那个时代，出来反对众神和拒绝服从众神乃是滔天大罪，势必受到严厉的惩罚"③。诸神对坦塔罗斯的惩罚延续到其子孙后代上，让他们整个家族由此陷入诅咒、背叛、乱伦、谋杀的恶性"报复"中，珀罗普斯被天神们施法重生之后，与皮萨的希波达弥亚相爱，但希波达弥亚的父亲——皮萨国王俄诺玛俄斯此前曾得到神谕说自己会死于女婿之手，于是他通过

---

①[古希腊]荷马·伊利亚特（第二十四卷）[M].罗念生，王焕生，译.上海：上海人民出版社，2017：1273，行413—414.

②[法]拉法格.思想起源论[M].王子野，译.北京：生活·读书·新知三联书店，1963：74.

③[苏联]M.H.鲍特文尼克，等编著.神话辞典[M].黄鸿森，温乃铮，译.北京：商务印书馆，1985：281.

赛车来杀掉所有的求婚者，珀罗普斯由于事前买通了俄诺玛俄斯的车夫密耳提罗斯，在其给赛车动手脚的情况下致使俄诺玛俄斯摔死，由此顺利迎娶希波达弥亚。但珀罗普斯不仅违背了答应给车夫半个王国的承诺，还将其推下悬崖，临死前，密耳提罗斯诅咒了珀罗普斯及其全族。家族的这第一道诅咒立即生效，并且不断往后延续，珀罗普斯与希波达弥亚生下阿特柔斯、堤厄斯忒斯和阿尔卡托俄斯，与神女阿克西俄刻生下小儿子克律西波斯。

关于克律西波斯，神话中有两种说法：一说他是因为深得父亲珀罗普斯的喜爱引起了哥哥阿特柔斯和提俄斯忒斯的嫉妒，他们合谋杀害了他，从此阿特柔斯和提俄斯忒斯受到珀罗普斯的诅咒；另一种说法是，当年忒拜王子拉伊奥斯曾被迫害，他只好投奔珀罗普斯并当上了克律西波斯的家庭教师，由于他诱拐克律西波斯致使其死亡，珀罗普斯诅咒拉伊奥斯"将会被自己的儿子杀死"，珀罗普斯对拉伊奥斯的这次"诅咒的报复"成为俄狄浦斯悲剧故事的最初起源。因此，从珀罗普斯开始，至少有两条比较明显的"报复"线索构成了两个家族一代又一代的血仇故事。有关这种凶杀的残酷报复，埃斯库罗斯曾在《奠酒人》中说得令人感到害怕：

> 存在古老的习俗：一旦有凶杀，血洒地面，便要求以血作补偿，死者大声呼唤埃里倪斯，要求杀戮对杀戮，死亡对死亡，一代代疯狂地做报复。[1]

在这里，没有所谓的正义与宽恕，有的只是如何平息心中的滔天怒火，为了报复，他们可以如冷血的毒蛇在漫长的等待中寻找机会给以对方致命一击。克吕泰墨涅斯特拉杀死阿伽门农后就曾冷静地阐明：

> 你认为这事情是我所为。请不要以为我是阿伽门农的妻子。是那个古老的凶恶的报仇神装扮成这个死人的妻子，报复凶残的宴客者阿

---

[1] [古希腊]埃斯库罗斯等. 古希腊悲剧喜剧全集（第一卷）[M]. 张竹明，王焕生，译. 南京：译林出版社，2007：403，行400—404.

特柔斯的罪恶，把他杀死，祭献年轻人。①

但是她的这番强词夺理并不被歌队认同，歌队指责她与埃吉斯托斯有奸情，即便是埃吉斯托斯要报复阿特柔斯，也不应该假手他人，她不应该杀害自己的丈夫后又虚情假意地哭悼。在歌队看来，如果"报复"是平等的，那么就不应该由克吕泰墨涅斯特拉这个枕边人来亲自操刀，而应该由埃吉斯托斯自己光明正大地复仇。阿特柔斯和弟弟堤厄斯忒斯杀害克律西波斯后逃到迈锡尼投奔国王欧律斯透斯，在这里，阿特柔斯最终继承了欧律斯透斯的王位，但其弟弟堤厄斯忒斯却与自己的妻子埃洛珀发生奸情，意图谋夺王位。阿特柔斯于是对自己的弟弟进行了疯狂报复，他将堤厄斯忒斯的儿子们杀害并烹煮后宴请自己的弟弟，同时把妻子埃洛珀投入大海，他在外出寻找堤厄斯忒斯的过程中新娶了珀罗庇亚，而他所不知道的是，珀罗庇亚其实正是自己弟弟堤厄斯忒斯的女儿，而她也在不知情的情况下被自己的父亲堤厄斯忒斯强暴并且生下了儿子埃癸斯托斯（另有译为埃吉斯托斯），由于这是乱伦的结果，所以埃癸斯托斯从小被抛弃，后来又被阿特柔斯收为家属。多年以后，阿特柔斯派埃癸斯托斯去杀堤厄斯忒斯，可是堤厄斯忒斯却认出了自己的儿子，于是真相大白，珀罗庇亚自杀，埃癸斯托斯杀死了阿特柔斯，并且和生父夺得了迈锡尼的掌控权。M.H. 鲍特文尼克等人认为，这段神话反映了母权制时期"子女要为父亲犯罪受报应，要为母系尊亲被杀而复仇"的社会形态②，阿特柔斯的死没有减轻自己的罪恶，由于当年将堤厄斯忒斯的儿子做成菜肴，他和他的后代受到堤厄斯忒斯的诅咒，他的儿子阿伽门农和墨涅拉奥斯几乎完全重复了他的悲剧。阿伽门农的妻子克吕泰墨涅斯特拉与埃吉斯托斯通奸，并与奸夫一起杀害了他，墨涅拉奥斯的妻子海伦则被帕里斯拐到特洛亚。之后，阿伽门农的儿子为了奥瑞斯忒斯为报父仇杀死了自己的母亲克吕泰墨涅斯特拉及其奸夫埃吉斯托斯，奥瑞斯忒斯由此受到复仇女神的追赶。

---

①[古希腊]埃斯库罗斯等.古希腊悲剧喜剧全集（第一卷）[M].张竹明，王焕生，译.南京：译林出版社，2007：362—363，行1497—1505.

②[苏联]M.H. 鲍特文尼克等编著.神话辞典 [M].黄鸿森，温乃铮，译.北京：商务印书馆，1985：35.

如果不是雅典娜在战神山法庭公开审判奥瑞斯特斯，他和姐姐埃勒克特拉将被处以石击之刑，这也从另一个方面说明了"报复"本身的非正义性，因为在埃勒克特拉看来，母亲克吕泰墨涅斯特拉的罪行并不在于杀害丈夫，而在于与他人通奸之后杀害丈夫，"不贞洁"才是她的真正罪行。但是，在被弟弟杀害之后，她的"不贞洁"的罪行却被忽视了，她从一个罪犯变成了受害人，而埃勒克特拉和弟弟则从受害人变成了罪犯。这里交织着母系社会向父系社会转变之初的种种矛盾，埃斯库罗斯的宙斯已经是一个代表着父系价值观的天父，他开始主张一种"惩罚"的正义。在《奠酒人》中，歌队就将妻子杀害丈夫这种事情定义为"罪恶的行为"，就像爱琴海中利姆诺斯岛上的妇女曾杀死岛上所有男子一样，妻子杀害丈夫简直是一种"残酷的暴行"，因此他们呼吁，谁若"超越合法允许的界限蔑视对宙斯的各种敬畏"，谁就会被"锋利的正义之剑"刺穿胸膛。当奥瑞斯特斯冒充客人走进皇宫谎称奥瑞斯特斯已经死亡时，克吕泰墨涅斯特拉就像当时杀死阿伽门农一样，表面悲伤背地里却异常喜悦，然而这一幕却被奥瑞斯特斯的奶妈看个正着，得知奥瑞斯特斯死亡的消息，奶妈充满爱和悲伤的独白让观众进一步加深了对于克吕泰墨涅斯特拉"罪恶"的认知：

> 我已经经历过许多沉重的苦难，阿特柔斯家中发生的许多事情，使我的心灵承受过难忍的痛苦，然而我从未经受过这样的重创，可爱的奥瑞斯特斯，我心灵的寄托，我把他从母亲手中接过来抚育，听见他惊哭，我常彻夜难眠。……可现在我不幸地听说他已经死去[①]。

奶妈真挚悲伤的感情无疑衬托了克吕泰墨涅斯特拉的极端自私，也大幅度削减了她为伊菲革涅亚报仇的真实性，这也是她后面虽然被儿子所杀却很难引起观众怜悯同情的主要原因。歌队由宫中的宫女们组成，她们既代表悲剧诗人的立场，也代表普通观众的立场，她们祈祷奥瑞斯特斯进宫复仇取得成功：

---

①[古希腊]埃斯库罗斯等.古希腊悲剧喜剧全集(第一卷)[M].张竹明，王焕生，译.南京：译林出版社，2007：424，行744—763.

奥林波斯的神明之父啊，宙斯，现在我向你祈求，请把幸运赐给这家的主人，请让我们看到公正的审判。我们的一词一语都祈求正义，宙斯啊，请你庇佑他。啊，为杀戮敌人，他走进了父亲的厅堂，宙斯啊，请赐给他胜利，他会两倍三倍地报偿你的恩德！①

歌队还祈祷奥瑞斯特斯一定要勇敢，要坚定为父亲复仇的决心，只有这样，才能不沾罪过。歌队的反应再一次表明了希腊人对于父系价值观的肯定，克吕泰墨涅斯特拉作为一个女人，已经丧失了母系时期女人本应有的权力，她企图通过杀死阿伽门农来苦苦捍卫这一权力，可惜这终将失败。事实上，在她刚刚杀死阿伽门农时，她曾为自己找到一个很有说服力的理由，她站在审判者的角度将阿伽门农的死归咎于那施加于阿特柔斯家族的灾难性诅咒，阿伽门农居然杀害自己的孩子去献祭以平息特拉克风暴，她指责阿伽门农残暴无情，这样，她杀死的就不再是一个人人敬仰的君王，而是一个十足的暴君。同时，她还指责阿伽门农是一个对神圣婚姻不忠诚的人，他背着妻子带回了女俘卡珊德拉。她追问，难道这样的阿伽门农不是罪恶的吗？因此，她之所以杀死阿伽门农，某种程度上只不过是古老复仇女神的化身罢了，她提醒歌队不要以为她是阿伽门农的妻子，其实她是那个古老的凶恶的报仇神所装扮的人，其目的就是报复阿特柔斯的罪恶，换句话说，阿伽门农是咎由自取、罪有应得。

相较于歌队所代表的普通民众对阿伽门农的同情，克吕泰墨涅斯特拉的自我辩护显得极为苍白。时代其实已经悄然改变，野蛮的报复已经走到了世界的边缘，为了城邦的繁荣稳定，为了百姓的安居乐业，无休无止的复仇凶杀必须加以限制，"正义"已经呼之欲出，正如普罗米修斯被宙斯惩罚一样，必须有一种代表城邦利益的"惩罚"正义来终止一切血腥的复仇凶杀，这也是埃斯库罗斯悲剧比较明显的一个主题。在《七将攻忒拜》中，我们可以看到"珀罗普斯诅咒"所引起的另一条"报复"线索所引起的悲惨故事，埃特奥克勒斯和波吕涅克斯两兄弟自相残杀的结局也预示着

---

①[古希腊]埃斯库罗斯等.古希腊悲剧喜剧全集(第一卷)[M].张竹明，王焕生，译.南京：译林出版社，2007：427，行783—793.

古老的报复性诅咒的终止，如果诅咒和报复继续下去，那么任何一个种族都谈不上生存和未来。悲剧中的埃特奥克勒斯是一个正直勇敢的人，他承担着保护忒拜城邦的使命，而波吕涅克斯则成为邪恶的化身，正如他的名字一样，他代表着纷争与杀戮，要通过武力夺取王位。当埃特奥克勒斯准备走上战场亲自对阵自己的兄弟时，歌队告诫他如若兄弟相残，那么罪愆将永难赎清。对此，埃特奥克勒斯痛苦地表示"死亡将是唯一的解脱"，他内心渴望通过死亡来结束俄狄浦斯家族的诅咒。

　　我们早就得不到神明的庇佑，我们的毁灭却能令神明惊喜，我们为何要回避死亡的命运？①

　　这就是俄狄浦斯诅咒所带来的后果，他们明知必死，却必须去死，但是死真能洗净家族的罪孽吗？阿波罗曾预言只要拉伊奥斯没有后代地结束自己的生命，他就能够拯救城邦，但是拉伊奥斯却因为"甜美的迷误"而延续了家族的诅咒和罪孽，而俄狄浦斯又生下子女延续这一罪孽。摆在埃斯库罗斯面前的，其实正是野蛮社会与文明伦理之间的矛盾，文明社会必须为自己确定一种"正义观"来驱逐一切野蛮气息。这种"正义观"就是维科在《新科学》中所说的"立法"：

　　立法使人成为名副其实的人，就是使他成为对人类社会有益的人。它从残暴、悭吝和虚荣三种迷惑人类的恶德中引出军队、商业和宫廷，也就是诸共和国的力量、财富和知识。而这三大恶德既能毁灭人类的种族，又能创造社会的幸福。②

　　正是在古希腊的悲剧中，我们可以看到，"报复"以一种社会达尔文主义的方式在逐渐发生变化，它从一种"自我保护"本能开始逐渐转变为一种普遍的社会价值观，即"报复"本身逐渐变为群体的公共财产，它不再是一个人的事，而是一个族群的事，从这一刻开始，它就无法再能以个体的名义得以实施，必须转为一种公共的决定。正如埃特奥克勒斯一样，

①[古希腊]埃斯库罗斯等.古希腊悲剧喜剧全集(第一卷)[M].张竹明，王焕生，译.南京：译林出版社，2007：249，行702—704.

②[法]拉法格.思想起源论[M].王子野，译.北京：生活·读书·新知三联书店，1963：69.

当他准备亲自走上战场了结俄狄浦斯家族的灾难性的诅咒的时候，他必须考虑整个卡德摩斯人的利益。"正义"就是这么一点点产生的，在早期人类"以牙还牙"的复仇凶杀中，谁首先意识到以鲜血为代价的"报复"的血腥与残酷，谁开始准备以某种技术的手段避免更大范围的"报复"，谁就在向正义靠近。也是在悲剧中，我们看到，任何一次的报复都伴随着复仇者认为十分必要的理由，毫无疑问，这些理由奠定了人们以法律来实施"惩罚"时的辩护技术，它们也成了维护城邦安宁的必要武器。也就是说，随着人类越来越依赖城邦，"报复"变得不再像野蛮人那样粗野而直接地摧毁对方的身体了，而是变得有技术含量了，它开始要求举证出对方危害公共安全，期望得到更多人对其"报复"行为的支持了。

第三章　惩罚与古希腊人的城邦治理想象

第一节　从惩罚到定数：悲剧诗人眼中的"人"

在悲剧《普罗米修斯》中，普罗米修斯对自己的被定罪和被惩罚一次次申辩或控诉，但他的目的并不是为了脱罪，而是为了摆脱惩罚。惩罚意味着惩罚者与罪犯的较量，将一种酷刑施加于罪犯的肉体，其目的不外是为了获得犯罪的事实和真相，同时也通过罪犯对真相的吐露而认识自身的过错，最后得以伸张正义，如果罪犯顶住了酷刑带来的痛苦，那惩罚者所代表的司法正义可能就成了输家。因此，对普罗米修斯的酷刑将持续 3 万年的时间，似乎意在迫使其招供。不过，普罗米修斯并没有否认自己盗火帮助人类的犯罪事实，那么用铜链绑缚、不体面的展览以及受热受冻的折磨仍在继续，惩罚者目的何在？

在卢梭看来，人类有最原始的两个"原理"：一个是"关切我们的幸福和我们自己的保存"；另一个是当看到同类遭受灭亡或痛苦的时候感到的"天然的憎恶"。在第一个"原理"下，人类过着自然的生活：

> 由于他那有限的一点需要和十分容易随手得到的满足，而他又远没有达到一定程度的知识水平，因而也没有取得更高知识的欲望，所以他既不可能有什么预见，也不可能有什么好奇心。自然景象，一经他熟悉以后，便再也引不起他的注意。万物的秩序、时节的运转总是始终如一的。……在他那什么都搅扰不了的心灵里，只有对自己目前生存的感觉，丝毫没有将来的观念，无论是多么近的将来。①

---

① [法] 卢梭. 论人类不平等的起源和基础 [M]. 李常山，译. 北京：商务印书馆，1962：86.

显然，卢梭的自然状态的人跟普罗米修斯启蒙之前的"惘然视听"的人类几乎等同，只不过，在卢梭那里，这些人将被"理性"改变得邪恶，而在普罗米修斯那里，人类却因"理性"开启了文明。"理性"(εννους)或"思想"(φρενων)是普罗米修斯最先教给人类的"技艺"，维尔南也认为："人类的智慧和理性看来是技术性的：标志人类进步历程的正是一系列的技术发明。"① 或许，在普罗米修斯或宙斯看来，"理性"的确使人类增强了学习能力和生存能力，人类此后可以靠着"技艺"变得更加强大。但是，如若人类十分强大却不知道敬畏神灵，那对于神来说不仅毫无意义，甚至可能还会十分危险。保罗·里克尔将神的这种担忧看作神对人类掌握"知识"的妒忌(φθovos)②，其实比较片面。普罗米修斯或宙斯的担忧在悲剧中是很明显的，那就是宙斯可能会有一个强大的儿子推翻他的王权，这个担忧同样可以用到人类身上，如果不加限制，拥有"技艺"的人类在火的帮助下将一直强大下去，一旦他们发明出"永生"的技术，必将危及神的统治。不过，问题的关键不在这里，而在于普罗米修斯或宙斯凭什么会有此担忧，到底是什么东西会让神产生担忧？

悲剧第二场，随着普罗米修斯列数了自己的丰功伟绩，歌队希望普罗米修斯尽快摆脱镣铐，并且和"宙斯现在一样强大"。这是一个引起谈"谁有力量推翻宙斯"的话题，歌队在下意识里似乎寄望于普罗米修斯。然而，普罗米修斯的回答却像谜语一样：

> 给一切规定终结的摩伊拉没有决定此事这样结束，只有在忍受无数的不幸和苦难之后，我才能摆脱镣铐，因为技艺远不及定数更有力量。(行511—514)

尽管像谜语，但这个回答仍包含至少三个信息。第一，普罗米修斯不会推翻宙斯；第二，普罗米修斯能摆脱镣铐，但要忍受无数不幸和苦难；第三，有定数左右着一切。最后一个信息尤为重要，也最像谜语，歌队急

---

① [法]让-皮埃尔·维尔南. 希腊人的神话和思想——历史心理分析 [M]. 黄艳红，译. 北京：中国人民大学出版社，2007：281.

② [法]保罗·里克尔. 恶的象征 [M]. 公车，译. 上海：上海人民出版社，2005：191.

于弄清楚谜语的含义，马上问"谁是掌握不变的定数的舵手"，回答说"摩伊拉姊妹和好记仇怨的埃里倪斯"。正是在这里，那个迫使普罗米修斯或宙斯担忧的东西——定数，出现了。

何为定数？"定数"按其字面意思是指"逼迫，迫使某人做某事或者某种必然性的、强制的规则"。定数跟摩伊拉姊妹和埃里倪斯有何关系？在《神谱》中，摩伊拉（Μοιραι）姊妹是最古老的夜神纽克斯所生，她们主要掌管善和恶，并且"监察神与人的一切犯罪行为，在犯罪者受到惩罚之前，她们决不停止可怕的愤怒"[①]，宙斯夺得权力后与忒弥斯也生下了摩伊拉姊妹，不过宙斯所生下的这三姊妹已经不再监察神与人的犯罪行为，而只管人的"有幸与不幸"。显然，普罗米修斯这里所说的摩伊拉姊妹是前者。埃里倪斯（Ερινυες，《神谱》汉译为厄里倪厄斯）是古希腊神话中的复仇女神，有关这位女神的出生，在赫西俄德的神话中是这样描述的，还在第一代天神乌兰诺斯的时代，由于乌兰诺斯憎恨自己的孩子，他首先制造了罪恶：将生下的孩子藏到大地深处。于是他的妻子该亚和最小的儿子克洛诺斯合谋用一把巨大的镰刀割下了他的生殖器，鲜血染红的大地生出了三种东西，强壮的复仇女神厄里倪厄斯，巨人癸干忒斯以及墨利亚的自然神女。在《工作与时日》中，宙斯创造的青铜种族的人类正是产生于墨利亚神女[②]。由此可见，人类与古老的复仇女神有着很深的渊源。乌兰诺斯的鲜血从一开始预示的就是一桩无法摆脱的罪恶，首先是他要抛弃自己的孩子，然后他的孩子出于报复又被迫将他推翻，之后他的孩子又遭到孩子的孩子推翻，再之后，在特洛伊战争、俄狄浦斯之子之间的仇杀以及奥瑞斯特斯杀母等故事中，我们都依稀看到罪恶循环的影子。这一罪恶及其引发的一连串罪恶在神话中累积成一个具有必然性和规律性的法则——报复法则，由古老的摩伊拉姊妹和埃里倪斯操控，因此不妨也称之为埃里倪斯法则。对普罗米修斯或宙斯来说，这个由"罪恶"驱动的循环的法则

①[古希腊]赫西俄德.神谱[M].张竹明，蒋平，译.北京：商务印书馆，2011: 33，行 221—222.

②[古希腊]赫西俄德.工作与时日[M].张竹明，蒋平，译.北京：商务印书馆，2011: 5，行 145.

无疑就是"定数"。

斯文森在自己的文章中也提到这个法则，他将之称为"报应"法则，在他看来，宙斯的统治依据的就是这个法则，宙斯惩罚普罗米修斯就是因为他要报复其盗火的行为 [①]。艾伦也承认，宙斯的统治基础就是"报应"的理念，如果海洋神女们拒绝这种"报应"理念，就会对宙斯的王权带来威胁，然而神女们并不希望普罗米修斯把人类的身份拔高，所以她们最后劝普罗米修斯屈服 [②]。但是，宙斯的统治真的必须基于这个"定数"吗？当普罗米修斯提到埃里倪斯的时候，歌队长的第一反应是，"难道宙斯也不如她们强大有力量？"（行517）普罗米修斯的回答是，"他也逃脱不了业已注定的命运。"（行518）普罗米修斯看到，对于新取得王权的宙斯来说，命运正在威胁着他，这是什么命运？这就是"定数"——埃里倪斯法则左右着的命运。作为一种乌拉诺斯罪恶的伴生物，埃里倪斯法则一直在延续和生长，它主宰着歌队所说的整个"乌拉诺斯宗系"，从乌拉诺斯一直到宙斯战胜克罗诺斯，众神都受其支配，残暴、战争与血腥的罪恶弥漫天上地下，谁作恶谁就会遭到报复，反过来，报复者也会遭到新的一连串的报复。对新夺得王权的宙斯来说，报复的链条不仅左右着他的命运，也束缚着他的统治，这个链条不解除，他就会重复被推翻的命运，神界依旧混乱无序，因此，他必须解除这条锁链，建立新的秩序。

第二节　《普罗米修斯》中的"罪"、婚姻与计谋

如何着手解除埃里倪斯法则的锁链并建立新的秩序呢？通过前面对普罗米修斯之罪的分析，宙斯显然是要从人类身上寻找突破口，对普罗米修斯之罪的设计隐藏着神塑造人类的意图。显然，教给人类"技艺"并将明亮的火焰一并赠予正是这个意图的一部分，宙斯希望新塑造的人

---

① [美] 斯文森. 普罗米修斯、宙斯和伊俄眼中的正义 [M]. 乔戈，译 // 刘小枫选编《古典诗文绎读》（西学卷·古代编上）. 北京：华夏出版社，2008：74.

② Danielle S. Allen. The World of the Promethues: The Politics of Punishing in Democratic Athens [M]. Princeton University Press, 2003: 30—31.

类能够在火的帮助下越来越强大，同时也希望人类能够在火的"照亮"下"看见"自己对人类的恩惠，或许这样，新兴的强大的人类群体有一天就能够帮助宙斯解除锁链。现在，普罗米修斯已经将"技艺"和火给了人类，剩下的事情就是，如何给人类注入宙斯所需要的那种能"看见"神恩的品质。

不妨回到卢梭关于自然人两条"原理"的第二条，在卢梭看来，自然人看到同类遭受灭亡或痛苦时会感到"天然的憎恶"，这种憎恶是与自然的怜悯心联系在一起的，在憎恶死亡和痛苦的同时，他们也会"不假思索地去救援我们所见到的受苦的人。正是这种情感，在自然状态中代替着法律、风俗和道德……"① 但是卢梭这里强调的是自然人对同类的怜悯心，而不是神。人会同情和怜悯神吗？如果不会，那就意味着必须把他们教会。因为，人只有在对神的同情和怜悯中，才会"看见"普罗米修斯身上的锁链，并由衷地领会其给人的恩惠。因此，悲剧中宙斯对普罗米修斯的惩罚就具有了一种"苦肉"的性质，其目的就是为新塑造的人类注入"同情与怜悯"的品质。这或许也是普罗米修斯为什么总是自怜的原因，正如斯文森所说，"普罗米修斯好像是为了博得整个世界的怜悯"②，他多次向神和人呼吁，请求"看"他遭受的苦难和折磨，但是神要么是无情的，比如威力神和暴力神；要么是软弱的，比如赫菲斯托斯和奥克阿诺斯。这两种情况都暗示了宙斯建立新秩序的阻力，前者即便现在忠于宙斯但也很容易在古老的埃里倪斯法则下成为未来推翻宙斯的帮凶，后者则很像典型的"骑墙派"。因此，只有人类才能成为支持自己统治的新生力量。作为受罚的一方，同时也作为人类"技艺"的导师，普罗米修斯知道该怎样一步步地启发人类，他向歌队"诉苦"：

我可未曾想到，我由于这些罪过，就得在这高耸的山间被折磨消

①［法］卢梭.论人类不平等的起源和基础［M］.李常山，译.北京：商务印书馆，1962：103.

②斯文森.普罗米修斯、宙斯和伊俄眼中的正义［M］.乔戈，译//刘小枫选编·古典诗文绎读（西学卷·古代编上）.北京：华夏出版社，2008：81.

损，被缚到这块荒凉寂寞的巨大悬崖。①

　　前面已经说过，宙斯的计谋总是晦涩艰深的，宙斯的主要目的是为世界建立一个全新的、摆脱埃里倪斯法则的秩序，既然塑造人类跟这个新秩序有关，那就不可能让塑造人类的意图被神发现。事实已经证明，众神看到的仍然是宙斯对古老法则的继续，对普罗米修斯的惩罚仍然服从报复和残暴。不过恰恰与之相反的是，这种残暴的惩罚及其强烈的反抗所带来的张力对弱小的人类却发挥了作用，正如悲剧中作为"理想观众"的歌队，她们对两者对抗所产生的绝无仅有的巨大张力惊慌失措，她们不知道何去何从，既同情又指责，既恐惧又贴服，她们必须尽快在宙斯与普罗米修斯的斗争中寻求一个可靠的平衡点。

　　将伊奥引入悲剧暗示了诗人将利用人类来平衡歌队所看到的冲突，伊奥的出现为悲剧带来了婚姻话题，她因为一桩被逼的婚姻而被赫拉所嫉妒和折磨，从此踏上了漂泊之路。漂泊的伊奥以一种"被惩罚"的身份在大地之边与普罗米修斯相遇，这里暗含了人类与宙斯试图结合的象征，但是显然时候未到，一个被沉重的镣铐绑缚，另一个受到无情的牛虻追袭。伊奥必须承载与宙斯结合的使命继续漂泊受难，它并非宙斯爱欲的牺牲品，而是宙斯意图重塑的人类始祖，此时的伊奥正身受埃里倪斯法则的支配，因为赫拉的折磨正是基于妒忌而生的报复，在经历若干代之后，达那奥斯的女儿们重复了这次逃奔。从历史来看，根据希罗多德的记述，希腊人最初与异邦人发生纷争即源于伊奥，住在波斯湾附近的腓尼基人带着埃及和亚述的货物来到阿尔哥斯进行交易，他们在这里掳走了阿尔哥斯国王伊那柯斯的女儿伊奥，将她带到埃及。这次掳掠引发了希腊人和异邦人之间长达上百年的相互报复，直至特洛伊战争，甚至希波战争也可以追溯到此事上。悲剧中，普罗米修斯为伊奥描画了未来的种种灾难，她能最后平息赫拉的报复吗？对作为凡人的伊奥来说，既然无法向赫拉报复回去，她就只有剩下"死"这条道路来摆脱"一切沉重的苦难"，但是普罗米修斯告诉她：

　　①[古希腊]埃斯库罗斯等.古希腊悲剧喜剧全集(第一卷)[M].张竹明，王焕生，译.南京：译林出版社，2007：160，行270—272.

你会难以忍受我这样的痛苦，因为我被命运注定永远不死，死亡本身是对苦难的一种解脱。现在我的苦难也永无止境，只要宙斯仍坐天庭。①

与凡人相比，天神都是永生的，如果没有外力的破坏，天神的生命规律就总是处于某种平衡中，问题只在于什么样的破坏力能够打破这种平衡。天神的死亡只有一种，那就是被忘记。因此，承受苦难恰恰是一种不被忘记的办法，在铜链下的痛苦呻吟中、在每一次使用语言的发声中、在引人悲泣的怜悯中，他活着；只要宙斯的惩罚还在继续，他就活着。不用说，既然施惩者与受惩者是相互依存的两面，普罗米修斯当然知道自己一定会活着，但是，伊奥并不知情，出于埃里倪斯法则的支配，她迫切希望"宙斯的统治也会有一天被推翻"。而由于埃里倪斯法则的绑缚，普罗米修斯也必须担心宙斯会陷入愚蠢的婚姻，从而时刻提防自己的儿子推翻自己，这个锁链不解除，宙斯就很可能重复克罗诺斯被打入塔尔塔罗斯的命运，在千百年的深渊中沉寂，最后被完全遗忘。所以打破这个规则的一个有效方法就是回避这个婚姻，据说在第三部《带火的普罗米修斯》中，普罗米修斯终于吐露了秘密，宙斯与忒提斯的婚姻将使宙斯被推翻，于是天神们将忒提斯嫁给了凡人珀琉斯，从而使宙斯得以避开了被儿子推翻的命运②。这里的隐喻是十分明显的，忒提斯是神女，宙斯只有不再与神而是与人结合，才有解除埃里倪斯锁链的机会，后来宙斯与伊奥的后代赫拉克勒斯对普罗米修斯的解救印证了这一点。普罗米修斯的话激起了伊奥对未来的希望，但她实在不相信宙斯竟然会被推翻：

---

①[古希腊]埃斯库罗斯等.古希腊悲剧喜剧全集(第一卷)[M].张竹明，王焕生，译.南京：译林出版社，2007：186，行752—756.

②[苏]谢·伊·拉齐克.古希腊戏剧史[M].俞久洪，臧传真，译校.天津：南开大学出版社，1989：34.有关这种说法，另外可见Michael J. Anderson的论文Mthy，他认为当初宙斯与波塞冬争夺神女忒提斯，后来当他们知道与忒提斯结婚后将生下一个比他们强大的儿子推翻他们时，众神将忒提斯嫁给了凡人珀琉斯，生下了阿基琉斯。该论文见Justina Gregory, ed..A Companion to Greek Tragedy[M].Blackwell Publishing Ltd, 2005: 133—134.

难道他不能逃避命运的这种变化？ ①

普罗米修斯的回答充满双关意味：

不可能，除非待我摆脱了这些镣铐。②

镣铐既是针对普罗米修斯，也是针对宙斯的。高加索山上对肉体的绑缚同时也隐喻着一种不可见的束缚，普罗米修斯身上的锁链是看得见的宙斯报复的记号，同样，宙斯自己也被无形的埃里倪斯链条所束缚。对宙斯而言，只要众神仍在宽阔的大地上生息、行走和争斗，众神喧哗的混沌局面就仍然存在，埃里倪斯法则所施加的命运就不会消失，宙斯的秩序就还没有建立。有形镣铐的摆脱当然也意味着无形镣铐的解除，赫拉克勒斯无疑是宙斯与其新塑造的人类相结合的产物和象征，他解救了普罗米修斯的同时也意味着宙斯的解放，同时也意味着神统时代的终结。事实上，在数万年的惩罚中，绑缚有一天也可能变成风景，这时或许正如卡夫卡在其小说中提到的传说，肉体终有一天要与群山连在一起，众神会遗忘，鹰隼会遗忘，连普罗米修斯自己也会遗忘③，肉体必须被定格为一座雕塑、一种象征，而普罗米修斯的新生才会出现，这样，他就不是活在每一次的惩罚展览中，而是活在人们心中。当神明不是以肉体而是以其象征住进人心，世界的秩序才算建立。这就是宙斯的真实想法，他要开启一个由人而不是神来信赖和支撑自己的新统治。然而，这个真实的意图现在必须隐藏在一系列谜语般的事件中，人类经历这些事件、感受这些事件，最后领悟这些事件，并把它们当作植根于心的旅程，正如普罗米修斯对伊奥的苦难漂泊所做的嘱咐：

让后代人类永远记住你这段行程。对你来说，这就是我的心智标

---

①[古希腊]埃斯库罗斯等.古希腊悲剧喜剧全集（第一卷）[M].张竹明，王焕生，译.南京：译林出版社，2007：188，行769.

②[古希腊]埃斯库罗斯等.古希腊悲剧喜剧全集（第一卷）[M].张竹明，王焕生，译.南京：译林出版社，2007：188，行770.

③[奥]弗兰兹·卡夫卡.普罗米修斯[M].谢莹莹，译//卡夫卡小说全集（Ⅲ）.北京：人民文学出版社，2017：268.

记，它的洞察能力远胜过视力所及。①

这是神与人的一种新的以精神形式而非肉体形式寻求结合的婚姻，因此它就不再是"欲"的产物而是"爱"的安排。到这里，普罗米修斯对歌队所说的那句"技艺远不及定数有力量"（τεχνη δ' αναγκης ασθενεστερα μακρω）的真实含义也就被发掘出来了。第一个层面，从普罗米修斯与宙斯对立的方面看，这句话表明自己教给人类的"技艺"有限，没有人能解除自己的锁链；第二个层面，从普罗米修斯与宙斯统一的方面看，这句话暗示了宙斯被埃里倪斯法则束缚的处境，光凭"技艺"很难使之解除束缚。然而，还有更为重要的第三个层面，那就是如前所述的，如何给新塑造的能"看见"神恩的人类一个必要的警告，以便那种使人能"看见"神恩的机制能够给人类一个永恒的限制：无论人类何强大，都能服从神的秩序。事实上，在这句话中，"技艺"（τεχνη）在这里既明指普罗米修斯教给人类的"技能"，也可能暗指普罗米修斯与宙斯共同的"计谋"，因为《神谱》中，赫西俄德批评普罗米修斯使用"圈套"欺骗宙斯时，"圈套"用的就是"技艺"②，之后，宙斯斥责普罗米修斯也用"技艺"指"计谋"。在接下来的论述中，我们先迂回到对宙斯新秩序的探索上，再最后揭示这个计谋。

第三节　"罪"规定下的人神关系

如前所述，无疑，要让人类拥有一种可以"看见"神恩的品质，首要的是要唤起人类对神的同情和怜悯，作为"理想的观众"，歌队对普罗米修斯的同情、怜悯和不理解已经很清楚地代表了人类的感情。雅克利娜·德·罗米伊认为，埃斯库罗斯悲剧中的歌队是最与情节相关的，"正是因为有了歌队，情节才能通过歌队打动观众"，歌队代表的往往就是那

---

①[古希腊]埃斯库罗斯等.古希腊悲剧喜剧全集（第一卷）[M].张竹明，王焕生，译.南京：译林出版社，2007：192，行841—843.

②[古希腊]赫西俄德.神谱[M].张竹明，蒋平，译.北京：商务印书馆，2011：43，行547.

些最关心结局的人①。对普罗米修斯的绑缚不仅使人类产生了同情和怜悯，也使人类认识到这是一种惩罚、一种压迫、一种统治。正是宙斯自己首先向人类传递了一种私有观念，火是属于他的。于是，正如卢梭所说，当私有观念出现之后，不平等也就同时产生了，不平等意味着人会更加重视"被尊重"，出于对"被轻视"的惩罚，报复产生了②。这样，悲剧中的一幕幕惩罚就变成了压迫与反压迫、报复与反报复的斗争。人们不仅"看到"那个为了人类而受难的英雄，同时也"看到"宙斯的残暴和那黑暗中的埃里倪斯，但最重要的，可能是他们也同时"看到"了自身所处的位置，正如歌队面对两位神斗争时的紧张与迷茫，他们该如何？

回到悲剧，从盗火、启蒙到渎神，普罗米修斯之罪其实很可能暗含了一种呼唤新秩序的预言，盗火之罪属于过错（αμαρτιαs），启蒙将这个过错继续放大，直到亵渎（ατιμασαs）。但是，整条线索的主体仍然是过错，并且对过错的追究只有一种方式——报复性惩罚（ποιναs），这种过错及其追究同时在伊奥身上出现，伊奥上场的时候，她的悲歌就唱道："克罗诺斯之子啊，我有何过错？"其中的"过错"用的就是"αμαρτιαs"，而她的受罪显然是赫拉的报复，这表明普罗米修斯的过错在悲剧中已经过渡到人类身上。到《达那奥斯的女儿》三部曲的时候，伊奥的后代继续了这个错误，孪生兄弟之间发生了政治斗争，弟弟埃古普托斯强占了哥哥达那奥斯的地方，并且逼迫达那奥斯的五十个女儿与自己的五十个儿子成婚。宙斯没有阻止这次错误，达那奥斯在古老的埃里倪斯法则支配下让女儿在新婚之夜杀死自己的丈夫，由于其中一个丈夫没有被杀，他又杀了达那奥斯复仇。错误仍在继续，在《七将攻忒拜》三部曲中，尽管第一部《拉伊奥斯》和第二部《俄狄浦斯》已经散佚，但奥狄浦斯的故事已经广为流传。奥狄浦斯的两个儿子互相残杀的悲惨结局正是源于拉伊奥斯的过错，拉伊奥斯首先制造了罪恶，奥狄浦斯尽力回避这个罪恶，然而拉伊奥斯仍然被报复了。

①［法］雅克利娜·德·罗米伊.古希腊悲剧研究［M］.高建红，译.上海：华东师范大学出版社，2017：21—28.
②［法］卢梭.论人类不平等的起源和基础［M］.李常山，译.北京：商务印书馆，1962：118.

之后，报复者奥狄浦斯也遭到埃里倪斯法则的追究，他"杀父娶母"的罪行被他自己揭露而使他面临惩罚，可惜这个惩罚仍然只服从埃里倪斯法则，他在弄瞎自己后被流放，并诅咒了他的两个儿子埃特奥克勒斯和波吕涅克斯，直至两个儿子残杀死去。对此，悲剧退场时歌队长说：

啊，高傲的、制造死亡的克尔，和你，埃里倪斯，你们就这样彻底毁灭了奥狄浦斯家族，我该怎么办？如何计划和行动？①

歌队长最后的发问浓缩了此前人类的种种困惑，人类不是不知道命运，而是不知道该如何摆脱命运。拉伊奥斯和奥狄浦斯都是试图摆脱命运的人，但是他们注定要失败，正如该悲剧中歌队的悲唱：

我害怕那毁灭家族的不同于其他众神明的真正预言灾难的女神。②

这个女神就是埃里倪斯，在她的法则下，人们尽管恐惧那"命定的报偿"，却也只好无可奈何地相信和顺应，因为"凶残的埃里倪斯正实现诺言"。从普罗米修斯之罪到奥狄浦斯家族毁灭，不管是过错还是渎神，报复成了最主要的追究模式，这充分反映出早期希腊社会治理模式的原始性和单一性。"报复"的弊端显而易见，除了引发"罪恶"的无限循环之外，它也没有让社会更加有序，相反，由于"报复"总是伴随着愤怒、诅咒和誓言，因而也往往让人盲目。在《荷马史诗》中，这样的例子不少，最典型的恐怕是阿伽门农与阿喀琉斯之间的相互报复，从而导致希腊人的惨败。在宙斯看来，"报复"的治理模式肯定是非正义的，"报复"尽管自由，但由于它只从个体自身的实际需要出发，也容易将社会变成森林。既然它无法为城邦的公共安全和长治久安提供一套合理的管控方案，就必须加以革除。但是，宙斯为何没有干预埃里倪斯法则的自动运行呢？从计谋的角度看，宙斯的目的是要等待自己重塑的人类来自行"发现"或"发明"新的规则，这也是他必须让普罗米修斯盗火和教给人类"技艺"的充分理由，在"技艺"与火的"照亮"下，人类更能"看到"新的东西。的确，从普

---

① [古希腊]埃斯库罗斯等.古希腊悲剧喜剧全集(第一卷)[M].张竹明，王焕生，译.南京：译林出版社，2007：275，行1060—1063.

② [古希腊]埃斯库罗斯等.古希腊悲剧喜剧全集(第一卷)[M].张竹明，王焕生，译.南京：译林出版社，2007：251，行720—722.

罗米修斯之罪开始，通过人类若干代的反复实践，到《奥瑞斯特斯三部曲》的时候，一种新的规则——法庭的审判出现了，"罪"必须经由法庭的审判和投票才能最终决定，由此，法庭终结了那个连宙斯都曾无法掌控的"命运"——埃里倪斯法则。

科纳彻在《埃斯库罗斯笔下的城邦政制》中说："在《阿伽门农》中，其悲剧性所依赖的行动种子全是过去的某种暴行……这每一件暴行都包含着对家宅或是家的罪恶。"① 阿伽门农的悲剧来源有二：一是其父阿特柔斯对自己的兄弟梯厄斯忒斯犯下罪行，还让梯厄斯忒斯吃自己儿子的肉；二是在帮助兄弟墨涅拉俄斯讨伐特洛伊时将自己的女儿伊菲革涅亚献祭给狩猎女神阿尔忒弥斯。根据埃里倪斯法则，第一个罪恶必然引来梯厄斯忒斯家唯一的后人埃吉斯托斯的报复，第二个罪恶必然引来他妻子克吕泰墨斯特拉的报复。当然，这两个罪恶可能也促成了埃吉斯托斯与克吕泰墨涅奥特拉的奸情成立，当他们预谋杀害阿伽门农时，他们对应地也造成了两桩罪恶，第一是他们的通奸，第二则是他们对阿伽门农的屠杀。当阿伽门农从特洛伊归家时，卡珊德拉预见到了这两桩罪恶将带来的血腥，她"看到了"阴森恐怖的埃里倪斯姐妹，在她死之前，她也预见到了这两桩罪恶的后果：

> 一个女人会为我这个女人而偿命，一个奸夫会为原有的丈夫而倒下。②

杀死阿伽门农后，克吕泰墨涅奥特拉向由阿尔戈斯长老组成的歌队争论其杀人的正当性，之所以杀阿伽门农是因为凶恶的报仇神埃里倪斯的意愿，但是歌队对此进行驳斥：

> 只要宙斯仍坐在他的宝座上，作恶者必遭报应，这是天理。③

与克吕泰墨涅奥特拉所遵循的埃里倪斯法则不同，由长老组成的歌队

---

① [加]科纳彻. 埃斯库罗斯笔下的城邦政制 [M]. 孙嘉瑞，译. 上海：华东师范大学出版社，2017：3.

② [古希腊]埃斯库罗斯等. 古希腊悲剧喜剧全集（第一卷）[M]. 张竹明，王焕生，译. 南京：译林出版社，2007：351，行 1318—1319.

③ [古希腊]埃斯库罗斯等. 古希腊悲剧喜剧全集（第一卷）[M]. 张竹明，王焕生，译. 南京：译林出版社，2007：366，行 1563—1564.

表现出了充分的理智，这种理智遵从的恰恰是宙斯的法则。古老的命运力量与宙斯的新兴力量发生了激烈的交锋，歌队的态度奠定了悲剧的结局：

> 这一切啊都由于宙斯，万物的起因，万物的肇始，人间什么事没有宙斯能发生？有哪一件事不是由神明促成？ ①

在这里，宙斯塑造的人类越来越清晰地"看见"了宙斯的力量，它在此时已经成为绝大多数人类的凭靠对象，摆脱埃里倪斯法则的时候就快要到了。但是，如何依靠宙斯的力量呢？在《奠酒人》中，由女仆们组成的歌队长劝埃勒克特拉"召请杀戮报复杀戮者"，埃勒克特拉没有选择古老的埃里倪斯，而是选择向新辈的赫尔墨斯祈求能够"公正地"为父报仇，认为这是"同众神明、大地、公正的胜利神一起"，而奥瑞斯特斯也得到阿波罗的谕示，要他不怕险阻去复仇。两位神祇都是宙斯时代的新兴力量，奥瑞斯特斯姐弟是王族，由长老、女仆组成的歌队代表了各阶层的民众，他们现在全都站在了宙斯的一方，对这场人间仇杀的处理考验着宙斯的神圣正义能否最后战胜古老的埃里倪斯法则。为了复仇，奥瑞斯特斯与埃勒克特拉精心策划了计谋，在成功杀死埃吉斯托斯之后，面对克吕泰墨涅斯特拉的哀求，奥瑞斯特斯陷入了两难，但好友皮拉得斯的话坚定了他复仇的决心：

> 你忘了我们发出的忠实的誓言？宁可与所有人，也不要与神明为敌。 ②

这也是整个新新人类的正义，正如歌队所唱"正义之神带来沉重的惩处"，杀死自己的母亲后，歌队称颂他"为王室摆脱了灾难"，阿伽门农的王室将"从此兴旺"。但是，杀亲仍然引来了埃里倪斯的追究，她们到处追赶奥瑞斯特斯直到阿波罗的神庙。在《报仇神》中，她们遭到阿波罗的唾弃：

> 她们因罪恶而生，居住在地下，占据不祥的昏暗和塔尔塔罗斯，

---

①[古希腊]埃斯库罗斯等.古希腊悲剧喜剧全集(第一卷)[M].张竹明，王焕生，译.南京：译林出版社，2007：362，行1485—1488.

②[古希腊]埃斯库罗斯等.古希腊悲剧喜剧全集(第一卷)[M].张竹明，王焕生，译.南京：译林出版社，2007：434，行901—902.

为凡人和奥林波斯众神所憎恶。①

阿波罗说的"罪恶"就是κακον，这个κακον同时也有"坏秩序"和"坏制度"的含义，联系阿波罗此时的地位，这个判断无疑已经具有某种政治含义，他划清了埃里倪斯与奥林波斯众神的界线，换句话说，埃里倪斯的罪恶（κακον）在这里已经被以阿波罗为代表的新辈神认作"渎神"，但埃里倪斯们认为宙斯的新制度才是坏的和非正义的，她们尖锐地指责阿波罗：

> 这些新神就这样行动，统治一切，践踏正义。……你一个预言神，自觉自愿地让社灶罪恶玷污庙宇，蔑视神规和人间法律，损害古老的命运权限。②

新旧之间针锋相对的冲突在这里得到最集中的展示，狂野而古老的丛林法则与文明的城邦秩序终于正面地斗争③，人们是需要正义与荣誉、洁净与体面，还是黑暗与混乱、污垢与血腥？阿波罗指出埃里倪斯们的栖居之地：

> 你们该去的地方是砍头、扎眼、判决后遭受鞭打、消灭宗族、伤害生育能力、砍断四肢、进行石击、被置于尖桩的人们大声呻吟的地方。那些是你们爱听的声音，是你们的快慰和欢乐，但却令神明们厌恶。④

---

① [古希腊]埃斯库罗斯等.古希腊悲剧喜剧全集（第一卷）[M].张竹明，王焕生，译.南京：译林出版社，2007：454，行71—73.

② [古希腊]埃斯库罗斯等.古希腊悲剧喜剧全集（第一卷）[M].张竹明，王焕生，译.南京：译林出版社，2007：460，行162—172.

③ 对本文所称埃里倪斯法则的理解，黑格尔在其《美学》中认为是一种原始的家庭秩序，在谈到旧神与新神体系时，他指出："关于家庭情况的公理之所以划归旧神掌管，是由于这种公理所根据的是自然关系，因而和明文规定的公共法律是相对立的。"（第202页）阿诺德·汤因比在其《希腊精神》一书中也指出："城邦的法律，乃至城邦的兵役，解放了家庭对个人的古老束缚，但代价是落入了城邦的新束缚。"（第41页）但事实上，埃里倪斯们主导的报复法则很可能比家庭关系形成得更早，或者说，它很可能比家庭关系更加原始，因此，本文主要从丛林角度来理解该法则。这样，从《普罗米修斯》到《奥瑞斯特斯三部曲》，也就在某种程度上内在地反映了原始丛林社会与文明城邦社会不同的"法"的形式，即"自然法"与"人为法"的区别。

④ [古希腊]埃斯库罗斯等.古希腊悲剧喜剧全集（第一卷）[M].张竹明，王焕生，译.南京：译林出版社，2007：461，行186—192.

不仅如此，阿波罗还严厉地质问她们为何不追究克吕泰墨涅斯特拉的杀夫之罪，她们轻描淡写地认为那并不是"血缘凶杀"。对此，阿波罗明确地指出了今日不同往昔，在现代社会，由"尊贵的赫拉和宙斯规定的婚盟"以及库普里斯"赋予人类最深挚的情爱"和"由命运注定的丈夫和妻子的婚床"永远"受正义神保护"，甚至"比联誓更神圣"。黑格尔曾精辟地指出这一转变，与母子关系的自然情感相比，婚姻是一种"不依存于自然情感的自觉的职责，纵使爱情已消逝，这些职责还要受到承认"。同样，阿波罗之所以维护阿伽门农作为丈夫和国王的权利，也是在维护这种自觉职责，这就是国家"自由的有理性的意志的实现"。① 至此，我们可以看到，对普罗米修斯施加惩罚的宙斯和对伊奥施加惩罚的赫拉现在已经完全重新规定了正义，这个正义正如雅典娜对埃里倪斯们所说的，它是"名义上而非实际上的公正"，它将赋予人类一种全新的、合理的对"罪"的追究形式——法庭审判形式。尽管奥瑞斯特斯是双手沾满血污的罪人（αλαστορος，受诅咒的人），但他已不必再陷入"报复"的陷阱，他将在法庭上得到公正的判决。

通过雅典娜组建的法庭审判，奥瑞斯特斯被判无罪。宙斯的正义最终战胜了古老的埃里倪斯法则，由埃里倪斯们组成的歌队悲痛"命运"的失败：

> 啊，你们新神明，把旧有的规章任意践踏，从我手里夺走了罪犯。②
> ……
> 神明们施展阴谋诡计，使我失去昔日的尊崇。③

尽管她们在法庭审判中失败，但雅典娜十分清楚她们的强大能力，在妥善地安置了她们之后，雅典娜要求她们发出永远"敬重城邦和宙斯"的誓言，埃里倪斯们被成功改造为城邦正义的监督者和将受人敬重的"光辉神灵"，冲突和对立取消了，人们迎来了和谐。有学者准确地指出，这种

---

① [德] 黑格尔. 美学（第二卷）[M]. 朱光潜，译. 北京：商务印书馆，1979：203.

② [古希腊] 埃斯库罗斯等. 古希腊悲剧喜剧全集（第一卷）[M]. 张竹明，王焕生，译. 南京：译林出版社，2007：498，行779—780.

③ [古希腊] 埃斯库罗斯等. 古希腊悲剧喜剧全集（第一卷）[M]. 张竹明，王焕生，译. 南京：译林出版社，2007：501，行845—846.

"冲突的调适"和最后的平衡和谐就是埃斯库罗斯悲剧中城邦政治的最好图景①。这一切，正如雅典娜欢快的颂词：

> 这是广场保护神宙斯的胜利，从今后我们的竞争将会是一切为了美善。②

从对普罗米修斯之罪的惩罚到将埃里倪斯姐妹改造成"和善女神"，宙斯的计谋不可谓不高远和晦涩艰深。让人类知道"美善"，服从"美善"，享受"美善"，这才是宙斯的正义，也是普罗米修斯"爱护人类"的最高形式，它规定了宙斯所塑造的人类最基本的人格和道德类型，至此，宙斯的新秩序完全建立起来了。

第四节　悲剧中"罪"的象征及悲剧意义

公元前 5 世纪的古希腊著名演说家安提丰有一段著名的演说辞，赞颂古希腊的法律和对"罪"的处置，"如果你们宣判一个人有罪，即便他不是凶手并且和犯罪毫无干系，他也必须服从法律：禁止进入城市、城市的圣地，禁止参与城市的审批和祭祀活动，它们是人类生活中最为重要和最为古老的制度"③，而如果一个人犯了罪，那么"出于对诸神和人类习俗的敬畏，他应该净化自身，远离法律中所提到的上述地方，以便获得最好的归宿。"④ 这里的罪 "δικαιου" 是指按照城邦法律由公民投票决定的，即 "καταψηφιζομαι"，意为经过审判和投票之后判定的罪。在亚里士多德的《雅典政制》中专门谈到渎神罪，在公元前 599 年，一个已死的人被判犯渎神罪，结果他的尸体从坟墓中被挖出，其家族也被永久驱逐出境。亵

---

① 晏绍祥. 冲突与调适——埃斯库罗斯悲剧中的城邦政治 [J]. 政治思想史，2015，3 (01)：1-22+197.

② [古希腊] 埃斯库罗斯等. 古希腊悲剧喜剧全集 (第一卷)[M]. 张竹明，王焕生，译. 南京：译林出版社，2007：508，行 973—975.

③ 冯金朋主编. 阿提卡演说家合辑 [M]. 陈钗，冯金朋，徐朗，译注. 长春：吉林出版集团有限责任公司，2016：91.

④ 同注③。

渎神的行为主要有以下几种，一是直接的亵渎，主要指言行直接冒犯、侮辱神的情形，比如伯罗奔尼撒战争期间被判渎神罪的雅典将军亚西比德（前450—前404），据称他曾在家私自庆祝埃琉西斯秘仪，而且他还参与破坏赫尔墨斯神像，为此他受到流放。二是间接的亵渎，主要指明显违反人伦道德的情形，柏拉图曾经专门提到这种情形，他举例说"如果妻杀夫或夫杀妻，必须举行涤罪仪式，再流放三年，三年后罪犯回国，不得与子女一道崇拜神灵，否则以亵渎罪指控"[1]。柏拉图曾经专门谈到对亵渎罪的惩罚（τιμημα），一般有三种方式。对于情节较轻的，关押在市场附近的"普遍监狱"（δεσμοτεριον）；对情节较重的，关押在午夜法庭旁边的"感化所"；情节最严重的，流放到离国土中心区最偏远荒凉的地方，而且必须用"惩罚"的名字来称呼[2]。柏拉图认为神是至善的，而人则都会犯错，法律的目的就是要"纠正凡人的过失"。

大体而言，至少从古典时期开始，希腊社会就形成了一个由罪行、罪犯和惩罚三者结构在一起的法律知识体系[3]，罪行主要有世俗罪、宗教罪和叛国罪三种较大的分类。世俗罪主要用于对一般生活中犯了过失的公民的惩罚，常常配套以驱逐、罚款、监禁、戴枷、降低公民等级等惩罚形式。宗教罪主要用于对亵渎神灵者的惩罚，叛国罪则主要用于对背叛城邦者的惩罚，包括"任何想把法律和国家置于党派控制之下，使之服从个人的支

---

①[古希腊]柏拉图.法篇[M].王晓朝,译//柏拉图全集卷三.北京:人民出版社,2002:630.

②[古希腊]柏拉图.法篇[M].王晓朝,译//柏拉图全集卷三.北京:人民出版社,2002:676.

③埃斯库罗斯曾处于克里斯提尼任雅典执政官（公元前506年，克里斯提尼被选为雅典执政官）的时代，他沿用了100年前德拉古创制的《德拉古法典》，该法典区分了过失杀人和故意杀人罪，并且最终判罚一群执政官裁定。克里斯提尼还继承了梭伦的改革，赋予每个公民政治身份，制定了"陶片放逐法"，一定程度上促进了雅典民主政治的繁荣。内莫教授相信，克里斯提尼的改革可能受到毕达哥拉斯派的几何学影响（见内莫著《民主与城邦的衰落——古希腊政治思想史讲稿》第74页）。由于埃斯库罗斯也一度被认为是毕达哥拉斯派的成员，因此，在某种程度上，其悲剧中的"罪"也似乎呈一种几何学安排。

配，并进一步为了实现这些目的而用革命的暴力挑起激烈的内战"①的人，这两种都属于极其严重的罪行，前者冒犯的是神灵，后者冒犯的是城邦，因此往往采取死刑、监禁、鞭笞等惩罚形式。古希腊已有相当完善的法律制度，埃斯库罗斯的《奥瑞斯特斯三部曲》中雅典娜设的法庭就已经有了审判法官、传令官、陪审员、原告、被告和证人等，这其实是当时雅典最高法院的基本设置。据柏拉图记载，对罪犯提起诉讼还需要发出传票，在审判过程中只要公民有空都可以前往旁听，最后，经过两天的三次会审，所有参加的法官会投下庄严的一票对罪犯做出确定的判罚。

在现存的埃斯库罗斯悲剧中，几乎全部都有对"罪"或多或少的有意探索。维·诺·亚尔霍认为埃斯库罗斯的悲剧中除了早期悲剧之外，都探讨了罪，并且"在人的同一行为中看到了惩罚和犯罪、复仇和新罪的辩证结合"②。这个看法并不全对，事实上，埃斯库罗斯早期的《乞援人》和《波斯人》也探讨了"罪"的问题。《波斯人》探讨的是傲慢对神的亵渎之罪，《乞援人》是《达那奥斯的女儿们》三部曲的第一部，第二部是《埃及人》，第三部是《达那奥斯的女儿们》，还有一部萨提洛斯剧《阿米墨涅》。按埃斯库罗斯时代悲剧比赛的规则，参加比赛的诗人必须提交一个三部曲和一部萨提洛斯剧凑成四部曲，可惜该四部曲的后三部已经散佚。但仍能从极少的残篇中大致了解《乞援人》之后的一些剧情，其中最重要的就是达那奥斯的女儿们终于还是被抢回埃及成婚，49 个女儿都杀死了自己的丈夫，只有最小的女儿许佩尔涅斯特宽恕了丈夫林叩斯，她最后受到审判，阿佛洛狄特为她进行了辩解，"如果所有的妇女都杀死自己的丈夫，那么人类就要绝种了"③。她最后被判无罪并成了阿尔戈斯的始祖。这

---

① [古希腊] 柏拉图. 法篇 [M]. 见《柏拉图全集》卷三，王晓朝，译. 北京：人民出版社，2002：615.

② [苏] 维·诺·亚尔霍. 埃斯库罗斯的艺术思维——传统与革新（1977）[M]. 陈怀义，译 // 陈洪文，水建馥选编·古希腊三大悲剧家研究. 北京：中国社会科学出版社，1986：466.

③ [苏] 谢·伊·拉齐克. 古希腊戏剧史 [M]. 俞久洪，臧传真，译校. 天津：南开大学出版社，1989：29.

场审判今天已经不知道如何进行，但很显然的是它一定遵循古老的埃里倪斯法则，阿佛洛狄特的出面给许佩尔涅斯特的行为和受审带去了某种"不理智"意味，赫卡柏就曾在《特洛伊妇女》中指责海伦"一切的不理智便是凡人的'阿佛洛狄特'"[1]，这与当时希腊社会已经颇为成熟的法庭形式格格不入。《普罗米修斯》一剧原为《被缚的普罗米修斯》($\pi\rho o\mu\eta\theta\varepsilon\upsilon\varsigma$ $\delta\varepsilon\sigma\mu\omega\tau\eta\varsigma$)，也是一个三部曲，其余两部是《被释的普罗米修斯》和《带火的普罗米修斯》，萨提洛斯剧已不为人知。这部悲剧中普罗米修斯因盗火给人类被定罪，全剧对罪行的认识、对罪犯的惩罚、拷问以及适用法则甚至罪犯的申辩等都有涉及，但却并非成形的法庭审判。与《乞援人》一样，《七将攻忒拜》也是遵循某种摩伊拉和埃里倪斯的报复规则，直到《奥瑞斯特斯三部曲》，通过对奥瑞斯特斯杀母之罪的审判，以埃里倪斯为代表的旧法则与以雅典娜为代表的新秩序的斗争才有了最终结果，胜出的雅典娜法庭与当时雅典最高法院在法庭组织形式和审判形式上都已经十分接近。这一粗略的线条表明，"罪"在埃斯库罗斯悲剧中具有十分重要的意义，它暗示了埃斯库罗斯通过普罗米修斯之罪探索城邦正义与秩序的目的。施莱格尔就认为埃斯库罗斯"完全处于古代的混沌与规则、和谐的秩序的激烈斗争中"，他的悲剧"一方面充满了对作为上古世界的一个因素的神的意志力的回忆和幻想，另一方面又追求规则、和谐的生活秩序与文明"[2]。

无疑，宙斯的秩序就是普罗米修斯之罪的象征，也是埃斯库罗斯探寻城邦秩序最初的逻辑起点。保罗·里克尔曾经指出，"罪恶并非扰乱先前秩序的事变；它实质上属于秩序的根基。……（因为）首先，作为敌人的角色，混沌势力从未停歇过对罪恶的体现，尽管这些势力在世界起源时被粉碎；其次，在王的形象中，王早在建立秩序时就受同一既破坏又明智的

---

① [古希腊] 埃斯库罗斯等. 古希腊悲剧喜剧全集 (第五卷)[M]. 张竹明，王焕生，译. 南京：译林出版社，2007：131，行989.

② [德] 施莱格尔. 旧文学和新文学史 (1815)[M]. 宁瑛译，张黎，校 // 陈洪文，水建馥选编·古希腊三大悲剧家研究. 北京：中国社会科学出版社，1986：135.

神派遣去'消灭凶暴和罪恶'"[1]。从《普罗米修斯》到《奥瑞斯特斯三部曲》，从埃里倪斯法则对"罪"的狂野的丛林报复，一直到雅典娜法庭对"罪"的审判，宙斯最终建立了一种以"法庭形式"的投票来追究罪的秩序。在埃斯库罗斯所处的由古风时期过渡到古典时期的时代，我们已经看到相当完备的法庭及其组织形式，埃斯库罗斯的悲剧事实上也充分反映了古希腊社会对"罪"的追究和处置方式，雅典娜法庭的胜利也反映了埃斯库罗斯对社会治理模式的总体想象，他很有可能想在世俗的法庭追究与神圣的精神追究之间找到某种平衡。作为最初的秩序起点，普罗米修斯之罪中，不管是"错误"还是"邪恶"（κακης），最终都在人类这里成功地转变成由审判和投票确定的罪（δικαιου），同时，通过雅典娜的法庭形式和对埃里倪斯们的妥善安置，人类在神的监督和世俗的法庭监督下保持美善，人类不仅"看见"了宙斯的仁慈（φιλανθρωπου），也"看见"了归附宙斯的埃里倪斯们的蠢蠢欲动的报复，这一切现在都通过雅典娜的法庭来平衡着，在这个新的秩序中，人们开启了敬神、节制的和谐生活，宙斯塑造能够维护自己秩序，支撑自己统治的人类的目的终于达到了。因此，传统上那种认为普罗米修斯造成了神人分离的说法[2]，就应该重新加以审视了。苏珊娜·萨义德就说，"埃斯库罗斯悲剧没有将人从神的共同体中分开，而且在人的行动中也表明一种直接的神圣的力量的参与"，而且，从表演上说，通过"机关神"的方式让神直接介入人的生活，"他们的身体存在和积极参与构成了《欧墨尼得斯》（王焕生译本为《报仇神》）和《被缚的普罗米

---

① [法]保罗·里克尔. 恶的象征 [M]. 公车，译. 上海：上海人民出版社，2005：171—172.

② 自赫西俄德认为普罗米修斯欺骗宙斯造成神人分离以来，从古典时期到20世纪，批判普罗米修斯傲慢及其技术罪恶者均持此看法。如柏拉图、西塞罗等，有关论述可参皮埃尔·阿多《伊西斯的面纱》；Bruno Snell, The Discovery of The Mind: The Greek Origins of European Thought；让－皮埃尔·韦尔南《希腊思想的起源》；Picariello DK and AW Saxonhouse. Aeschylus and the Binding of the Tyrant. Polis 32, No. 2 (2015): 271-296; Robert Holmes Beck, Aeschylus: Playwright Educator 等。

修斯》的行动核心"[①]。

正如之前的论证，宙斯塑造人类的工程其实从墨科涅分牛就已经启动了，也是从那时开始，人类就被"设计"成可以"获得"罪的生物。在《工作与时日》中，赫西俄德已经指出，在分牛之前，人类生活在"没有罪恶"（ατερ τε κακων）的大地上，其实，这里的"没有罪恶"并不是指没有罪恶这种事情产生，而是指人类不知道罪恶。因为赫西俄德同时在《神谱》中提到了乌兰诺斯和该亚的"罪恶"，本来这个"罪恶"只在神的世界发生，但是宙斯却借墨科涅分牛事件将之转移到人类身上，正如保罗·里克尔所说："人类只是获得和继续罪恶。"[②]但是人类首先获得和继承的并非这个"罪恶（邪恶）"本身，而是一种产生这种"罪恶"的法则——埃里倪斯法则，也即命运。从分牛到盗火，再从盗火到潘多拉，宙斯的被欺骗及其后续的一连串报复，重复的正是这个法则，这个法则现在也通过宙斯的运用而复制到人类身上，并被转化为一种"习得"。与此同时，从普罗米修斯身上，人类也学会了技艺，包括各种智慧的知识以及狡猾的精明，而最为重要的，是通过普罗米修斯的被惩罚而承担起了宙斯强加的"罪恶（错误）"。如此一来，从墨科涅分牛之后一直到人类的现在，宙斯并没有毁灭任何一个种族，也没有创造任何一个新种族。严格来说，从白银种族到青铜种族，再从青铜种族到英雄种族再到黑铁种族，宙斯都没有生物学意义上的创造，而只是心理结构和精神层面的塑造。

塑造人类的巨大工程可以分为两个阶段，第一个阶段是从墨科涅分牛到青铜时代，第二个阶段就是英雄时代。第一个阶段的塑造结果我们可以看看青铜种族，赫西俄德说他们"喜爱阿瑞斯制造哀伤的工作和暴力行为，不食五谷，心如铁石，令人望而生畏。他们力气很大，从壮实的躯体、结实的双肩长出的双臂不可征服"。可惜这个种族最终"用自己的手毁灭了自己"，并且"没有留下姓名"。因此，真正成功的塑造始于第二阶段，这

---

①Suzanne Said, Aeschylean Tragedy, Justina Gregory, ed..A Companion to Greek Tragedy[M].Blackwell Publishing Ltd, 2005: 223.

②[法]保罗·里克尔.恶的象征[M].公车,译.上海:上海人民出版社,2005: 155.

个阶段的开始，普罗米修斯已经为人类盗来了天火，作为报复，宙斯也给人类送来了潘多拉，当普罗米修斯被绑缚在高加索山时，伊奥也出现了。

通过前述分析，埃斯库罗斯的宙斯显然是用如下几种"元素"来塑造人类的。第一种是埃里倪斯法则；第二种是普罗米修斯所教给人类的"技艺"；第三种是"罪"；第四种是火。在这四种"元素"所组成的复杂结构中，埃里倪斯法则与"罪""技艺"与火分别构成一对共生关系。"技艺"就是"技术"，亚里士多德将之定义为"普遍知识"，他说"当一个对同类事物的普遍判断从经验的众多观念生成的时候，技术也就出现了……有经验的人只知道其然，有技术的人则知道其所以然"。因此，"有技术的人比有经验的人更加智慧，因为智慧总伴随着知识"。在宙斯塑造人类的过程中，"技艺"的作用就是在火的帮助下对埃里倪斯法则和"罪"进行"发现"和"监测"，它将在人类"罪"的现象中总结出一套关于"罪"的知识，随着人类"技艺"的进步，社会的组织和结构将越来越复杂，埃里倪斯法则对"罪"的原始追究模式也将逐渐被"技艺"对"罪"的技术性管控所取代。很明显，对每一对"元素"构成的共生结构来说，它们是成正比促进的，但在前后两对之间，则是某种此消彼长的反比关系。在《普罗米修斯》中，人类的"技艺"与火尚处在新生的阶段，埃里倪斯法则却很强大，因而由它所追究的"罪"就势必以残酷的肉体惩罚的景观示众，以便向观众传达和维护其公正。尽管"技艺"此时比较弱小，但它借助光亮的火焰却会快速地自我生长，也恰恰从这个时候开始，"技艺"与埃里倪斯法则开始共同"渗透"进人类个体及其社会。在两者的共同作用下，普罗米修斯之罪呈现出埃斯库罗斯惯有的"双重"属性，在观众从歌舞场上看到的一面，它是由宙斯的残暴权力所惩罚的对象，刑讯逼供的实质是对肉体和精神的折磨，其场景十分符合埃里倪斯对残暴、血腥、呻吟、悲号与痛苦的口味；在观众看不到的一面，它是宙斯在众神与人类中的一个计谋，它通过宙斯与普罗米修斯的精心设计，将外在的景观模式内化为人类心灵的负罪模式，在普罗米修斯的悲惨景象中，观众获得了一种同情与憎恨、怜悯与恐惧并存的"罪恶"体验，这就是《普罗米修斯》的悲剧艺术。普罗米修斯之所以能引起人的同情和怜悯，正如亚里士多德所说"人物之所以遭受不幸，不是因为本身的邪恶，而是因为犯了某种后果的严重错误"①，普罗米修斯之罪本来也只是错误，但它既然同时也是计谋，它就必须承担起促进人类"自我认识"的义务。在景观模式中，它被动地呈现在人类的视觉上，然而，在负罪模式中，它却成了人类同情的根基、怜悯的来源以及虔诚和信靠的依据。

悲剧退场，赫尔墨斯与普罗米修斯有激烈的辩论，歌队看到，此时的普罗米修斯已经难以控制情绪，赫尔墨斯更显得冷静和理智，他指出普罗米修斯已经"迷狂"（μαινομαι，行 977）和"疯癫"（νοσον，不洁净的疯病，行 978），并指责普罗米修斯"不善思考"和太"自以为是"（αυθαδια），歌队承认赫尔墨斯的指责是正确的，她们劝普罗米修斯"放弃自负"，但是普罗米修斯已经陷入盲目的极端，他希望更加猛烈的惩罚。由此可见，歌队已经有了是非判断，她们应该听从赫尔墨斯的劝离。然而她们最后仍然选择与普罗米修斯一道被打入塔尔塔罗斯，这说明了什么？恰恰说明了"罪"的景观模式已经内化为负罪模式，《报仇神》的最后，埃里倪斯们被安排住到地下"悠久古老的洞穴"，这象征着"罪"的景观模式已经被掩埋在人类的心灵深处，正义、光明和美善浮在了心灵的表面，由此，心灵的表里成为一个不可分割的整体，正如雅典娜对埃里倪斯们的希望：

> 让有害于国家的东西埋在地下，把一切有益的东西送上来，给城邦带来胜利。②

而欢送埃里倪斯们住到地下去的人们也从此将这人类心灵深处的秘密交给了神灵，从此，他们的"罪"就可以以祈祷的名义拿到神灵的判决：

> 请举杯酹奠，家家祭献神灵，为帕拉斯的城民，摩伊拉女神和无所不见的宙斯已这样决定。公民们，歌唱吧，放声歌唱。③

这样，在四种"元素"中，"罪"就是宙斯最重要的观测指标，掌握好

---

① [古希腊] 亚里士多德. 诗学（第 13 章）[M]. 陈中梅, 译. 北京: 商务印书馆, 1996: 98, 行 20—25.

② [古希腊] 埃斯库罗斯等. 古希腊悲剧喜剧全集（第一卷）[M]. 张竹明, 王焕生, 译. 南京: 译林出版社, 2007: 510, 行 1007—1009.

③ [古希腊] 埃斯库罗斯等. 古希腊悲剧喜剧全集（第一卷）[M]. 张竹明, 王焕生, 译. 南京: 译林出版社, 2007: 512, 行 1044—1047.

"罪"的控制，也就掌握了对新新人类的统治。普罗米修斯之罪不仅仅表征人类"罪行"的开始，也表征了人类"自我认识"的开始，而从"过错"到"渎神"的线索，也给埃斯库罗斯的悲剧提供了一个"罪恶"演进的内在逻辑。

被"预设"的"罪"有何悲剧意义？借助保罗·里克尔关于巴比伦创世神话的观点，人类是为做众神的奴仆而被创造的。这一观点其实并非其首创，更为激进的其实是柏拉图，他甚至认为人类不过是众神的玩偶，"一切有益的、严肃的努力都以神为真正的目标，而人，如我们前面所说的那样，只是被创造出来作为神的玩偶，这实际上对人来说是最好的"（803c）[1]。如此说来，普罗米修斯之罪还隐藏了另一种"双重性"，在"技艺"与火对其进行"发现"和"监测"的过程中，"技艺"将会"发现"自己必然犯错，这就是"技艺"本身的"罪"。 在《普罗米修斯》悲剧中，威力神下场时对普罗米修斯说："神明们徒然把你称作普罗米修斯，因为你自己倒确实需要一个先知，知道怎样才能摆脱眼下这锁链。"（行85—87）锁链本来就是"技艺"，这是赫菲斯托斯的技艺，在这里，埃斯库罗斯并没有用赫菲斯托斯在开场45行"啊，这行实在可恨之至的手艺啊"中的"手艺"（χειρωναξια）一词。看来，"技艺"同时也是"锁链"，它会扩张自己，也会捆绑自己、判决自己。按刘小枫的理解，埃斯库罗斯在这里使用τεχνης，其目的是宙斯为了"让普罗米修斯好好反省，人类有了技艺会怎样呢"[2]，可惜他并未明确指出其隐喻。皮埃尔·阿多指出，普罗米修斯的技艺具有一种实验科学的性质，其目的是统治自然和挑战神的秘密，以此揭开自然的面纱，但是，与此相应的，技术同时也把神隐藏的危害揭开了。不过，本文并不赞同这种说法，如若从宙斯施行计谋的角度看，"技艺"无论是作为一种普遍知识，还是一种"罪"对人类来说都是被给予的东西，就像众神赠送给人类的潘多拉。这样我们或许就更能理解柏拉图对智者的指责，"一切伟大而美好的事物显然都是自然和命运的产物，只有技艺的产物是

---

① [古希腊] 柏拉图. 法篇 [M]. 王晓朝, 译 // 柏拉图全集卷三. 北京: 人民出版社, 2002: 561.

② 刘小枫. 普罗米修斯之罪 [M]. 北京: 生活·读书·新知三联书店, 2012: 25.

微不足道的"（889a）①。在柏拉图看来，"技艺"的产物不仅不是微不足道，反而更是十分重要，因为它其实正是神所赠与的，柏拉图由此要求人们相信人类只是神灵的财产，"谬误、固执、愚蠢是我们的祸根，公义、节制、智慧是我们得到拯救的保证，这些东西的根源存在于诸神的活生生的力量之中，尽管在我们中间也可以看到一些褪色的遗迹"（906b）②。对于古典时期的希腊社会来说，悲剧的意义可能恰恰就在这种解释之中。悲剧的目的并不是让公民察觉到自己只是神的奴仆或玩偶而感到虚无，反而是教育公民在无条件地相信神的过程中享受永恒的安稳和澄明。尽管"技艺"本身可能就是"锁链"，但是只要人类"有节制"而非"疯狂"地运用，它就不会"物极必反"地发生变化。这正是埃斯库罗斯所有悲剧都意图反思和暗示的重要问题，所谓"有节制"就是要在神允许的范围内行事，因此埃斯库罗斯在悲剧中总是告诫人们要节制，哪怕对神的祈求。从这个方面来说，埃斯库罗斯与赫西俄德秉持着相同的正义。薛西斯的惨败就是很好的例子，当大流士的鬼魂听到薛西斯率领的波斯军队在萨拉弥斯全军覆没后，他悲痛地指责儿子"作为一个凡人，却狂妄地想同众神明争高低"③，这就是一种"神经癫狂"（νοσος φρενων），而薛西斯仗侍自己大军装备精良就是"让自己相信了空洞的希望"④。因此，在普罗米修斯之罪的惩罚景观中，也同时暗含了宙斯对人类使用"技艺"过程中"盲目自信"的惩罚，普罗米修斯的盗火本是一个错误，宙斯之所以将对错误的惩罚上升到极致，就是为了防止人类过度自信，人类一旦对自己的"技艺"过度自信，"技艺"就会反过来变成捆绑人类的"锁链"。这个"锁链"正好是"双重"的，

---

① ［古希腊］柏拉图．法篇［M］．王晓朝，译∥柏拉图全集卷三．北京：人民出版社，2002：650.

② ［古希腊］柏拉图．法篇［M］．王晓朝，译∥柏拉图全集卷三．北京：人民出版社，2002：673—674.

③ ［古希腊］埃斯库罗斯等．古希腊悲剧喜剧全集（第一卷）［M］．张竹明，王焕生，译．南京：译林出版社，2007：116，行749.

④ ［古希腊］埃斯库罗斯等．古希腊悲剧喜剧全集（第一卷）［M］．张竹明，王焕生，译．南京：译林出版社，2007：119，行804.

一方面，它就是宙斯施加在普罗米修斯身上的铜链，意味着宙斯直接施加的惩罚；另一方面，它是"技艺"自身给人类带来的灾难，例如，薛西斯为了让庞大的陆军渡海侵占希腊，竟然在赫勒海峡上用亚麻索桥连通两岸，这一"用镣铐锁住神圣的赫勒海峡"①的愚蠢行为彻底毁灭了波斯军队。与此同时，它也让波斯人变得疯狂，他们在希腊傲慢地抢劫神像、焚毁庙宇和捣毁祭坛，这显然是对神圣权威的极大冲击和破坏。埃斯库罗斯一直试图暗示观众，"技艺"有其利人的一面，但更有其害人的一面，普罗米修斯之罪不仅仅被表现为一种宙斯所施加的惩罚景观，更为重要的，是他的滔滔雄辩背后所包藏着的"技艺"放肆及其危害。

由此，在埃斯库罗斯看来，"技艺"肯定也是一种错误。这样，四种"元素"在人类身上的作用方式似乎就相当清楚了，埃里倪斯法则和火焰相当于催化剂，起着"助长"的作用，"技艺"与"罪"则既相互制衡又相互转化。宙斯很有可能希望，当人类的"罪"由错误上升到渎神的时候，它就成了"罪恶"，这时人类能够有很好的"技艺"对之进行追究和管控；而当人类的"技艺"发展到"盲目"甚至"疯狂"的时候，"技艺"则转化为错误甚至罪，此时介入神的追究，由神降下灾难予以惩罚并迫使其修正。因此，对于人类来说，这个由"技艺"、火、埃里倪斯法则和"罪"共同构成的新设计事实上也是一种"技术"装置，这个装置自动运行，限制着人类"技艺"的发展，保证着神的永恒统治，这也是"技艺远不及定数有力量"的第三个层面上的"计谋"，因为它已经被安排成人类的一个新的"定数"。②

神始终是最智慧的，人类所有的一切无非都是神的设计。这是埃斯库

①[古希腊]埃斯库罗斯等.古希腊悲剧喜剧全集(第一卷)[M].张竹明，王焕生，译.南京：译林出版社，2007：115，行745.

②这或许在某种程度上可作为埃斯库罗斯确为毕达哥拉斯派成员的一个侧面证明，对"罪""技艺"以及埃里倪斯法则和火的"和谐"设计十分贴合毕达哥拉斯派的几何学观点，他们认为万物的本质是"数"，由数产生点，由点产生线，由线产生面，由面产生出体，由体产生出可感知物，在可感知物中有火、水、土、气四种元素，四种元素间的结合和转化生成了球形的充满生气和理性的宇宙。宇宙中的一切都是神圣的，由神管理，宙斯就是正义，他带给宇宙和谐和健康。见第欧根尼·拉尔修著《名哲言行录》第八卷第一章，徐开来、溥林译，广西师范大学出版社2010年第402—403页。

罗斯悲剧中一以贯之的观点，即便在《普罗米修斯》中看起来既残暴无能又昏聩好色的宙斯也仍然最有智慧，他从来没有毁灭人类，而是通过对普罗米修斯之罪的设计开启了重塑人类的伟大工程。赫西俄德的神话中，现今的人类已经十分堕落，欺骗、懒惰与狡诈、娇气盛行，社会陷入混乱无序，正是在这样的情况下，他的神话意图重申宙斯给世界带来的秩序，正如纳尔逊指出的，赫西俄德的神话表面上是大杂烩，实质上其中心要旨是"宙斯地位的提升及其秩序的形成"①。埃斯库罗斯的悲剧延续了赫西俄德的基本观点，都通过讲述宙斯对普罗米修斯的惩罚来强调神的地位和秩序，但是与赫西俄德提供的清晰的普罗米修斯犯罪线索不同，悲剧有意隐藏了普罗米修斯的犯罪线索并且提供了多个犯罪原因，这些被隐藏的线索和复杂的犯罪动因必须经由反复的推敲梳理才能明晰。事实上，普罗米修斯的罪由盗火、启蒙和渎神三件事由构成，但罪名却只有一个——"错误"。同一个罪名下包含了三桩罪行，普罗米修斯之罪的背后显然隐藏了更为复杂的内容。在埃斯库罗斯的所有悲剧中，都曾反复提到神明的计谋，而且这些计谋都是人类无法知晓和破解的，联系普罗米修斯的计谋，它包含了"精明狡猾"与"共同决定"的双重属性。众所周知，"双重性"是埃斯库罗斯悲剧中最常思考的事物属性，因此，普罗米修斯的"计谋"从侧面表明了埃斯库罗斯的用意。通过分析，埃斯库罗斯似乎将普罗米修斯与宙斯看作同一人或者具有某种同一关系的共体，普罗米修斯的"计谋"本质就是宙斯的"计谋"，反过来，宙斯的"计谋"也通过普罗米修斯来加以实现。因此，普罗米修斯之罪表面上是宙斯残暴权力对盗火者所实施的报复性惩罚，实质上却是类似"双簧"和"苦肉"的某种计谋实施。

　　普罗米修斯之罪背后隐藏的宙斯计谋是塑造人类，其目的是建立自己的新的统治秩序。什么人能适应新秩序，能保证新秩序？在埃斯库罗斯看来，唯有自认有罪的人方能适应并保证新秩序。宙斯正是通过普罗米修斯

---

① [美] 纳尔逊 .《劳作与时日》中的正义与农事 [M]. 刘麒麟，译 // 刘小枫编 . 经典与解释：古典诗文绎读西学卷 . 古代编上 . 李世祥，等译 . 北京：华夏出版社，2008：52.

之罪为人类强加了一个终身难以摆脱的义务——罪，的确，人必须通过"错误"才能认识自己，并且，也只有在"错误"的体验中定位自己和确证自己。没有"错误"的人类就如赫西俄德神话中的黄金种族，必将永远处于"不知"和"无感"的状态。人类的"错误"起源于普罗米修斯对人类的"爱"（φιλανθρωπου），由于对人类的爱，普罗米修斯在墨科涅分牛时欺骗了宙斯，这一欺骗触动了古老的由乌拉诺斯的鲜血维系的埃里倪斯报复法则，由此引来了宙斯的一连串报复，人类不断陷入灾难直至普罗米修斯被绑缚在高加索山。然而，这一切都不过是新统治天庭的宙斯的"计谋"（决定），它一方面使人类无条件地接受了"罪"，因为"罪"始终伴随着普罗米修斯（也即宙斯）的"爱"，人类如果不承认"罪"也就不可能得到"爱"；另一方面，它也长久地保证了人是神的奴仆，通过对普罗米修斯的惩罚，人类发现了自身与普罗米修斯存在一样的"傲慢"（χλιδη）和"自负"（αυθαδια），这就让人们反思自己而避免谈神的过错，正如保罗·里克尔指出，"贤哲通过把神的妒忌（φθονσδ）变为对傲慢的惩罚，并对傲慢提出一个非悲剧的起源，从而试图从道德上解释神的妒忌：成功引起愈来愈强的欲望——πλεονεζια——贪婪引起的自满，而自满引起傲慢。这样，罪恶并不来自妒忌；傲慢才是罪恶之源"①。谁来具体承担"傲慢"的罪责？无疑，正是普罗米修斯，他在最初的负罪中重新定义了人与神的关系，如此，宙斯塑造人类的计划就达到了。

但是，既然普罗米修斯与宙斯是同一的，就不应该忽视宙斯的智慧。宙斯并非如保罗·里克尔所说对人类满怀嫉妒，在埃斯库罗斯的其他六部悲剧中，宙斯既拥有无限的力量又拥有无限的计谋。"只要神明不会施什么新谋划，我永远不会偏离现在的路线。"②宙斯除了将"罪"赋予人类，还通过普罗米修斯把"技艺"、火焰以及埃里倪斯法则一并给予了人类，悲剧中提供的这四种"元素"共同作用于普罗米修斯所爱护的人类，在"技

① [法]保罗·里克尔. 恶的象征[M]. 公车，译. 上海：上海人民出版社，2005：191.
② [古希腊]埃斯库罗斯等. 古希腊悲剧喜剧全集（第一卷）[M]. 张竹明，王焕生，译. 南京：译林出版社，2007：67，行1016—1017.

艺"的萌芽阶段，人类的"罪"主要服从于好比丛林的埃里倪斯报复法则，随着"技艺"在火焰的不断助长下，人类的"罪"逐渐进入技术管控的领域。从埃斯库罗斯的所有悲剧来看，他似乎希望真正建立一套由神统治但是由人类实施管理的社会治理模式，《报仇神》中雅典娜法庭最后对埃里倪斯法则的胜利标志着宙斯秩序的完全建立，之后，雅典娜并没有消灭或驱逐埃里倪斯姐妹，而是让她们住到地下的洞穴，这就表明人类的"罪"不可能完全受"技艺"所管控，因为"技艺"如果变得"盲目"甚至"疯狂"，它不仅无法管控"罪"，甚至本身也会转化为"罪"（错误），这时"罪"就极有可能引发地底深处的埃里倪斯姐妹和神的惩罚。这一运作设计也再一次警告人类，宙斯的秩序总是一种处于某种"有限度"的"和谐"，人不能违背这个秩序，否则，就只有遭受神和"技艺"本身的双重惩罚。

为人类设计一个巨大的罗网（τεχνης）用以规范人类，这才是宙斯真正的计谋（βουλαιs）。这个罗网从《普罗米修斯》开始就已经自动运行，因此，从普罗米修斯的被绑开始，在整个的斗争过程中，宙斯都始终隐藏在幕后，观众已无法看清宙斯的形象，只能听到他的声音，他更加神秘，更加虚幻却也更加无所不在了。众神之父的隐退让人们不再活在自然神灵的丛林世界里，而是活在由语言构成的城邦制度中，韦尔南曾精辟地指出"城邦制度意味着话语具有压倒其他一切权力手段的特殊优势。话语成为重要的政治工具，国家一切权力的关键，指挥和统治他人的方式"①。神虽然隐退了，但是神的秩序却通过"技艺"留下了，这就是关于罪的法庭审判，与此同时，对灵魂的审判不仅可以依靠法庭，更靠人类内心深处"心灵的发现"，因为那里住着古老的埃里倪斯姐妹，她们现在已经是雅典娜命名的"和善女神"和"光辉神灵"。在这种新的秩序中，悲剧往往通过"表现神、安置神、思考神"的方式述说着希腊人"自我"的发现，而"自我"的发现也同时意味着神的"发现"，它代表了一种对人神关系的反思，"神"从以往人们的纯粹口头传说中，从人神和谐共处的原始时代被"发现"了。

---

① [法] 韦尔南. 希腊思想的起源 [M]. 秦海鹰，译. 北京: 北京大学出版社，2012: 40.

正是通过悲剧诗人的声音，诸神的世界首次与人类拉开了距离，赫西俄德的神话、荷马的史诗所讲述的都还是人与神"共同"生活的情况，尽管这种"共同"跟黄金时代不一样，但是神仍然直接地"显现"在人类中。悲剧中的神不再显现，而是被述说或只有声音，在欧里庇得斯的《酒神的伴侣》中，歌队指责不信狄俄尼索斯神的彭透斯："说话不知忌讳，无法无天没头没脑，后果是一场灾难；宁静的生活和谨慎的言行，可保平安和家庭和睦；神明虽然远远地住在天上，但还是看得见人间的事情。"① 从埃斯库罗斯的悲剧开始，神已逐步退出人类世界的中心，住到远远的天上，而人类则从普罗米修斯服刑之地——大地的边缘登上舞台，并将进一步逼退神，神原有的丰富性正在被缩减，人们更加关心自己，"如果一个人只本分地想人的事情，不狂妄地去管神的事情，他的生活便不会有痛苦"②。然而，尽管神已经离人类很远很远，影响力也在减弱，但是，人类仍然不可能离开神而独立存在，神变成人类社会交际中一种必不可少的言说符号，他随时可能被唤起去叫人承担一桩永恒的罪。这个罪行最初正是由于普罗米修斯的缘故，才得以产生，才成为人与神若即若离而又相互依赖的主要原因。特瑞西阿斯就曾清楚地说到神在人心中应有的地位："关于神的事是不容我们讨论的。与时间一样古老的祖先信条，我们继承过来，没有任何理论能将它们推翻，不，即使是从心灵最深处发现的智慧。"③ 普罗米修斯的种种理由终究难敌宙斯的沉默，因为作为最高的神，宙斯在悲剧中的力量不再通过直接施加于人而展现出来，他成了一个声音。当普罗米修斯在舞台上滔滔不绝地雄辩时，宙斯及其力量被反复提起，在普罗米修斯的攻击中成为一个虚无缥缈却无处不在的存在。他被普罗米修斯塑造成一个无情残暴的众神之王，同时也被塑造成一个只需要靠声音、靠他人言说就能

---

① [古希腊]埃斯库罗斯等. 古希腊悲剧喜剧全集（第七卷）[M]. 张竹明，王焕生，译. 南京：译林出版社，2007：233—234，行386—394.

② [古希腊]埃斯库罗斯等. 古希腊悲剧喜剧全集（第七卷）[M]. 张竹明，王焕生，译. 南京：译林出版社，2007：275，行1002—1004.

③ [古希腊]埃斯库罗斯等. 古希腊悲剧喜剧全集（第七卷）[M]. 张竹明，王焕生，译. 南京：译林出版社，2007：225，行200—203.

施加其影响的名词。在宙斯创造的新的世界秩序里，人类通过普罗米修斯之罪"看见"了神恩和自己的"错误"，此时，人类最应该做的就是歌颂宙斯的伟大，遵循其制定的亘古不变的规则，因为：

> 是宙斯给芸芸众生指出了智慧的道路，他公正地规定应该从苦难中寻求智慧。每当回忆起遭遇的苦难，睡梦中泪水淋漓落心头，使人们从此行为变理智。神明就这样降来恩惠，坐在那神圣的航手长凳上。①

①[古希腊]埃斯库罗斯等. 古希腊悲剧喜剧全集（第一卷）[M]. 张竹明，王焕生，译. 南京：译林出版社，2007：288—289，行176—183.

第四章　来自希伯来的神话

第一节　亚当夏娃面对的诱惑及其本质

在《创世纪》中，神首先用地上的尘土创造了亚当，之后把亚当安置在伊甸园里，负责看守和修理园子，神吩咐亚当，"园中各样树上的果子，你可随意吃，只是分别善恶树上的果子，你不可吃，因为你吃的日子必定死"。同时，神把用土创造的各种活物带到亚当面前，亚当叫这些活物什么，就是它们的名字。"那人便给一切牲畜和空中飞鸟、野地走兽都起了名，只是那人没有遇见配偶帮助他。"这时的亚当尽管能为万物取名，但是却无法分辨善恶，他仍然是神所喜爱的，是神忠诚的奴仆。

人类真正的"噩梦"从神为亚当造了配偶之后开始。神认为亚当一人独居不好，从亚当的身上取下一块肋骨为他造了一个配偶，亚当看到这个人时是这样说的：

> 这是我骨中的骨，肉中的肉，可以称她为女人，因为她是从男人
> 身上取出来的。（《圣经·创世纪》）

男人和女人原本同为一体，肋骨的说法仅仅是从"形"的层面赋予了人类的第一次自我分裂，人与人"自己"分开，同时让分开的部分成为"自己"的同伴和配偶，人与人"自己"再度结合，正是通过这种自我分裂和再结合，人类从此具有了繁衍的可能。在圣经故事中，这在神手中最初成为伴侣的丈夫和妻子并不羞耻，因为他们在某种程度上还是那个名叫"亚当"的看守伊甸园的仆人。然而，这一次的通过神之手完成的人类自我分裂毕竟让人"自己"有了一个可以"异于自己"的开端。亚当和女人在伊甸园中自由自在地玩耍，尽管他们赤身裸体，但由于他们根本不知道何为

"裸体"，因而也不知道何为"羞耻"？只有在他们听信了蛇的引诱，但是这时候的女人还没有自己的名，她还不是真正的自己，她只是作为亚当的一个类似"分身"的存在，或者说，是亚当的另一种人格，她没有能分辨蛇的蛊惑，这是她作为一个女人的愚蠢吗？显然不是。这个时候的她其实仍然是亚当本人，正如某种潜意识的学说所要揭示的，人类或许天生具有一种"死亡的冲动"或者说"求知的冲动"，早在亚当还是一个人的时候，神就曾告诫亚当不可吃善恶树上的果子，亚当不能违背神的嘱咐，于是，只能依靠一个"不是自己的自己"去冒险，这个任务落到了亚当肋骨的身上，它以亚当的配偶、一个女人的形象替亚当做出了冒险一搏的决定，她首先摘下果子吃了。在这里，圣经故事将她描述成一个无法抗拒诱惑的女人，"女人见那棵树的果子好做食物，也悦人的耳目，且是可喜爱的，能使人有智慧，就摘下果子来吃了"。果子带来的诱惑是多方面的，首先是作为食物的诱惑，这符合人类为了填饱肚子的基本生理需要；其实是作为审美的诱惑，"悦人耳目"带来感官上的享受；最后，能使人智慧则象征了人类对知识的追求，符合人类的自我完善需要。

　　女人所面对的诱惑一定程度上反映了人类生存的境况，这个诱惑事实上早在上帝把亚当放到伊甸园时就存在，神造天地万物时是否预料到万物之间会发生错综复杂的关系？他是创造一个有无限可能的充满生机的世界，还是创造一个万物不相联系的死气沉沉的世界？孤独的亚当或许在伊甸园的累累果实中产生了第一个疑问，吃下善恶树上的果子之后的"死亡"到底是什么？所以，真正使亚当吃下果子的动力不是"死亡"，而是探索何为"死亡"？就是使人"眼睛明亮"的东西。神给亚当的嘱咐本身隐藏着提示亚当"冲破禁令"的可能，只有一棵果树的果子被禁止吃意味着伊甸园已经从"神为"的无限性转变为"人为"的有限性，人的眼睛无论如何明亮，也不可能看到神的真正的意图。

　　这里蕴含了伊甸园这一次"诱惑"的真正本质，一方面是探索死亡，另一方面是在探索"死亡"中学会"眼睛明亮"。两个方面结合起来，就形成了一种颇为耐人寻味的复杂关系。神对亚当和女人的惩罚已经表明，通过吃下智慧树上的果子来探索"死亡"，在某种程度上也等同于是探索那"本不可知"的东西。就像亚当最初一个人在伊甸园中一样，他只知道修理和看守园子，并不知道其他什么。只有当神告诉他"你不可吃"时，他才第一次感受到禁令所带给自己的困惑。人类知识起源于这次"否定"的命令，亚当作为人类的始祖自然而然成了英雄，他们在神安排的长期的"沉睡"中第一次睁开了眼睛，他们在吃下果子之后"眼睛变得明亮"，以至于发现了彼此"赤裸"的身体，他们意识到"羞耻"，于是将无花果树的叶子用来编成了裙子。正是在这里，我们发现，人类最早的一次自我启蒙的尝试与"羞耻"永远地、紧紧地联系在了一起，人类在这里犯下了第一桩罪行。

因此，诱惑的真正本质仅仅是"罪"，是那个要让人类永远背负的"羞耻感"。没有这个诱惑，人类就永远不可能睁开自己的眼睛，从而永远以"天然的无知"安静地"沉睡"在伊甸园中。伊甸园不再是一个具体的现实的花园，而是一个对人类来说具有象征意义的家园，它理想化地将人类的精神世界物化为一个小巧的花园，在这个花园里，时间的意义还尚未被发现，一切事物都将在某种重复循环中又回到原来的样子，亚当的"沉睡"被反复重复着，人类"如梦中的形影"永远也走不出自身的梦幻，他们与神同在，但毫无意义。直到他们吃下了智慧树上的果子，时间才开始真正有了一个起点，世界开始变得有意义，在"天起了凉风"的时候，神在园中行走，亚当和女人第一次躲避了神，也是从那时候开始，人类和神彻底分开了。他们聆听神的声音，并且"听见神的声音"时就"害怕"，因为他们发现了自身的赤身露体，这人类第一次的自我发现受到神的诘问，"谁告诉你赤身露体呢？莫非你吃了我吩咐你不可吃的那树上的果子吗？"理性之所以是理性，必然从违背神的意愿开始，只有违背神的意愿，才能开启今后的自我反思过程。也是在这一次因违背神的意愿而被神审判后，亚当才为自己的妻子取了名字，夏娃也因此成了与亚当一样拥有主体性地位的众生之母。

通过上述分析，我们已经可以看到，在希伯来神话中，人类的首次犯罪至少具有如下几方面的要素。一是犯罪者违反规定。亚当和夏娃作为创世之初最早的人类，没有听从神的话，无法克制来自他人的怂恿和蛊惑，导致了犯下"错误"。二是存在至少一种"诱惑"。在神话中，神的禁令、确实存在的果子以及蛇的蛊惑都是构成"诱惑"的必然要素，其中最为重要的显然是神的禁令，神为什么要禁止人类吃智慧树上的果子呢？同时，为什么又允许蛇对人类进行蛊惑呢？或许正如蛇所说"神知道，你们吃的日子眼睛就明亮了"，可见神的禁令本质上指向一种"引导"的可能，他或许已经想好必须让人类获得智慧，但是却不能亲自赋予，他必须避免人类从中获得更多的神性，特别是"永生"的神性。为了彻底让人类失去"永生"的机会而获得"会死"，神把亚当和夏娃逐出了伊甸园，并且用"四面转动发火焰的剑"永远地切断了人类返回伊甸园的道路。因此，所谓"诱惑"必须具备的三个条件也就呼之欲出，其一是确有能勾起欲望的信息；其二是确有其人或事或物；其三是必须得有第三者不断加以刺激。三是犯罪者必遭惩罚。犯罪行为如果不与惩罚相联系，就不可能被认定为犯罪。换言之，必须事先有能够追究犯罪、惩罚犯罪的人、机构或律法，才能将某种"违反"的行为确定为犯罪。

真正将"诱惑"通过悲剧形式完美地呈现的是索福克勒斯的悲剧，如果说埃斯库罗斯毕生的努力是在试图解剖人类犯错的种种表现，那么索福克勒斯就是在追问"人类为何会犯错"这个根本问题。在悲剧《俄狄浦斯王》中，面对忒拜城正遭遇的可怕瘟疫，俄狄浦斯作为国王必须肩负起消除瘟疫的责任，而根据神谕，消除瘟疫的办法只有一个，就是必须先清除忒拜城的污秽，这个污秽正是一笔尚未偿还的血债。据俄狄浦斯的大臣克瑞昂所说，曾经的国王拉伊奥斯被人杀害，但是迄今为止，一直未找到凶手，只有惩治了凶手，才能算是清偿血债。在这里，我们已经看到，从普罗米修斯到俄狄浦斯，古老的自带诅咒性质的"冤冤相报"的血亲复仇已经完全演变为一种通过审判和惩罚而得以终结的律法文明。拉伊奥斯虽然被杀，但已经不再是一种纠结他人的仇怨，毕竟，根据现有的资料，他除了儿子俄狄浦斯外没有其他子嗣，妻子也没有专门为他追查过被害真相，他似乎彻底成了真正的"孤家寡人"。谁能为他报仇？或者说，他的仇还需要报吗？当人们都沉浸在新王俄狄浦斯给忒拜带来的繁荣中而忘记这桩血案时，神明们没有忘记自己的责任，它们站出来给忒拜城施放了一场瘟疫，并以此谕示忒拜人，必须为自己曾经的国王找回一个公道。

俄狄浦斯主动地承担了追查拉伊奥斯被害真相的责任，由于曾破解过斯芬克斯之谜，他对自己的"智慧"有着十足的自信，当忒拜长老们都在祈求神灵的时候，他更加相信自己能够靠智慧查明真相，这无疑正是"智慧"本身给人的诱惑，它使人盲目地相信自己可以依靠智慧探索更多的东西。俄狄浦斯采取了一种"恐吓"民众的办法来展开调查，如果有人知道凶手的下落而不告发，他会将知情不报的人与凶手一样定为"罪人"，并且要求全城的人都不得收容这个罪人，不得与他说话，和他一起祈祷，一起祭神，也不为他举行净罪仪式。俄狄浦斯相信，他的出发点和征查逻辑不会有任何错误，他一改人们对神灵的卑微的祈求，转而代之以世俗君王对权力的行使，他慷慨激昂地陈词，既然他去见了拉伊奥斯的遗孀，他们就有了亲戚关系，他要为拉伊奥斯报仇，并且，为了迫使凶手自首，他专门下了诅咒。俄狄浦斯的盲目注定给他带来灾难，先知特瑞西阿斯就说"在智慧对智慧者不利的地方，拥有智慧多么可怕"①，特瑞西阿斯知道俄狄浦斯拥有智慧，但他比俄狄浦斯明显知道得更多，因为他还知道俄狄浦斯才是真正的凶手。在这里，智慧或者理性本身的诱惑足以证明其自身的巨大缺陷，人们依赖智慧或理性对世界真相探索的结果很可能是一场完全不可逆的灾难。在俄狄浦斯与特瑞西阿斯的对话中，俄狄浦斯甚至在没有充分证据的情况下就武断地认为特瑞西阿斯是在帮助克瑞昂争夺朝政大权，他大骂特瑞西阿斯"又聋又笨又瞎"，殊不知自己才是那个虽有眼睛却无法看见自己的不幸的人。俄狄浦斯的眼睛在这里与亚当夏娃因吃了智慧树上的果子而变得明亮的眼睛具有同样的性质，它在看清眼前事物的同时也必然看不见那隐藏在他背后的漆黑深渊。俄狄浦斯一生都在与"杀父娶母"的命运抗争，在这场悲剧性的逃亡中，他唯一的依靠就是自己的智慧和理性，然而，他的智慧与理性恰恰又是"诱惑"本身，它帮助他逃离科林斯，破解斯芬克斯之谜，却又让他查出自己正是凶手。

---

① [古希腊]埃斯库罗斯等.古希腊悲剧喜剧全集（第二卷）[M].张竹明，王焕生，译.南京：译林出版社，2007：23，行316—317.

尽管埃斯库罗斯也在悲剧中不止一次地申明"盲目的傲慢"将给人带来不幸和灾难，但最深刻最绝望地探索这个过程的还是索福克勒斯，他将俄狄浦斯"阴差阳错"所造成的最终"罪恶"赋予了一种原始的普遍的"罪性"意义，即在父亲 — 母亲 — 我的三元结构中，"我"必然走向犯罪，或者换句话说，犯罪就是"我"的宿命，这一被精神分析家们所定名的"俄狄浦斯情结"似乎也永远不会衰落。伊奥卡斯特在悲剧中的静止不变的表现让她具有一种空间特性，这里既没有关于她容貌变化的描写，也没有关于她智力变化和待人处事的描写，她似乎成了一个静静的可以说话的宫廷花瓶，她唯一的功能就是一个被事先假定好的"母亲"或"妻子"的角色，她隐喻着世界对于"我"的空间性。反之，拉伊奥斯则从一开始给儿子套上脚镣就使他进入到悲剧叙事，他也在与命运的抗争中变得富有历史感，他比伊奥卡斯特更像一个活生生的人，他的身体会随着时间的推移而变得年老体衰，他因为发生在其身上的"变化"而隐喻着世界对于"我"的时间性。我们不妨大胆假设，在远古的某个历史时期，父亲似乎可以对应知识性的时间系统，母亲则与之相反对应为抒情性的空间系统。如果用女性主义的眼光来看，毫无疑问的是，相比于拉伊奥斯，悲剧中的伊奥卡斯特并不重要，为拉伊奥斯复仇反映出父亲地位的确立，俄狄浦斯追查凶手的行为恰恰是男性"他"的故事的一种演绎。但是，我们也可以同时用精神分析的方法来审视悲剧，俄狄浦斯的"杀父娶母"难道不可以理解为某种人们对回归伊甸园的"欲望"吗？由于人类已经拥有"必死性"，他们失去了永生的机会，时间由此变得可贵，也使人从此有了"犯罪"的可能，因为，在有限的时间内，"罪恶"必须被裁判，以便给正义留出足够的地盘，如此，人类的生活才变得有意义。"弑父"是为了消除或抹平时间对世界的干预，正是因为时间的存在，才使得"永恒"的静止空间成为奢望，母亲必须永远是深厚沉默且不动的大地，犹如地母盖亚，独自承担痛苦的同时赋予世界以宁静和美好。在纯粹的永恒静止的空间中，"尘归尘、土归土"，人世间的一切，包括所有罪恶，都将以回归大地母体的方式而深深埋藏。

第二节　上帝不杀该隐

　　俄狄浦斯最终刺瞎了自己的双眼，这一惩罚使我们不得不想起该隐杀弟的故事。在两种不同的文化传统中，它们代表了对相类似"罪行"的不同惩罚方式。俄狄浦斯和该隐都杀死了自己的至亲，不同之处是俄狄浦斯是在不知情的情况下杀死了拉伊奥斯，而该隐却因为自身的嫉妒而杀害了自己的兄弟亚伯。这两桩罪行谁的更罪恶一些？从未开化的野蛮人的角度来看，他们并无区别，因为在动物的世界里，为了生存和后代的繁衍，杀父娶母和杀害兄弟只不过是一种本能的自我保存而已，不会受到惩罚。因此，两个故事中的主人公之所以遭受惩罚，其目的无非是在宣扬一种父权伦理。该隐杀死亚伯之后，上帝并没有用"以命抵命"的方式终结该隐的生命，而是驱逐他，让他受大地的诅咒，永远在大地上飘荡，为了保护该隐，他还专门给该隐立了一个记号，"凡杀该隐的，必遭报七倍"。上帝为什么不杀该隐？一般认为，就希伯来神话而言，该隐的身份其实与其父母亚当夏娃一样，都是人类的始祖，亚伯既已被杀，亚当夏娃又没有其他后人，所以只能保全该隐的性命。但是，更加重要的原因可能是需要在该隐身上重复对人类的惩罚，让他延续上帝对人类的诅咒。

　　一部《圣经》就是一部惩罚史。亚当与夏娃所犯下的人类第一桩罪为后代永远地打上了"罪性"的烙印，人必然生来就有罪，他们的原罪是后世的万恶之源。该隐的本意是"得"，亚当和夏娃认为，这是上帝使他们"得了一个男子"，但是同样的，他们也由此"得"了一个有罪过的后人。当该隐看到上帝只是喜欢亚伯的供物而不喜欢自己的供物时，他就发怒。上帝因此对他说："你若行得好，岂不蒙悦纳？你若行得不好，罪就伏在门前。它必恋慕你，你却要制伏它。"这是《圣经》中第一次提到"罪"，上帝对该隐说的这段话很有深意，回过头去，既然上帝是全知全能的，那他为何明明知道该隐已经心生嫉妒，怒火中烧，却不阻止该隐杀掉自己的弟弟呢？这通常被看作是上帝更爱该隐的一种证明，因为无论如何，该隐毕竟存活下来而亚伯已经丧命。但是，也应该看到，该隐的存活同时伴随着被诅咒、被惩罚的必然性，整个事件似乎更像一场事先安排好的"阴谋"，上帝曾经诅咒亚当说他必然终身劳苦，才能从地里得到吃的。与亚当一样，该隐也是以种地为生，他的诅咒也来源于土地，被惩罚的理由也是因为违背了上帝的意志。上帝既是无所不能的神，更像一个随时准备纠正孩子错误的家长，这里尤其要注意，他是以惩罚的方式而非教育的方式来对待人类的错误，其目的正在于要宣示自己的绝对权力。他必须让凡人受尽痛苦，以体现惩罚的"折磨"形态，须知从亚当夏娃开始，"死"就成了一件再自然不过的事情，它完全没有"惩罚"的含义，正如普罗米修斯、西绪弗斯和坦塔罗斯等神话人物，他们的受苦受难比"死"显然更具有惩罚性。因此，在某种程度上说，"死"并不是一种对有罪之人的惩罚，在早期希腊人和希伯来人的神话中，"死"更像是一种纯粹为了报复的结果。当美狄亚被丈夫伊阿宋抛弃之时，她只能向神祈求伊阿宋和新娘一起毁灭，她要报复伊阿宋这个负心薄幸之人，得到歌队的肯定，她被克瑞翁驱赶，于是下定了要杀死克瑞翁以及伊阿宋和新娘的决心。此刻的美狄亚并非站在惩罚的角度来谋划此事，而是为了一次痛痛快快的报复，她也想过如果毒杀了伊阿宋等人，自己将难逃报复，但她还是义无反顾地选择了报复。在与伊阿宋的一番争吵中，我们可以很清楚地看到美狄亚身上的那种原始与质朴，伊阿宋的自我辩解看起来无懈可击，一切都是为了美狄亚和两个孩子，但是美狄亚一针见血地指出他只不过是贪图地位和新婚公主的美色，为了报复伊阿宋，她还决定亲手杀死自己的两个孩子。当伊阿宋看到孩子的冰冷尸体时，他感到绝望和伤心，由此陷入深深的痛苦中，这才是对伊阿宋的真正惩罚，伊阿宋本人没有死，他必须面对孩子被亲生母亲杀害的残酷事实，时刻忍受这种情感的折磨。

　　通过杀死新娘及其父亲以及杀死自己的两个孩子，美狄亚达到了报复的目的，更达到了惩罚的目的。欧里庇德斯的悲剧将美狄亚成功塑造成一个野蛮的文明人，她被伊阿宋称为"母狮"，这一兽性十足的称谓与美狄亚的不择手段完全契合，正如她在家乡曾经杀死自己的兄弟一样，她绝不允许任何威胁到或侵犯她的因素存在，这是动物的最原始的本能。当科林斯国王克瑞翁恶狠狠地驱逐她时，当伊阿宋用长篇大论在为自己的行为辩护时，她就像蛰伏的狮子一样随时准备给猎物以致命一击，她先是隐忍、哀求，最后突然暴起，杀了文明的人们一个措手不及。她看重婚姻就像猛兽看重自己的食物，为此她不惜犯罪，事实上，她甚至没有意识到自己的行为是犯罪，当她听到报信人传来新娘和克瑞翁都被毒死的消息之后，她仍然决定杀死自己的孩子：

> 我要立即杀了我的孩子们，然后逃离此地，决不耽误时机，让孩子们落到别人手里，遭到更残忍的杀害。无论如何，他们必须死：既然必须，他们是我生的，我有权利杀了他们。①

这个坚决而又冷酷的决定完全展现了美狄亚的兽性，她被仇恨冲昏头脑了吗？没有，此时的美狄亚十分冷静，当遇到危险时，她不像文明城邦中成长起来的知书达理的少女那样可怜和无助，唯有寄希望于男人或社会机器对她的保护。她拿起剑，捍卫的既不是婚姻也不是孩子，而是自身不可侵犯的"报复的本能"。对于她要杀死自己儿子的决定，歌队充满恐惧，他们从对她的同情转变为对她的诅咒，他们祈求宙斯把这个"该死的女人""嗜血的复仇者"从家里赶出去。美狄亚的冷酷无情让伊阿宋这样能说会道的充满理性的高贵公民感到无所适从，某种程度上，她成了艾米莉·勃朗特笔下希斯克里夫一类人的最早原型，与美狄亚一样，希斯克里夫这个捡来的弃儿被迫离开了在荒野里与凯瑟琳愉快奔跑的奇妙王国。乔治·巴塔耶写道，《呼啸山庄》的主题"是一个被诅咒者的反叛，他被命运逐出他的王国，没有任何东西能够阻止他恢复失去王国的强烈愿望"，他进一步提醒读者，"任何法律规范或怜悯之心，都无法阻止希斯克里夫的愤怒"②。艾米莉·勃朗特和希斯克里夫都像极了那个对生活进行强烈报复的美狄亚，美狄亚被伊阿宋从野蛮之地带到文明的希腊，在这里，她的纯真的，近乎偏执的婚姻观念受到了政治的、功利的所谓理性社会的打击，

---

①[古希腊]埃斯库罗斯等.古希腊悲剧喜剧全集（第四卷）[M].张竹明，王焕生，译.南京：译林出版社，2007：517，行1236—1241.

②[法]乔治·巴塔耶.文学与恶[M].董澄波，译.北京：北京燕山出版社，2006：5.

她不得不借助伴随她成长的古老国度的神圣暴力来反抗这一切。表面上看，欧里庇德斯是在写一个"痴情女子负心汉"的故事，但的确应该看到欧里庇德斯对暴力、善、恶等问题的深层思索，美狄亚并没有被律法制裁，她逍遥地乘坐龙车飞走了。难道说，悲剧只想教育人们必须遵守一夫一妻的婚姻制度吗？答案显然并不仅在于此，诗人借歌队的话表达了某种神秘主义的感情：

> 宙斯在奥利波斯分配无数的命运。神做出的事情很多出乎人的意料，期待的事情没做成，没指望的事情神却找到了办法，这里事情的结局就是这种①。

命运是难以把握的。伊阿宋的野心终于被美狄亚的野蛮所击碎，这个故事构成了文学中野蛮女与心机男之间冲突的第一个母题，从维吉尔的《埃涅阿斯纪》到梅里美的《高龙巴》《嘉尔曼》，我们都能看到那些男女主人公的影子。话说回来，上帝为什么不杀该隐呢？因为他创造人类的目的没有其他，仅仅在于给人类以永恒的惩罚。正如伊阿宋并没有直接死在美狄亚手里一样，他必须在长长的身心折磨中习惯那种丧子之痛的惩罚，直到有一天他在巨大的阿尔戈号旁边衰老死去。在宙斯的安排下，曾经充满神圣光辉的英雄凄然走向被惩罚的命运。在这个意义上，伊阿宋和该隐都具有了某种必然的相似性——谁质疑神，谁就已经犯了错，等待他的就只有报复和惩罚。

该隐的斗争精神在乔治·戈登·拜伦的神秘剧中被充分挖掘，面对众人对上帝的称颂，他默然不语，因为他已经准备重新思考上帝。路西法告诉他，"上帝他创造了万物，却只是为了让万物在他的阴沉孤寂的永恒面前俯首听命"，路西法和该隐讨论起"死亡"，对于什么是"死"，路西法表示他自己也不认识，但他却告诉该隐"死亡"就是"化归于泥土"，该隐于是希望自己"只是泥土"，但路西法告诉他这不过是"卑劣的愿望"，还不如他父亲亚当"渴望知识"。在路西法的引导下，该隐对"死亡"和"知

---

①[古希腊]埃斯库罗斯等.古希腊悲剧喜剧全集(第四卷)[M].张竹明，王焕生，译.南京：译林出版社，2007：529，行1415—1419.

识"有了更深刻的看法，他痛恨他的父母亲摘吃了知识树的果子，并将罪过延续到他和他后代的身上，他和妻子阿达的爱只会引导他们的孩子和他们一样度过许多"罪恶和痛苦的岁月"，并且最终悲哀地走向死亡。因此，他的真正的问题就是，如果亚当和夏娃偷吃禁果的最终结果只是知道自己的不幸，那么上帝又何必用蛇和果子来告知他们呢？该隐对上帝的质疑与18世纪德国伟大诗人歌德笔下《浮士德》中的主人公浮士德和英国诗人拜伦《曼弗雷德》中的主人公曼弗雷德的精神探索异曲同工，他们对生存、死亡以及知识的意义充满向往并孜孜以求，而这必然动摇对上帝的认知，曼弗雷德感叹"知识之树并非生命之树"，他杀害了和自己长得一模一样并与自己恋爱的妹妹，某种程度上，这岂非一种将夏娃还原到亚当身体、还原到泥土的尝试？该隐、曼弗雷德证明了人类存在的意义——通过质疑神对生命的安排而开辟新的认知领域。当路西法带着该隐飞离地球而去地狱之时，该隐领悟到"死亡是另一种生命"，他看到曾经生活的地球的幻影，傲慢、高大而美丽，他在这里寻求知识，路西法告诉他，也许"死"反而会引导人们获得最高级的知识，同时，"恶"也是一切生命物和非生命物的动力源，"恶"作为万物的一分子，它可以自行繁衍，而不必依靠那棵所谓的知识树。该隐进一步意识到，造物主既然是善的，为什么又同时制造那么多不幸，他想起亚当的话"唯独恶才是通向善的正途"，但这又让他陷入新的困惑。路西法的话一步步将该隐引向对上帝的真正质疑，他承认自己其实只不过是造物主造出来的虚无，与他的父母亲和兄弟姐妹对上帝的虔敬不一样，他直截了当地追问，上帝为什么要为惩罚之前的犯罪者而牺牲新的无辜者呢？"我们做了什么，竟使我们必须为一件发生在我们出生之前的事情做出牺牲，或必须用牺牲去赎这神秘的无名之罪——如果这所谓的罪就是追求知识"，他认为亚伯对上帝的谦卑其实就是一种贿赂，他不愿莫名其妙地进行虚伪的忏悔，难道说仅仅因为亚当的罪过就要让人类的后代遭受更多的苦难才能获得拯救吗？他渴望那种从孩子身上传来的真正的生命与力量、青春与美丽、欢笑与天真，所以，他不愿意和亚伯一起为上帝献祭，他叫亚伯一个人去献祭，可是亚伯却已经摆好了两个祭坛，他让亚伯替他选好祭坛，并且奉上了农作物作为祭品。亚伯开始虔诚地祈祷，"唯一光明的主啊，你就是善！你就是光！你就是永恒啊！没有你，一切都只是恶，有了你，什么都不会犯罪，只会走向善果"。而该隐则讽刺上帝，它如果嗜血，就选取亚伯刚刚杀死的羊。愤怒的上帝用一阵风刮倒了该隐的祭坛，该隐反而认为就应该让那些打翻的果子重归泥土。

在这出神秘剧中，该隐杀弟的背后确实隐含了该隐对上帝的试探，正如普罗米修斯分牛时对宙斯的试探。上帝如果是真正的善，他就不会选择流淌鲜血的祭坛，但是上帝显然不在乎这一点，他似乎更愿意亲近那些在他的面前极其虔诚和恭敬的人，尽管他们满手血腥。因此，从希伯来神话已经可以看出，对上帝而言，最重要的不是创造万物，而是创造一个令万物都必须遵守的规则。《曼弗雷德》中所营造的那种强烈的虚无感，是人类在面对一切新的困惑时的真实写照，真正让人虚无的既不是知识，也不是生命，而是两者竟然同时让人感到如此遥远，如此让人无所适从，人们会发现，用上帝所赋予的东西去反抗上帝是多么的讽刺、苍白和无力，在这种情况下，反抗就像是西绪弗斯的劳作，既无用又必须没完没了。如此来看，希伯来神话和希腊神话在这里就完美地找到了契合点，它们融合之后给人们制造了一种巨大的幻境：人类只要努力似乎就能获取一切，但因为人类本身有罪，所以他们事实上什么也得不到。

第三节　"替罪羊"与来自上帝的偏爱

在西方文化语境中，对"罪恶"的追究一般包括两方面的惩罚：一是来自人为律法的判罚；二是来自灵魂中向神的忏悔。在西方人看来，《圣经·创世记》中的神以威严和仁慈的形象出现，他向人宣布命令和判罚人的时候十分威严，但是，他仍然没有让亚当和夏娃在偷吃禁果的时候马上就死，这就显出他仁慈的一面。他此前在告诫亚当时曾明确地说他"吃的日子必定死"，不过，或许神所谓的"吃的日子必定死"的"死"并不是生命的终结，而是彻底拥有了"死"的必然性。神与人的界限从此划定，会死的人类依靠智慧在大地上飘荡，永生的神则时刻监视着自己的造物，防止人类任何可能的获得永生的机会，因为，除了永生，人与神已相差无几。在永生的无限时间中，神的能力即便和人的能力一模一样，也完全可以在不断的重复中超越人类，因此，神无所不能、无所不在、无所不知的真正秘密就在于永生。

自从人类被赶出伊甸园之后，人类面对的最大"诱惑"开始从理性转变为永生，理性（智慧）和永生（生命）成为人类两大最原始最永恒的主题，不过，伴随着这两大主题的，还有犯罪和惩罚的主题。在希腊神话中，从普罗米修斯的"错误"开始，犯罪慢慢被定义了，罪行及其等级、赦免及其条件、审判及其判词等开始在史诗和悲剧中崭露头角，即便是野蛮的报复，也开始要为报复找到长篇大论的措辞，以证明报复者为维护自身尊严和利益的正确性。同时，反过来，被诅咒和报复的对象也慢慢妥协了，他们不再像远古时期的人那样动辄发出新的诅咒，以便给新一轮的报复创造条件。

借助保罗·里克尔关于巴比伦创世神话的观点，人类是为做众神的奴仆而被创造的。这一结论仍然可用于亚当神话和普罗米修斯之中，如何长久地保证人是神的奴仆？最好的办法显然是给他们施加某种"罪"，而这种"罪"还必须处于一种"自我发现"之中，那么这个"罪"就只有是"知识"。"知识"的真正缺陷和诱惑也许正在于它总是能够"发现"自己的缺陷。正如保罗·里克尔所说："没有命运与自由的辩证法，就不会有任何悲剧。"[1]在《吉尔伽美什》中，罪恶就是死，怪物胡瓦瓦代表着对死的恐惧，这是一种"凡人的恐惧"，吉尔伽美什的两个朋友要去消灭胡瓦瓦，以驱散内心的恐惧："我和你，让我们杀死他吧，这样我们就可以清除大地上的所有罪恶。"而吉尔伽美什洞悉一切秘密，他说："我的朋友，谁能逃脱死亡？只有众神在太阳下永生，至于人类，他们的生涯屈指可数；显赫达贵，都只是过眼烟云。"这个秘密就是，谁如果"知道"谁的生命就变得有限。由此，问题的关键已然凸显，人类的"罪"先天地与"知识""死亡"联

---

[1] [法] 保罗·里克尔. 恶的象征 [M]. 公车，译. 上海：上海人民出版社，2005：194.

系在了一起。在人类的历史长河中，摆在人类面前的终极问题通常可以这样表述：是享受浑浑噩噩的永生呢？还是享受有限生命中的体验？

回过头看，尽管人的愿望是要分享神的不朽，但是也应该看到，普罗米修斯的罪却反映出众神对"知识"的嫉妒，与上帝担心人类既获得知识又获得永生一样，"妒忌的众神不能容忍在他们之外的任何伟大"。该如何将自己的"妒忌"转变成别人的"罪"呢？上帝和宙斯都采取了共同的手段，即安排其代言人来做一种"技术性"的处理，这种处理一方面既避免了谈"神"的过错；另一方面，也是相当重要的一方面，就是保证人与神之间的张力。保罗·里克尔指出："贤哲通过把神的妒忌变为对傲慢的惩罚，并对傲慢提出一个非悲剧的起源，从而试图从道德上解释神的妒忌：成功引起愈来愈强的欲望 —πλεονεζια— 贪婪引起的自满，而自满引起傲慢。这样，罪恶并不来自妒忌；傲慢才是罪恶之源。"① 谁来具体承担"傲慢"的罪责？谁会"被选中"呢？在希腊神话中是普罗米修斯，在希伯来神话中最开始是所有的人，后来则由上帝之子耶稣承担。这种"替罪羊"模式正如保罗·里克尔所说："'亚当'神话是先知直接谴责人的结果；是用谴责人类来表明上帝清白的同一种神学。"②

一般情况下，人们通过惩治罪犯来杜绝犯罪。但是，惩治了罪犯之后罪恶就真的远离我们了吗？在希伯来神话和古希腊神话中，罪恶是永远存在的，罪犯只不过是罪恶借助某种载体的外在显现，有时候甚至是"替罪羊"的角色，在这种文化特别是圣经文化中，把一切罪恶通过罪犯从普通人身上转移出去时，如果听不到我们自身认罪的呼喊或痛苦以及对生命的怜悯，犯罪的岂不是我们自己吗？一个典型的例子是，拉斯柯尔尼科夫在用斧头杀死放高利贷的老太婆之后，他不认为自己在法律上有罪，却在索尼娅面前心甘情愿承认自己是个罪人。刘再复、林岗认为，围绕着拉斯柯尔尼科夫的杀人，有三种声音在对话。第一种是法官所代表的世俗的声音，

① [法] 保罗·里克尔. 恶的象征 [M]. 公车，译. 上海：上海人民出版社，2005：191.

② [法] 保罗·里克尔. 恶的象征 [M]. 公车，译. 上海：上海人民出版社，2005：212.

他辩护现有秩序的合理性；第二种是拉斯柯尔尼科夫自己的声音，在质疑现存秩序和法律的正义性合法性；第三种是索尼娅代表的声音，用基督的精神承受苦难，拯救罪人。三个声音并没有谁胜谁负，对话似乎永远停不下来，却再现了最真实的人类生存境况。

神话意味着什么？恩斯特·卡西尔在《国家的神话》中指出，神话思想是一种与追求科学技术的理性思想相对立的存在于人的实践与社会生活中的"知识"，这种"知识"具有某种原始情结的弥漫性和总体性。在人类学家看来，神话只是一种极为简单的现象，具有"神圣的单纯性"，是人的"原始愚昧"的产物。卡西尔认为，任何一种伟大的文化都受到神话原理的支配，然而，换一个角度，在历史学家看来，"任何一种伟大的文化无一不被神话原理支配着、渗透着"①。那么，这些文化（如古代巴比伦、埃及、中国、印度和希腊的文化）只是人的"原始愚昧"的面具和伪装吗？历史学家显然不会同意，从某种浪漫主义的角度看，神话就是真实，正如诗歌就是真理，诺瓦利斯就曾说："诗，绝对地，名副其实地是真实的，它构成了我的哲学的精髓。愈富有诗意，也就愈真实。"关于神话的这种真实，卡西尔举了歌德《浮士德》中的例子来加以说明，浮士德在一个能施魔法的玻璃杯前看到了一个美丽的仙女，他沉浸于其中而不知道是幻象。然而，正是这个幻象才是他心灵的真实，仙女是他心灵的作品。由此，我们可以小结何谓真实？就是你所信和你愿意信的就是真实。

卡西尔指出，就对神话的认识来说，"各个学派在神话的魔镜中所看到的仅仅是他们自己的面孔"②。他采取康德对人类理性"齐一性"原则和"多样性"原则进行调整的方法来研究文化现象。比如人类学领域，与弗雷泽和泰勒等追求共同尺度和基本解释的立场不同，列维—布留尔就宁愿相信原始思维的神秘性以及与文明人的差异。弗雷泽在《金枝》中说："巫术作为一门根本的总体的体系，它信仰自然的秩序和统一性，只不过这种

---

①[德] 恩斯特·卡西尔. 国家的神话 [M]. 范进, 杨君游, 柯锦华, 译. 北京: 华夏出版社, 1999: 5.

②[德] 恩斯特·卡西尔. 国家的神话 [M]. 范进, 杨君游, 柯锦华, 译. 北京: 华夏出版社, 1999: 7.

信仰是含蓄的、未经真正确定的表述而已。"他以一种替原始人假想的理性来理解巫术的运作，他相信原始人对巫术的运用正像文明人对科学的追求。在巫术观念和科学观念中，"事物的连续完全是有规律和确定的，都是由永恒不变的规律而决定的"，而差别仅仅在于，巫术对心灵中的"联想"进行错误运用。在卡西尔看来，泰勒几乎把原始心灵和文明人心灵之间的区别抹去，他将原始人感觉经验的材料结合起来，并赋予它们一种可以系统解释的可能，一种连续的秩序，这样，在原始人的行为和思考看起来就像是一个地道的哲学家。

与弗雷泽和泰勒相反，列维—布留尔则认为野蛮人生活在他自己的世界中，文明人的经验无法渗透其中，因而对其思想也必定不可理解。卡西尔指出，如果不把上述两种貌似冲突的思想倾向结合起来，就不可能理解神话思想的性质。的确，一方面，神话完全被理智化；另一方面，神话又无法理解。这种冲突不应该是正确与否的结论，按照康德的说法，应该只是人类理性的不同兴趣和科学思想的不同倾向。两种冲突的结合有赖于一种技术性的调整。

卡西尔说："原始心灵对于它周围自然力量的辨别和划分，赋予它秩序和类别，其感受的愿望和需要已经达到一种很高的程度。几乎没有任何事情能够逃脱原始精神需求分类的坚定的强烈愿望。"[1] 之所以这样，是因为"它们表达了人类本性的共同意愿，即企图达到真实，生活在一个富有秩序的宇宙之中，克服那种天人无分、缥缈不定的混沌状态"[2]。

---

[1] [德] 恩斯特·卡西尔. 国家的神话 [M]. 范进，杨君游，柯锦华，译. 北京：华夏出版社，1999：16.

[2] [德] 恩斯特·卡西尔. 国家的神话 [M]. 范进，杨君游，柯锦华，译. 北京：华夏出版社，1999：17.

第五章 奥古斯丁《忏悔录》中人的"罪"

第一节 被上帝追究的罪

奥古斯丁的《忏悔录》是他著作中最广为传诵的作品，全书一共十三卷，其中第一卷至第九卷是记述奥古斯丁自己从出生到 33 岁的历史，第十卷至第十三卷主要记述当时写作《忏悔录》的情况。这当中，我们尤其需要注意的是，奥古斯丁作为一个人如何探讨自己"有罪"的问题。在第一卷的第一部分，奥古斯丁就以卑微的罪人身份赞颂上帝为开始，

在奥古斯丁看来，没有某人的犯罪是毫无理由的，人们可以享受世俗中的一切美好，但是一旦毫无节制，就是犯罪。因为一个人沉迷于这种美好——最低一级的美好就会忘记上帝，正是在这种沉迷中，他患得患失，忘记上帝就意味着失去了依赖。一个人之所以杀人，绝不是因为他喜欢享受杀人带来的快感，而是喜欢那些他通过犯罪而攫取的东西。在他那里，人悔罪的基础在于人的存在以及所有的一切都是上帝的，没有什么东西真正属于"我"，"我"所支配的正是按上帝的旨意支配，因而"我"事实上并不是真正的自在自为，所以"我"甚至不能自己结束自己的生命。这个上帝在康德那里就是居于心中的至高的道德律。对中国文学中的中国人来说，万物及各种存在并不统归于一个至高的神，从物的方面说，万物以自然的方式自在，人人可以分而得之，不同的只是取得的方法。因此，只要对方法加以限制，就能规范人的行为。儒家伦理学的问题就在于其自始至终都只是方法论，而并未涉及本体。好比一眼清泉，由于没有把清泉的所有权明确，人人都可以通过各种渠道去分享，国家颁行、社会承认的伦理只是获取清泉的一条道路，却给其他投机者开凿别的道路提供了可能。在

这种情形下，很难产生"罪我"的忏悔，如果有，也仅是对背离公众认可之道德的一种浅层次的悔悟。他的标准和对象只是冷冰冰的说教条款，而非灵魂的卑微与虔诚的认罪。

由于人本身是不洁净的，因此清除不洁净就成了人的终极目标。在去除污垢的道路上，也许会沾染更多的污垢，然而的确存在一种可能性，即为了使自己洁净，而不得不保持清洁的努力。反之，在中国古人那里，"性本善"对应人生来洁净，那么在其洁净的道路上，所要做的就是洁身自好，以避免沾染污垢。两个不同的出发点导致不同的结果。原先不洁净的人为什么没有破罐子破摔？原先洁净的人为什么无法在精神上更加洁净？

奥古斯丁曾说，"我们之所以喜爱观看别人的悲惨，或许是因为如果没有这些我们便没有可以怜悯的对象了"，在缺乏"罪感"的文学中，戏剧和小说里的悲惨以故事的形式呈现，也就是说，一个悲惨的事件最终可能被加工为读者所期待的故事，其意义也许仅在于故事的结果：善有善报恶有恶报。怜悯固然是对悲惨事件的心理反应，但更可能是对某种果报的假想映射。这必然导致对造成恶果之因的有意无意的忽视，罪首既然可以得到与自己所期待的处理一样的下场，那他因何要作恶就无需再深入追究，尤其是在文本中，甚至一开始就对其作恶原因进行了交代，后面更无需剖析。恶行往往是与现行伦理道德相悖的，罪犯并不想主动去违背伦理道德，如果是因为意识到现行伦理的本质有问题而去反抗，倒确实算得上某种终极关怀。罪犯们的罪来源于其个人一般欲望与社会普遍伦理发生的冲突。在被普遍伦理禁止的领域，个人的一般欲望越界了，因而罪犯本人也深知其罪，为了掩盖罪行而使出种种手段。这样，也许正因为他毕竟有一种"曾经洁净"的自尊心，他拒绝从心理上从灵魂上认罪，以幻想性地保持其洁净而百般狡辩，殊不知他恰好因辩驳而成为真正的"罪人"。

什么是真正的同情？奥古斯丁认为，怜悯那些从罪恶中得到快乐的人才是真正的同情。与悲者同悲是一种善举，但还算不上真正的爱，真正的爱是宁愿别人没有任何不幸需要同情。从这个意义上看，我们的同情和爱为什么非要通过他人的痛苦才能得以显现呢？它们既然本来就被上帝赋予我们，就应该时时处处都在，都显现：当他人痛苦时，我们跟着痛苦并为他祈祷，是爱；当别人快乐，我们祝福他能享受快乐并为他祈祷，也是爱。如果你看到他人的幸福和快乐而产生仇恨和不悦，你的爱在哪里呢？奥古斯丁告诫自己，他人的幸福和快乐是不是其应得，不能由人来评判，而自有上帝的安排，人不能越过上帝的评判去做评判。与上帝留给人的天堂不同，佛祖的西天极乐世界和佛祖本身一样，都无法给人提供更多的"神性"。佛祖毕竟是从凡人悟"道"而成佛的，虽然很艰辛，且绝不可能有第二人做到，但其悟道成佛之路却向普通人预示了得道成仙、成佛的可能。人在最基本的性质上与佛仙是等同的，佛不是创造者，也不是立法者，中国的神仙也如此。佛、仙因此就只是人类现实需要不满足时的一种补充。换句话说，真正的主宰其实是人类自己，佛与神仙不过是因人类的需要而被设想出来。他们的主要功能仅在于帮助人类解决一般生活层面的问题，其存在带有很强的人的色彩。其多元性也为人提供了选择依赖的可能。比如人可以在这个场合下信佛祖，在那个场合下信观音，在另一个场合下又信山神。这种不稳定性带来的问题就是：人完全可以根据自身的实际需要而选择信靠对象，因而也就为其罪恶提供了辩护的余地。谁能为其辩护并帮助其减轻罪恶，他就选择信谁。从这个意义上看，中国民间的实用信仰更具有原始特征，表面上看来是自由的，却无不因自己面临的苦难和恐惧而向超自然力量祈求。西方的信仰表面上处处受神的限制，却通过神的光照获得自由。

奥古斯丁直言自己曾经加入的摩尼教其实只是一群妄图解释上帝的愚教，他们成天把圣父、主耶稣基督、圣灵、圣魂、抚慰之神等名称挂在嘴边，自以为能发掘上帝的真谛，却永远也不可能做到。因为他们的语词不过是虚妄，就算美丽，也只不过是上帝赋予的，而上帝在哪里我们并不知道，唯有赞美，方能感受。

奥古斯丁的《忏悔录》奠定了西方文学中的"忏悔"情结，其最大的特点是强调人在神面前的谦卑和敬畏。奥古斯丁从不吝啬自己的语言赞美上帝，"啊，生命的源泉，宇宙唯一的真正造物主和主宰……由于个人的自以为是，人们把部分当作整体加以热爱。因此，我们只有谦卑地爱你，才能回到你身旁，让你清楚我们的恶习，让你宽恕那些忏悔之人的罪过，让你倾听那些拘禁在罪恶枷锁中的人们的呻吟，让你把我们从自己设下的锁链中解脱出来——而你做这一切，为的是我们不再妄自尊大，不再以虚假的自由与你对抗，不再因为贪得无厌而不顾丧失一切的后果，不再爱自己的私善胜过爱普天之善的你①"。这一段让我们想起欧里庇得斯在《酒神的伴侣》中借助特瑞西阿斯之口所说："关于神的事是不容我们讨论的。与时间一样古老的祖先信条，我们继承过来，没有任何理论能将它们推翻，不，即使是从心灵最深处发现的智慧。"②而歌队在指责彭透斯不信狄俄尼索斯时也说，"说话不知忌讳，无法无天没头没脑，后果是一场灾难；宁静的生活和谨慎的言行，可保平安和家庭和睦；神明虽然远远地住在天上，但还是看得见人间的事情。"③

怎样才能看到自己的心灵？一个判断的依据是，在自己心灵中是否看到邪恶、自私。每一个人都可能思考过自己的心灵。回忆往事，看到自己在往事中的所作所为；调动想象，在头脑中极力构建一个故事以及处心积虑的生活算计，等等，算不算心灵的、灵魂的思考呢？若按奥古斯丁的看法，肯定不是。在他那里，真正的心灵呈现就是思考如何赞美上帝。事实上，人也是在这种赞美中确证自己，作为人的对立面，上帝以其创造者和统治者的地位而异于人。由于人的确深知自己的缺陷，于是将所有与未知相关的领域全部交给一个假想的全知全能者掌管，以此减轻自己因为自身缺陷而产生的探索压力和痛苦。这一手法的高妙之处在于，通过对上帝的无限夸大而坐实自欺乃是一种基本的心理机制或朴素情感。他是人类心灵深处设置的自己与自己对话的发言人，是一个代表无限的"符号"。他安慰我们，在无限的时空和宇宙中，上帝隐喻了我们对所有无法把握的未知领域的掌控，他代表一种秩序。

在奥古斯丁看来，上帝是无条件的主宰，只有无条件地匍匐于上帝的

①[法]卢梭。忏悔录[M].范希衡，等译．北京：人民文学出版社，2016：52.
②[古希腊]欧里庇得斯．酒神的伴侣[M].罗峰，译．北京：商务印书馆，2020：200—203.
③[古希腊]欧里庇得斯．酒神的伴侣[M].罗峰，译．北京：商务印书馆，2020：385—394.

脚下才能领会存在的真谛，才能真正解脱自己的罪行。心灵的匍匐正是谦卑之所系，它提醒我们任何时候都不可妄自尊大地试图对抗上帝，正如舍勒指出的，没有谦卑也就没有懊悔心。他说："谦卑是参照绝对的善之清晰观念不断转化的体验结果，个体发现自己难以企及绝对的善，只有当谦卑遏制了傲慢的压抑、固执和冥顽，重新恢复在傲慢之中似乎已经脱离生命流之原动力的自我位置，与生命流河世界的畅通关系，懊悔心才能萌发。"谦卑的本质是自觉地承认绝对的善（也即上帝），并由衷地敬畏，其真正的力量就是将个体紧紧地系于上帝，"因为它是真正的祈祷语言，同时是崇拜和最牢固的联系"。

第二节　认识你自己："罪"使人成为人

托马斯·陶伦斯曾说："在我们的生存与上帝之间出现了某种东西阻断了上帝之光；这东西实际上就是我们自己，即膨胀了的自我。……我们唯一所知的上帝就是自身使自身被认识的上帝，就是我们人类所体验到的上帝。因此，理所当然，我们在上帝 —— 人或人 —— 上帝的关系之外根本无法建构上帝的知识。"[①]事实上，这恰恰也是现代社会人类面临的真正困境。将上帝隔离在人类可见世界之后，在现代信息社会中，主体性该如何存在？人已陷入由各种"信息"组成的关系网络中，真正的主体的、身体的人被符号悬空了。福柯在《词与物》中深刻反思了这个问题。在古代社会，人面对的是真实的、未被符号牵连和覆盖的信息，因而是自由的。这种自由是通过情感的释放来实现的，它能注视并体验到自身真实的肉体，它可以自由出入这个自然世界，它所结成的人类社会还处于与自然的原始交锋中，某种神秘性还主导着人的情感。自然和神秘还在随时被引用，进入现代社会，社会的发展、网络的精密一方面保护了社会，就像所有人类的天空铺了一层与外界隔绝的屏障。它改造了原先人类无屏障时与

---

①［英］托马斯·陶伦斯. 上帝与理性［M］. 唐文明，邬波涛，译. 北京：中央编译出版社，2004：23—26.

自然交融的原始的天然环境，创造出一种只属于人类或者以人类为主导的环境，其他一切物种都退到了人类的身后。也恰恰是在这种由现代语言、工具、机器以及制度等各种东西构成的屏障中，每个人都注定无法逃离，因为它已经宣布，一旦离开这种屏障，也就不再被承认。当人逐渐离开自然时，人一方面缩小了自己的情感范围；另一方面，却用知识扩展了理性之网。

现代社会的知识体系和技术性也在改变着"非理性"的性质，"非理性"越来越具有一种附庸的面孔。它关于神秘性的神话般的淳朴想象逐渐萎缩了，成了依附于科学知识的变质幻想。知识结构改变着人的心性结构。在福柯看来，人的存在与话语的存在是不相容的，按莫伟民对福柯的理解，"活着的、劳动着的和讲着话的人只存在于话语消失的地方。"[1]事实上，福柯不是用历史的方法来展开其分析，而是用所谓"考古"的方法，正如他自己所说："这样的分析并不属于观念史或科学史，还不如说它是一种探究，它旨在重新发现在何种基础上，知识和理论才是可能的；知识在哪个秩序空间内被构建起来……"[2]这种"考古学"的分析方法，其目的在于揭示"知识形态"。"知识形态"所显现的并非那种传统意义上"愈来愈完美的历史"，而是"可能状况的历史"，是"撇开所有参照了其理性价值或客观形式的标准而被思考的知识"，是"知识空间内的那些构型"。照此说，福柯的目的并不是要给我们继续拼接历史，而是展示历史的本来断面。

在《词与物》的第二章，福柯认为"相似性""才主要地引导着文本的注释与阐释，正是相似性才组织着符号的运作，使人类知晓许多可见和不可见的事物，并引导着表象事物的艺术"[3]。他考察的问题是，在16世纪末17世纪初，相似性是怎样被思考的？相似性是怎样能组织知识形式的？他提出有四种最基本的相似性的主要形式，即"适合"、"仿效"、"类推"、

①［法］米歇尔·福柯. 词与物［M］. 莫伟民，译. 上海：上海三联书店，2012：8.
②［法］米歇尔·福柯. 词与物［M］. 莫伟民，译. 上海：上海三联书店，2012：10.
③［法］米歇尔·福柯. 词与物［M］. 莫伟民，译. 上海：上海三联书店，2012：23.

"交感"。对我们而言，所谓"适合"就是"事物总是相适合的"；所谓"仿效"，就是"事物可以彼此仿效"；所谓"类推"，就是"从一到多"；所谓"交感"，就是"从此到彼之间的交互。"

福柯的"交感"还对应着"恶感"，两者的关系类似于中国古代社会五行哲学中的"相生相克"。他说："整个世界，适合的全部邻近，仿效的所有重复、类推的所有联系，都受制于交感和恶感的这个空间所支撑、保持和重复，交感和恶感不停地使物接近和分开。"[1] 正是在"交感"和"恶感"的交互作用中，世界"反省自身、复制自身、反映自身"，并且"与自身形成一个链条，以使物能彼此相似"。但是，人们是如何看到相似性并认出相似性的呢？福柯认为，是记号的作用。他说："没有记号，就没有相似性。相似性世界只能是具有符号的世界。"[2] 恰如一个埋藏珠宝的人在埋藏点作了标记，"相似性知识建立在对这些记号的记录和辨认上"。如此一来，这些记号知识是否有效呢？因为它们事实上只是记号，而不是事物本身。福柯思考了这个问题，记号和知识也许不探索事物本身，但是对人却是有效且有用的。"记号体系逆转了可见物与不可见物的关系。相似性是那个在世界深处使得事物成为可见的东西的不可见形式"[3]，这句话也可以反过来理解，"相似性"是隐藏在人心里的一个基础结构，他用这个结构去观察世界，从而使得世界也具有了一个稳定的"相似性"结构，而"记号"的使用使这个结构通过一个个可以"看见"的形象被"牵拉"出来。因此，在福柯看来，世界就像一大本打开着的大书，"每一页都充塞着相互交错并在某些地方重复奇异的图形"，我们要做的就是译读它们。

福柯提到1658年的一本《看额算命者》中关于掌纹和皱纹与人的命运相关的例子，这是"身体与命运之间的重大类推在整个映照和吸引体系中有其象征"的某种表现，同时也正是因为交感的作用，这一类推才被指明。

如果考察一下不同区域的创世和造人神话，特别是中国和西方的神话，

---

① [法] 米歇尔·福柯. 词与物 [M]. 莫伟民，译. 上海：上海三联书店，2012：35.
② [法] 米歇尔·福柯. 词与物 [M]. 莫伟民，译. 上海：上海三联书店，2012：36.
③ [法] 米歇尔·福柯. 词与物 [M]. 莫伟民，译. 上海：上海三联书店，2012：37.

我们会发现，在神有过错（实际上由"替罪羊"担责）的西方文化中，人类发展出一套"与神对话"的修辞技术，正是这套修辞技术维持着人与神之间的张力关系。反之，在神没有过错的中国古代，人特别是知识人渐渐清除了神的存在，神最终只能在某些原始心灵的"迷信"中出现。造成这样的区别可能在于，在神有过错的文化中，人类更多地看到了自己的缺陷，比如他无法控制战争和暴力。宙斯夺权的神话正好反映了某种原始的暴力，为了从混沌中建立新的秩序，神采取了战争和暴力。这样，恶的本源从一开始就产生了并且与神性的形成同样久远，在古希腊神话中，最初的罪恶来自乌拉诺斯的"恐惧"，由于对儿女们要夺取他统治地位的"恐惧"，他铸就了罪恶：杀掉自己的儿女。这一罪恶就此始终伴随着神的存在而存在，宙斯对普罗米修斯的惩罚复演了这种罪恶。因此，罪恶应该满足如下条件：有先于秩序的混沌，有克服混沌所凭借的斗争。其本质就是建立新的秩序。宙斯与泰坦神族的战胜隐喻了秩序对混沌的征服，泰坦神族是不服从任何法令的远古未开化力量，"普罗米修斯并不发明罪恶，他只是继续它"，同样，我们可以推测，上帝的本意是要创造一个有序的世界，只是在这个创造中难免出错。原始的暴力由此证明了人类暴力的正当性，只不过必须有人来承担暴力本身的罪恶。这个承担者不禁使我们想起《金枝》中因身负重任而承担各种禁忌的王，对于他们的神圣，只能以各种祭仪来时刻牢记。

正如约翰·韦伯斯特在《人论》中所说："作为被造物，人类是从上帝而来，为了他以及同他一起存在的。人类是从上帝而来，这意味着被创造，即是绝对的受造性，无条件地被一种先于受造物的行动带入存在。这一行动可以被恰当地描绘为一个召唤或'言'，一个令受造物从虚无进入一种特殊存在的神圣呼召。在具有这一性质的同时，人类亦有一个目标，因此是为了上帝而存在于一种独特的目的论中，被安排进入与上帝的关系。"[①]因此，与人类始祖亚当和夏娃被逐出伊甸园相似，普罗米修斯的罪也必须被预设，这种预设正是从上帝或宙斯而来。在这里，我们发现了普罗米修

①[美]凯文·范胡泽编.后现代神学[M].高喆,译.上海:上海人民出版社,2014:229—230.

斯之罪和人类被逐的同构关系：被预设的"罪"的本质是"知识"，而"知识"联系着"有死"。如果没有"罪"，人与神之间永恒的张力就不可能出现。在没有这种张力的情况下，人类"不知道"信仰和"不"信仰的结果都是神无法存在，而没有神，人类也就没有栖居之地。

第三节　希腊化时代文学中"罪"的演变

"不管何时何地，都应该公道占上风"，米兰德喜剧《公断》中烧炭人叙罗斯说。事情是这样的，牧羊人达奥斯在树林里捡到一个被遗弃的颈上戴着项圈和其他饰物的婴儿，当他苦恼如何抚养这孩子时，烧炭人叙罗斯向他恳求，得到了这个孩子，但是叙罗斯之后却找到达奥斯，以孩子保护人的名义向达奥斯索要孩子身上的项圈和饰物，因为这是孩子的出生证物，必须留给孩子，而他不过是帮助孩子保管这些财物而已。叙罗斯向斯弥克里涅斯诉说了自己的理由，这不是他自己要这些财物，而是孩子自己需要这些财物以便长大后弄清自己的身世。听了叙罗斯的诉说，斯弥克里涅斯毫不犹豫就判达奥斯应该将财物给孩子，由叙罗斯保管。但达奥斯显然不服，他申辩道："多么奇怪的公断！是我发现了一切，却失去了一切：他没有发现，却拥有一切。"然而，申辩无用，他不得不把那些项圈和饰物交给叙罗斯。

这是芸芸众生中最普通的人之间的一次极其平常的争执，在这次争执中，我们可以看到斯弥克里涅斯始终坚持的"对孩子有利"原则，他之所以没有将项圈和饰物判给达奥斯，是因为他从一开始并不想养育孩子，这种心理似乎注定了他并不会产生善待孩子的行为。而叙罗斯则完全相反，正因为他先有了收养孩子的行为，所以对他是否真心帮助孩子索要财物就变得不那么重要了。

这种完全失去了"神性"背景的凡人之间的生活及其冲突从欧里庇得斯开始就愈发在文学中得以呈现，凡人们的种种愉快或是烦恼、斗争或是退缩、成功或是失败、高尚或是卑鄙、升华或是堕落等逐渐成为文学的主流，一句话，人类在经历了过去历史漫长的"神化"世界之后，正是通过普罗米修斯所开创的一切，人类一边主动褪掉了那曾经使自己倍感安全和坚定永恒信念的"神性"色彩，一边以全新的永不停息的"索取"姿态来不断扩张自己的疆域。越来越多的叙罗斯和达奥斯增加了，当利益的争夺达到一定程度，像斯弥克里涅斯信中坚信的原则也必然慢慢改变。这不得不让人想起雅典人对伊壁鸠鲁的赞扬：

> 人啊，你们疲于追逐那些有害的东西，由于贪心，你们永不满足，冲突不断，发动战争。但自然的财富总会有一定的限度，而虚假的选择却永无止境。①

在伊壁鸠鲁那里，人必须坚信并且追求某种绝对的真理，而真理的标准乃是"各种感觉、心灵的图型和情感"，在他写给希罗多德的书信中，他说，"必须将感觉作为对一切事物进行考察研究的基础"，同时还要"诉诸我们当下的情感"，这样，"我们就可以去判断那些可以为感知所证实的事物和那些处在感知之外的事物"。那么，我们的感觉如何感知呢，伊壁鸠鲁由此提到了"灵魂"，"灵魂是由精细原子构成的有形物体，遍布在整个身体中，在某些方面又像热气"，如果灵魂一旦离开身体，人就无法感知，反之，只要灵魂还存留在身体里，就依然能够感知。伊壁鸠鲁无疑是一个真正的无神论者，他总是以科学的态度去观察世界和解释世界，他用"原子"及其在虚空中的运动解释物体的构成，由于灵魂是由原子构成的，因而灵魂不可能是"无形的"，"无形的"只有虚空。对世界和物质的"客观性"理解在某种程度上也决定了伊壁鸠鲁的伦理观，他说："因受到事物本身的教导和逼迫，人凭借本能学会了许多东西；后来，理性对那些凭借本能所学到的东西做了加工，并作出进一步的发明创造……"他进一步指出，"不应认为在各种天象中，如天体的运动、回归，日、月食，升起、沉降以及其他诸如此类的现象，有一个享有着所有的福祉且不朽的存在者在进行安排和规定"②。伊壁鸠鲁在这里已经祛除了不朽的神对宇宙的控制，只有懦弱、恐惧和依赖的人才会希望它的存在，而一个善于理性思考的人将

---

① [古罗马] 第欧根尼·拉尔修. 名哲言行录 (第十卷)[M]. 徐开来, 溥林, 译. 桂林: 广西师范大学出版社, 2010: 493.

② [古罗马] 第欧根尼·拉尔修. 名哲言行录 (第十卷)[M]. 徐开来, 溥林, 译. 桂林: 广西师范大学出版社 2010: 516—517.

会保持内心的宁静，达到其幸福的境界。在他看来，人与人之间的伤害要么是由于仇恨，要么是由于嫉妒，要么是由于蔑视，而智慧的人通过理性得以摆脱。那些不同法律禁止的妇女一起生活的人、那些不会喝醉酒而胡言乱语的人、那些同情仆人体恤他人的人，等等，都是所谓"智慧的人"，很显然，伊壁鸠鲁所谓"智慧的人"的一个重要特点就是遵纪守法、注重修养、心怀仁慈，而这些都是理性的表现。在一篇写给墨诺伊库斯的信中，他说"要相信神是不朽的和幸福的生命体""不要将那些与不朽性不相容的东西，或与最高幸福不一致的东西归到神身上"，必须注意的是，伊壁鸠鲁的"神"是建立在他对世界的理性认识上，与普通人只是盲目地信仰和依赖"神"不一样，他还要求一个理性的人能够捍卫一切关于"神"的知识，因为普通大众只会认为神会赏善罚恶，认为神总是珍视他们自己的德性，他们无法在善恶、德性等方面做出自己的判断。

伊壁鸠鲁与米兰德都是同时代人，据说两人还一起服过兵役，这一时期，由于伯罗奔尼撒战争的影响，人们对古希腊人一直坚信的"神明的公正性"产生了质疑。传统的、永恒的神"越来越受到不可理解的、无法捉摸的力量——偶然性的排挤，从而促使了传统世界观的瓦解。人们依然习惯性称颂传统的神，但是已不怎么相信神会真正公正地干预人类生活"①。在这方面，米兰德的喜剧所传达的观点与伊壁鸠鲁惊人地相似，由于"神"对人类生活干预力的削弱，人就不得不依靠自身的理性和道德来解决日常生活中遇到的种种难题。在得到斯弥克里涅斯的公断后，叙罗斯得到了弃婴及其身上的物品，但是其中一枚戒指被奴隶奥涅西摩斯认出是自己主人卡里西奥斯的东西，于是奥涅西摩斯从叙罗斯手中抢走了戒指，之后，由戒指牵扯出一系列纠葛。原来，卡里西奥斯是雅典一个有身份的青年，他经常在外花天酒地大肆挥霍，在一次祭祀狩猎女神阿尔忒弥斯的节日上，他喝醉酒后对一个姑娘施暴，由于酒醉，他根本不知道姑娘是谁。但实际上，这个姑娘正是他自己后来的妻子潘菲拉，而潘菲拉也不知道侵害自己

---

①[古希腊]埃斯库罗斯等.古希腊悲剧喜剧全集(第八卷)[M].张竹明，王焕生，译.南京：译林出版社，2007：7.

的竟然是自己后来的丈夫。巧合的是，这一切都被当时参加节日的竖琴女哈布罗托农所知，这为后面孩子身份的"解谜"埋下了伏笔。两人婚后仅五个月，潘菲拉就生下了孩子，但却被奶妈索弗罗娜将孩子丢弃，与之相伴的，是一枚戒指以及其他饰物。外出归来的卡里西奥斯从奥涅西摩斯那里知道了一切情况，尽管他也知道潘菲拉是被强迫，他还是决定和妻子潘菲拉离婚，他搬到自己的朋友凯瑞斯特拉托斯那里住下，并且经常和一个旧相识的竖琴女哈布罗托农消遣。卡里西奥斯的花天酒地和对潘菲拉的态度让自己的岳父斯弥克里涅斯大为光火，他还不知道女儿生下孩子的事，因为痛惜女儿的不幸婚姻，也痛惜自己曾花大价钱置办的嫁妆，他亲自赶到卡里西奥斯家劝说女儿潘菲拉离开卡里西奥斯，并且指责卡里西奥斯的行为放荡，但是女儿坚决不肯离开卡里西奥斯，无奈的斯弥克里涅斯只好悻悻回城，路上恰好遇到叙罗斯与达奥斯在争吵，于是有了本节最开头的那一幕。

米兰德的喜剧充满着各种各样离奇的"巧合"，这些偶然性的事件开始可能是悲剧的，但到最后都会得到某种合理的解释。在破解"巧合"事件背后之谜的过程中，人自己发挥了理性的作用。哈布罗托农知道孩子的父亲正是卡里西奥斯后，她决定"设计"帮助孩子寻找亲生母亲，以便得到卡里西奥斯的感激而让她成为自由人，她戴上戒指和孩子来到卡里西奥斯的朋友凯瑞斯特拉托斯那里，让人特别是潘菲拉和斯弥克里涅斯误以为她就是那个给女婿生孩子的竖琴女，斯弥克里涅斯于是告诫女儿"自由人身份的妇女很难同妓女相处。要知道，这种女人非常狡猾无耻，善于谄媚"。然而米兰德似乎有意要"发掘"底层的普通人的美好德性，哈布罗托农向潘菲拉讲述了孩子的身世。与此同时，卡里西奥斯却在不经意间听到妻子和岳父的对话，他从对话中知道自己曾经犯下强暴他人的罪行，无论岳父如何要求，妻子潘菲拉都不愿抛弃他，此刻的卡里西奥斯幡然悔悟：

> 你们看，我是个罪人，我也曾经做过与其相类似的事情，我自己也是一个私生孩儿的父亲，然而，我却不能原谅妻子，不同情她，虽

然她是被人强迫。我是个野蛮人，没有怜悯之心。①

与妻子的美德相比，卡里西奥斯自惭形秽，此事之前，卡里西奥斯自以为纯洁无疵，向往荣誉，他像别的高贵青年一样"注意分辨什么是高尚，什么是丑恶"，但他自己却受到了神明的惩罚。的确，喜剧中的卡里西奥斯和斯弥克里涅斯都是比较有地位和财富的自由人，这些人受过教育，自以为理性和聪明，在普通人面前有着天然的优越感，他们很难容忍那些与他们的价值观念格格不入的事件发生。和伊壁鸠鲁一样，米兰德相信这些人仍然有其缺陷，必须在人们的日常生活中不断得到教育，正如奴隶奥涅西摩斯在喜剧的最后就"神明"的问题向斯弥克里涅斯提出的反驳：

斯弥克里涅斯，你以为神明们都有那么多闲工夫，好每天给每个人分配善和恶？……大概估算吧，总共有数千城市，每个城市居住三万人。你以为神明能对他们每个人或是毁灭，或是拯救？怎么会呢？你会认为，神明们这样生活也太辛苦。你会说：'难道神明们不照管我们？'神明让每个人都具有一种性格掌管他。那性格作为受命者永远在我们体内，谁对它恶意相待，它就会使那人毁灭，却会拯救另一种人。这就是我们的神，它是始因，能使我们每个人或者走运，或者不幸。请你对性格和睦相待吧，行为既不乖谬，也不愚昧，唯求幸福。②

很难想象，这段很伊壁鸠鲁的话居然出自一个奴隶之口。奥涅西摩斯的所谓"性格"十分类似于伊壁鸠鲁的"理性"，伊壁鸠鲁认为，"由人而来的伤害，要么是由于仇恨，要么是由于嫉妒，要么是由于蔑视，而智慧的人通过理性摆脱了它们"③。不管是奥涅西摩斯的"性格"，还是伊壁鸠鲁的"理性"，都是神明赋予的，换句话说，神明已经不再像神话时代的社

①[古希腊]埃斯库罗斯等.古希腊悲剧喜剧全集（第八卷）[M].张竹明，王焕生，译.南京：译林出版社，2007：247，行894—899.

②[古希腊]埃斯库罗斯等.古希腊悲剧喜剧全集（第八卷）[M].张竹明，王焕生，译.南京：译林出版社，2007：256—257，行1084—1099.

③[古罗马]第欧根尼·拉尔修.名哲言行录（第十卷）[M].徐开来，溥林，译.桂林：广西师范大学出版社，2010：530.

会一样直接接触和管控凡人了，人的"性格"和"理性"恰好是一种替代的"代管"工具。凡人与神明不需要像以前一样直接地打交道，他们只需要认识、善待、管理和发展好自己的"性格"或"理性"，就能够获得幸福。比如，在讨论诸种"恶"中最令人恐惧的"死亡"时，伊壁鸠鲁就告诫我们，死亡其实与我们无关，"因为，当我们在的时候，死亡尚未来临，而当死亡来临时，我们却已经不在了"。伊壁鸠鲁用一种朴素的辩证法来探讨理性、善恶以及快乐、幸福，人们生活的目的只有一个，就是让身体无痛苦和让灵魂无纷扰，从而达到真正的快乐和幸福，快乐是幸福生活的开端和终点，也是首要的和天生的善，恰恰由于它是首要的和天生的善，人们才不应该选择所有的快乐，而是学会放弃许多的快乐，因为，有时候选择更多的快乐只会带来更多的烦扰。他对墨诺伊库斯说，"所有的快乐就其自身的本性而言都是善的，但并不全都值得选择；就像所有的痛苦都是恶的，但并不全都必须加以规避。恰当的做法是，通过相互的比较，通过弄清什么是有益的，什么是有害的，然后再对所有的这些东西作出判断。因为有时我们是将善当作恶，有时又将恶当作善"①。可以看见，伊壁鸠鲁的"理性"对于人们的重要性。何为"理性"？在伊壁鸠鲁看来，就是既对神虔敬，又能审慎地进行哲学思考。他因此嘲笑自然哲学家们所谓的"命运"，如果"命运"真的存在，那么"命运"显然就是一种必然性的东西，"必然性取消了责任"，但是，如果没有必然性而只有偶然性，那么世界本身也会变化无常，只有"理性"才能在必然性与偶然性中保持安宁，不会受到扰乱。正如《公断》中的卡里西奥斯和斯弥克里涅斯，由于他们错误地运用了自己的"理性"，结果反而变得不再"理性"，成为愚蠢的人。

---

① [古罗马] 第欧根尼·拉尔修. 名哲言行录（第十卷）[M]. 徐开来，溥林，译. 桂林：广西师范大学出版社，2010：535.

第六章　中国文学中的"罪"

第一节　伦理的制约：看得见的与看不见的

与西方文化不同，中国古代文化并不承担"解剖""人"的内在灵魂的功能，它也不试图切割我们生存的世界，它只负责提供一个巨大的文本，以供我们解读。在现代人的眼中，这个前现代性的异于西方的"文化母体"是一个巨大的解析宝藏。这方面我们可以从法国华裔学者程抱一那里随处读到，他将中国传统文化理想化为一种纯粹的哲学形态。几千年来，中国古人一直在与自然作斗争，最后又回归自然。所有的斗争并不力求改变自然的基本属性，而是谋求自身在自然中的地位，是为了融入自然。因此，中国古人的主体性一开始就被"自然"代入了。拉康关于想象界的"自体"在中国古人这里变成了自然。中国民间的"神"与西方的"神"之所以不同，是因为中国古人的"神"都被纳入"天"的统辖，"神"只是为人服务的超自然力量。事实上，所谓"主体"本身就是一种空虚的存在，如果没有外界事物的"映入"（类似于弗洛伊德的"蜡板"或德里达的"踪迹"），"主体"也就不可能成型。因此，拉康的设想是，正是外界的一切逐渐形塑了主体，而且它不可能离开他者。"他者"如何能遗失？假定一个人被投入黑暗的完全空虚的深渊，没有任何"他者"再度介入，他还能生存吗？没有"他者"的回应，"主体性"当然极有可能重新流失。最初，上帝不正是在这种情况下首先喊出了"要有光"吗？光的出现意味着"映入"的可能性。在光照下，万物显影，自我的"主体性"由此得以塑形。上帝通过"他者"确立自己后，就造出人来与自己对话，就如黑格尔的"主奴"关系，以此来完善自己的形塑，结果当然达到了目的。

神是邪恶的，他必须想法把人类逐出伊甸园，其计谋就是让亚当和夏娃吃下禁果。吃下禁果产生的错误阻断了"人"这个主体返回实在界的可能，其中间的鸿沟使人在"返回"的希望中不断"召唤"着上帝，上帝的主体性因而得以延续。宙斯的错误就在于，他不像上帝那样看得深远，他没有看到神的世界必须通过人来反衬并显现，正是普罗米修斯盗火使人具有了"主体性的理性"的可能，从而变成神的某种"镜子"并保证了神与神界的存在。的确，在神与人之间，需要一种相互的否定，只有在相互的否定中，"相遇"才变得那么令人沉醉。如若说宙斯需要的都是顺从的人类，那么一旦人类果真如此，那岂非使人在某种程度上失去了神的参照的意义吗？因此，普罗米修斯讽刺宙斯，对人类的麻木让他感到丢脸。

中国古代神话中人类是如何叙述神的呢？盘古开天辟地之后就化作了自然，之后女娲用泥土造人，她造人之后就消失了，她没有与人对话，好像是一个辛勤劳动的工人，在做完工之后就被主人忘记了。神的退隐和消失使得人的主体性最终只有靠自然来形塑，在与自认的互为否定的斗争与相互承认中，神的主体性已经慢慢消失并演化为单纯的功能性存在。在与自然的斗争中，人的孤独并不带来"参照缺失"的恐惧，而是带来与自然相遇的"契机"，这就是中国古人"天人合一"的内在逻辑。

对中国古人而言，"天人合一"是人最值得追寻的境界，因为它将"人"这个个体置于"天"这个巨大的无处不在的空间中，它强调一种"相生"的关系。在这种关系中，"天"不与"人"对话，它只是被言说，它不自己显现形象和声音，在古代社会，"天"的意旨通常通过皇帝、祭司或巫师等传达给大众[1]，圣人的工作主要是解释"天"的意旨，通过圣人的工作，"天"既高高在上、不可捉摸，又无处不在、随处可得。正如人们在遇到

---

[1] 关于"天"的观念、信仰与"帝"的关系，参见周可真《儒家学说中关于"天"的观念和信仰及其历史演变》，《周易研究》2004年第2期。

令人吃惊或可怖的事情时候的发语词"天哪"①，其背后是某种将自己放入"天"之中以谋求自我平静从而与"天"相融的祈愿心理。因此，"天"在古代本身不仅是自然、是覆盖于大地的天空，也是老子所说的"道"、是法则，更是普通人赖以存在的社会关系的总和。在中国古代神话中，神仙的法力强弱本质上是对"天"或"天道"理解掌握的深浅，但是对"天"所固有的无法变动的本质，比如"定数""天数"等，神仙也无法改变，神仙们只不过依靠自己的修行所悟来阐释"天"、解说"天"，"天"就像一个巨大无比的弥漫于整个时空的宝藏，它只是被言说、被解释，它本身没有受苦受难的修炼形象，也不选择人去信仰它，也不考验人。正是"天"的这种神秘性、不可对话性，使得中国古人对"天"形成了两个重要的解释系统，一个是朝廷的以儒家学说为主的社会治理系统，一个是民间的以神巫迷信解释世界的个人信靠系统。

作为以农耕为主体的国度，无论是朝廷还是个人，都要求"天"与"人"始终处于"和合"共生的状态，王子今在《秦汉社会意识研究》一书中认为，"和合"意识的发生可追溯到儒学早期孔子的思想理念，他举《孔丛子》卷上《论书》中孔子关于"和合"的思想，孔子的弟子子张问他"仁者何乐于山"，孔子说"夫山者岿然高"，子张又问"高则何乐尔"，孔子于是说："夫山，草木植焉，鸟兽蕃焉，财用出焉，直而无私焉，四方皆伐焉。直而无私，兴吐风云，以通乎天地之间，阴阳和合，雨露之泽，万物以成，百姓咸飨。此仁者之所以乐于山也。"王子今认为，"和合"不仅提供了创造生命和维护生命的环境条件，还深刻地影响了中国文化传统和民族精神的"天人合一"观念。这是从自然秩序的角度阐述的。另外，"和合"在儒学社会文化观念体系中也有延伸，他说："先古圣王所创造的政

①杨伯峻认为，孔子的"天"依其具体语境来说有三种：一种是发誓，比如"天厌之"是当时的赌咒誓言；一种是孔子在困境或险境中的自我安慰，听天由命；一种是发怒时常用的"欺天乎"，就是古人常用"天"来做情绪发泄的发语词，如古人疾病则呼天，创痛则呼父母。总之，孔子的所谓"天"有三种含义：一个是自然之天，一个是主宰或命运之天，还有一个是义理之天。见杨伯峻《试论孔子》，出自《论语译注》，北京：中华书局，2009 第10—11 页。

治模式的理想画面，基本色调就是'和合'①。"《尚书·尧典》就歌颂帝尧"允恭克让，光被四表，格于上下。克明俊德，以亲九族。九族既睦，平章百姓。百姓昭明，协和万邦，黎民于变时雍。"意思是说帝尧对人恭敬，能够让贤，他的光辉普照四方，上上下下都能达到。他能发扬才智美德，使整个家族亲密和睦，九族都和睦了，他又辨明百官的善恶。百官的善恶辨明了，又使各诸侯国协调和顺，天下众人从此也就友好和睦了②。这是古代"和合"的社会治理典型，从正反两方面都强调了"协调和顺"的理想治理模式，这种上古时期的"至善之治"，在后世屡屡被奉为"顺天治世"的典范。《汉书·公孙弘传》记载公孙弘答汉武帝关于"上古至治"的策问可见一斑：

> 臣闻上古尧舜之时，不贵爵赏而民劝善，不重刑罚而民不犯，躬率以正而遇民信也；末世贵爵厚赏而民不劝，深刑重罚而奸不止，其上不正，遇民不信也。夫厚赏重刑未足以劝善而禁非，必信而已矣。是故因能任官，则分职治；去无用之言，则事情得；不作无用之器，即赋敛省；不夺民时，不妨民力，则百姓富；有德者进，无德者退，则朝廷尊；有功者上，无功者下，则群臣逡；罚当罪，则奸邪止；赏当贤，则臣下劝：凡此八者，治民之本也。故民者，业之即不争，理得则不怨，有礼则不暴，爱之则亲上，此有天下之急者也。故法不远义，则民服而不离；和不远礼，则民亲而不暴。故法之所罚，义之所去也；和之所赏，礼之所取也。礼义者，民之所服也，而赏罚顺之，则民不犯禁矣。故画衣冠，异章服，而民不犯者，此道素行也。

> 臣闻之，气同则从，声比则应。今人主和德于上，百姓和合于下，故心和则气和，气和则形和，形和则声和，声和则天地之和应矣。故阴阳和，风雨时，甘露降，五谷登，六畜蕃，嘉禾兴，朱草生，山不童，泽不涸，此和之至也。故形和则无疾，无疾则不夭，故父不丧子，兄

---

① 王子今.秦汉社会意识研究 [M].北京：商务印书馆，2012：131.

② 江灏，钱宗武.今古文尚书全译 [M].周秉钧，审校.贵阳：贵州人民出版社，1990：14—15.

不哭弟。德配天地，明并日月，则麟凤至，龟龙在郊，河出图，洛出书，远方之君莫不说义，奉币而来朝，此和之极也。

臣闻之，仁者爱也，义者宜也，礼者所履也，智者术之原也。致利除害，兼爱无私，谓之仁；明是非，立可否，谓之义；进退有度，尊卑有分，谓之礼；擅杀生之柄，通壅塞之涂，权轻重之数，论得失之道，使远近情伪必见于上，谓之术：凡此四者，治之本，道之用也，皆当设施，不可废也。得其要，则天下安乐，法设而不用；不得其术，则主蔽于上，官乱于下。此事之情，属统垂业之本也。

臣闻尧遭鸿水，使禹治之，未闻禹之有水也。若汤之旱，则桀之余烈也。桀纣行恶，受天之罚；禹汤积德，以王天下。因此观之，天德无私亲，顺之和起，逆之害生。此天文地理人事之纪。臣弘愚戆，不足以奉大对。①

"上古至治"的关键是"和""顺"，这是顺应天道的体现，治理国家的君王的行为与"天"的反应息息相关，君王有德则风调雨顺，五谷丰登，六畜兴旺，同时带来百姓的和睦，社会的和谐。反之，君王失德则带来天灾人祸，民不聊生，如夏桀商纣的残暴引来天罚，这就是公孙弘所说的"天德无私亲，顺之和起，逆之害生"。又如《焦氏易林》卷一中"师之解"辞"三德五材，和合四时。阴阳顺序，国无咎灾"。讲天道自然的"和合"，就是说阴阳必须按其自然应有的顺序保持平衡运行，才能够国家昌泰，人民安乐。类似的强调阴阳相合在《焦氏易林》中无处不在，如"蒙之小畜"辞"天地配亨，六位光明。阴阳顺序，以成和平"等，反之，如果阴阳失调则国灾民疲，如"乾之渐"辞"阳低头，阴仰首，水为灾，伤我足。进不利，难生子"，又如"乾之睽"辞"阳旱炎炎，伤害禾谷。稼人无食，耕夫叹息"②。因此，社会治理必须顺应天意，不得逆天而行。那么，如何保证"和"与"顺"呢？儒家的"礼"是其核心，《左传》就说"礼以顺天，天之道也"，又说"夫礼，天之经也，地之义也，民之行

---

① [汉] 班固. 汉书卷五十八 [M]. 北京：中华书局 2012：2615-2617.
② 见《焦氏易林》卷一。

也",作为中国古代最重要的社会治理的思想根源,"礼"的外在表现形式和底层逻辑之间有密切的关系。《说文》:"礼。履也,所以事神致福也。从示从豊,豊亦聲。"段玉裁《说文解字注》:"见礼记祭义、周易序卦传。履,足所依也。引伸之,凡所依皆曰履,此假借之法。履,履也。礼,履也。履同而义不同。所目事神致福也。从示,从豊。礼有五经,莫重于祭。故礼字从示,豊者,行礼之器。"①可见,"礼"的本义是"事神致福","豊"在甲骨文中是用类似高脚的祭器盛放两块玉的象形,有学者以《周礼·春官宗伯·大宗伯》中"以苍璧礼天,以黄琮礼地"推断这"二玉"为"璧"与"琮"②。在用美玉敬神祭祀的过程中,逐渐形成了具有一定程序的专门人员负责参与的繁复庄重的礼节仪式,这种仪式的变体在今天我们依然能够随处看到,比如最常见的"婚丧"之礼。从礼天地到礼鬼神再到礼人,其中本身有着非常明晰的演进路线,"礼"从最初纯粹的仪式逐步发展为社会中人们必须遵守的某种行为规则,在朱熹那里,"礼"不仅指"天理",还必须以"节文"和"天理之节文"加以理解,即"礼"不在仅仅是代表自然规律的"天理",更指人在社会中所必须发自内心遵守的道德律,表现在人身上就是"制度品节",而"天理之节文"则充分表明了一种关系,即"天理"为体,"节文"为用。③人们只要在生活中做到君君臣臣、父父子子、兄兄弟弟、夫夫妇妇,万物各得其理,就能和睦共处,国家也就盛世太平了。但是,如何保证"礼"在社会治理中发挥作用呢,孔子说"道之以政,齐之以刑,民免而无耻;道之以德,齐之以礼,有耻且格",按朱熹的注解,如果用法制禁令引导百姓,用刑罚来约束百姓,百姓虽然苟免刑罚却不会有羞愧之心,他们不敢为恶,却敢有为恶之心。反之,如果用德行引导他们,用制度品节教育他们,他们不但会因为受罚而感到羞愧,更会有改恶从善之心。朱熹注:"愚谓政者,为治之具。刑者,辅治之法。德礼则所以出治之本,而德又礼之本也。此其相为终始,

---

①[清]段玉裁.说文解字注(上)[M].郑州:中州古籍出版社,2006:2.

②关于"礼"与古代祭仪之间的关系,可参见王国维《释礼》、张光直《美术、神话与祭祀》、陈来《古代宗教与伦理》等著作。

③郭园兰.朱熹对《论语》"礼"的三维诠释[J].中国文化研究,2021(03):55—68.

虽不可偏废，然政刑能使民远罪而已，德礼之效，则有以使民日迁善而不自知。故治民者不可徒恃其末，又当深探其本也。"① 一言以蔽之，就是要加强正面引导，从上至下形成理想的"德礼"治理模式。

与孔子相反，荀子则认为必须要用刑罚制裁才能使"礼"得到遵守，他说，"仁义德行，常安之术也，然而未必不危也；污僈、突盗，常危之术也，然而未必不安也"②。用比较辩证的眼光来看待社会治理正向的仁德引导与反向的刑罚制裁之间的关系，他认为人生下来就有欲望，人们为了自己的欲望必然引起纷争进而引发社会混乱，要避免这种混乱，就要制定奖罚分明的制度，他说："勉之以庆赏，惩之以刑罚。安职则畜，不安职则弃。……以善至者待之以礼，以不善至者待之以刑。两者分别则贤不肖不杂，是非不乱。贤不肖不杂则英杰生，是非不乱则国家治。"③ 他认为，"礼有三本：天地者，生之本也；先祖者，类之本也；君师者，治之本也"④，又说"治之经，礼与刑，君子以修百姓宁。明德慎罚，国家既治四海平"⑤。他试图通过强调刑罚的作用而让人们互爱守礼，比如在人死治丧上，他就特别区别了天子、诸侯、大夫、修士、庶人以及罪人死后如何治丧的问题，"刑余罪人之丧不得合族党，独属妻子，棺椁三寸，衣衾三领，不得饰棺，不得昼行，以昏殣，凡缘而往埋之，反无哭泣之节，无衰麻之服，无亲疏月数之等，各反其平，各复其始，已葬埋，若无丧者而止，夫是之谓至辱"⑥。但是，荀子并不完全抬高刑罚的地位，相较孔孟的主要强调"德礼"之治，他提出的刑罚只起到补充的作用，是想达到"刑一人而天下服"，进而让百姓"知罪之在己也"的目的，所以他又认为刑罚之道不过是"佣徒粥卖之道也，不足以合大众，美国家，故古之人羞而不道也"⑦。这其实并不背

---

① [宋] 朱熹. 四书章句集注 [M]. 北京：中华书局，2011: 55.
② [清] 王先谦. 荀子集解 [M]. 陈志坚，主编. 北京：北京燕山出版社，2008: 51.
③ [清] 王先谦. 荀子集解 [M]. 陈志坚，主编. 北京：北京燕山出版社，2008: 89.
④ [清] 王先谦. 荀子集解 [M]. 陈志坚，主编. 北京：北京燕山出版社，2008: 176.
⑤ [清] 王先谦. 荀子集解 [M]. 陈志坚，主编. 北京：北京燕山出版社，2008: 224.
⑥ [清] 王先谦. 荀子集解 [M]. 陈志坚，主编. 北京：北京燕山出版社，2008: 181.
⑦ [清] 王先谦. 荀子集解 [M]. 陈志坚，主编. 北京：北京燕山出版社，2008: 148.

离儒家社会治理中"天人合一"的总体观念，在实际的运作中，它反而成为激发人们良知的重要动力。

古代社会中个人对"天"的信靠与巫的关系犹大，随着儒家学说对社会治理体系的逐渐完善，"礼"从原先的"事神致福"的可见状态逐渐转变为比较纯粹的治理资源，专门供历代朝廷的官员和学者从中不断阐发新的为政治国之道。然而，决不可忽视的是，"礼"的运作原本就是为了打通神、人、鬼之间的交流通道，作为一种具有特殊程序的仪式，"礼"在一次次的事鬼敬神中不断被民间所保留和传承，与朝廷官方对"礼"的理性化研究和运用不同[①]，民间对"礼"的理解和运用仍然保持着某种原始的色彩，其中沟通神人、人鬼、天人的中介——"巫"逐渐成为支撑民间个人信靠系统的支柱。

何谓"巫"？《说文》巫部："巫，祝也。女能事无形，以舞降神者也。象人两褒舞形。与工同意。古者巫咸初作巫。凡巫之属皆从巫。"而"祝"在《说文》中的解释就是"祭主赞词者"，郑玄注："祝，接神者也。"事实上，在周朝时期，"巫"与"祝"的职业并不相同，《周礼·春官宗伯·大卜/诅祝》就将"祝"分为大祝、小祝、丧祝和甸祝四类，其中大祝"掌六祝之辞，以事鬼神示，祈福祥，求永贞"，分顺祝、年祝、吉祝、化祝、瑞祝和筴祝等六种；小祝"掌小祭祀将事、侯、禳、祷、祠之祝号，以祈福祥，顺丰年，逆时雨，宁风旱，弥灾兵，远皋疾"；丧祝"掌大丧劝防之事"；甸祝"掌四时之田表貉之祝号"。巫则分男巫、女巫，男巫"掌望祀、望衍、授号，旁招以茅。冬堂赠，无方无算；春招弭，以除疾病。王吊，则与祝前"，女巫"掌岁时祓除、衅浴、旱暵，则舞雩。若王后吊，则与祝前。凡邦之

[①] 关于儒家文化的理性化，学者陈来指出，儒家注重文化教养，以求在道德上超离野蛮状态，强调控制情感、保持仪节风度、注重举止合宜，而排斥巫术，这样一种理性化的思想体系是中国文化史的漫长演进的结果。他引用弗雷泽的观点认为，巫术盛行的后期，个体巫术渐渐减少，公共巫术日渐增多，这种公共巫术实质上就是他所谓理性化了的宗教。在他看来，中国儒家文化的理性化道路，本质上也是先由巫觋活动转变为祈祷，再由祈祷的规范形成理性化的"礼"。参见陈来《古代宗教与伦理》，北京大学出版社 2017 年版。

大灾，歌哭而请"①。尽管古代社会中巫、祝分工各有不同，但他们所反映出的思维类型却是一样的，即始终相信有一种神秘的超出人们所能理解的力量弥漫在世界中，在这方面，乔治·弗雷泽、泰勒以及列维—布留尔等人类学家在他们的名著中举出了大量的例子。布留尔在《原始思维》中精辟地指出："原始人是生活中在和行动在这样一些存在物和客体中间，它们除了具有我们也承认的那些属性外，还拥有神秘的能力。他感知它们的客观实在时还在这种实在中掺杂着另外的什么实在。原始人感到自己是被无穷尽的、几乎永远看不见而且永远可怕的无形存在物包围着：这常常是一些死者的灵魂，是具有或多或少一定的个性的神灵。"②泰勒在分析人们为什么信仰魔法时，直接指出这不过是文化阶段的最低阶段，这里面主要是巫术的思维：

> 巫术是建立在联想之上而以人类的智慧为基础的一种能力……人早在低级智力状态中就学会了在思想中把那些他发现了彼此之间的实际联系的事物结合起来。但是，以后他就曲解了这种联系，得出了错误的结论；联想当然是以实际的同样联系为前提的。以此为指导，他就力求用这种方法来发现、预言和引出事变。而这种方法，正如我们现在所看到的这种，只有纯粹的幻想的性质。③

列维—布留尔和泰勒的分析指出了人们之所以信赖"巫"的个人心理，即在科学不发达的古代社会，人们普遍倾向于用一种"想象的"方式来补充自己对于世界的理解，也就是说，在最初的生存经验所积累的常识之外，很多无法理解的现象和事物必须通过一些特殊的人员来加以解释，以让人们能够据此趋吉避凶。与泰勒不同，弗雷泽更加肯定巫术对人类的重要意义，正是巫术"把人类从传统的束缚下解放出来，并使人类具有较为开阔的世界观，从而进入较为广阔自由的生活"④。在他看来，巫术与科学在认

---

① 李学勤主编. 十三经注疏·周礼注疏（上、下）[M]. 北京：北京大学出息社 1999：691.

② [法] 列维—布留尔. 原始思维 [M]. 丁由，译. 北京：商务印书馆，1981：58.

③ [英] 泰勒. 原始文化 [M]. 连树声，译. 上海：上海文艺出版社，1992：122.

④ [英] J.G. 弗雷泽. 金枝（上）[M]. 徐育新，汪培基，张泽石，译. 北京：新世界出版社，2006：50.

识世界方面具有非常相近的思维模式，二者都相信宇宙中各种事件的运转均有其内在的规律，这正是它们的吸引力之所在，它刺激着人们对于知识的追求，将人们带到极高的山峰之巅，"在那里，透过他脚下的滚滚浓雾和层层乌云，可以看到天国之都的美景，它虽然遥远，但却沐浴在理想的光辉之中，放射着超凡的灿烂光华"①。巫术所反映的人类思维正是基于这样一个根本的出发点，即它总是力图以某种"求知"的态度去追寻这个世界的真理，尽管它实际上从一开始就走错了方向。因此，巫术和科学不过是两个朝相反方向行进的旅行者，在科学还未大行其道的人类早期社会，巫术以其不可置疑的"趋利避害"特性塑造着社会的知识体系，它反映了人们对认识宇宙并试图改变宇宙中事件的进程而为自己利益服务的努力。正如中国早期社会中的巫祝或古希伯来、古希腊的祭司，他们通过专门的仪式接近人们身边虚无缥缈的鬼神，并请它们积极参与人类的各种事务，换句话说，人们总是依靠巫术来"确保"自己能够达成自己想要的目的，但是，与科学和宗教本质不同的是，巫术思维的成本显然更加低廉，特别是在不具有巫术操控能力的人那里，巫术往往以一种被高度简化的类似"咒语"和"迷信"的形式被广泛利用。一切都要以"保存自己"和"有利于自己"为中心，当有什么东西威胁到个体生存的时候，或者个体认为有必要索取利益的时候，巫术思维以其不可替代的"私有性"充分保证着"自己"的中心地位。反之，科学和宗教就比巫术更具有某种"公有"的性质，尽管都是为了控制自然以为人所用，但科学与宗教却不像巫术那样能够轻松地直达私人的领域，也就是说，科学与宗教的产生都有赖于群体为了公共利益而做出的努力，科学是一代代人在大量经验事实的基础上总结出来的规律，宗教则代表群体的信仰，它要求个体必须按照群体在追求信仰过程中所制定的一系列规则行事。弗雷泽曾精辟地区分巫术与宗教，宗教要求人必须按神的喜好取悦神，而巫术则既不取悦神也不讨好神，它只要求神为人服务，甚至在很多时候还"强迫和压制这些神灵"。例如，古埃及

① [英] J.G. 弗雷泽. 金枝（上）[M]. 徐育新，汪培基，张泽石，译. 北京：新世界出版社，2006：52.

的巫师就"宣称他们有能力迫使甚至最高的天神去服从他们，并且确曾对天神发出过如若抗拒即予毁灭的威胁"，这种情况在今天的印度也依然存在，巫师们通过符咒控制并指挥着那些至高无上的神灵，即便在现代欧洲，巫术也被愚昧的人将之与宗教混淆使用，比如法国和澳大利亚。①应该看到，正是巫术运用的低成本和私有性，人们犯罪的形式变得更加隐蔽了，比如有人要杀死自己的敌人，如果社会道德律令不允许，他会制作一个木偶或布偶并写上敌人的名字，然后一边念出咒语一边用针刺，过不了多久，敌人就会无故死亡。又比如，有些盗贼为了在偷盗时不被人看见，他们相信一种巫术，即暗中杀掉一个年轻的姑娘并将她剁碎之后制作成人脂蜡烛，这种蜡烛既可以给盗贼提供光亮又能让别人看不见。的确，巫术既然能够让罪行得以隐蔽地实施，也就能够让犯罪所带来的不安轻易地化解，因为巫术的确是基于一种"为己"的心理，所以在相当程度上，它不会允许自己承受因犯罪的不安而带来的种种后果，于是，它极力通过某种神秘的联系来帮助自己摆脱罪恶的桎梏。让我们看一看莎士比亚的《麦克白》，就可以一窥其隐秘。麦克白夫人在读到麦克白关于女巫的预言的来信时暴露出了内心深处的野心与欲望，她不加考虑地选择相信女巫的预言，"命运和玄奇的力量"将让她的丈夫戴上"黄金的宝冠"，为了杀死国王，她像女巫一样发出梦呓般的咒语，"来，注视着人类恶念的魔鬼们！解除我的女性的柔弱，用最凶恶的残忍自顶至踵贯注在我的全身"，在这里，欲望迫使她向神秘的魔鬼们去借力量，巫术思维战胜了道德与律法的理性。同样，麦克白在杀死国王邓肯之后，内心十分不安，他疑神疑鬼，联想起石块自己会动、树木开口说话以及乌鸦通过叫声而揭露凶手的传说，他决定去找女巫们打听自己今后的命运。在一处山洞中，麦克白见到了之前在荒原上给他预言的三个女巫，在那里，他从女巫召唤的幽灵口中听到了他想听的话，就是他必须一条道走到黑，他要继续残忍、勇敢和坚决，不必担心有人算计他，他将无敌于天下。事实上，这与其说是女

---

① [英] J.G. 弗雷泽. 金枝（上）[M]. 徐育新，汪培基，张泽石，译. 北京：新世界出版社，2006：53—58.

巫们给他的"定心丸"，毋宁说是他自己内心深处巫术思维的外化，他必须通过无条件地相信女巫的预言来为自己的弑君行为找到合理性，他必须说服自己的确有资格配得上国王的宝座，然而，现实的道德律令只会将之视作罪犯，他唯一的道路就只剩下了自我迷信的巫术思维，可以说，在犯下弑君的罪行之后，支撑他活下去的就只有一种来自巫力所给予的虚无缥缈的信心。

在中国古代文学作品中，同样可以看到利用巫术犯罪的若干情形，比如《红楼梦》第二十五回"魇魔法姊弟逢五鬼，红楼梦通灵遇双真"中就有赵姨娘请马道婆用巫术害贾宝玉和王熙凤一事，只见那马道婆从裤腰里"掏出十个纸铰的青面白发的鬼来，并两个纸人，递与赵姨娘，又悄悄地教他道：'把他两个的年庚八字写在这两个纸人身上，一并五个鬼都掖在他们各人的床上就完了。我只在家里作法，自有效验。千万小心，不要害怕。'"[①]之后贾宝玉和王熙凤果然差点死亡，幸被一个癞头和尚和跛足道人所救。通过加害一个偶像（通常为布偶、泥偶、木偶、纸偶、草偶等）并由此影响受害人的巫术是一种被古人广泛使用的超距影响巫术，神魔小说《封神演义》第四十四回"子牙魂游昆仑山"写闻太师请了十天君摆下"十绝阵"，其中姚天君的"落魂阵"可以夺人魂魄。具体的操作是这样：在阵中筑一土台，设一香案，台上扎一写上"姜尚"名字的草人，然后在草人头上点三盏灯，足下点七盏灯，上三盏灯为催魂灯，下七盏为促魄灯。姚天君每天披发仗剑、念咒发符，终于在二十天之后将姜子牙的二魂六魄夺走，姜子牙于是一魂一魄游荡到昆仑山，之后被其师兄赤精子借助太上老君法宝救转之后在燃灯道人帮助下终于破掉十绝阵。类似的这种超距影响巫术在中国古代神魔小说中变成以"法术"的形式出现，与西方巫术的变体——"魔法"不一样，中国的"法术"总是与"天"联系在一起，大千世界林林总总的"法术"都是"天"的威能和力量的某种具体形式，所谓修行就是学习如何获取和掌握"天"的力量，因此，中国古人观念中的"法术"的使用不得违背"天"的意旨，否则必然自取灭亡，

---

①[清]曹雪芹，[清]高鹗. 红楼梦 [M]. 海口：海南国际新闻出版中心，1996：166.

所谓"多行不义必自毙"，强调恰恰就是来自"天"的惩罚。相反，西方的魔法则始终对应"人"自身内在的力量，由于宗教压迫的原因，巫术与魔法在西方世界是遭到抵制和禁止的，特别是中世纪，巫术以及由此而衍生出来的具有很大实验色彩的炼金术、魔术等都被认为是犯罪，它们必须转入私人的隐秘的领域才能得以生存，这就迫使它不得不从自身获得力量，一方面依靠形形色色的各种装置来探索自然界与人自身的奥秘，正如我们在《哈利·波特》等诸多影片中常常看到的场景，任何一个魔法师都拥有一个神秘的充满瓶瓶罐罐的实验室，在这个功能复杂的小作坊内，诸如神奇药水、魔力飞毯、飞天扫帚等都被"研发"并"生产"出来；另一方面则通过自我的心理暗示或用语言的威逼利诱"召唤"出隐藏着的力量。

第二节　良心谴责与律法运用

正如我们所常常经历到的，中国人通常用"良心何在""良心都被狗吃了"等谴责一切犯罪行为，良心缺失的人可谓"禽兽不如"。冯友兰在《中国哲学史》中就曾说"人之名之定义，亦即人之所以别于禽兽者也"，而人之所以为人，就在人人都有人心[①]。何为人心？孟子认为人心就是"仁"，朱熹注："仁者心之德，程子谓'心如谷种，仁则其生之性'是也。然但谓之仁，则人不知其切于己，故反而名之曰人心，则可以见其为此身酬酢万变之主，而不可须臾失矣。"[②] 就是说，人心是人得以为人的根本。孟子同时说："恻隐之心，人皆有之；羞恶之心，人皆有之；恭敬之心，人皆有之；是非之心，人皆有之。恻隐之心，仁也；羞恶之心，义也；恭敬之心，礼也；是非之心，智也。仁义礼智，非由外铄我也，我固有之也，弗思耳矣。"[③] 由此可见，所谓良心就是人心，一个人有人心，也就是有人性，这是人与

---

① 冯友兰. 中国哲学史（上）[M]. 上海：华东师范大学出版社，2000：96—97.

② [宋] 朱熹. 四书章句集注 [M]. 北京：中华书局，2011：312.

③ [宋] 朱熹. 四书章句集注 [M]. 北京：中华书局，2011：307.

禽兽得以区别的主要依据。[①] 事实上，相较而言，在中国民间，良心是更加基本的存在，它通常指向人性中最底层的部分，也就是孟子所说的"恻隐之心"。何谓"恻隐之心"？恻，《说文》"痛也。从心则声"，恻隐，见人之悲而自悲，讲的其实就是同情。同情心，在我看来，就是钱穆先生所说的人人皆有的"共通心"在人伦方面的具体体现，也是孟子"性善"论的基石。

关于"性善"，《孟子·公孙丑上》有言："人皆有不忍人之心。先王有不忍人之心，斯有不忍人之政矣。以不忍人之心，行不忍人之政，治天下可运之掌上。所以谓人皆有不忍人之心者，今人乍见孺子将入于井，皆有怵惕恻隐之心；非所以内交于孺子之父母也，非所以要誉于乡党朋友也，非恶其声而然也。由是观之，无恻隐之心，非人也；无羞恶之心，非人也；无辞让之心，非人也；无是非之心，非人也。恻隐之心，仁之端也；羞恶之心，义之端也；辞让之心，礼之端也；是非之心，智之端也。人之有是四端也，犹其有四体也。有是四端而自谓不能者，自贼者也；谓其君不能者，贼其君者也。凡有四端于我者，知皆扩而充之矣，若火之始然，泉之始达。苟能充之，足以保四海；苟不充之，不足以事父母。"[②] 按焦循注，所谓"不忍人之心"就是说每个人都有"不加恶于人之心"，就像每个人见到小孩即将掉入井中，都会自然而然生出惊惧哀痛之情，而不会去思考是不是要结交其父母，是不是要得到乡邻认可之名誉。

可见，仁义礼智四端是天生的，就像人的四肢，"端"就是开端，人由此四端而立，好比一个天然的吸收系统，凡外在于人的一切物、事经过

---

①关于"人心"，庞希云认为，"人心"有多方面多层次的含义。其一，"人心"的外现就是人我相通之心，认为仁就是从爱亲人开始，继而扩展为孝悌；其二，"人心"的内显就是精神人格之心，强调人的性情、精神气象和人格境界；其三，"人心"的本性就是善，具有内在自我完善的自觉自律特性；其四，"人心"的特性就是使其具有主体性和能动性的功能，具体就是人可以主动思考，是有知觉、有意识、有理智的能动性的主体。见庞希云《"人心自悟"与"灵魂拯救"——十四至十五世纪中西古典小说中的文化心理因素探析》，上海师范大学人文与传播学院博士学位论文，2006 年 4 月。

②陈志坚主编.诸子集成（第 1 册）[M].北京：北京燕山出版社,2008：422—424.

此系统的吸收过滤，都可使其"扩而充之"。这样，人被预设为一个自善自足的系统，只要认真注重操行，就必然会达到"至善"的境界。问题的关键是，在这个自足系统中，"恶"是如何产生的？

某种程度上，儒家"性善"思想有将"恶"忽略的危险，既然所有人的本性都是"善"的，因此个体的"恶"与"罪"就不是他本人的问题，而是社会治理的问题。换言之，这种建立在"性善"基础上的公共伦理不大可能认识到个体"恶"的本质。齐宣王曾问孟子有什么德行才可以当王，孟子举其"以羊易牛衅钟"例说明齐宣王有恻隐之心，"君子远庖厨"，是"见其生，不忍见其死；闻其声，不忍食其肉"，但齐宣王不过是"恩足以及禽兽，而功不至于百姓"，只有"老吾老，以及人之老；幼吾幼，以及人之幼"才能"天下可运于掌"①。他还教齐宣王如何用贤杀小，就是必须由"国人"（人民）加以评判后，才可以用贤人，杀小人②。尽管孟子也强调个体的"仁"，但这个"仁"实际上是被放大了，是理想化的治国安邦的"大仁"，而不是专门强调个体如何发扬"仁"而控制"恶"。在教育人如何从政开展社会治理的问题上，孔子讲得更为简洁清晰，就是"君子惠而不费，劳而不怨，欲而不贪，泰而不骄，威而不猛"。这就是所谓"五美"，同时，必须摒弃"四恶"，也就是孔子所说的"不教而杀谓之虐；不戒视成谓之暴；慢令致期谓之贼；犹之与人也，出纳之吝，谓之有司"③。意思是说君子给人民以好处，而自己却无所耗费；让百姓劳动，而百姓却不怨恨；自己追求仁义却不贪婪；安泰矜持却不骄傲；威严而不凶猛就是个体的"五种美德"。反之，不加以教育就杀戮的叫虐；不加申诫就要成绩的叫暴；起先懈怠，突然限期的叫贼；给人财物却出手吝啬的就小气了，这是"四种恶"，不适合从政。孔子孟子的"性善"必须由教育手段来加以保证，否则便极

---

① [宋] 朱熹. 四书章句集注 [M]. 北京：中华书局，2011：191—195.

② 孟子《梁惠王章句（下）》："左右皆曰贤，未可也；诸大夫皆曰贤，未可也；国人皆曰可杀，然后察之，见贤焉，然后用之。""左右皆曰可杀，勿听；诸大夫皆曰可杀，勿听；国人皆曰可杀，然后察之，见可杀焉，然后杀之。"见朱熹《四书章句集注》北京：中华书局，2011，第205页。

③ 杨伯峻. 论语译注 [M]. 北京：中华书局，2009：208-209.

易产生对社会的不良影响，而教育显然是为政者的责任，因此，一个国家如果有人犯罪，那不是这个人的问题，而是为政者的问题①。

"人之初，性本善"通常让人们不加思考地相信每个人都有其善良的本性，这也是造成中国熟人社会的根本原因，人与人之间能够相熟，就来源于一种无前提的同情心信任，这种以同情心为基础的"性善"在相当长的时间和相对宽泛的社会群体中都被认为是"天理"，尤其在一般平民社会，"天理"作为一种公共的最高伦理被人们反复言说着。人们通常用"天理不容"来控诉一个人犯下的不可饶恕的罪行，同时，"天理不容"也说明罪人的本性已经发生根本改变，从"善"不可逆地变成了"恶"，"天理"即是"公理"，是一个社会得以有秩序地运转的基本规则，为了清洁社会，将动摇"天理"秩序根基的"恶"清除出去，必须将罪犯及其罪行进行处置。

与孟子相反，荀子说："人之性恶，其善者伪也。今人之性，生而有好利焉，顺是，故争夺生而辞让亡焉；生而有疾恶焉，顺是，故残贼生而忠信亡焉；生而有耳目之欲，有好声色焉，顺是，故淫乱生而礼义文理亡焉。然则从人之性，顺人之情，必出于争夺，合于犯分乱理而归于暴。"因此，"今人之性恶，必将待师法然后正，得礼义然后治。……古者圣王以人之性恶，以为偏险而不正，悖乱而不治，是以为之起礼义，制法度，以矫饰人之情性而正之，以扰化人之情性而导之也。始皆出于治，合于道者也。今之人，化师法，积文学，道礼义者为君子；纵性情，安恣睢，而违礼义者为小人"②。在他看来，人们之所以为善，恰恰是因为"性恶"，比如薄的想厚、恶的想美、狭小的想宽广、贫穷的想富贵、低贱的想高贵。他反对孟子所谓"性善"，将"善"界定为"正理平治也"，将"恶"界定为"偏险悖乱也"，正因为人性本身是"恶"的，所以圣人才要"明礼义以化之，

---

①有关此论述，可见日本学者西田太一郎《中国刑法史研究》一书，他解释《孟子·尽心上》"善政不如善教之得民也。善政民畏之，善教民爱之；善政得民财，善教得民心"，认为"无论制度和法令如何完备的政治，也不如教化更有效"，"犯罪的产生"是"为政者的责任"。西田太一郎《中国刑法史研究》，段秋关译，北京：北京大学出版社1985版月第2—3页。

②[清]王先谦. 荀子集解[M]. 陈志坚，主编. 北京：北京燕山出版社，2008：213.

起法正以治之，重刑罚以禁之"①，这样，天下都会因为治理而达到"善"。

在这里，我们应该看到，不管是"性善论"还是"性恶论"，在中国古人那里其实都只不过是一体两面的共生物，孟子与荀子的理论并无本质的不同，都是以"礼义"为最终旨归，不同之处仅在于圣贤更强调哪一方面而已。中国古人的"性善"是一种基于现实观察而得出的经验性结论（如婴儿不可能犯罪作恶），而不是一种携带罪错意识的精神图景。"性善"很难促使人再去发现"至善"，而是通过防备"恶"来保持"善"，防备"恶"或避免犯错的方法就是遵守公共的伦理道德和法律。有关人们如何"守善去恶"的做法常见于民间文学中，如《包公案》"判石牌以追客布"中柴胜父母的一席话：

> 吾家虽略丰，每思成立之难如升天，覆坠之易如燎毛，言之痛心，不能安寝矣。今名卿士大夫之子孙，但知穿华丽之衣，食甘美之食，谀其言语，骄傲其物，遨游宴乐，交朋集友，不以财物为重，轻费妄用，不知己身之所以耀润者，皆乃祖乃父平日勤劳刻苦所得也。汝等但知饮芳泉而不知其源，食饭泰而不知其由，一旦时易事疏，失其固态，意欲为学艺之时，吾知士焉而学之不及，农焉而劳之不堪，工焉而巧之不素，商焉而资之不给，虽欲学做好人，此时不可得也。②

这是一段父母教导子女必须勤劳的训词，虽然表面没有明确何为善、何为恶，但是已经暗含了人们关于善恶认识的价值观，刻苦勤俭是善，骄奢淫逸为恶。为了保持这种善，就必须常常"思祖德之勤劳，怀念父功之刻苦，孜孜汲汲以成其事，兢兢业业以立其志"。中国古人的这种守善心理极其普遍，因此文学作品中经常强调要遵从儒家天理伦常的社会道德，风调雨顺、四季轮回、父严子孝、母慈妻贤、兄友弟恭、家有良田、殷实富足成为人们普遍的追求，也是社会治理的根本愿景，即便是"安贫乐道"的思想，也以传家绵延、福佑子孙为基础。在这种道德观下，人们要做的不仅仅是开创这种局面，更重要的是如何"守"住这种局面，因此，社会

---

① [清] 王先谦. 荀子集解 [M]. 陈志坚，主编. 北京：北京燕山出版社，2008：215.
② [明] 安遇时等编撰. 包公案 [M]. 北京：文化艺术出版社，1998：43.

对可能破坏这种局面的任何因素都要进行鞭挞和惩治。比如通奸杀人、谋财害命、妖魔蛊惑，等等，都是罪恶的，必须被处理，甚至就算在今人看来纯粹的爱情，一旦对封建道德有损，也被纳入伤风败俗的范畴而大加挞伐。

成书于明代的《包公案》主要由《百家公案》《龙图公案》和《五鼠闹东京》三部公案小说合集而成，其中《百家公案》原本为《新刊京本通俗演义全像百家公案全传》，传为明万历年间钱塘散人安遇时编撰，可以说是最早结集刊行的公案小说。另外，《龙图公案》共100则，《五鼠闹东京》共7回，都主要讲述宋代名臣包拯破案、断案、结案的故事，各种案件包罗万象，基本囊括了旧时社会中普遍存在的犯罪现象。但用今天的眼光来看，有相当一部分所谓"罪"的判罚都是应该予以批判的。如《百家公案》第3回"访察除妖狐之怪"中张明之妻虽是狐妖，但自嫁给张明后勤纺织、缝衣裳、事舅姑，处宗族以睦，接邻里以和，待奴仆以恕，交姒娌以义，上下内外，皆得欢心。然而，只因其是妖非人，就被包拯以照魔镜灭杀。第4回"止狄青家之花妖"中大将军狄青遇一跳水轻生的美人梅芳华，惊其貌美，取为侧室，此女入狄府后处僮仆以恩，延宾客以礼，又有协调统筹之能，真可谓贤内助。但因为被包拯发现是梅花妖，最后不得不离开狄府。两则故事中的妇女只因为是妖，哪怕她们如何具有德行，都必须被除掉，这一方面固然是为了神化包拯断案的"明察秋毫"，但另一方面也反映出封建道德中将"异类"等同于"罪恶"的某种社会心理。

与其他文学作品不一样，公案小说往往更加集中于写犯罪故事，从中我们也可以看到当时人们对审罪的律法运用，这些犯罪故事除了满足人们对于天理昭彰、公平正义的想象外，也一定程度反映出小说受众的趣味。据统计，《包公案》中具有明显神怪色彩的故事59则，其中包括鬼魂故事23则、神仙故事31则、精怪故事14则、动物故事7则。这些故事都有很大的迷信成分，如《百家公案》第6回"判妒妇杀子之冤"中正妻陈氏因为无子而妒害侧室卫氏母子三人，之后诈言三人死于暴疾并尽哀礼葬，故事并未留有其他破案线索，但为了突出包拯"青天"之名，故事以卫氏母子三人的鬼魂告状为破案提供了依据，在未有更多证据的情况下，陈氏被拘拿问罪，凌迟处死。此外，为了达到警醒世人的目的，陈氏还受到上天罚罪，遭到转生变母猪的"报应"，以多生为主人获利。她在被屠夫宰杀之前，突然口吐人语告诫世间妇女要"孝奉公姑，和睦妯娌，勿专家事，抗拒夫子；勿存妒悍，欺制妾媵"。她忏悔自己因为心怀嫉妒杀害卫氏母子，殊不知不孝有三无后为大，杀妾之子，就是断绝了夫家子嗣，这才是天大的大罪。

类似的故事在《包公案》中很多，其内容、结构等均相差无几，反映出封建道德观念下古人的善恶观，在 23 则鬼魂故事中，有 21 则中的鬼魂都是原告或受害者，只有 2 则故事中的鬼魂是被告或肇事者。事实上，在公案小说中，鬼魂与神魔妖怪等的作用一样，都是以超自然的力量来作为辨别"善恶"的重要手段。为什么人们如此热衷于超自然力量对生活的干预呢？一方面是的确是因为当时科技尚不发达，有些案件光靠私访、探查、听讼、刑逼是无法查出实情的，所以不得不借助神鬼显灵、占卜测字、因果报应等的暗示来侦破案件；另一方面，超自然力量的使用也更有利于人们对于"人心"的探索。由于人们普遍坚信"人之初，性本善"，故而芸芸众生的"人心"其实在理论上都是一样的，无论是恻隐之心、羞恶之心、恭敬之心还是是非之心，在其未真正"恶"变时都是无法通过肉眼观察出来的，"人心"本身犹如每个人身上的癌细胞，随时处于变与不变的动态进程中。上一秒可能是善，下一秒就可能转恶，反之，上一秒可能是恶，下一秒也可能变善，"人心"单靠人力是难以测度的，人可以不知，但"天知、地知、神知、鬼知"，因此人们只能寄希望于超自然力量，似乎只有超自然力量才能准确地分辨"人心"善恶的变化。对普通人而言，超自然力量的使用往往寄托了他们对生活、世道的所有理想，有冤情者可以借此申冤，有穷苦者可以借此暴富、有欲罪者可以借此犯罪，等等，凡此种种，均反映出人们对超自然力量的依赖。反之，如果不借助超自然力量，人们甚至不敢相信自己真实的所见所闻，《包公案》的《百家公案》和《龙图公案》均有一讲述"割牛舌"的故事，内容完全一样，一名叫刘全的农人有一天耕田回来，发现耕牛舌头被割掉，遂写诉状告于包公，经问询，刘全在村里并无与人有仇。在毫无线索的情况下，包拯做了如下侦破安排：一方面资钱五百贯给刘全，要他杀牛分卖，另一方面又贴出告示，凡私宰耕牛者，一律捕捉，举报人可得赏钱三百贯。包公此计，谁若告发则谁就有嫌疑，果不其然，刘全归家之后宰牛分卖给邻里，却被邻人卜安告发。但仅仅如此似乎对于侦破案件并无说服力，小说又专门安排了包公做梦的情节，在梦中，他遇到一个巡官带着一女子乘鞍，手持一刀，有千个口，说自己丑年生人之后就不见了。包公不明此梦，直到第二天一早恰好卜安来告发刘全杀牛之事，猛然醒悟，宋代巡官一般为从事占卜、星相之人，包公遂想到巡官乃是"卜"字，而女子卜则为"安"字，持刀为"割"，丑为"牛"，千个口为"舌"，故包公梦中所示实为"卜安割牛舌"，真相于是大白，卜安最后被关押一月后发放回家。

封建道德观下人们对于超自然力量的运用固然是迷信的表现，但也折射出人们依赖超自然力量进行良心谴责的心理。与西方宗教背景下人们从灵魂深处追问自身罪责的方式不一样，中国古人多借助超自然力量来对自己进行良心谴责。很多时候，侦破案件和审判过程除了体现司法机构的查案和判罚功能外，还意在警醒世人要秉持为人的基本良心。《龙图公案》第56则"瞒刀还刀"讲述了包公教导学生当有廉耻之心的故事，樵夫邹敬卖柴给当地生员卢日乾，得二两银子，但忘记将柴刀从柴中抽出，再去砍柴时想起此事，于是转回卢家索取，哪知卢日乾不肯归还。邹敬遂发言秽骂，卢日乾是包公得意门生，写信请求包公处置，但隐瞒瞒刀之事，包公不知，令责打邹敬五板。邹敬不服，愈加撒泼大骂，后查明果然是卢日乾瞒刀，包公先惩罚邹敬在卢日乾面前磕头请罪，后专门斥责卢日乾不体民心、不惜廉耻，卢日乾满面羞愧。小说评价包公所为，查出邹敬柴刀，是其智识；人前回护学生，是其厚重；背后责其改过，是其教化。此所谓"一举而三善"。与此相应的，由于良心本身经常为世俗的功名利禄或偶然的情绪利害等所左右，所以又不得不借助超自然力量来加以维护，《龙图公案》第28则"死酒实死色"写一官员张英之妻莫氏因丈夫久不在家与一珠宝商邱继修通奸，后张英逼问婢女爱莲证实此事，为杀人灭口，他先溺死爱莲，后又将莫氏推入酒埕中浸杀，寄灵于华严寺期间制造莫氏灵柩中贵重物品被盗而嫁祸邱继修，恰值包公大巡，于困顿间梦见小婢告冤，之后详审此案，方知真相，邱继修被斩杀，张英被罢职。此案主要警醒朝廷官员必须注意治家，而治家之道在于修身正心，张英杀小婢、嫁祸他人都是自己身心不正的表现，尽管妻子莫氏和奸夫邱继修都该死，但张英实在不该害人性命，故被罢职。需要注意的是，张英尽管杀人害命，但却未被处死，这在一定程度上也反映出封建道德对男权伦理的维护。

第三节　中国古代小说中有关"罪"的叙事

中国古代小说中关于犯罪情形的描写集中于公案小说，"三言二拍"中也有相当部分的犯罪故事。据程太坤统计，"三言二拍"中的犯罪故事和情节有 59 出，共分抢掠类、坑骗类、情杀类以及偷盗类等四类，其中描写抢掠的有26处，坑骗的有22处，情杀的有3处，偷盗的8处[①]。事实上，这个统计仅仅是针对已经具有犯罪结果的故事的统计，并不包括那些足以引起谴责但却未被追究的"错误"行为。比如《初刻拍案惊奇》第 12 卷《陶家翁大雨留宾，蒋震卿片言得妇》就有这样一个故事，一个叫蒋霆的年轻人和朋友外出游玩时遇到两个客商，三人结伴同行，从浙江余杭一直游到诸暨，在诸暨的一处乡村遭遇大雨，三人找到一陶姓人家避雨时，蒋霆开玩笑说这是自己丈人家，引起户主陶老不满而被拒在门外，他在外等候两个朋友时却无巧不巧遇到陶家女儿陶幼芳携丫鬟偷偷溜出家门与一王姓情郎私奔，不承想王郎并未前来，蒋霆以为这是"天缘"，于是带着陶幼芳回到老家，两人成婚生子，后来一家人团圆和美。就故事本身而言，蒋霆的人设其实是良善的，因此小说并不认为他将陶幼芳和丫鬟私自带回老家是某种错误或恶行，反而让故事的结局趋近完美。与本卷中的"得胜头回"故事一样，一个曹姓女子在夜深人静之时悄悄溜出家门与情郎私奔，不巧遇到了喜欢戏耍的官宦子弟王生，却被王生威胁不得不与王生欢爱，后来沦为娼妓之后又得到王生的解救，最终两人修成正果。事实上，从道德伦理的角度看，蒋霆与王生之流通过威胁逼迫女子与其成亲的方式本身是不

---

① 程太坤.《三言二拍》中的"犯罪故事"研究 [D]. 延边大学硕士学位论文,2012.

道德的，但是，作者似乎更加批判封建包办婚姻对女子的罪恶，封建家长们从不关心自己女儿真正喜欢的是谁，只想要门当户对，他们无视女儿的情感需求和生理需求，把活生生的人仅仅当作必须遵守社会道德规范的傀儡，他们只需要发号施令即可令子女们按照自己的想法行事。

但是，这种隐形的批判毕竟需要读者具有与作者相近的性情、气质和理性思考等能力。在中国古代小说中，更常见和更明显的犯罪往往都是与直接的惩罚联系在一起的，对犯罪行为的适时惩处也必须符合社会普遍的道德要求，"善有善报，恶有恶报"是民间百姓对错综复杂社会关系进行理解和掌握的最基本也最有效的模式，无论世道如何变化，人们必须坚信一点，就是"善恶自有天定"，果报很多时候都不是当场显现，而是在今后漫长的时间中冥冥中自有安排，在合适的时机方才显现出来。纵观"三言二拍"以及诸多侠义公案小说，中国古代小说作者最热衷的叙事无疑是善用"巧合"二字，所谓"无巧不成书"，绝大部分犯罪事件必然伴随"巧合"，很多时候犯罪是"巧合"发生，同时，惩罚也可能是"巧合"完成的，这当中固然反映出古代民间对依靠律法追究罪行的缺乏信心，同时也更加容易说明人们的普遍务实，为了达到人们所欲达到的目的，世间万物都必须按照人们的"巧合"去进行设定，实际上，就是将因果关系普遍化、神秘化和想象化，通过因果的方式来达到在广大民间的教育目的。因此中国古代小说都有一个普遍而基本的模式，在开头的时候用一首诗词或明显带有教育性的说话来作为故事的引子，意在告诉听众或读者本故事不管虚构与否都是很有意义的，最后在故事的结尾也要用诗词来加以总结，达到首尾呼应的效果，以增强故事的说服力。一个对维护社会伦理道德没有作用的故事往往被认为是无稽之谈，是无法让人相信的，反之，即便是虚构的故事，只要把握好首尾的写法并巧妙地赋予其说教功能，无论多么"巧合"，也会被人相信。

《喻世明言》第一卷《蒋兴哥重会珍珠衫》的引入诗词是一个典型，"仕至千钟非贵，年过七十常稀，浮名身后有谁知？万事空花游戏。休逞少年狂荡，莫贪花酒便宜。脱离烦恼是合非，随分安闲得意"。关于这首诗词，按作者的说法，就是要"劝人安分守己，随缘作乐，莫为酒、色、财、气四字损却精神，亏了行止"。这里已经表明作者对生活的态度，一方面要安分守己，另一方面也要有所行乐，只要不违反社会普遍认可的道德规范，不过度放纵享乐，人们追求快乐的人生就应该得到肯定。但是，如果为了追求快乐而违背天理纲常，必然会被惩罚。在中国古代小说中，尽管很多小说中不直接指出某些行为属于犯罪，但一旦某种行为被惩罚（通常体现为律法制裁或果报实现）即已经充分说明了该行为的罪恶性。蒋兴哥与妻子三巧儿原本恩恩爱爱，如胶似漆，因为要打理生意而不得不离家外出，妻子三巧儿在家日夜盼着丈夫早归，却在一次不经意间错认了一个外地商人陈大郎，之后就被陈大郎惦记在心，最后在一奸诈贪财的薛姓婆子的步步设计下，终于成功诱骗三巧儿。小说只字未提陈大郎与薛婆的罪恶，读者却能从其中读出两人不择手段的卑鄙与歹毒，陈大郎、薛婆后面都不得善终。陈大郎第一次见到三巧儿，心中是这样想的：

> 家中妻子，虽是有些颜色，怎比得妇人一半！欲待通个情款，争奈无门可入。若得谋他一宿，就消花这些本钱，也不枉为人在世。①

这是一个符合大多数外出行商者形象的文学人物，他带着家里筹集的本钱在江湖中奔忙，常年在外经商的经验使他信奉一种"有钱能使鬼推磨"的价值观，为了满足自己勾引人妻的欲望，陈大郎花钱买通了三巧儿的身边人，这种手段用作者的话说就是"欲求生受用，须下死功夫"。与《水浒传》中的西门庆、潘金莲一样，陈大郎与三巧儿的通奸也是经由一个"婆子"形象的中间人撮合而成，这种通奸被称为"谋奸"，按中国封建法制的集大成者《唐律》规定，犯"谋奸"罪的，男女双方各判刑一年，到了明代，对通奸的惩罚改成了"凡和奸，杖八十，男女同罪"②。或许由于当时明代朝廷对通奸罪的相对宽容，陈大郎、薛婆子通过奸计和手段诱骗三巧儿与他人发生性关系的行为在小说中并未受到官方法律审判，西门庆和潘金莲的"通奸"也因为层层收买而未被暴露于公堂，甚至为了维系"奸

---

① [明] 冯梦龙编. 喻世明言·警世通言·醒世恒言 [M]. 长沙: 岳麓书社出版社, 1989: 4—5.

② 徐彰. 论对通奸行为的法律制裁 [J]. 高等函授学报 (哲学社会科学版), 2012, 6 (06): 13—15.

情"还毒杀了武大郎。类似的诸多小说，读者在阅读的开始，都陷入一种纯粹的"故事"中，即便"故事"的人物已经犯了罪，但是读者似乎并不特别寄希望于朝廷官方对罪行的侦查，读者所看到的，往往只是犯罪的手段和事实，其中随处可见的"巧合"所带来的跌宕起伏的情节让读者更感兴趣。勾引、诱骗、强迫等各种层出不穷的手段造成的奸情在作家笔下总是那么自然而然，不管是主动的男人还是被动的女人都不会"反思"奸情本身"罪"的性质，奸情在某种程度上成了一种迎合读者期待的"情节"。《初刻拍案惊奇》卷六《酒下酒赵尼媪迷花，机中机贾秀才报怨》中的狄夫人本是一个极其贞淑貌美的正经女子，丈夫还是朝廷大官，正是这样一个富有贵气又高洁孤冷的官太太，却被一个风流少年滕生诱骗并无法自拔，最终病死。小说仍然是那种"男方欲图勾引女方 — 男方收买中间人 — 中间人撮合而成"的模式，在这一模式的叙事过程中，几乎看不到作者对此种行为的道德谴责或罪行反思，只有当通奸的男女双方都有一个不好的结局时，我们才知道这是作者对当事人"罪行"的一种"惩罚"。在类似的通奸叙事中，如果仅仅是讲述男女之间的奸情，似乎其"罪恶"的性质并不大，奸情必然导致更加严重的后果（如杀人夺命），才会受到整个社会（包括官方或非官方）的追究与惩处。在《水浒传》中，西门庆与潘金莲的罪恶更集中于他们合谋把武大郎毒死，武大郎的死才真正决定了两人的通奸不可饶恕，才有后面武松杀人报仇的情节安排。《初刻拍案惊奇》第17卷《西山观设篆度亡魂，开封府备棺追活命》中的吴氏是一个新寡的美妇，丈夫死后只与孩子生活，人本贤德，但在请道士为丈夫超度时却被道观观主黄妙修勾引，两人随即陷入情欲，生活淫乱，为了能夜夜欢娱，吴氏甚至歹毒地准备谋害一直相依为命的孩子，好在负责办案的府尹明察秋毫，反而查出了吴氏两人的通奸之事，两人遂被判杖刑，黄妙修被活活打死，而吴氏却因儿子求情被发放回家，不久因惊悸病死，参与淫乱的道童太素也落得病死的下场，与之相反，吴氏之子刘达生因为孝顺最后取得功名，门风肃然，仕宦而终，另一个没有参与淫乱的道童则一直安守本分，得以善终。小说一方面揭露了封建时代道观、佛寺等圣洁之地的人性之恶与男盗女娼，另一方面也在极力宣扬孝亲与报应等观念。从诸多小说对通奸罪行的描写来看，故事情节仍然是最重要的，说教往往处于边缘位置，仅在开头或结尾略有提及，作家深谙普通人的兴趣所在，在"守妇道"这件事上，普通人既渴望听到刺激的故事，以便获得某种"代入"的快感，又必须考虑因果报应的问题，从天道对通奸行为的"惩罚"中学会约束自己。因此，这种"他人"的故事在真实与虚幻之间最能撩拨起人们对于失节妇女的想象，同时，也最能为自身提供一个相对安全的欣赏距离，一方面可以比较近距离地"观看"到他人的通奸故事；另一方面也可以随时抽身回到现实，保持对通奸行为的批判立场。

如果通奸没有连带命案的发生，似乎也可以得到某些宽容，特别对女方而言，尤其如此。《醒世恒言》第13卷《勘皮靴单证二郎神》中的韩玉翘本是当朝皇帝宋徽宗准备选入宫中的妃子，只因体弱多病导致香消玉减而被安排在杨太尉家养病，随着病体渐愈，韩玉翘遂到二郎神庙还香许愿，在看到二郎神丰神俊雅的塑像后，就不愿再入皇宫而幻想嫁给二郎神模样的人，哪知其祷告之语被庙官孙神通听见，遂起淫心，扮成二郎神模样与韩玉翘夜夜欢会，并骗得宫中赐给玉翘的罗衣玉带，此人有些道术神通，可在房梁之间高来高去，后事发，逃跑时掉落一只皮靴，留下线索被缉拿归案。其罪名是"淫污天眷，奸骗宝物"，最后被判"凌迟处死"，而韩玉翘则被判永远不得入宫，另嫁良民。或许是作家对封建帝王后宫妇女的同情，韩玉翘虽然没有嫁给幻想的如意郎君，却也由此远离皇宫，得遂平生之愿，最后百年而终，与三巧儿一样，也可以说是对被动参与通奸的女性的宽容了。同样，《二刻拍案惊奇》第25卷《徐茶酒乘闹劫新人，郑蕊珠鸣冤完旧案》中的故事发生在苏州嘉定县，该县有一个不守本分、心性奸巧好淫的年轻后生，名叫徐达，此人为了满足自己能常常窥看人家新娘子的欲望，专门学做了婚筵茶酒的行当，以便在人家新婚礼上赞唱"请茶、请酒"时窥看新人。本县有一人家，姓郑，小女郑蕊珠姿容绝世，已选好吉日嫁给本县谢家三郎，不巧请的茶酒恰是徐达，这徐达早被蕊珠的美貌所迷，遂起奸心，利用茶酒身份暗中将新娘转移，后事发被拿归案。然而，根据徐达招供藏匿新娘地点，官差到一枯井中找寻时却发现一壮汉被打死其中，新娘仍然不见踪影，徐达被严刑拷打，仍无线索，只得收监，徐徐图查。原来，新娘被丢入枯井中后，被过路的两个河南开封客商赵申和钱巳听到呼救声，赵申下到井中将蕊珠救上之后，钱巳见蕊珠貌美，怕赵申来争，又贪念赵申钱多，于是一不做二不休用一块大石头将赵申砸死在井中，之后又威胁蕊珠与之回家做了其小妾，所幸在邻居的帮助下报官成功，终于回到家乡，案情真相大白，钱巳谋财害命被判死罪，徐达拐骗新娘未遂被判三年监禁，郑蕊珠则与原夫谢三郎完配。两个故事中，女方都是被人欺骗或威胁的受害者，在受骗之后几乎没有主动报仇的想法和能力，反而比较"顺从"。这方面另有一个更加典型的案例，《初刻拍案惊奇》第2卷《姚滴珠避羞惹羞，郑月娥将错就错》中的姚滴珠嫁人之后，因为总是受到公婆的辱骂，不堪受辱之下决定返回娘家，不巧却在返家途中碰到一个专干坑蒙拐骗勾当的坏人汪锡，在汪锡及其同伙王婆的操作之下，滴珠"半推半就"成为大财主吴大郎暗中偏室，此后一直与吴大郎恩爱欢会，虽说汪锡及吴大郎等人有意封闭消息，不让滴珠露面，但小说并未写滴珠的反抗，后来因为官府对案件的追查办结，滴珠又被还给原来夫家，主犯汪锡因同时牵扯命案被当堂杖刑打死，吴大郎却因为滴珠未供而逃得一劫。

如果因通奸而引发谋杀后果，通常将"死"作为通奸罪与谋杀罪的最终判决。《初刻拍案惊奇》第26卷《夺风情村妇捐躯，假天语幕僚断狱》讲述的也是一个发生在佛门清净地的通奸淫乱故事，井庆之妻杜氏生得有些姿色，生性放荡，因嫌弃丈夫粗鄙每与争吵之后即回娘家，一天从娘家返回之时偶遇大雨，无奈之下跑到荒野外的一座寺庙避雨，与寺里的一老一小两个僧人尽情风流，后因不愿与老和尚风流而被杀害。小说花了大量笔墨写三人的色心淫欲，在说教上则一笔带过，主要是对佛寺僧人的批判，这些人"不忧吃，不忧穿，收拾了干净房室，精致被窝，眠在床里，没得事做，只想得是这些事体"①，而妇女们却偏偏要去寺里烧香拜佛，以致他们要"千方百计弄出那些奸淫事体来"，作家认为奸淫之事本身"罪不容

①[明]凌濛初编．二拍——拍案惊奇、二刻拍案惊奇[M]．济南：齐鲁书社，1993：259．

诛"，而僧人"不毒不秃，不秃不毒，转毒转秃，转秃转毒"，往往"为那色事上专要性命相搏、杀人放火的"①。杜氏的死最后引起官府追查，而查案的突破口竟然是男同性恋的几人，其中就有负责主办案件的福建官员林大合。最后杀害杜氏的老和尚"因奸杀人"，被判死罪，而同奸的小和尚因为没有杀人只被关押三年，三年之后还俗当差，而井、杜两家只是"认尸领埋"，在杀人案面前，通奸罪变得不是那么重要而被普遍忽略了，从作家到读者，都不再追究犯罪当事人的罪行，好像杜氏、老和尚这些人的死足以表明一种"惩罚"似的，通奸的罪行最后不了了之。《警世通言》第13卷《三现身包龙图断冤》中奉符县的押司孙文被妻子与下属小孙押司合谋害死后冤魂不散，三次现身找家中的婢女迎儿帮其申冤，其中第三次给了迎儿一幅纸，内中书有一谜语，新任县令包拯据此解谜破案，孙文妻子与小孙押司两人被判死罪，尽管通奸罪未被单独追究，但"死罪"显然作为一种最终极的惩罚是可以把对通奸罪的判决囊括其中的。

中国古代公案小说中的"犯罪"故事更为集中也更丰富，其中又以《包公案》为最，作为包公系列公案故事中的"犯罪"行为的主要裁决者，包拯刚正睿智、不畏权贵、铁面无私，相传他日理阳世，夜访阴司，可以借助鬼神托梦、神妖显灵等种种手段审断案件，长期的审判案件使他由一个白脸的儒生变成了不怒自威的黑脸包公。包公形象的转变反映了普通人对形形色色的"犯罪"行为如何追究罪责的正义想象，黑脸包公一方面代表朝廷官方审案机构的理想状态，黑色象征威严，它像一个独立于其他机构部门的超然存在，可以不受任何牵制地奉行"王子犯法与庶民同罪"的断案理念，从而保证断案的公正性与公平性。另一方面，黑色也表明了包公的与众不同和神秘性，在人们的观念中，阴间总是阴森黑暗的，黑色就是死亡的色彩，凡人皆有死，在死亡面前，人人平等，这也是阴间世界超脱于世俗阳界的最显著特征，死亡是公平的，已经死去的人被深深埋入地下，

---

① [明]凌濛初编. 二拍——拍案惊奇、二刻拍案惊奇 [M]. 济南：齐鲁书社，1993：259.

常年不见阳光，也正是在这永恒的黑暗中，他们得到最后的庇护，黑色成了凡人意图探访阴间的唯一媒介。在勘察技术与手段还不发达的古代，对案子的侦破主要依靠官员的智慧和鬼神的帮助，其中，"绝大多数的破案关键其实靠神灵显圣和鬼魂告状而获得成功"[①]，这也是《包公案》的典型特征，特别是在命案故事中更是如此。

[①] 林静.公堂之上的人、鬼、神——《三侠五义》中的鬼神破案初探 [J]. 名作欣赏，2017（21）：32—34.

第七章　传教士对晚清中国小说的影响

第一节　传教士小说的传教目的与"有罪"论

我国第一部新教传教士汉文小说是米怜的《张远两友相论》，小说中，张远忏悔自己的罪时惊吓到了自己的妻儿，于是他的妻子叫儿子去请了他的好友来劝他，他的朋友问他有什么苦处？张远回答说："我得罪了天地万物的主，恐怕难免地狱的刑罚。"然后他的朋友安慰他："吾兄不必这样惧怕，你是最公平、最善良的人，人人都知道。"然而张远仰天长叹："我的心是善是恶，你们不能看见，我自己知道我心中的罪恶，所以我这样惧怕。"①

米怜笔下的这段张远跟朋友的对话与中国传统小说的叙事逻辑大相径庭。19 世纪西方传教士走遍世界传教，其核心目的就是让人信从上帝，从而信奉基督教。信从上帝的本质首先要求人必须在上帝面前忏罪，以此确立上帝至高无上的地位，要让上帝获得这种地位，就必须考虑上帝在人们的信仰中是否与其他神冲突。几千年来，中国民间信仰中的"实用性"思想决定了民间信仰中的"多神性"，大到玉皇大帝、佛祖、太上老君、观音菩萨、孔圣人等，小到门神、灶神、山神、土地等功能神，只要于我有用，就可以祈祷叩拜加以信仰。但是，西方传教士并不能容忍这种情况，他们必须保证上帝作为唯一神的地位，他们借助话本小说这种民间喜闻乐见的文学形式来广泛宣扬基督教义，让小说中的人物主动讨论"罪"的问题，试图以此来加强上帝（主神）的绝对地位。郭实腊的学生叶纳清的小说《庙

---

① 宋莉华．传教士汉文小说研究 [M]．上海：上海古籍出版社，2010：64．

祝问答》明显模仿《张远两友相论》，其中对佛道和中国民间仪式的批判尤引人注意，据宋莉华引光绪七年（1881年）福州太平街福音堂本该小说，一个传教士眼中的中国人拜菩萨是这样的：

> 只见其人点烛、烧香、排牲、列酒，跪下求拜，跌筊杯，掷签竹，乃起烧纸衣，化元宝，庙祝击鼓鸣钟，祭神者又烧爆竹。事毕，收拾礼物而去。

传教者认为这些做法简直"荒诞不经"，并与中国庙祝争论，让庙祝大为恼火，怒斥曰："速去速去！勿在此忏触神明。"但是，小说中的庙祝最后居然在传教士的争论中，逐渐接受了基督教。小说显然采取了一种类似苏格拉底的问答"助产术"的方式，让中国庙祝在与西方传教士的争论中落败，从而认同基督教。这是近代早期基督教在中国传播的实际情况，现实的传教困难使得传教士们不得不通过小说另谋出路，他们将基督教的道义融合在小说中的一次次争论中，以图达到"真理越辩越明"的目的。在传教者看来，中国历史自从有了"天""佛"等偶像，中国就开始"人心偏向罪恶"，以致后来"乱亡相继，祚运不长，世代衰微，人寿愈促，干戈屡动，盗贼灾危，无时休息。"他进而总结："此祸事岂非事菩萨所招耶？"[①]

事实上，在西方发现中国之后，德国神父汤若望等初到中国就用先进的科学技术"征服"了中国人。据说他在一次与中国天文学家的较量中获胜，此后得到皇帝的信任，进入钦天监为官，与其他多明我会和方济各会修士不同的是，汤若望等修士在传教一事上对中国民间信仰相当宽容，他们允许信众可以继续信仰儒家、道家中的圣人或神仙。尽管这种做法引发了后来长达近百年的"礼仪之争"，但是也充分说明传教士曾经在中国不得不采取一些变通的方式来宣扬基督教教义，这也是后来传教士们主动学习中国文化，模仿中国古典小说来"迂回"传教的主要手段，他们不像其他"死板"的多明我会和方济各会教士那样只会"硬性"灌输，而是试图在中西文化撞击中找到一个平衡点，潜移默化地改变中国人的心理、思想

---

① 宋莉华. 传教士汉文小说研究 [M]. 上海：上海古籍出版社，2010：75.

结构①。在这方面，小说无疑最有优势。

英国传教士傅兰雅是这方面最具洞见的人②，他曾借艾德博士的一段评论表达了他对于利用小说进行道德教化的看法：

> 一篇写得好的小说会在大众头脑中产生永久性的巨大影响，《黑奴吁天录（汤姆叔叔的小屋）》在唤醒民众反对奴隶制上就非常有效。中国现在罪恶猖獗，鸦片、缠足和时文，任何一种都能写一部感人至深的长篇小说。为了让这些悲惨遭遇引起各阶层人士的注意，就应该通过文字描述出令人印象深刻的画面，从而达到震撼人心的效果。毫无疑义，中国人有这方面的能力。③

傅兰雅将这样的小说称为"道德小说"，要求中国人将时下的鸦片、缠足和时文的弊端进行"生动地描绘"，他渴望中国人中有一些"用基督语气而不是单单用伦理语气写作的小说"产生，其本意就在寻找传教的最好途径。在傅兰雅看来，中国传统的小说很难有革弊扬新的功能，相较于传教士们使用的"literature"，他对所谓"中国文学"的看法其实更加宽泛，包含了"经史子集"四部及时文的内容。其中，集部主要指诗歌和戏剧，小说在子部，但是中国文学缺乏"想象和创新"，他要求小说能够

---

① [法] 雅克·布洛斯。从西方发现中国到中西文化的首次撞击 [M]. 耿昇，译. 北京：东方出版社，2011：16-17。

② 有关傅兰雅的研究论文较多，如高肖《傅兰雅研究综述》（2011），许军《傅兰雅征文目的考》（2012）、《傅兰雅小说竞赛受挫原因考》（2012），尚亚宁《傅兰雅书刊翻译及其对晚清社会影响》（2013），陈大康《论傅兰雅之"求著时新小说"》，姚达兑《主体间性和主权想象——作为中国现代小说源头之一的傅兰雅"时新小说"征文》（2014）、《傅兰雅时新小说征文与江贵恩小说》（2018），门红丽《"时新小说"征文与晚清小说观念的转变》（2016），梁苍泱《中西认知的"误会"与观念的碰撞——论英人傅兰雅的晚清时新小说征文》（2020），曾艳兵、李爽《从小说启蒙到教育启蒙：析傅兰雅的身份转变》（2020），文月娥《他者之镜：傅兰雅的中国文学观探究》，赵坤《从傅兰雅征文活动看晚清小说观念的碰撞与接受》（2020），王晓林《传教士傅兰雅对中国教育转型的影响》（2021）等。本书不做史料考证，在论及傅兰雅征文方面需用到的具体史料以陈大康《论傅兰雅之"求著时新小说"》中已考证史料为参考，特此说明。

③ 周欣平《<清末时新小说集>序》，载《清末时新小说集》第一册，转自陈大康《论傅兰雅之"求著时新小说"》，《华东师范大学学报》（哲学社会科学版）2013年第3期。

"处理和解决复杂的为民族关注的问题",一方面,他指出中国文学缺乏"实用价值",但又同时指出中国文学具有很强的"功利性"。[1]在他看来,由于中国人信奉"学而优则仕",所以中国人学习文学的动机不外乎求取官职,中国古代的官员大多精通文学,与此是分不开的。然而,尽管这种刺激使得中国文学在一定时期里取得了繁荣和发展,但那不过是比较浅层的,缺乏深度的东西,"无法在思想深度和影响上与西方文学相抗衡"[2]。在当时的中国,傅兰雅对中国文学的评价无疑是新颖而尖锐的,为了改变当时中国人小说创作的现状,他甚至于1895年在上海《申报》刊登了一则《求著时新小说启》面向社会征文:

> 窃以感动人心,变易风俗,莫如小说。推行广速,传之不久,辄能家喻户晓,气习不难为之一变。今中华积弊最重大者,计有三端:一鸦片,一时文,一缠足。若不设法更改,终非富强之兆。兹欲请中华人士愿本国兴盛者,撰著新趣小说,合显此三事之大害,并祛各弊之妙法,立案演说,结构成编,贯穿为部,使人阅之心为感动,力为革除。词句以浅明为要,语意以趣雅为宗。虽妇人幼子,皆能得而明之。述事务取近今易有,切莫抄袭旧套。立意毋尚稀奇古怪,免使骇目惊心。限七月底满期收齐,细心评取。

这则征文启事的目的十分简单,就是希望人们以鸦片、时文和缠足这"三大害"为题撰写时新小说,以揭露清政府不能或不愿抵制的"到处泛滥的巨大罪恶"。在傅兰雅等传教士看来,中国人应该学习美国斯托夫人所写的《汤姆叔叔的小屋》,因为它在唤醒民众反对奴隶制方面发挥的思想影响无与伦比。的确,《汤姆叔叔的小屋》塑造了一个正直、善良而且不畏强暴的黑奴,他的悲惨命运在美国激起了无数人对奴隶制度的愤怒和反抗。但是,另一方面,我们也必须看到,作者斯托夫人对黑奴汤姆所赋予的那种基督的圣徒精神,他被毒打致死,却在信仰上完全取得了胜利。斯托夫人本人就是一个虔诚的基督徒,她一直有强烈的布道愿望,因此,

---

① 文月娥. 他者之镜:傅兰雅的中国文学观探究 [J]. 国际汉学,2020(01):29—36.

② 文月娥. 他者之镜:傅兰雅的中国文学观探究 [J]. 国际汉学,2020(01):29—218.

贯穿全书的宗教说教显然更符合傅兰雅等传教士的趣味。比如里面写到汤姆生活的阁楼是这样的：

> 这间小阁楼还相当体面，里面摆着一张床、一把椅子、一张粗糙的小茶几，茶几上放着汤姆的《圣经》和赞美诗；这时，他正在茶几边坐着，面前放着一块石板，专心致志地在做一件煞费脑筋的事①。

小说在这里描绘了一幅黑奴在开明的奴隶主家温馨和谐的场景，这是一个熟读《圣经》的圣徒，他正在给老婆孩子写信，期盼着自己很快就会被赎出去，他和自己少东家的小女儿伊娃在一起读《圣经》的画面被写得充满了基督圣光普照的爱。"彩霞万丈的日落时分，地平线上一大片天被照耀得金碧辉煌，湖水则变成了另一片天。湖面上到处是一道道绯红和金黄的波纹，唯有点点白帆，幽灵似的飘来飘去，颗颗金星在灿烂的霞辉中频频眨眼，俯视着自己在湖水中不断战栗的影子"②，在这样的美景下，汤姆和伊娃坐在一张长满了青苔的石凳上讨论着《圣经》中的内容，伊娃让汤姆唱《光明天使》，汤姆就唱了起来。伊娃在小说中被塑造成最纯洁的天使，在汤姆的眼中，她有着温柔的笑容、秀美的眼睛、不同凡响的语言，她超脱了红尘，她虽然染上了病，却即将去往天国。

伊娃与汤姆都是小说中的理想人物，或许有一天，奴隶制终将不复存在。然而，这只不过代表了一种理想，汤姆的少东家乔治·圣·克莱亚在与姐姐奥菲丽亚聊天时就深刻地剖析了黑奴制度的罪恶，黑奴们像牛马一样被人贩卖，吃的、住的乃至干的活都跟牛马差不多，他们每时每刻都要挨皮鞭，而且一天到晚一年到头都要在东家的监视下，毫无自由可言。他指出天下的贵族都一样，对自己阶级界限之外的人没有任何恻隐之心。他同情黑奴们一年到头的辛苦只不过换来一个勉强栖身的地方和一点勉强糊口的口粮，因此，他憎恨整个奴隶制度，认为这不过是一种为了让人发财而剥削黑奴的愚昧、残暴和邪恶的行径。就罪恶的程度而言，美国的奴隶

---

①[美]斯陀夫人. 汤姆大伯的小屋 [M]. 黄继忠，译. 上海：上海译文出版社，1982：310.

②[美]斯陀夫人. 汤姆大伯的小屋 [M]. 黄继忠，译. 上海：上海译文出版社，1982：344.

制度与英国的资本主义制度一样，有时候资本家甚至比奴隶主更加罪恶，奴隶主可以随意打死一个奴隶，而资本家则可以为了钱而活活饿死一个工人。但是，对这一切他又能怎么办呢？正如他自己所说，为了维持他现有的生活，他本人不可能解放自己的黑奴，于是他只有寄希望于"最后审判日"的到来，为此，他憧憬他的母亲曾给他讲起的一个即将来临的千年盛世，那时耶稣为王，万民都享受自由和幸福。

　　傅兰雅的时新小说征文很可能暗含了他对《汤姆叔叔的小屋》中那种浓烈宗教感情的期望，他希望中国人能够写出类似的小说来。不过，1896年3月《万国公报》第86期刊登的征文结果显示，这次征文并没有达到预期效果。162篇小说"或立意偏畸，述烟弊太重，说文弊则轻；或演案稀奇，事多不近情理；或述事虚幻，情景每取梦寐；或出语浅俗，言多土白；甚至词意淫污，事涉狎秽，动曰妓寮，动曰婢妾，仍不失淫词小说之故套，殊违劝人为善之体例，何可以经妇孺之耳目哉？更有歌词满篇，俚句道情者，虽足感人，然非小说体格，故以违式论。又有通篇长论，调谱文艺者，文字固佳，惟非本馆所求，仍以违式论"①。这则征文结果的启事虽然表达了傅兰雅对中国文学创作的失望甚至鄙视，但也从另一个侧面还原了当时中西文化冲突之初的场景。当时的中国，还未真正产生具有现代性的小说，或者即便有王德威所谓的"被压抑的现代性"的小说，其影响力也还未普及开来。傅兰雅的此次征文之所以被认为是失败的，就在于小说的质量根本没有达到期望，在写法和思想上都因循旧例，如获第六名的《时新小说》，作者望国新，而小说主人公一为"明更新"，一为"尚喜故"，从作者姓名到主人公姓名，都有模仿"贾雨村""甄士隐"的那种刻意为之，其主要思路还跳脱不出明清小说的形式，也有可能是文言创作的共性，小说似乎到处充斥着那种目的性很强且直白的说教和看似复杂实际简单的情节，一定程度上也暴露了小说对"直达目的"的兴趣，如其中最后一回写明更新劝文国华信奉上帝，没有过多的曲折辗转的情节和故事，更没有细致入微的心理描写，反正最后文国

---

　　①许军.傅兰雅小说竞赛受挫原因考[J].天津大学学报(社会科学版),2012,9(05):458—462.

华就"卓志信道"了，而且"久而愈坚"，以致最后把妻子儿女也一并说服信教了，从此"以时文为末节"，达到了革除时文弊端的目的。然而，这种下结论式的结尾往往最为虚弱，很难令人信服。

再如，一篇作者为陈义珍的《新趣小说》，该小说为增补，也让作者获得1元奖金，小说一共20回，写留学回国的新派人士冯文姬看到鸦片、缠足、时文的三大弊之后痛心疾首，于是努力改革却以失败告终。小说写到冯文姬与嫂嫂的对话，冯文姬发愿要除三害，嫂嫂却觉得小姐是多管闲事、自寻苦恼。最后，孤独的冯文姬想起三大害给世人带来的苦难，不觉放声痛哭。小说写到这里，明清小说那种"巧合式"的安排便顺理成章地出现了，一老翁好巧不巧出来向冯文姬说了一通大道理，于是冯文姬才"受教"。用我们今天的眼光看，既然冯文姬早就发现了三大害之害，为什么最后又要"谨受教"呢？实际上，这些都是明清旧小说的常规处理模式，他们不愿花费过多的笔墨去描写故事本身，而只是习惯于通过故事直接地传达出自己的目的。由于"缺少明确而系统的近代小说的理论指引，晚清小说很难产生蜕变式的新作。……即便是文体合式的章回体，其思想也明显与西方近代世界脱节，呈现出老大帝国的落后特色"①。为了满足征文的要求，冯文姬被写成一个忧心鸦片、缠足和时文的传教士，作者虽有立意，笔法、语言以及内容体量等却难以企及傅兰雅等所推崇的《汤姆叔叔的小屋》。同样，其他参加此次征文的诸多小说基本上都千篇一律写成了说教文，几乎毫无艺术性可言，如陈效新的《时新小说》末尾直白称颂天父上帝："夫天父也，救主也，圣神也，三位合一上帝也。诚以此信德神通，确乎天人至宝也。"②魏开基《悟光传》开头就写"幸主心仁慈，主道广布，能救人脱其害，且能使人得其益，而要非信主者不得也"③。

①许军.傅兰雅小说竞赛受挫原因考[J].天津大学学报（社会科学版），2012,9(05)：458—462.

②陈太康.论傅兰雅之"求著时新小说"[J].华东师范大学学报（哲学社会科学版），2013（03）：1-14+151.

③陈太康.论傅兰雅之"求著时新小说"[J].华东师范大学学报（哲学社会科学版），2013（03）：1-14+151.

凡此种种，与傅兰雅所想要的"应征小说要有基督教的笔调，并且构思巧妙，立意新颖，具有娱乐性，以便成为基督徒和教会学校的学生们喜爱的业余读物"①相去甚远。的确，不仅傅兰雅，甚至梁启超等提倡的"小说界革命"，也"没有能够把中国小说真正推进到崭新境界。只有'五四'文学革命，大胆高举革命旗帜，才把中国小说引导到破旧立新、关注社会问题的大道上"②。但是，正如美国汉学家韩南所称，"傅兰雅的竞赛的确在某种程度上影响了晚清小说的总体方向"③，某种程度上，它甚至比梁启超"小说界革命"更具有"源头"意味④。

自16世纪以来，传教士在对中国人传教的过程中，并非都是如傅兰雅那样顺利的，中国古人的"君君臣臣""父父子子""夫夫妇妇"的儒家伦理观念一度将基督教视为邪恶的，他们把基督教的礼仪活动等都视为巫术的活动。这在一定程度上也反映了中国古人在面对西方宗教影响时的自我保护，传教士关于人的"有罪论"挑战了中国古人关于祖先崇拜的超稳定思维，很多人相信，传教士到中国只是来夺取人们的灵魂，他们用黄金诱惑人以利其奸，目的是收买人心，以便让人接受其归化。对中国古人而言，传教士们到底哪来的钱使他们能够到处花钱收买人心呢？这些让坚信"勤劳致富""生财有道"的中国人感到极为不安。据法国汉学家谢和耐考证，1700年，一位叫作王源（1648—1704）的人区别了八类对公共伦理有害的人，其中第六类就是西洋人，即基督教传教士。他们的危害程度被排在了邪教徒之上，仅次于穆斯林和盗贼强盗⑤。谢和耐认为，中国古人当时

---

①梁苍泱.中西认知的"误会"与观念的碰撞——论英人傅兰雅的晚清时新小说征文[J].中国现代文学研究丛刊，2020（01）：115—126.

②许军.傅兰雅小说竞赛受挫原因考[J].天津大学学报（社会科学版），2012（09）（05）：458—462.

③[美]韩南.中国近代小说的兴起[M].徐侠，译.上海：上海教育出版社，2004：168.

④姚达兑.从《新趣小说》到《熙朝快史》——其作者略考和文本改编[J].中国现代文学研究丛刊，2013，（11）：163—172.

⑤[法]谢和耐.中国与基督教——中西文化的首次撞击[M].耿昇，译.上海：上海古籍出版社，2003：107.

的这种心态具有很强烈的"民族敏感性"，他们担心传教士破坏其孔孟之道。特别是在人心和灵魂方面，中国人讲究的是自我的自警自省，而传教士则主张向天父认罪，有关人心和灵魂，谢和耐分析说：

> 中国人实际上不仅不懂得魂与身的实质对立，据他们认为，所有的灵魂都必定要以快慢不同的程度消失，而且感性和理性事物之间的固有区别，也不为他们所熟悉。中国人从来不相信在人身上存在着一种极大的独立的辨理能力。中国人对于基督教中的那种认为存在着一种有理智的、能自由决定从事善恶行为的灵魂之基本观念是陌生的。完全相反，他们把思想和感情、性和理都结合进唯一的一种观念 —— 心的观念中了。①

尽管谢和耐的观点不一定正确，但他的确指出了中国人与西方人思维方式的差异，与西方人的逻辑性相比，中国人似乎天然地具有一种将感情和理性融为一体的能力，在他看来，中国人将个人的发展视为与大自然中草木的发展相同，每个人的成长都是渐进的，有其自然而然的规律，中国人所尊崇的"天"虽然不会讲话，但却通过季节的规律性变化持续地作用于人。的确，在中国人的思维中，如果一个人的本性是善的，那么，只要他遵守礼仪和注重修行，他就会像树木成长一样日趋完善，最后达到比较完美的境界。然而，即便认识到这一点，谢和耐也仍然坚持认为中国人不懂得最高的善，或者说，中国人通过遵守礼仪和修行达到的善并不是他所认为的最高的善。在传教士心中，总有一个至高无上的主宰，在他的面前，人人都是平等的，因而，他对所有人都是一样的仁慈，同时他也对所有的人都判定罪行，人们只有在无限的敬畏中从事减轻罪恶的事情时才会获取功德。反之，中国人心中则将父母放在了首位，人从出生之日起，就在父母的呵护和教导下成长，他们不会像西方人那样去感受和体验一个绝对主宰的存在，并因此而产生对于这个主宰的绝对服从和敬畏之心，他们把握生命的当下状态，力图做出成功的事业以取悦自己的祖先或父母，甚至在

---

① [法] 谢和耐. 中国与基督教 —— 中西文化的首次撞击 [M]. 耿昇，译. 上海：上海古籍出版社，2003：130.

很多时候，这种情感还会上升为国家和民族的利益而奋斗。中国人的这种精神特质与西方人对上帝依赖是格格不入的，这一点其实早已被谢和耐等传教士和孟德斯鸠那样的学者看到，只不过他们一直没有找到合适的办法来改变中国人的这种思维方式，只有到了傅兰雅，才试图通过改变中国人的阅读兴趣来加以实现。

但是，正如我们所看到的，基督教关于上帝绝对主宰的伦理对中国人所尊崇的"天"和孝道势必带来巨大威胁和伤害，这对双方都是致命的，它并不适合中国人。特别是，基督教还鼓吹凡是不信教的人统统都会被打入地狱永受烈火煎熬，这更加让自认本性善良的中国人感到恐惧，似乎不管他们如何努力地遵守社会道德，只要他们不信上帝，他们就会被判有罪。正如谢和耐引用 1635 年一个叫林启陆的人的观点，"所作善恶，俱听天主审判。而善恶无他分判，只是从天主教者为善。虽侮天地、慢鬼神、悖君亲，亦受天主庇而登天堂。不从天主教者为恶，虽敬天地、钦鬼神、爱君亲，竟为天主怒，而入地狱。"① 他们无法理解，傅兰雅等传教士的努力也终将失败。

第二节　上帝与佛祖及道家神仙的比较

某种意义上，可以把道教想象的"神仙"世界视为对儒家伦理的有益补充，这种补充主要体现在"神仙"力量对人间罪恶的追究上。毫无疑问，"神仙追究"的条件首先是神仙群体对人类群体的超越，在道家著作和道教的传说故事中，神仙的优越一开始并不是他们的法力，而是他们的居住环境。《博物志》记载："员丘山上有不死树，食之乃寿。有赤泉，饮之不老。"对人而言，神仙区别于人的主要特征是他们长生不老，因此，神仙的居住地很容易被想象为可使人长生不老的地方。这些地方往往距离现实世界极远且充满异域风情，需要冒险寻找，普通民众要想寻访这样的地方

---

①林启陆.诛夷论略 [M].转自谢和耐《中国与基督教——中西文化的首次撞击》，耿昇，译.上海：上海古籍出版社，2003：150.

唯有靠机缘，而即便有能力像秦始皇派遣徐福这样 3000 人的队伍也不一定能找到。然而，绝不可忽视这一想象世界给人们生活带来的巨大变化。"正是古代的神仙信仰和道教为我们的先民打开了想象之窗，使他们得以去关注他们生活范围之外的另外一个世界和未知的领域。"① 未知领域的出现无形中补足了人们现实生活中"快乐"的缺如，特别是，现实世界中"罪恶"带来的悲惨、冤屈等一切痛苦，完全可以借助神仙世界来抚平。不过，正因如此，神仙也就主要被设计成解决现实问题的能手，他们往往以"人"的形象直接参与人们的日常生活，在与人的对话并达成人的愿望过程中，最初的那种类似西方上帝的"神性"被"人性"取代了，神的世界本质上与人的世界没有什么不同，甚至，神的世界不过就是人的世界的直接投射。凌濛初《二刻拍案惊奇》卷三十七写到商人程宰经商路过淮安府高邮湖时遇险："黑雾密布，狂风怒号。水底老龙惊，半空猛虎吟。"正当危急之时，海神及时出现救了他。这样的故事几乎构成了中国民间文化中神仙作用的模式。在这些模式化的故事中，真正时间中的"自我"被完全忽视，"我"必须在与其他成员保持联系的情况下才能确保自身存在，这是一种近乎空间中的物物关系。既然"我"一开始就必须与他人在一起，因此遵守他人共同遵守的伦理规则就十分重要，人们所体会到的"我"只是那个与他人活动息息相关的"我"，所以"我"无法割断和他人的联系。"天人合一"强调的正是万事万物与人在空间中的共生关系，空间中事物和事件的变化只是单纯的位置变化，与时间无关，时间不过是被引入话语中以谈论变化的词。

有学者认为，道教的义理以老子"万物莫不尊道而贵德"为基础。道是什么？《道德经》云："有物混成，先天地生。寂兮寥兮，独立不改，周行而不殆。可以为天下母。吾不知其名，字之曰道。"道是被命名出来的，其所指并非"是其所是"，而在于"使其所是"的空无性。"神仙世界"想象的空无性既对应了道家的"道"，又对应了儒家的"天"，其中的"长生不老"之术恰恰隐喻了对时间的取消，人们孜孜追求的这个"不变"世界

---

① 苟波. 道教与明清文学 [M]. 成都：巴蜀书社，2010：30.

与"变化"的现实世界合二为一，共同使用一套社会制度，在这种"不变"与"变"互补的情况下，尽管尘世产生无数罪恶，却总会在不变的"天道"面前被一一清除。严格来说，正是在这样一个牢靠的"空间"社会中，人变成了"罪恶"的观看者而不是反思者，这实际上正是中国古人的某种生活状态，相比于西方人背负着"罪恶"而匍匐于上帝，他们对生活更加充满一种乐观态度，精神上没有西方人那种深深潜藏着的"罪恶"负担，而是由闲情逸致和人情世故所占据，当西方人可能因社会现实中的犯罪事件而激起内心对"罪恶"的恐惧和不安时，他们则要么陷入感情的宣泄而与当事人同悲共喜，要么更多关注"罪恶"事件本身的故事性和娱乐性，从中享受消遣之乐。我将中国古人的这种生活状态理解为一种"慢时间"或"无时间"状态，农耕生活的沉默山水间，天地似乎已经永恒不变，时间缓缓流逝，也只有通过花开花落和悠悠河水才得以被人感知，缓慢的时间带给人们一种易于满足的，珍惜稳定不变生活的心态。由于时间的缺失，中国传统社会没有形成拉图尔那种"行为网络"，而是金观涛等学者所谓的"超稳定结构"，在这种结构中，人们所体认的时间其实是"社会强制"所需要的节奏。反之，在西方，从古希腊的阿那克西曼德、柏拉图开始就开始探索时间的本质，尽管"时间"可能只是一个心理设定，但却被当成了一个客观的与空间对等的存在。与中国"神仙世界"或"天道"的"不变"不同，西方文化中的"永恒"是基于时间设定产生的一种心理幻象，它首先使个体体会到一种孤独，自我从空间关系中脱身出来投身于这种孤独，在孤独中得以向神敞开自己而得到神的光照。

如果说西方文化中具有典型的"忏悔"模式，那么中国则对应一种"因果报应"模式。刘再复、林岗说："因果报应的思维模式几乎垄断了中国古代小说面对虚构事件的解释，因果报应观念成了古代小说家主要的思想资源。"[①]贾三强在《凌濛初"二拍"中的因果报应观》中认为"二拍"的价值系统由三个板块构成，一是众生平等；二是道德规范；三是因果报应。作者认为自称"佛弟子"的凌濛初之所以宣扬因果报应，一是想整肃制约

---

① 刘再复，林岗. 罪与文学 [M]. 北京：中信出版社，2011：168.

官僚机构；二是整肃民间追求 "财色" 的非道德倾向。在《王大使威行部下》中，凌濛初的一段话可谓说中了果报的作用："杀人罪极重，但阳世间不曾败露，无人知道，哪里正得了许多法？尽有漏了网的。" 这就需要设计一个超自然力的阴间来对此类罪恶进行审判，而审判的结果往往是 "善有善报，恶有恶报"。孙逊《中国古代小说与宗教》一书中述果报小说的观念结构，以《宣验记》为代表，沛国周氏有三个儿子却都是哑巴，一个乞丐告诉周氏 "君有罪过，可还思之"，在乞丐（后化为道人）的启示下周氏想起小时候曾害死三只燕子的罪事，自责后罪除。孙逊归纳其结构为 "起因与果报之间的潜在联系是借助于启悟式的情节设计而被挑明"。凌濛初关注到对 "不曾败露" 之罪恶的审判，却仍然只是寄希望于外在的力量，沛国周氏的自责根本未曾展开，甚至还需要神仙的启悟，在中国有关报应的故事中（见《太平广记》），这样隐隐将要触及内心的故事非常之多，却没有一个真正发自内心的自我探索，更不用说像奥古斯丁那样自我忏悔了。

显然，"因果报应" 的目的并非为个体提供一个可敞开的领域，佛家的忏悔因此被局限在果报的良心谴责中。应该看到，与法律追究一样，"果报" 的良心谴责也是典型的 "因果关系" 式追究，由于把对 "果" 的忏悔与 "因" 联系起来，个体的 "自我" 就被这种关系所遮蔽，读者看到的不是罪犯的痛苦和忏悔，而是具有因果联系的故事，其内心被 "召唤" 出来的是对因果之轮的恐惧，不是那种向 "永恒的神" 敞开自己的孤独、罪感、同情和悲悯。与上帝留给人类的天堂不同，佛祖的西天极乐世界和佛祖本人一样，都没有给我们更多的可依靠性。"对彼岸世界的想象，反映的是生活和生命的基本欲求：即吃、穿、住、行和长生。中国人想象中的仙境并不具体，往往是神名与地名的堆砌，以神话和传统中与天有关的名号来营造天堂的氛围。"① 这样一种想象带来的彼岸世界仍然具有典型的世俗生活特征，其中最重要的就是向普通平民阻断了前往的道路，人们死后的去处主要是地下的阴间、地狱，天上的世界则是为皇帝以及在人间做出大事好事的少数杰出人物预留的，一般平民百姓则几乎没有任何机会，他们主

---

① 王青. 西域文化影响下的中古小说 [M]. 北京：中国社会科学出版社,2006:164.

要去阴间，在那里接受阴间统治者对其在世时的修行和前世果报进行评判，即便如此，佛、道介入的超度只是使其脱离地狱转世而不是上升去极乐世界。天堂对所有人都是敞开的，普通平民和君王都有完全同等的机会进入天堂，在神的荫蔽下回到伊甸园式的生活，而地狱往往留给既恶又不信上帝的人。乔达摩·悉达多"睹明星而悟道成佛"之路预示了普通人通过个人修行成佛的可能，玉皇大帝"一人得道，鸡犬升天"的故事表明仙界也是如此。的确，在最基本的"神性"上，佛、仙是等同的，既不是创造者，也不是立法者，他们只是人类现实需要不满足时的一种必要补充。换句话说，真正的主宰其实是人类自己，佛家讲"真如""相"等都要靠个人的自悟，这种悟在中国因为禅宗的关系往往还增添了"悠然"的成分，而不像上帝的真理那样具有需要绝对的敬畏。佛、仙的主要功能仅在于帮助人们解决生活中的实际问题，其存在的虚幻性往往伴随着多元的功能性。比如人们可以在这个场合信佛祖，那个场合信观音，在另一个场合又信山神土地，等等。这种信靠的不稳定性带来的后果是，一个人完全可以因自身的实际需要而选择信靠对象，因而就为其罪恶提供了辩护的余地，谁能为其罪恶辩护并减轻其心理负担，他就选择信谁。从这个意义上看，中国古代社会民间的实用信靠更具有原始特征，表面上看具有选择的自由，却无不因自己面临的苦难和恐惧而寄托于超自然力量；反之，西方人的上帝信仰虽然使人处处受神限制，却不得不依靠神的确立来反证自己，由此，我们可以说前者是人的形而上学，后者则是神的形而上学。

第三节　叩问灵魂与心灵出脱："罪"的压抑与释放

对灵魂进行折磨的最经典著作是意大利诗人但丁在其《神曲》中的描绘，但丁在《神曲》中创造性地构造了一个庞大的犯罪惩罚体系，可谓中世纪犯罪与惩罚的集大成，在他的"地狱"里，将犯罪及其惩罚分成九圈。罪行最轻的在第一圈，这里是"候判所"，住着的都是耶稣出现之前未信基督教的古希腊哲学家们，他们都是异教徒，但丁在这里看到了荷马、贺拉斯、奥维德以及赫克托尔和埃涅阿斯甚至古希腊的哲学家如阿那克萨哥

拉、泰勒斯、恩培多克勒等。真正的地狱开始于第二圈，这里住着的都是
生前荒淫之人，但丁称他们为"屈服于肉欲而忘记了理性的"人，这里有
海伦、阿喀琉斯以及帕里斯和特里斯丹等，他们飘荡着，有时撞在断崖绝
壁上面，发出痛苦的呼号。

罪行最重的在第九圈深井井底，那些残杀亲人或各种背叛罪行的灵魂
都在这里冰冻着。真正三个部分一共十二层，第一个部分共五层，分别为
异教徒、贪色、贪吃、贪婪、愤怒；第二个部分共三层，分别收邪教徒、傲慢、
淫媒、诱奸、贪污、谄媚、伪善、偷盗、买卖圣职、挑拨离间、阴谋诡计、
重利盘剥者；第三个部分共四层，主要收残杀亲人和背叛者等。

残杀亲人的罪人被收在第九圈该隐环，这是最卑下的罪人被惩罚的地
方，他们的身子都在水中被冰冻着，这些罪人面色发青，牙齿打战，嘴透
在外面咯咯地叫唤，泪水刚出眼睛就被冻住。相比之下，这里已经是离上
帝最远的地方，在但丁看来，人类最罪大恶极的事就是残杀亲人和背信弃
义，因此他将出卖耶稣的犹大和背叛上帝的撒旦都放在底层，分别为第九
圈的第三环和第四环。王维克认为，但丁地狱中的刑罚主要为"报复刑"，
报复刑有两层含义，一是延长罪人们在人世间本来的折磨，如第二圈的弗
兰采斯加；二是让罪人接受一种和人世间所经历相反的惩罚，如太会说话
者割舌，不信死后有灵魂的，就被放在着火的棺材中。此外，但丁还创造
了形形色色的许多刑罚，比如贪吃者在臭雨之下，诱奸者被鞭打，阿谀者
被淹没于粪便，圣职买卖者被倒插地缝、脚心着火等。此外，还有自杀者
被囚禁于树中，窃贼变成蛇，等等。

地狱观念普遍存在于基督教、伊斯兰教、佛教、犹太教、印度教等宗
教中，作为人死之后灵魂的归宿，地狱是一个由飘忽不定的灵魂所构成的
社会，在这里，人类在世时的社会活动通过某种变形被移植过来，它仍然
是有序而且可管理的，并不是纯粹无序的混乱之地。死人的灵魂在这里飘
荡，它们既要接受地狱统治者的管理和惩罚，也在寻求着自己的轮回和新
生。从某种程度上说，这里是人类为自己设定的生命循环的重要节点，是
人类获取新生的地方，人类如果没有地狱，也就将没有未来。地狱的主
要功能是对死人灵魂的审判，依据死者生前的行为判定其是转世或受罚。

中国古人认为人死之后去往幽都或黄泉，《楚辞·招魂》中就有"魂兮归来，君无下此幽都些"，王逸注："幽都，地下后土所治也。地下幽冥，故称幽都。"《山海经》中记载"幽都之山"，此山在北海，山上一切都是黑色，这里的统治者名叫土伯。直到秦始皇泰山封禅后，古人开始认为人死之后魂归泰山，《博物志》记载"泰山，天帝孙也，主召人魂，东方万物始，故知人生命。"泰山由泰山府君或东岳大帝具体管理，关于两位神，历来有多种说法，但无论何种说法，其职责变化并不大，都是主管灵魂和记人善恶并对人进行审判的神，故有"泰山治鬼"之说。魏晋以来，随着佛教的传入，地狱观念逐渐与中国传统的"泰山"观念相融合。佛教中的地狱，有东汉时期安世高译《佛说十八泥犁经》对地狱开始有比较详尽的描述，后西晋《修行道地经》以及唐代《地藏菩萨本愿经》等均对地狱有过记述，这些描述中，以所谓"十八层地狱"最为有名，分别为拔舌地狱、剪刀地狱、铁树地狱、孽镜地狱、蒸笼地狱、铜柱地狱、刀山地狱、冰山地狱、油锅地狱、牛坑地狱、石压地狱、舂臼地狱、血河地狱、磔刑地狱、火山地狱、石磨地狱、刀锯地狱、枉死地狱等18种，实际也是18种对灵魂的惩罚方式。相比于但丁所创造的纯粹惩罚异域，中国古人观念中的地狱更像一个与现世人间平行的过去人间或未来人间，也被称为"阴间"，即鬼魂居住的地方。这里除了惩罚，还有人情世故、人间百态，死去的人在这里重新经历自己的过去，观看种种不可思议的惩罚场景，刀山油锅、血河石磨等都只施加于生前被判罪之人，而无罪之人则有可能重新投胎转世。

黑暗世界中的惩罚场景阴森恐怖，令现世人间的人望而却步，但就是如此恐怖的地方，却居住着代表公正的审判者阎罗王，这里被人们普遍想象成一个现世人间的权力和手段都无法干扰的地方，罪人在这里受罚，这些罪人既包括在现世人间已经被律法定罪之人，也包括那些虽未被法律定罪但其言行心理反映出"罪恶"的人。相比较而言，民间更加看重的是如何利用"阴间"的惩罚场景来对未被定罪之人进行教育警诫，当一个人去世之后，通常会按风俗为其举办"道事"或"法事"的重要仪式，其主要目的一是对亡魂在阴间行走的某种引导作用，二是对亡魂生前一些可能性

"罪错"进行净化的作用，三是对在世之人的教化作用。随着时间的推移和社会的发展，这类仪式最重要的引人"罪忏"的作用慢慢被淡化，原先繁复的仪式环节也被减少了。一个重要的原因，社会发展带来的日益完善的司法体系使人们更加热爱现实生活，人们对"罪恶"的惩罚已经不再像古人那样依赖"阴间"律法的公正，于是，那种寄希望于"阴间"审判不公正案件的心理结构逐渐消散了。

事实上，在中国古代，不管是民间意义上的"阴间"，还是宗教意义上的"地狱"，都是要劝诫世人弃恶从善。敦煌讲唱类文学作品一般充满了浓厚的地狱审判和因果报应色彩，但从中也可以看出很多人情世故，反映出中国古人比较现实乐观的心性。《唐太宗入冥记》中唐太宗生魂被引入冥间时，他心想"今受罪犹自未了，朕即如何归得生路"，后遇曾经的臣子崔子玉，崔子玉此时正为冥间判官，负责审判冥间灵魂，但因为看到自己的审判对象居然是当朝皇帝，于是准备吓一吓太宗，以便觅得官职，而太宗虽然身为皇帝，但因欲还阳，立马答应赐官，后得到崔子玉的照顾。在《西游记》"游地府太宗还魂"中，这个故事被再次讲述，虽然内容有所变化，但人情世故未变，这与但丁《神曲》中那种毫无人情气息的严肃审判迥然不同。在《神曲》中，但丁严肃区分了个人品质上的罪恶与社会律法认定的罪恶，所谓个人的罪恶往往指向人自身的缺陷，这就是骄、妒、怒、惰、贪、食、色等七宗罪，这些罪是每个人身上都有的，无法避免的，但又可以净化洗涤，因此他将这些罪放在"净界"（又译为"炼狱"），而那些明确被世俗律法所定罪了的，则被安排在地狱里永远绝望。无论是在净界还是在地狱，但丁对灵魂惩罚的设计始终是比较简单而清晰的，那就是，有罪了就必须受到灵魂上的惩罚，这里没有说情的地方。反之，在中国古人的地狱观念中，人们受不受罚有时候并不取决于律法的规定，而是取决于人们的情感认同。在《唐太宗入冥记》与《西游记》中，唐太宗魂游地府这个故事本身并无需要教化或批判的内容，更多地体现为一种人们对于人情关系的向往，即便是《唐太宗入冥记》中对太宗皇帝杀兄囚父的审问，也不以定罪为目的，而是着重写人与人之间的关系，一定程度上也反映了人们心灵深处对于可怕地狱的某种游戏态度。

　　在中国古人那里，尽管地狱阴森恐怖，是人死之后灵魂的唯一去处，民间所谓的"孤魂野鬼"看起来可能比地狱中受惩罚的鬼魂更加自由自在，但却受到阳间社会的厌恶，因为这些"孤魂野鬼"如果不遵守规则，不去往阴间地狱的话，它们就会给阳间人们带来不利，因此要么让他们去地狱，要么让他们受到天神或人的恩惠而获新生，后一种情况在蒲松龄的小说中尤为多见。《聊斋志异》之《聂小倩》中聂小倩十八岁早夭为鬼，葬于兰若寺旁，受其他妖物威胁每晚以色杀人，多次引诱书生宁采臣无果，知其刚毅正直后，托其相救，后宁采臣在剑客燕赤霞帮助下将聂小倩尸骨取出归家重新安葬，宁采臣祭而祝云："怜卿孤魂，葬近蜗居，歌哭相闻，庶不见凌于雄鬼。"①后娶小倩为妻，并用燕赤霞留下的革囊杀死妖物，两人还生了小孩。又如《水莽草》中寇三娘误食水莽草中毒而死后，化为鬼魅，与之前被毒死之倪姓老妇一同魅惑行人，祝生被其魅惑毒死，祝生变鬼后强娶其为妻，夫妇情投意合，均不愿意再害人以求生，祝生因有功于人世而被天帝册封。其他作家也多有类似处理，凌濛初《初刻拍案惊奇》之《任孝子烈性为神》也是如此，任珪杀了背叛自己的妻子及其情夫，按律法被处死，但由于其行为本身捍卫的是孝道、贞洁等社会价值观，他也被天帝封为神。凡此种种，都一定程度上反映出古人理解"罪恶"的共情基础，只要能引起人的同情或怜悯，且又不挑战社会的普遍价值，就能够获得比较好的结局。未犯罪时，我既无罪，何须忏悔？已犯罪时，我既服罪，忏悔何用？这大概是中国古人对于"罪恶"的某种超稳定心理结构吧。

　　汉语中原本无"忏悔"一词，自佛教传入后，才有将佛典中梵文ksama（忏摩）音译为"忏"，意为"请忍"，梁晓虹《小慧丛稿》认为"忏"字原为"懺"，汉字中无此字②，《说文》亦无此字，而梵语 āpatti—pratidesana（阿钵底钵喇底提舍那）意译为"悔"，为悔过之义。故此，刘再复、林岗认为"忏悔"实乃佛经译师的造词无疑③。"忏悔"合成后，

①［清］蒲松龄.聊斋志异（二十四卷抄本）［M］.济南：齐鲁书社，1981：88.
②杨金文.忏悔观念与中国文化之悔过精神［J］.现代哲学，2007（06）：128—134.
③刘再复，林岗.论汉传佛教的忏悔及其罪意识——从佛教诸忏法到禅宗"无相忏悔"［J］.中国文化，2012（01）：64-78.

原先主要在佛教典籍中使用，天台宗智颛大师《释禅波罗蜜次第法门》中说："夫忏悔者，忏名忏谢三宝及一切众生，悔名惭愧改过求哀。"又说："复次忏名外不覆藏，悔则内心刻责；忏名知罪为恶，悔则恐受其报。"①据此可见，"忏悔"的意义就是向个体之外的众生自白罪恶，以免遭报应。

尽管《圣经》在中国的翻译可以追溯到唐代，但第一部完整的中文《圣经》全译本却直到19世纪初伦敦会传教士马礼逊来中国广州之后才译出，该译本从1808年始到1819年竣工，历时11年。比马礼逊译竣《圣经》稍晚，1822年，英国浸礼会传教士约书亚·马希曼与拉沙合译的《圣经》全本在印度的塞兰坡出版。此后，在中国发生了旷日持久的围绕"God"和"Theos"等基督教核心词汇的译名之争②，但有关资料并未提及关于"confession""penance""repentance""contrition""attrition"等可对译为"忏悔"的词的译法。据黄瑞成考证，现今流行的汉语圣经"合和本""思高本""现代中文译本"和"吕振中译本"中，只有"思高本"在部分译文中相应地使用了"忏悔"一词，其他版本多采用诸如"后悔""懊悔""痛悔""悔改""改悔"等词。该版本1970年由台湾雷永明神父和"思高圣经学会"的方济会会士译成，以忠于希伯来和希腊原文而著称。与其他译法相比，由于"忏悔"本出自佛教用语，因而更具宗教色彩。该译法的独到之处在于恰切地表达了人在上帝面前的敬畏和谦卑，不足之处则是未能显明"contrition（完全忏悔）"和"attrition（不完全忏悔）"的重大区分，而这种区分显然不容忽视。③如果这种考证是对的，那么包含敬畏、谦卑、隐忍等多重含义的"忏悔"一词实际上也就只有50年的历史。但这只能限定在《圣经》翻译的历史范围内，应该相信，在"思高本"《圣经》使用"忏悔"译词之前的相当长时期内，由于基督教文化在中国的传播，一般言语实践中的"忏悔"已经在后悔、懊悔、悔悟、悔改、隐忍等意义上增加了"谦卑"和"敬畏"的积淀。然而，也许由于儒道释强大的

---

① 黄瑞成．"忏悔"释义 [J]．宗教学研究，2004，（01）：85—91.

② 吴义雄．译名之争与早期的《圣经》中译 [J]．近代史研究，2000，（02）：205—222.

③ 黄瑞成．"忏悔"释义 [J]．宗教学研究，2004，（01）：85—91.

文化背景关系，这些新增的含义其实并不稳定，总是若有若无。

在中国古代文学作品特别是面向大众的通俗小说中，往往隐含着作者对"学而优则仕"的尊崇，这一价值评判不断向读者传达着某种"伦理期待"：博取才华功名不仅是个人的成功，更是家族的荣耀。因此，在相当多的故事和小说中，有才华有功名的人天然具有一种读者"期待"的优越感，他们往往被预想为社会伦理的典范，即使犯罪也不会被追究。《清平山堂话本》的《柳耆卿诗酒玩江楼记》是一则讲述宋神宗年间余杭县宰柳耆卿的风流故事，为了占有新歌妓周月仙，已坐拥陈师师、赵香香、徐东东三美的柳七官人竟然秘密安排船夫强奸月仙，终逼月仙投入自己怀抱。作者对此非但不予问罪谴责，甚至以为美事。主人公柳七官人唤起了人们对历史人物柳永的想象，不过更重要的是唤起人们对才华功名的向往。在这样的作品中，"罪恶"成为有意安排的"故事"成分，本身并不具有使人反思其本质的意义，结果必然导致社会伦理中个体"忏悔"的永久性跌落。

稳固的现实秩序为个人的罪恶划定了边界，通常情况下，这个边界是靠法律和伦理形成的追究机制来保证的。如刘再复、林岗在《罪与文学》中所示，作为一种追究机制，法律来源于人类对人性的不信任，人们之所以会犯罪，是因为人性中的利己冲动——自私。可见，法律的意义就是将自私控制在一定范围内，这种制度设计固然可以使人类在一定程度上达到"善"，但它不是那种靠自身的善的意愿建立的"善"，而是通过法律的威慑构建出来的"善"，因而是虚幻的。这种虚幻性在于，由于法律总是由专门的权力机构掌管和执行，因此人们害怕的很大程度上不是法律本身，而只是执行法律的掌权者。既然如此，对"善"的认可和对"恶"的判罚就有了人为的可能尺度，《窦娥冤》中窦娥蒙冤的事实表明，一旦可以人为地"调整"法律的威慑，"善"就可能烟消云散甚至转变为"恶"，而此时产生的"恶"只能幻想更大的力量来追究。与西方文化中具有终极力量的上帝不同，中国文化中最具威慑的力量来自帝王，许多文学故事或作品中，对帝王权力的想象总是伴随着对圣主明君的祈盼，同时，执行圣主明君权力的人往往也被想象为贤才良臣（如狄仁杰、包拯等），他们可以利用手中的权力很好地让伦理、法律甚或人情发挥应有的作用，以迎合读者对"惩办凶恶，昭雪沉冤、褒奖贤良"的心理预期，其结局普遍具有某种"苦尽甘来"的喜剧性质。在这种情况下，"罪恶"被作者及其预想的读者完全忽略了，他们在"观看"惩凶讨恶的过程中尽情获取自己需要的"回应"，让他们产生"悔"的可能仅仅只是一种外力压迫的结果而不是内心的谦卑和敬畏。

因此，中国古人所理解的罪恶是与西方宗教背景下的"原罪"有着本质区别的，在中国古人那里，"罪恶"并不是原生的，而是人们在社会生活中因为外界的种种诱惑而逐渐产生的"错误"，它的破坏性是暂时的、偶然的，甚至是可以通过教化而控制的，因此它并不以获取惩罚为目的，而是以教化世人为目的，也因此可能根据心灵的呼唤和情感的需要而随时处于自我修正的状态中，从一开始就反对那种追寻终极的形而上学的意味。反之，从古希腊到古希伯来，经历了对普罗米修斯"错误"的惩罚，再到对坦塔罗斯和西绪福斯两大暴君的惩罚，再到上帝对人类的惩罚，那种永远无法摆脱的"罪恶"从一开始就被深深打进了人类灵魂深处，这些神话中的人物所承担的罪责向后人确立了一种人类应该自我求证和自我扩张的态度，他们试图在神面前证明自己的智性因素才是宇宙中无可匹敌的力量，同时，这也反映出西方人在扩张自己过程中必然的盲目自大。惩罚傲慢的神或暴君，意在告诫人类不可妄自尊大，否则必遭惩罚，这也是神话中上帝之所以发大洪水毁灭邪恶人类（实际上就是傲慢自大的人类）的原因。

第八章　"罪"：一种文学的观念史考察

第一节　"罪"在中西文学中的表现类型

古希腊史诗和悲剧中的复仇故事具有最朴素的原始特质，它们反映了人类早期为了氏族生存而不得不采取暴力武装自己的真实情况，因此，这一时期的"罪"无非是对"复仇"的另一种表达，即便是在神对人的统治领域，我们也很难见到人们对自己复仇行为的"忏悔"。只有经由希伯来神话，"罪"才开始这样被人们进行体验，它强行把人置于神的绝对统治之下，并且要求人必须匍匐在神的脚下，通过时刻向神认罪来确证、丰富和提升自己。而在中国文化传统中，"罪"则始终处于一种纯粹伦理领域的地位，被封建统治者作为控制社会秩序的武器。如此，我们将文学中的"罪"可以大约分为以下类型：

一、神话秩序中的"罪恶"

《埃涅阿斯纪》中埃涅阿斯抵达意大利，他准备去冥府寻找亡父，女巫西比尔告诉他，要去冥府必须首先获得金枝并且洗涤一名死者留下的污秽。这名死者名字叫米塞努斯，曾经是赫克托尔的随从，跟随埃涅阿斯期间因为与海神特里东比赛吹海螺而被淹死，埃涅阿斯为他举行的葬礼仪式上，人们把他的尸体用热水洗干净，敷上香膏，然后放到火葬台上，在尸体上盖上死者常穿的外衣，然后连同乳香、食物和盛满橄榄油的碗一起用火焚烧，火焰熄灭后，用酒将骸骨和尸灰洗过，同时手捧净水绕着朋友们三圈，用橄榄枝洒着轻细的露珠，一边念念有词。在去往冥界的路上，他们经过冥神狄斯空荡荡的殿堂和毫无生机的地带，在冥界的入口处，这里住着"悲哀"和"忧虑"，苍白的"疾病"，凄凉的"老年""恐惧"，教唆作恶的"饥饿"，丑陋的"贫困""死亡"和"痛苦"，还有"死亡"的同宗姐妹"睡眠"，还有心术不正的"欢娱"，等等。

在庭院的中央有一棵大榆树，老干纵横，一派浓荫，它们一个个倒挂在树叶底下。这里还有许多不同的怪兽，比如大门里的半人半兽斯库拉，百臂巨人布里阿留斯，九头蛇莱尔那，吐火女妖奇迈拉，女妖哈尔皮以及有三个身子的若隐若现的怪物格吕翁。从这里有一条通往塔尔塔路斯的阿刻隆河，它有一个漩涡，泥浆翻腾，深不可测，一个名叫卡隆的艄公在这段河流上摆渡，他面目可憎，衣衫褴褛，但却两眼如炬，用他铁锈色的渡船超度亡魂。远处的亡魂像潮水一样涌向河滩，他们有身强力壮的男子，也有尚未婚配的少女，还有先父母而死的青年。其数目之多恰似树林里随着秋天的初寒而飘落的树叶，他们纷纷请求先渡过河，但是无情的卡隆却只是让几个上船。埃涅阿斯为这些争先恐后的亡灵感到难过，他问女先知这些灵魂拥挤在河滩上要做什么？他们求的是什么？凭什么来决定谁离开河滩，又是谁摇橹渡过这黑水？西比尔的回答是，这些亡魂都是生前没有得到埋葬没有归宿的灵魂，凡是能渡过河的，就说明他们的尸骨已经得到安葬，如果他们的尸骨未被安葬，是不允许被送过河的。埃涅阿斯在这里遇到了自己之前的舵手帕里鲁努斯，他曾在海上遇难，请求埃涅阿斯把他带过河去，但是由于他的尸体未入土，所以西比尔告诉他无法渡河，最后用他的名字为他遇难之地命名，他永垂不朽。

在斯提克斯河上，埃涅阿斯和西比尔受到卡隆的盘查，西比尔用一节金枝得到了卡隆的帮助，他们一渡过河就遇到了冥犬刻尔勃路斯，西比尔用一个面团催眠了它，随后他们来到短命鬼界，这里的鬼魂都是婴儿、冤死鬼、自戕者和殉情者。一群夭折的婴儿的鬼魂在这里哭泣，附近还有一些被诬陷而处死的人，由公正的米诺斯负责审判。埃涅阿斯看到那些自杀的灵魂，他们没有犯罪，只是因厌恶生活才抛弃了生命。也是在这里，埃涅阿斯看到了女王狄多，他伤心落泪，对狄多说自己是因为神的命令而不得不离开她，他没有料想到自己的出走竟然给女王带来如此深重的痛苦，他希望再看一看狄多。然而狄多没有受到丝毫打动，她怀着仇恨又隐退到树林的浓荫里，接受前夫希凯斯的爱护。离开狄多后，埃涅阿斯到了一处原野，在这里他看到了之前在战场上牺牲的英雄们，其中就有特洛亚王普利阿姆斯的儿子、他的战友代佛布斯，他正在遭受惩罚，耳朵被砍掉，两个鼻孔被割开，因为在帕里斯死后，他娶了海伦，从而引起希腊人的憎恨，希腊人就这样残忍地杀掉了他，他在冥界继续遭受着惩罚。他对埃涅阿斯讲述了自己被妻子海伦所陷害的故事，他诅咒希腊人有一天遭受和他一样的惩罚，但他祝福了埃涅阿斯。埃涅阿斯和西比尔到了塔尔塔路斯，这里有复仇女神把守着，里面住着罪大恶极的灵魂，他们在里面被野蛮鞭打而呻吟号叫。于是埃涅阿斯问西比尔这些灵魂犯了什么罪，受到了什么刑罚？西比尔告诉他，心地纯洁的人不得进入这里，她在赫卡特的带领下走遍冥界，看到了神所规定的刑罚。克诺索斯的拉达曼土斯统治着冥界，他铁面无私，负责审问罪犯，对那些在人间犯罪却没有受到惩罚的人，他都逼迫他们认罪。而复仇女神提希丰涅则用鞭子抽打那些罪人，同时左手举着凶相毕露的蛇，口里呼唤着她的凶狠的姐妹们。提坦神因为威胁尤比特的统治而被尤比特用雷电击打，有一个名叫萨尔摩纽斯的人因为模仿尤比特投掷雷电而被惩罚，这些傲慢的不敬畏神的灵魂都被折磨着，巨大的提替俄斯被一只大雕啄食肝脏，伊克西翁和皮利投斯头顶上悬着大石头。此外，还有忤逆父母、罗织罪名、奸淫他人、参加不义战争、破坏誓约、出卖国家、收受贿赂、侮慢神灵等各种罪人的罪恶。

　　埃涅阿斯去往冥府的一系列所见所闻具有明显的神话特征，他在漂泊中寻找着重建家国的秩序，为了特洛亚的命运，他颠沛流离。漂泊、远离故土、重建家园的使命让他像水一样在流动过程中洗涤自己身上的污秽，他受到天后尤诺的不断驱赶，因为在尤诺的思想深处，始终没有忘记帕里斯的裁判，尤诺痛恨特洛伊人，让还没有被阿喀琉斯杀绝的特洛伊人在大海上东飘西荡。因此，在希腊人与特洛伊人的战争中，实际上一切的源头不过都是神为人们制造的罪恶，到了埃涅阿斯离开特洛亚，去往意大利建立邦国的过程中，仍然受到天后尤诺的追究。在那个需要为人类和世界找到一个永恒的起源的年代，人类的一切行为都必须与神息息相关，唯有在神的驱使下展开的行动，才配拥有史诗般的伟大意义。维吉尔热情地写道，在埃俄利亚，"这是乱云的故乡，这地方孕育着狂飙，在这儿埃俄路斯王把挣扎着的烈风和嚎叫的风暴控制在巨大的岩洞里，笼络着它们，使它们就范。狂风怒不可遏，围着禁锢它们的岩洞鸣吼，山谷中响起了巨大的回声。但埃俄路斯王高坐山巅，手持权杖，安抚着它们的傲慢，平息这它们的怒气"①。人间的王或英雄具有与神一样甚至在某些领域比神更为厉害的能力，天后尤诺就请求他利用暴风打翻埃涅阿斯的船只，埃俄路斯王遵照天后的旨意行事，在大海上掀起巨大的风暴，海神涅谱图努斯出面及时平息了风暴并训斥了风神。这一幕将自然世界的狂风暴雨拟人化为神灵在背后的操控，使整个世界具有了神话的象征意义。在古希腊以来的神话秩序中，道德与伦理必须由神来加以安排和控制，人类唯一可成为罪恶的，就是人对神的不敬。相反，人只要心怀对神的虔敬，他所犯的错误也是可以解释并被原谅的。为了帮助埃涅阿斯，维纳斯向天父尤比特哭诉，她埋怨尤比特虽然以天王的永恒律令和闪电威慑着人世和诸神，但却未履行诺言，以致埃涅阿斯被尤诺的怒火所打击，丧失了很多人的性命。尤比特听了维纳斯的哭诉，他指出了埃涅阿斯的命运，天神其实并不是惩罚埃涅阿斯，而是在考验他。

因此，在神话世界中，主人公的罪恶总是与其身后的族群紧密联系在一起，天后尤诺对埃涅阿斯的不满和惩罚不是针对其个人，而是针对整个特洛伊人，于是她才要求埃俄路斯王给大海上的特洛伊人降下灾祸，这事实上就是保罗·里克尔所谓的"罪恶与灾祸不分的阶段"。在这个阶段，由于人对神的恐惧，人们"在害怕不洁的内心深处，对惩罚的预感强化了罪恶和灾祸的联系：惩罚以灾祸形式降落到人们身上，并将一切可能的疾苦，一切可能的病患，一切可能的死亡，一切可能的失败都转变为亵渎的一种符号"②。我们会看到，埃涅阿斯是作为一个国王、一个英雄、一个国家的创造者和公民的代言人在行动，与荷马史诗中的英雄一样，他的行动

---

①[古罗马]维吉尔.埃涅阿斯纪[M].杨周翰,译.南京:译林出版社,1999:3,行30—80.

②[法]保罗·里克尔.恶的象征[M].公车,译.上海:上海人民出版社,2005:25.

表明了这么一种神话理想，人们总是在神的引导下，干着一件崇高伟大的事业，事关族群的荣誉和生死存亡，在一种神秘而美好的集体主义中，发生在个人身上的种种罪恶被简化成了一种与亵渎、不洁紧密联系在一起的公共事件。人们共同面对族群中某个个体的罪恶行为所招致的灾祸和不幸，同时把那个"罪犯"驱逐或杀死，他们还必须找到一种让群体得到净化的方式，在这里，正义与邪恶、仁慈与残暴等互相对立的词汇以一种神奇而永恒的状态交织着、互动着、转换着，它们既泾渭分明又紧密联系。换言之，在神话秩序中，个体被忽略了，他的血肉和精神都被赋予了群体的意义，他成了国家民族精神的象征。因此，不论是普罗米修斯还是阿喀琉斯，不论是俄狄浦斯还是埃涅阿斯，凡此种种，神话秩序中的一切英雄人物，都被相同的叙述方式呈现出来。我们在古希腊神话和史诗、悲剧中看不到作为英雄的个体或私人，当他是英雄时，他是族群或部落的英雄，当他受罚时，他也是代替某一个群体而受罚，或许只有在他们被孤独地流放时，他们才真正意识到自己。菲罗克忒忒斯在利姆诺斯岛上就说自己是"神所嫌恶的人"，他被希腊人抛弃在岛上，没有人帮助他减轻疾病的痛苦，他一个人在狭窄的石洞里孤独地生活，日复一日年复一年，当他因为饥饿而射下猎物时，他不得不拖着"可怜的腿"一直爬到猎物掉下的地方。在这样的环境下，没有所谓的英雄，此时的菲罗克忒忒斯心中无比悲愤，他在饥饿和悲惨中度过了漫长的 10 年，他像在接受一种被放逐的"惩罚"，他诅咒阿伽门农兄弟和奥德修斯有朝一日和他一样受到同等的惩罚和痛苦。

但是奥德修斯的计谋是成功的，他教阿喀琉斯之子涅奥普托勒摩斯用同样的不幸唤起菲罗克忒忒斯的同情，唤起他深植于心的对于希腊人的荣誉感和使命感，这样才能将赫拉克勒斯的弓箭带走。涅奥普托勒摩斯以"罪恶的诈骗"向菲罗克忒忒斯说起了自己的不幸，引起了菲罗克忒忒斯的同情，原来他们共同受到阿伽门农兄弟和奥德修斯的欺凌和不公正对待，这又引起了菲罗克忒忒斯的愤怒，他寄希望于希腊军中的正义的英雄们。悲剧在这里隐藏了一个转折，它将通过菲罗克忒忒斯对英雄的寄望而将之从荒野地带重新拉回城邦社会，当他听到阿喀琉斯、大埃阿斯以及帕特罗克罗斯这些英雄都已经阵亡之后，菲罗克忒忒斯问起了特尔西特斯的情况，这虽然是个普通不过的战士，但却因为丑陋、饶舌等被众人所厌恶。与英雄们相反，特尔西特斯没死，于是菲罗克忒忒斯感叹道"恶物从不消灭，有本命之神细心地护着他们；神就是爱把邪恶无耻的灵魂从冥土救回来，同时却不停地打发正义和善良的人去那里面不怜惜"①，在菲罗克忒忒斯那里，特尔西特斯丑陋的外表、令人厌恶的饶舌与阿伽门农、墨涅拉奥斯以及奥德修斯等英雄的无情、残酷和阴谋结合起来，成为他所痛恨的"罪恶"。假如他可以亲自审判，他倒是愿意将这些人流放到荒岛上。索福克勒斯在这里充分展现了他驾驭故事的技巧，涅奥普托勒摩斯博得了菲罗克忒忒斯的信任，他主动提出要涅奥普托勒摩斯把他从荒岛上带走，但是故事在这里还无法让菲罗克忒忒斯亲手交出那张弓，它还需要更多的理由推动菲罗克忒忒斯必须完全信赖涅奥普托勒摩斯。当他们正准备上船时，菲罗克忒忒斯的病痛再一次迫使他像当年那样呻吟、说胡话，但是他太害怕会再次被遗弃了，他不断地祈求涅奥普托勒摩斯别丢下他，并且因疼痛过度而昏睡过去。此时，摆在涅奥普托勒摩斯面前的，是两个选择，一个是不理会昏睡中的菲罗克忒忒斯，悄悄偷走他的弓箭，另一种是等待菲罗克忒忒斯醒来，继续带着他上船。涅奥普托勒摩斯或许是个高尚而单纯的年轻人，他一直等菲罗克忒忒斯醒过来，他为自己欺骗那个可怜的人而感到不安，他随后坦率地承认了他带走菲罗克忒忒斯的目的，其实不是送他回家，而是带他去特洛伊，利用他的弓去决定最后的胜利。随后奥德修斯出现，他以命令和劝说的方式要求菲罗克忒忒斯"必须"回到特洛伊，他称菲罗克忒忒斯为"希腊英雄中的一员，命中注定要和他们一起用暴力攻破毁灭特洛伊城"②，但是菲罗克忒忒斯的心已经被伤害，他宁愿死也不愿重新回到这个曾抛弃他的所谓的英雄群体，为此，他不惜发出如下的诅咒：

愿你们不得好死！为了惩罚你们对我犯下的罪恶，你们是一定不得好死的，如果众神关心正义。……如果不是众神对我的思念刺痛了

---

①[古希腊]埃斯库罗斯等.古希腊悲剧喜剧全集(第二卷)[M].张竹明，王焕生，译.南京：译林出版社，2007：644，行446—450.

②[古希腊]埃斯库罗斯等.古希腊悲剧喜剧全集(第二卷)[M].张竹明，王焕生，译.南京：译林出版社，2007：682，行997—998.

你们，你们是永远不会派船出来寻找一个像我这样的可怜人的。啊，我祖国的土地啊，还有你们，无所不见的众神啊，如果你们对我确有某种怜悯的话，复仇呀！请对他们所有的人复仇。……是的，我活得可怜，但是，如果看到他们灭亡，我想，我的病会觉得轻了很多的。①

在这里，奥德修斯与菲罗克忒忒斯的争论成了集体与个人利益交锋的古老典型，菲罗克忒忒斯向往的英雄世界抛弃了他，他还应该为这个群体做贡献吗？他的遭遇说明，在集体利益面前，个体的利益是无足道的。为了希腊人的最后胜利，他如果不贡献自己弓箭的力量，就必然会被无情抛弃。在这场集体利益与个人利益的博弈中，菲罗克忒忒斯没有任何充足的理由为自己辩护，他只能向所有的人诉说自己的孤独和可怜。索福克勒斯是理性的，他在这出悲剧中严肃而深刻地思考了个体存在的价值。集体一定就是对的吗？和《埃涅阿斯纪》完全不同，菲罗克忒忒斯因为被集体抛弃，才在已经非常绝望的时候渴望到冥界去寻找自己的父亲，他无助地痛恨自己当初居然离开家园来参战，某种程度上，他是希望父亲的魂灵能够帮助他惩罚那些抛弃他、欺骗他的希腊人的。而埃涅阿斯一开始就被神赋予了要带着特洛伊人重建家园的使命，因此他克服重重困难去冥府寻求父亲指点迷津。在冥府，埃涅阿斯的父亲安奇赛斯为儿子阐述了生命的意义，生命是由肉体和心灵组合而成，肉体有恐惧，有欲望，有悲哀，有欢乐，而心灵则像幽禁在暗无天日的牢房，自然和社会中本身的瑕疵长期与肉体发生联系，导致肉体本身的不完美根深蒂固，这就需要净化。安奇赛斯道出了维吉尔的生命哲学，正因为肉体本身在与外界接触中天然产生的缺陷或罪愆，当生命离开躯体的时候，灵魂就必须要受到磨练，有的被吊起来任凭风吹，有的被投入大海洗掉罪孽，有的被投入火中烧掉罪孽，这样过了很久，人们的罪愆才能被清除，在天神的安排下，被清除罪孽的灵魂可以重新回到肉身。

相较于埃涅阿斯的世界，菲罗克忒忒斯的世界更加原始和朴素，它延

①[古希腊]埃斯库罗斯等.古希腊悲剧喜剧全集(第二卷)[M].张竹明，王焕生，译.南京：译林出版社，2007：684—685，行1037—1046.

续了古希腊神话固有的秩序，为我们提供了一种神人关系的"罪恶"类型：人的罪恶来源于神明自身的罪恶，神本身是平等的，因而人们的罪恶也就总处于相对的地位，为了制止某种罪恶，"报复"成了必不可少的手段，换句话说，以罪恶对抗罪恶，以暴制暴正是其本质特征。而埃涅阿斯则代表了人类更加走向成熟的责任感和担当性，无论面对"错误"还是面对"罪恶"，他都开始具有独特的反思能力。埃涅阿斯的冥界之行象征着人类对"生命"和"死亡"以及"罪恶"的进一步探索和反思，冥界不像是人一生的终点，反而更像是人的另一个起点，我们可以大胆地说，正是从这里开始，神话秩序中的"罪恶"开始朝着宗教的赎罪的方向前进。

二、宗教秩序中的"罪恶"

维吉尔的冥界的构造与哈得斯的冥界大体相当，唯一不同的是，它突出了魂灵们在冥界受到的惩罚，但丁在此基础上更加精细地区分了各种不同的罪恶及其惩罚。在《奥德赛》中，奥德修斯要前往哈得斯的冥界去拜访特瑞西阿斯的魂灵，首先就要坐船穿过奥克阿诺斯河，才能到达佩尔赛福涅的圣林，这里有高大的白杨和飘逸的柳树，在前往哈得斯的宫殿的途中，他们会经过冥界河流阿克戎，这条河流由火河和哀河汇流而成。奥德修斯的任务是在两条河流的交汇处旁边挖一个深洞，给所有的亡灵举行祭奠，向亡灵祈祷，并且要答应亡灵们，今后回到伊塔卡后用最好的未生育的母牛献祭，要用一只最好的黑色的公羊献给特瑞西阿斯。他们杀掉这些牲畜，吸引了各处千千万万的亡灵来到这里，奥德修斯不让这些亡灵触碰这些牲血，他只向特瑞西阿斯的灵魂求要预言，但他必须同时用好话安抚那许多的亡灵。

奥德修斯在哈得斯的冥界见到了许多亡魂，包括俄狄浦斯的母亲，但这个"犯下了可怕罪孽"的人并没有受到惩罚，她在这里只是继续忍受着儿子弑父娶母的痛苦。他还见到阿伽门农、阿喀琉斯、帕特罗克洛斯以及埃阿斯等英雄的魂灵，他和他们交谈，倾听他们的哭诉，告知他们亲人在世间的情况。这说明哈得斯的冥界显然是在远离人们居住世界的地方，并且死去的灵魂几乎不可能对在世的人的生活带来什么影响。哈得斯的冥界只是一个单纯的鬼魂居住的地方，他们在这里仍然重操旧业，亡灵们只有在世时因挑战神的权威、傲慢、残暴等亵渎过神灵，才会遭到惩罚，奥德修斯就看见提梯奥斯、坦塔洛斯和西绪弗斯正在受罚被酷刑折磨。到了埃涅阿斯前往冥界的时候，我们能看到的罪恶及其惩罚一下子多出了若干种，冥界已从古希腊时期比较单纯的死灵居住地演变为具有某种惩罚功能和净化功能的独特空间。从奥德修斯到但丁，人们对于冥界想象的变化也从侧面反映出古希伯来文化与古希腊文化的合流特征，最典型的莫过于对在冥界中对"罪恶"的分类更加精细化，这也反映出社会本身法律体系的逐渐完善。在但丁的《神曲》中，我们能看到的地狱里的"罪恶"几乎囊括了现实社会中"罪恶"的种种情形，这些"罪恶"在地狱被重新审判并且结束之日遥遥无期，似乎只要地狱还在，这些"罪恶"就会一直被审判。将现实社会中对"罪恶"的认定、审判和惩罚延伸到地狱，一方面既是对现实社会中道德、法律体系的补充，另一方面也将那个遥远而神秘的地域空间转变成了人们的心灵空间。

作为一种地域空间，冥界通常由入口、环绕冥国的河流（一般为斯提克斯河、勒忒河、科库托斯河、皮里佛勒革同河和阿刻戎河等五条河流）、摆渡人卡戎、守门的三头犬刻耳柏洛斯、判官（审判者）、忘川河、惩罚场景和冥界统治者等几部分组成。由于冥界本身的特殊性，活人一般是无法进入的，只有死人的灵魂才能前往，但赫拉克勒斯、奥德修斯、俄耳甫斯、埃涅阿斯和但丁等人似乎除外，他们都是以活人的形态进入冥界，正是通过他们的冥界之行，冥界的环境才更加清晰地为世人所知。在冥界中继续对人世间的"罪恶"进行审判和惩罚，反映出人们绝不容忍"罪恶"的态度，现实社会中的惩罚既是肉体层面的，同时也是伦理和律法层面的，如何才能将惩罚真正施加于灵魂呢？冥界与地狱阴森可怖的环境和令人毛骨悚然的惩罚说明，"罪恶"本身是一种不可逆转的黑色，是人们应该绝对摒弃的东西。对罪人的灵魂进行惩罚的目的就是要引起世人的恐惧，但是既然是"惩罚"，就一定要有相应的审判规则，一方面，似乎地狱是不允许洗涤罪恶的，只会给所有的罪人以永恒的惩罚，这在但丁的《神曲》中随处可见，比如诱奸者被不停地鞭打，阿谀者被埋在粪便之中，圣职买卖者被倒插在地缝里，劝人为恶者被包在火焰之中，等等；另一方面，但丁的地狱似乎又给那些有信仰的人留下了希望，只要他们虔诚地忏悔赎罪，在净界山逐一洗掉自己身上的罪恶，就能最终去往天堂。王维克认为，在中世纪，人们已经普遍具有了让灵魂在净界洗涤的观念，他们把净界想象成在地球内部，所以忏悔赎罪的灵魂受痛苦与恶人的灵魂受刑罚多相混淆，不易辨清①。事实上，《神曲》中的地狱和净界不仅具有地理空间的性质，更直接指向每个人的心理，但丁游历地狱、净界和天堂的过程为人们构建起了一个纯粹的个人对于"罪恶"的认识和处理的心理模型，人若犯了罪，就必然会受到肉体与灵魂两方面的惩罚，肉体的惩罚在现实社会中进行，灵魂的惩罚则在地狱中进行，而如若一个人虔心认罪悔过，那么他即便受到了肉体的惩罚，也仍然可能获得上帝的宽恕，从而踏进净界进行赎罪洗脱。可以说，这种对于罪恶认识的心理结构为人们信仰耶教打下了基础。如若人人都因为在世之罪而被罚入地狱，没有净罪升入天堂的机会，那么"罪恶"本身便会彻底失控，因为如果在地狱中已经完全隔绝了更好的出路，那么罪人又有什么必要认罪忏悔呢？

但丁为人们死后灵魂的管理提供了一个最好的方案，从这里开始，他要求罪人们在现实社会中必须认罪，对自己犯下的罪行向上帝表示悔过，这样才有机会进入净界去洗涤自己的罪过，然后升入天堂，维吉尔就说过，"我并非有罪过而失去天国，只因为我没有信仰"②。这是社会对于罪人的期待，他们似乎要将一种因缺失信仰而带来的缺陷看成一种犯罪的天然必然性，人们必须拥有对上帝的信仰才能获得新生。但丁在《神曲》里的一番

---

①见王维克译但丁《神曲》中附录部分。王维克在分析净界时指出，忏悔赎罪的灵魂遭受痛苦是有限的，而真正的罪人受到的刑罚则是永久的，这也是净界和地狱的区别，在中国古人的观念中，并无净界的观念，如果在世修行刻苦，死了就会升入天堂，如果在世为恶不改，死了就会被打入地狱。因此，中国古人更加强调在世时忏悔赎罪，这和耶教其实是相通的，所以不必执着地狱、净界和天堂的区别，而是从中一窥人类心理变化的历程，一念为恶即是地狱，一念向善即是天堂，而由恶至善之状态则相当于净界。

②［意］但丁. 神曲［M］. 王维克，译. 北京：人民文学出版社，1996：187.

游历某种程度上也是在找寻"恶"的根源和"善"的终点。在一些人看来，世界上的"恶"在发生时尽管没有上帝的参与，但以上帝的全知全能而言，他为什么不及时制止这些"恶"呢？唯一的答案就是上帝自己制造了"罪恶"，并且同时创造了与之相应的惩罚，他要享受对凡人进行惩罚的乐趣，并且这种惩罚竟然成了一种永恒的状态。地狱里各种各样受惩罚的灵魂难道不正是这样吗？在那些备受煎熬的灵魂受罚的图景里，我们还能看到善吗？假如没有但丁的地狱之行，谁又真正知道那里的永恒的残酷呢？罪恶惩罚罪恶，或者说，罪恶只有靠罪恶才能自我镇压。但丁在这里以一种理想化的方式为每一个人规定了一条信仰之路，换言之，每个人都能在但丁的理想图景中自发地找到那向善的方向。

从地狱到天堂，我们会看到一个基本的事实，得救者和受遴选者毕竟只是少数，《神曲》中真正的主人公其实就是但丁本人，他才是那少数得救者和受遴选者之一，正如《老水手之歌》中的怪老头和《白鲸》中的以实玛利一样，经历了地狱般的考验而最终得到上帝恩宠的"只有我一个人"。但是，恰如莱布尼茨所看到的困难，既然一切人都因亚当的罪而遭受地狱之罚，他可以对人类全部惩罚也可以对人类全部赦免，他又为什么让极少数人例外呢？或者说，他出于什么理由要厚此薄彼呢？既然亚当的罪恶是上帝允许发生的，那就说明他已经充分权衡过这一罪恶将使大多数人堕落，在此后的时间中，他要做的似乎就是两件事，将未被遴选者打入地狱，将受遴选者带入天堂，但如此一来，上帝不就是"恶"的起源了吗？为此，莱布尼茨在《神义论》中决定对上帝的完美性进行辩护，突出其伟大、权力和独立性，并且同时证明其不是"罪"的创造者，他认为，上帝只是容许罪和苦难，甚至可能参与和促成了罪和苦难。在他看来，现存的世界是偶然的，因此也是受局限的，它自身并没有使其此在成为必然性的东西，既然现存的世界是偶然的，那么无数其他的世界也同样是存在的，每一个可能存在的世界都在争取其此在，世界之成为此在世界的原因必须考虑到或关系到那些所有可能的世界，以便确定它们中的一个得以存在。这种原因是智力的、无限的，在权力、智慧和善方面是绝对完善的，而这就是上帝。莱布尼茨进一步指出，上帝作为最高智慧在无限的世界中毫无疑问选择那个最好的，他举了一个相对性的例子，"既然一种较小的恶是一种善，同样，如果一个较小的善妨碍着较大的善，它便成为一种恶"①，善与恶是相对的，如果没有恶，世界本身就不成其为世界，在世界中一切都是紧密联结着的，"最细微的运动也会将其作用延伸到最远的地方 —— 虽然这一作用随着距离的扩大而越来越微弱地被感知到 —— 所以，上帝由于预见到祈祷、善行、恶行以及其余一切，他便预先一劳永逸地为一切事物规定了秩序"②。

事实上，沿着此一观念，人们只有在文学中才可以想象存在着没有罪和没有苦难的世界，他们创造出许多虚构的故事，如但丁《神曲》中的九重天所呈现的这一至高的完全的善，然而在真正的世界中，善与恶以更加复杂的形式混合在一起，有时候，特定的恶造成特定的善，有时候，两恶相加就会得到一个大善。据说在复活节的前夜，有人会在教堂唱"幸运的罪过啊，它理应得到这么一个伟大的救主"，以肯定亚当的罪过，没有这次原初的罪行，就不会有后面的善。莱布尼茨充分肯定这一点，如果一种善没有经历过恶，那么它就不是一种更高更大的善。因此，某种程度上，在宗教秩序中，犯罪甚至成了人们靠近基督的主要手段。

莱布尼茨将恶分为形而上学的、形体的和道德的，在他看来，所谓形而上学的恶在于其纯然的不完美性，形体的恶只在于痛苦，而道德的恶则在于罪。他将数学的、物理学的和化学的知识用于对罪恶的分析，正如地球在宇宙中只是一个无比渺小的点一样，一切恶与宇宙中所存在着的善相比也不过是几近于无。恶本身是很小很小甚至可以忽略的东西，但是它却因意志而被发现或放大，所谓意志，莱布尼茨解释说，"意志是从其中所包含着的善的方面做某件事的倾向"③，他将意志分为先天性向善的"先行

①[德]莱布尼茨. 神义论 [M]. 朱雁冰，译. 北京：生活·读书·新知三联书店，2007：108.

②[德]莱布尼茨. 神义论 [M]. 朱雁冰，译. 北京：生活·读书·新知三联书店，2007：109.

③[德]莱布尼茨. 神义论 [M]. 朱雁冰，译. 北京：生活·读书·新知三联书店，2007：121.

性意志"和后天努力行动的"后续性意志"，两者相加构成总体意志，总体意志犹如机械中的总体运动，它产生于同一运动物体中汇聚的各个方向的推动力。由此可见，恶仅仅是产生于人们在追求善的过程中所遇到的阻碍，为了防止更大的恶或者也为了达到更大的善，人们不得不先经历某种罪过，恰如一颗种子在地里必先经过霉败才能破土而出一样，恶往往帮助人们达到更高的自我完善。但是，也要看到，道德上的恶是不应该被容许的，问题在于，如何判断道德上的恶？一个国王如果为了拯救国家，他可以犯罪或者容许犯罪吗？在宗教秩序中，答案是毋庸置疑的，罪恶是确定的，而国家忧患则未必，如果通过这种方式认可犯罪行为，那么其危害将会更大。反之，我们在神话秩序中则随处可见那种城邦利益至上的情况，必须先保证城邦的利益才能保证个体的利益，而保证城邦利益的一个先决条件就是肯定个体的英雄行为，在某种程度上，英雄关于荣誉的价值观决定了对罪恶的认定，"报复"与"荣誉"并不矛盾甚至相互支持。试想，如果一个人遭受他人的侮辱和挑衅而不报复，他又如何捍卫自己的荣誉呢？然而，在宗教秩序中，这一切都开始慢慢转向一种"文明"的范畴，一种个体开始深刻地进行反思的范畴，换言之，从一种原始朴素的世界转向了一种更加复杂的世界。这里充斥着人类对这个世界进行制度设计的理想，即设计一个至高无上的存在作为万物和秩序的起源，人们在其目光之下生活，遵从它的意志，服从它的律法，接受它的审判。这是一个被高度理想化了的秩序世界，它的真正内核是永恒，而一切罪恶的演变都仅仅出于人类这种生灵。

三、世俗秩序中的"罪恶"

就文学作品所呈现出的世界而言，从神话秩序到宗教秩序所显现的一些痕迹也预示着必然存在另一种不同的秩序。但是，毋庸讳言，无论哪一种秩序的产生，其底层秩序都是神话秩序。神话秩序是人类一切物质世界和精神世界得以顺利运行演进的基础，它为人们在最原始愚昧的阶段的生存提供了那最深厚的土壤，历史与文明、生活与罪恶，人类今天多姿多彩的世界皆长于其上。正是从神话秩序开始，在它的大地上长出了两种不同的参天大树，一种是宗教的秩序，另一种则是世俗的秩序，前一种秩序固执地要为所有的人类制造一个终极意义的天国，而后一种秩序则试图通过律法的约束来维持一个理想社会的运转。在宗教秩序中，人们通过对"罪"的体认而把自己变成一个自我反思的个体，在世俗秩序中，很多人则在犯罪以及对"罪"的否定中成为社会狂欢者中的一员。

在宗教秩序中，原罪事实上就是人的"智识"，在人类的历史上，所谓"罪"事实上也是由"智识"来加以定义的，只要"智识"存在，"罪"也就同时存在。"智识"既不是上帝允许的，也没有被他收回。欲望引人犯罪，而"智识"却定义罪，两者的合一就是原罪，因为它永远指向"上帝禁止的"，即人类总是存在着做任何错事的可能，而这些事都必然是上帝所禁止的，这就是人类偷吃禁果所犯罪行的真正本质。

"我错了，对不起"和"我有罪"有何区别？在阅读文学作品时，如何看待或理解一桩谋杀？或者说，一桩谋杀在文学作品中是怎样构成一桩罪行的？为什么有的谋杀不成为罪，而有些却成了罪？在中国古代文学作品中，相当一部分谋杀只是作为故事的一部分，并没有成为"罪"而被追究，它从侧面也反映出作家对描写"罪行"或探讨"罪行"的兴趣缺如，犯罪事件只是整个"故事"中一个起串联作用的"成分"，它只对于情节的发展有意义，但本身却毫无意义，难以引起读者的深刻思索。这种现象表明，作品中的现实秩序整体上是稳固的，犯罪事件不会触动秩序的神经，这种罪行可以通过朝廷的律法加以追究了事，因此不必再多用语言去讲述或言说。的确，在中国古代文化社会中，很难见到真正的摆脱现实伦理关系的"自我"，"我"必须在与周围的他者始终保持联系的情况下才能确保自身的存在，这是一种近乎空间中的物与物的关系，"天人合一"强调的正是这种万事万物与人在某一个时空中的共生关系。既然"我"一开始就必须与他人在一起，因此遵守他人共同遵守的伦理规则就十分重要。"我"看到的只是和他人交往、从事着与他人生活息息相关活动的"我"，"我"不去体会真正的时间和空间关系，"我"陷入与他人的联系中无法自拔，那种夐绝宇宙的"念天地之悠悠，独怆然而涕下"的巨大孤独背后，仍然是离开了人群之后的个体的孤独缩影，一旦重返人群，个体立马被周围的社会取代。同样，中国古代犯罪事件的本质只不过是某一既定秩序中的空间式突变，只要它不符合现行伦理秩序，就用强大国家机器拔除即可——让罪犯绳之以法。在西方文化中，罪恶永远存在，罪犯在某种程度上还有"替罪羊"的戏剧色彩，当人们把一切罪恶通过罪犯从普通人身上转移出去时，如果听不到我们自身认罪的呼喊和痛苦以及对生命的怜悯和同情，犯罪的岂不是我们自己吗？

在世俗秩序中，作为一种追究机制，法律来源于人类对人性的不信任，人们之所以会犯罪，是因为人性中的利己冲动——自私。法律就是将自私控制在一定范围内，这种制度设计固然可以使人类在一定程度上达到"善"，但它并不是那种靠原始的善的意愿建立的"善"，而是通过法律的威慑构建出来的虚幻的"善"。换句话说，在法律（公器）威慑背后的"善"，其实并不一定牢靠，很有可能一旦威慑消除，"善"也会烟消云散甚至转而为恶。因此，我们会看到，在单靠外在追究机制（法律和伦理）所支持的文化中，很难发生罪犯的灵魂忏悔，也许他有良心谴责，但却难以触及灵魂。这种一般良心谴责往往有以下特点：一是突发性，持续时间短；二是无心理诉说，无诉说对象；三是对"错"的认识以现实的或实际的"利"为前提，如可能为了自己、家人或朋友的健康而供认自己的"过错"或罪责；四是强调警示作用，但往往以外在强制为主。如罪犯可能被判刑、驱逐，等等，但却不一定能让读者产生"心灵悔恨"。此时，罪犯怕的只是制度的惩罚，而非内心的痛苦。

在《罪与文学》一书中，刘再复、林岗指出，法律要求人"符合义务"，道德要求人"出于义务"，前者是被动的，体现有限的责任，后者是主动的，体现无限的责任。前者"有一个可以清晰厘定的客观标准，又有一套客观的制度保证标准的解释和实行，人们很容易看到符合义务的客观边界"①。但是后者却看不到其边界。在他们看来，人之所以自由，是因为他有责任。那么，人是如何将对神（外在超自然力量）的恐惧转化为自己内心坚定的

---

① 刘再复，林岗. 罪与文学 [M]. 北京：中信出版社，2011：5.

信仰的？通常，人类向神祈祷有以下几种模式：第一，因为恐惧外在的残酷而向神祈祷，寻求神的保护。此种祈祷以"利我"为目的，不是自由的；第二，为了逃避罪责；第三，为了认识自己的错误。此时的"神"已经由外在的力量变成了自身的力量。此种祈祷或独白仅仅是为了彻底解剖自己，因为他表明了主体对于自己"罪责"的认识过程。公共伦理的影响即便存在，也退居到次要位置，对一件事以最原初的情感来进行的反思和体认更为重要。在第三种情形中，人们在认识自己错误的过程中发现了"善"，康德曾深刻地谈到过这种"善"，他说"善良的意志，并不因它促成的事物而善，并不因它期望的事物而善，也不因它善于达到的目标而善，而仅是由于意愿而善，它是自在的善。"① 在刘再复、林岗看来，尽管受到西方文学的巨大影响，中国现代文学也仍然缺乏叩问灵魂的维度，那是因为中国现代作家背上了关心国家危亡和社会制度更替的包袱，他们"把眼睛投向社会的合理性问题，在'启蒙'与'救亡'上耗尽了大部分精力，无法超越启蒙而转身探究自身的灵魂"。

在对中国传统思想的整理中，刘、林二人也认为儒家、道家都具有与基督教相似的形而上的罪责承担精神，《道德经》第七十八章就说，一个国家的君王应当"受国之垢""受国不祥"。但是这种罪责承担与西方宗教背景下的"替罪羊"模式还是有很大区别，国君"罪己"一般只在特殊的时间节点，比如大灾之年，其根本目的是博取上天对世俗世界的同情，从而降福于人世，给人们带来安宁和平的美好生活，它是国家社会治理的一个重要环节，指向着统治的技术。"在儒家的观念系统里，只有一个现世的世界，而没有一个超验的世界；只有此岸的世界，而没有彼岸的世界；只有人的世界，而没有神的世界。"② 儒家"人的世界"使得其思想只注重"调节现世的人际关系"，"仁"便是调节的总纲，圣人是模范。正因如此，中国人"性善"的逻辑前提就使人向往一种马克斯·韦伯所说的"期待的

---

① [德]康德. 道德形而上学原理[M]. 苗力田，译. 上海：上海人民出版社，1986：46—47.

② 刘再复，林岗. 罪与文学[M]. 北京：中信出版社，2011：139.

道德报偿"，只要求人们"今世长寿、健康、富贵，身后留个好名儿"。在这个前提下，只要不逾越其"道德"的界限，就不会有罪。所以韦伯也感叹，基督教士要想在中国唤起老百姓的有罪感只能是白费力气。

这种典型的世俗秩序让我们不得不思考这样一个问题，那就是如果惩治了罪犯，罪恶就真的远离我们了吗？在中国古代文学作品中，之所以我们会感觉到极其浓烈的"说教"意味，其所反映的恰恰是这种深层的心理结构。反之，在西方具有宗教背景的文学作品中，我们会看到，罪恶永远存在，罪犯往往只是我们自己的"替罪羊"，作家把一切罪恶通过罪犯从普通人身上转移出去。这时，如果读者听不到自身认罪的呼喊和痛苦以及对生命的怜悯和同情，犯罪的岂不是他自己吗？这种情况在陀思妥耶夫斯基的作品中几乎随处可见，拉斯科尔尼科夫并不认为自己在法律上是有罪的，但他却在索尼娅面前心甘情愿承认自己是罪人。为什么？作为"复调小说"的代表，普遍认为《罪与罚》中围绕着拉斯科尔尼科夫有三种声音在对话，第一种是法官所代表的世俗的声音，他辩护现存秩序的合理性；第二种是拉斯科尔尼科夫的声音，他质疑现存秩序和法律的正义性和合法性；第三种是索尼娅所代表的声音，她用基督的精神承受苦难，拯救罪人。这三种声音并没有谁胜谁负，对话似乎永远也停不下来，却再现了最真实的人类生存境况。这里的三种声音，除却第三种，其实都是世俗秩序中的声音，它是世俗法律与个人理性的结合体，主要为特定的利益关系人进行辩护，如法官要为司法的正义进行辩护，而个人则为自己进行辩护。只有第三种声音能够超越这些辩护，通过默默无声的受难而达到抵达彼岸的境界。从这个意义上看，中国古代叙事作品中所描写的，其实多数是都具有这种世俗性。

在之前的分析中，我们会看到中国古人特别热衷于在叙事作品中介入神鬼仙妖等超自然力量。那么，为何儒家会宽容普通民众如此重视鬼神呢？对此，一个比较有说服力的看法认为这是源于中国人的祖先崇拜。比如，《大清律例集成》规定，出家的和尚也要为父母举办葬礼，其动机无非是祭祀祖先有助于强化血缘亲族体系，该体系是维持社会秩序的主要方法。杨庆堃指出，中国古代遍布各个角落的寺院、祠堂、神坛以及小庙等均表明了植根于祖先崇拜的某种"宗教的普遍性"，他将这种宗教形式定义为"分散性"宗教，并与西方的"制度性"宗教区分开来，这种宗教的特质就是"其教义、仪式与组织都与其他世俗的社会生活与制度混为一体"。在他看来，尽管中国的佛教和道教是制度性的，它们可以通过经卷和特别的仪式来表现共同的关怀和价值，但真正形塑中国社会的，则是儒家传统。欧大年对"分散性"的提法并不赞同，在他看来，中国古代老百姓在寺院和民间社区的祭司仪式都是以家庭和乡村生活为基础的，根据寺院和家庭的传统，他们精心安排各种计划，组织各种活动，这种融入当地社会结构中的民间宗教恰恰是被深深地制度化了。

作为世俗秩序的一种独特表现，中国古人特别是受教育程度较低的人似乎普遍缺乏"自我"意识，他们的"我"是一种必须与社会或神秘力量联系起来的称呼（指称），以"观看"的方式去"参与"社会生活，这种生活对他来说，好与坏都与"制度"无关，特别是朝廷的制度或者说他根本意识不到自己可以参与改变这种制度，好与坏更多地与神秘的信仰有关。中国古代普通民众的心理结构似乎是"伦理道德"加上"神秘巫力"，"自我"被两种力量压制和左右，特别是，当伦理道德的压力太大而无法化解时，他自然转向"神秘巫力"。由于古代中国是一个父权制的传统国家，包办婚姻"拒绝把浪漫爱情作为婚姻的基础"，杨庆堃指出，人们对浪漫的渴求表现在对妓女和纳妾制的默许上。的确，文学中很多浪漫爱情基本上只发生在才子佳人身上，其中的佳人多为妓女或妾的身份。在儒家传统支配的社会习俗中，正式婚姻几乎总是缺乏爱情，即便是在文学中，原配的爱情故事总是让位于道德规范，只有通过鬼魂对爱情的介入，爱情才得到彰显。原因可能还是那种根植于心的心理结构，如果爱情被"伦理道德"所排斥，也就是判定为"有罪"时，他们往往寄希望于某些超自然力量来帮助自己加以解决。比如，在一些人鬼恋的作品中，为了不被现世的道德力量所打压，爱情的一方不得不变成鬼，由于神鬼的领域是活人所无法管控的，因而它们在爱情中往往能够发挥更强大的作用，如此一来，活着的一方就被动地成为人鬼之恋的主人公，从而得以避免被现世的道德价值的追究和审判。最后的结果往往是皆大欢喜的，有情人也终成眷属，而传统道德也并未被破坏，可以说，在很大的程度上，神鬼的介入确实给现实中绝望的人展望了一个浪漫、神奇的世界。爱情如此，其他领域也基本相差无几。

与"神秘巫力"这种超自然力量密切相关的词是"迷信"。在中国古代社会中，由于生产力低下，这种"未经鉴别"就可以被接受的信仰因其产生成本和验证成本低而被广泛相信，"它不仅显示着有关自然和人事的非经验性的解释，而且表明人类企图通过主动的控制和被动的逃避来操纵超自然力量的愿望"①。的确，在今天可以见到的众多叙事文学作品中，我们随处可见那种充斥着迷信成分的情节，从《搜神记》《世说新语》到唐传奇、宋代拟话本再到元明清小说和各种奇趣野史，从最开始的志人志怪小说到讲故事的叙事文学，从只言片语的单纯事件到极尽描摹的离奇故事，因迷信而带来的离奇情节正越来越成为故事中的最重要组成部分。为什么会这样？或许可以引用杨庆堃的话来做一个解释，他说，在中国古代民间，"仅仅依靠儒家理性主义的思想是难以成功地迎接来自巨大的、不可知世界的挑战，难以令人信服地解释社会和自然的各种非常态现象，处理包括死亡在内的生命悲剧带来的失望和恐怖。提高人的精神境界，使之脱离凡俗世界的自私和功利，给人以更高的目标，使之与周围的人团结并和睦相处，或者调整道德秩序历久的正当性以面对纯道德难以解释的成功与失败"②。

事实上，中国古人对超自然力量的热情在先秦时期就不断在发展，随着历史的演进，它们变得越来越迎合人们的需要。马克斯·韦伯将中国古人那种"好信就信"的情况称为"功能性神灵的大杂烩"，在很多情况下，一般普通家庭中，菩萨、门神、土地、天官、财神、灶王爷等各种各样功能性神灵与祖先牌位都是可以并存的，它们一起监管着家庭的成员按照某种稳定惯常的状态生活。通常，这些偶像既是公共的，也是私人的。从公共性看，它们就在那里，每个人都可以信奉或借助其力量；从私人性看，

---

① [美] 杨庆堃. 中国社会中的宗教 [M]. 范丽珠等, 译. 上海: 上海人民出版社, 2007: 21.

② [美] 杨庆堃. 中国社会中的宗教 [M]. 范丽珠等, 译. 上海: 上海人民出版社, 2007: 34.

每个人又都可以根据自己的特殊需要而利用它们。相反，祖先则完全是私人的，这是每个家庭独立于其他社会家庭的重要资源，祖先的保佑与祖上的积德、房屋、地基以及风水乃至其他一切可以牵扯到家庭发展和成员成长的事件都被纳入一种整体情感中，这种整体情感使得人们在认知人与人的关系、人与世界的关系时进退自如。杨庆堃就说："祖先崇拜的信仰体现的是一种道德价值的象征，也是使这些价值作为一种稳定的民间传统永远存续下去的必要途径。"① 这也是儒家为何会宽容普通人相信鬼神的原因。

　　同样，在世俗秩序中，对于财富的追求也是造成罪恶的主要原因之一，杨庆堃认为中国民间宗教力图"通过对正直、慷慨等道德品质的超自然约束来减缓财富的影响力，但这并不意味着中国宗教对发财致富有任何责难"②。与之相反，西方基督教则认为获取超过自身需要的财富是贪婪，是不道德的。这里其实并不矛盾，中国古代民众对财富的追求往往也要求正义的获取方法，《初刻拍案惊奇》卷一《转运汉遇巧洞庭红，波斯胡指破鼍龙壳》开头就讲"万事分已定，浮生空自忙"，强调人生随缘，功名富贵只在天数，不可强求，小说中的文若虚本是个做什么买卖都不成的"倒运汉"，于是和几个走海货的邻居出海散心，出发前他用邻居帮他凑的一两银子批发了一百斤"洞庭红"橘子，后借助这一百斤橘子赚了第一笔钱，从此好运不断，终成一方富商。这里讲的是生财靠运气，然而，在中国古代叙事作品中，人们往往把因财产而造成各种犯罪的事件归罪于恶性的钱财。钱财本无罪，罪在人贪婪。《二刻拍案惊奇》卷二十八《程朝奉单遇无头妇，王通判双雪不明冤》中的程朝奉是个有钱的员外，因垂涎卖酒店主李方哥之妻陈氏的姿色，于是用十两银子买通李方哥，为了赚取他人钱财，李方哥竟劝自己的妻子养汉，"我们拼忍着一时羞耻，一生受用不尽了。而今总是混账的世界，我们又不是甚么阀阅人家，就守着清白，也没

---

　　①[美]杨庆堃. 中国社会中的宗教 [M]. 范丽珠等，译. 上海：上海人民出版社，2007：61.

　　②[美]杨庆堃. 中国社会中的宗教 [M]. 范丽珠等，译. 上海：上海人民出版社，2007：84.

人来替你造牌坊，落得和同了些"①。这种为了求财而置廉耻于不顾的故事在以世俗秩序为主要背景的叙事作品中屡见不鲜，《警世通言》卷五中的金冷水、《喻世明言》卷三十六中的石崇，等等，为了达到教育世人的目的，小说实际一开头就已经将有关人物的结局设定好了，他们往往人财两空，不得善终，而这，也是对这类求财罪恶的最高惩罚。的确，在中国古代小说营造的世俗秩序中，酒色财气往往是他们比较热衷的题材，人的一生似乎就被限制在酒色财气和功名富贵的各种世态炎凉红尘俗世中。《警世通言》卷十一中的李生看了"酒色财气"的短处后，就专门为其辩护，遂引来"酒色财气"四女之争，彼此指罪，酒骂色盗人骨髓，色骂酒专惹非灾；财骂气能伤肺腑，气骂财能损情怀，最后打成一团，李生最后无奈，只好作诗一首："饮酒不醉最为高，好色不乱乃英豪。不义之财君莫取，惹气饶人祸自消。"② 以诚世人。因此，中国古代社会的叙事作品在某种程度上只是热衷于描写"人"自己的故事，并且往往将笔触停留在世俗层面，决不在个体理性思索和宗教理想上用力，即便是运用一切超自然力量或偶然性的各种"巧合"，其主要目的也仍然是为了教导人们该如何更好更快乐地生活。他们或许会把一切活动都与神秘性挂上钩，可能也导致了整体对科学技术的忽视，的确，他们对各种复杂神秘活动的热情也遮蔽了对"自我"知识的追问。他们不是在"认识自己"，而是在"认识自然""认识社会"中获取经验，他们个人的"悟"必须与自然和社会联系起来。同时也在一切仪式活动中迷失自己，这与我们阅读文学作品一样，文学作品的故事就像一个真实的生活场景，引领我们深入其中从而忘记自己，在这一切以"故事"为根基构建的场景中，我们陷入了真正的世俗世界。

---

① [明] 凌濛初编．二拍——拍案惊奇、二刻拍案惊奇 [M]．济南：齐鲁书社，1993：308．

② [明] 冯梦龙编．《喻世明言·警世通言·醒世恒言》之《警世通言》[M]．长沙：岳麓书社，1989：74．

第二节　从肉体惩罚景观到灵魂受罚

悲剧《普罗米修斯》中，威力神和暴力神押着普罗米修斯上场，后面跟着手持铁锤和铁链的赫菲斯托斯，他们把普罗米修斯的手和脚用镣铐锁住，然后用一只又长又尖的金属楔子从他的前胸钉进去，在铁锤一下接一下的敲击中，楔子从普罗米修斯的后背穿出来，接着又被钉入坚硬的崖壁，同时，还用铁链将他的腰和小腿紧紧地绑上，就这样，普罗米修斯被永远地挂在荒无人迹的悬崖绝壁上，脚下是无尽的深渊。在这里，普罗米修斯每天白天接受烈日的火焰炙烤，夜晚则身披寒霜，在冰与火的折磨中，他必须始终垂直地站立，不能睡觉也不能弯膝，他只能没日没夜地大声哀怨和感叹。鲁本斯的《被缚的普罗米修斯》还画了一只巨鹰每天前来啄食这个罪人的肝脏，第二天又长出来，日复一日，年复一年，如此的折磨整整经过 3 万年。

用钝器击打肉体或用鞭打、割刺、火烧、冰冻、泡水、毒腐等方式摧残肉体的方式是古代文学作品中惩罚犯人或罪人的最主要形式，在肉体被不断摧残的过程中，鲜血汩汩流下，痛苦的哀号从罪人口中接连不断地传出。他在哀号之外，还必须通过声嘶力竭的大声咒骂等语言形式来减轻自己的痛苦，似乎在大声的咒骂声中，他将那加诸肉体的痛苦排解到了空气中。当俄狄浦斯最后查出自己就是杀害父亲的凶手并娶了自己的母亲时，他的妻子同时也是他的母亲的伊奥卡斯特自杀了，她发疯似的冲过门廊，直奔自己的婚床，两手抓住头发，坐在自己的床榻边悲叹，最后将自己的脖子套在绳圈里，就这样吊死了。见到这一幕的俄狄浦斯将那不幸的女人放在地上，从她的袍子上取下两只金别针，将自己的眼球刺破，他同时叫喊"让你们再也看不见我遭的苦难和我造的罪孽！让你们从此黑暗无光吧！既然那些永远不该看的人你们看了那么久，却不认识那些我渴望认识的人"①，他一边叫喊一边用手猛击自己已被刺伤的双眼，鲜血从眼眶里流出，沾湿他的胡须，这些血不是一滴一滴慢慢地滴，而是一下子洒下许多，深红的，密如冰雹。

类似的对犯人或罪人从肉体上进行惩罚的描写主要集中于古代文学作品，特别是在古希腊悲剧中，从普罗米修斯被绑在高加索山上受罚到俄狄浦斯自残双眼流放，肉体通常承载了所有的惩罚，从而构成了一系列的肉体惩罚景观，到维吉尔的《埃涅阿斯纪》以及但丁的《神曲》时，我们仍然能够看到种种"报复"性侮辱和损害他人肉体的现象。显然，对肉体的打击在相当长的一段时间里是人们惩罚罪人的主要方式和手段，薄伽丘在《十日谈》中谈到上帝对人类的惩罚，其主要的形式也是对人身体的惩罚，上帝降下瘟疫之后，染病的男女"最初是在腹股沟或胳肢窝下突然胀肿起来，到后来越肿越大，有的像普通苹果那么大，有的像鸡蛋"，这些肿块被称为"疫瘤"，它会导致病人的臀部、腿部以至身体的各部分都出现黑斑或紫斑，一旦出现这种情况，那么就必死无疑。他曾亲眼看到那种因瘟病而死的景象，"大路边扔着一堆破烂衣服，分明是染上这种瘟病而死的一个穷汉的遗物。这时跑过两头猪来，它们已经习以为常，便用鼻子去拱那堆东西，接着又用鼻子把衣物翻了起来，咬在嘴里，乱嚼乱挥了一阵。隔了不多一会儿，这两头猪就不住地打起滚来，又过了一会儿，它们就像吃了毒药一般，倒在那堆衣服上死了"②。在第四天的第九个故事中，一个名叫圭列尔莫·夸尔塔斯尼奥的骑士因爱上朋友罗西里奥的妻子而被报复杀害，罗西里奥用枪刺进他的胸膛，他从马上摔下来后，罗西里奥用尖刀挖出他的心脏，并将之做成一道菜给妻子吃掉。同样，萨莱尔诺的坦科雷迪亲王有一个女儿名叫吉斯梦达，由于丈夫早逝，她年纪轻轻却不得不守活寡，后来她与一个地位低下的青年圭斯卡多秘密相好，两人经常幽会，被坦科雷迪亲王发现，为了不使"家丑"外扬，他将圭斯卡多杀害并将心

---

① [古希腊] 索福克勒斯. 俄狄浦斯 [M]. 张竹明，译. 南京：译林出版社，2007：95，行 1271—1275.

② [意] 薄伽丘. 十日谈 [M]. 钱鸿嘉，泰和庠，田青，译. 南京：译林出版社，1993：9.

脏掏出送给女儿，吉斯梦达无数次亲吻这颗已经死去的心脏，最后，她服毒自杀，死的时候将爱人的心放在自己的胸口。在死前，吉斯梦达赞颂了人的青春和肉体，认为每个人都是血肉之躯，既然是血肉造成的，那就会有本能和欲望，每个人都有权利去实现本能和欲望，只有后天养成的德行和灵魂才是人与人之间之所以不同的根本原因。

事实上，这种与"报复"密切相关的对肉体的打击与其说是惩罚还不如说是为了泄愤的报复行为。只有当权力产生的时候，通过某一群体对个体的审判而实施的打击肉体的行为才算得上惩罚。在文学中，这并非一条明显的线索，几乎在所有的关于肉体惩罚的作品中，人们的"报复行为"与"惩罚行为"都被混淆看待了，但是，正如柏拉图在《高尔吉亚篇》中对"善"与"恶"的论述，惩罚和受惩罚都是针对"恶"的，或者说，正因为有了"恶"的概念，才产生了"惩罚"的概念。在这篇长长的谈话中，苏格拉底与高尔吉亚讨论了"话语"的问题，实际上也就是修辞学的问题，修辞学的目的是从灵魂上说服他人，在苏格拉底看来，存在两种"说服"，一种是产生没有知识的信仰，另一种是产生知识。他指出，修辞学是信念的创造者，人们可以通过修辞学在法庭和其他集会上说服人们相信某一种行为到底是"对"还是"错"，如果一个人犯错，那么他会受到惩罚，对一个犯了错的"人"而言，受到惩罚对他而言才是幸运的，反之，他如果不受到惩罚反而是不幸，而这也是苏格拉底和高尔吉亚等人进行论辩的基础。在这里，柏拉图以一种"约束"的方式对"人"进行了规定，这种"约束"的方式其实就是他所谓的"正义"，在某种程度上，人就是通过"正义"来约束自己。在他看来，那种不"约束"自己的工作或不引导人进行"自我约束"的工作，只可称为一种"技巧"或"程序"，它们"奉承"人们的快乐需要，或者说，它遵循的是"快乐原则"，烹调、美容等就是这样，比如美容，"它以形状、颜色、光滑、褶皱来欺骗我们，使人们追求一种外在的魅力，而放弃凭借锻炼产生的自然美"①，因而它是一种有害的、

---

① [古希腊] 柏拉图. 柏拉图全集卷一 [M]. 王晓朝，译. 北京：人民出版社，2002：341—342.

欺骗性的卑劣的活动。他进一步指出，只有"作恶"才是最大的恶，为此，他驳斥了波卢斯"作恶者幸福""作恶者逃脱惩罚也幸福"的观点，进而将之扩展到批判"为所欲为即是幸福"。

波卢斯举了一个普通人都会举出的典型例子，假使一个人在篡夺僭主之位时阴谋败露，他被放到刑架上受刑，眼睛被烧坏，自己的妻儿也因此遭受各种酷刑，最后甚至被钉死在柱子上烧死，而这个人侥幸逃脱并且后来篡位成功，掌握城邦大权，可以随心所欲，成了人人羡慕的对象，那么他很显然就比受刑时要幸福。按照波卢斯的看法，如果作恶者不受惩罚，他就是幸福的，反之，如果作恶者受到正义的惩罚，他就是不幸福的。波卢斯的观点其实代表了大多数普通人最原始最朴素的看法，在一般人看来，每个人都希望"为所欲为"而不是被束缚。苏格拉底用生活中常见的例子一步步将波卢斯引向矛盾，他问波卢斯，如果切割者切一件东西很大、很深、很痛，那么被切割的对象是否以相同的方式受到切割，波卢斯同意这个观点，苏格拉底于是得出行动者的行为与承受者的体验是两相对应的。根据这一论断，由于惩罚的实施者是公正的，那么受惩罚者相应的就是被公正地对待，同样，既然"公正的"是光荣的、好的，因而受惩罚者也是在接受光荣的、好的东西，他进而指出，如果一个人受到公正的惩罚，那么他的灵魂将会摆脱邪恶从而变得更好。柏拉图证明此观点的方法比较简单：如果从来不生病是幸福的，那么相应地，幸福就不仅是对恶的摆脱，而且是从来不染上恶。既然如此，接受治疗摆脱恶的人显然比不接受治疗仍旧保持恶的人更加幸福，因此，对人的邪恶的灵魂而言，惩罚就应该被看作是一种"治疗"。与波卢斯所推崇的"为所欲为"相比，柏拉图坚信，如果一个人犯了罪却逃避了惩罚，那么其灵魂就是不健康的、腐败的、罪恶的和不幸的，"幸福是对恶的摆脱"，即便一个罪犯从肉体上摆脱了痛苦，但由于他的灵魂仍然痛苦，他也不可能是幸福的。"恶"本身是第二位的，第一位的一定是"作恶"和"逃避惩罚"，他进而总结道"作恶者必定比他的恶行的牺牲者更加不幸"，"逃避惩罚的人比接受惩罚的人更加不幸"，因此，如果一个人作了恶，他必须自愿去法官那里接受惩罚，越快越好，就像去看医生一样，要尽快防止邪恶蔓延，"以免在灵魂上留下无法治愈的溃烂的疮口"①。

我们可以看到，正是从柏拉图开始，对犯人的肉体的惩罚必须附加上通过修辞学方式而实施的"灵魂"惩罚，城邦或城邦的审判机构必须将"惩罚"引向"改造灵魂"的一面，因为只有针对"灵魂"的惩罚才算得上"正义"。与此相应的，柏拉图借苏格拉底之口提出了"正义"和"节制"，"守法或法律这个词适用于灵魂的所有秩序和规范，当一个人变得遵纪守法的时候，这就意味着正义和节制"。在宗教还未大行其道的时候，古希腊对罪人的审判通常必须经由辩论而得出判罚结论，演说家就是某种意义上的法官，他们应该是"善良的和真正的艺术家，应该用他的眼睛关注这些事情，用他说出来的话语和他的所有行为给我们的灵魂打上这样的印记，把他要给我们的东西赐给我们，把他想要取走的东西取走，他的心总是被一个想法占据，这就是如何能使正义在公民的灵魂中扎根，从灵魂中消除不义，如何能使一般的善在公民的灵魂中生长，从灵魂中驱除邪恶"②。

从对肉体的惩罚到给灵魂打上"正义"的印记，或从灵魂中驱除邪恶，反映了人们"劝恶从善"技术的不断发展。纳撒尼尔·霍桑在《红字》中描写了一幕令人难忘的犯人走上刑台的场景，"牢门从里面一下子打开了，首先出现在灿烂阳光下的是一个黑影，那就是面目狰狞可怕的狱吏"，这个狱吏左手举着权杖，右手抓住一个年轻妇女的肩膀，拽着她往前走。就这样，这个年轻妇女抱着一个三个月大的女婴，一步步走出来完全暴露在众人的目光下，在她衣服的胸前，是用精美红布和金丝线精巧地刺绣的花体 A 字母。赫丝特·普林被指控犯了通奸罪，她将在刑台上被罚站示众一段时间，这座刑台是一座颈枷示众平台，行刑时，犯人将头伸过去，然后被卡住脖子。这样，犯人的整张脸就被固定在那里，任由围观者鄙夷、谩骂或怜悯、同情，"这种用木头和铁条制成的刑具竭尽羞辱人格之能事"，霍桑写道，"不管人们犯有何等过失，再没有比这更违反人性的刑罚了，

---

①［古希腊］柏拉图．柏拉图全集卷一［M］．王晓朝，译．北京：人民出版社，2002：365.

②［古希腊］柏拉图．柏拉图全集卷一［M］．王晓朝，译．北京：人民出版社，2002：398.

因为它不让犯人由于羞耻而掩盖自己的面孔"①。不过赫丝特·普林是幸运的，她没有被那丑恶的刑具摧残，她身材颀长、体态轻盈、落落大方，不仅没有萎靡不振，反而变得更加光彩照人，她泰然自若地一步一步登上木梯，这一幕不禁让人想起洁白无瑕的圣母形象，霍桑对此评价道，"人世最圣洁的品质却染上了罪孽深重的污点，结果导致世界由于这个少妇的美丽而变得更加黑暗，由于她生下的婴儿而越发堕落"，但这一幕很显然与观众的七嘴八舌冷嘲热讽形成了鲜明对比，如果她被判处死刑，也不会有人会为量刑太重而发表意见。在这一幕惩罚的景观中，围观的群众异常严肃，他们都在期待着最后的结果，都渴望用自己的眼睛来打击一番这个近乎完美的女人，他们使空气变得压抑起来。作为一个罪犯，赫丝特·普林尽一个女人最大的努力在支撑着这种无边的压抑，她抬起头，想起了一些琐碎的、无关紧要的事情，她孩提时的岁月、学校的生活、儿时的游戏和争吵以及在娘家当姑娘时的身边小事。霍桑在这里生动地写出了一个犯了通奸罪的女人的真实想法，她没有去回想与那个男人在一起的任何往事，所有有关那个男人的一切都似乎被处理掉了。她想起自己的童年、自己的父母亲和曾经温馨的家园，在这绝望无助的时刻，她还看到自己的丈夫，那个年迈、苍白、干瘪、学究模样的人，不过这个人最终没有和她相认。就这样，她怀中抱着婴儿，孤零零站在刑台上，接受人群肆无忌惮的目光和种种猜测，在那一刻，她意识到自己的绝对孤单，在一声婴儿的啼哭声中，她发现自己身上只剩下了两个"耻辱"的标记，一个是她怀中的婴儿，另一个就是她胸前的红字。

有一个围观群众对为什么采取此种惩罚给出了自己的理由，因为她很年轻漂亮，所以一定是受了诱惑才堕落，同时，很有可能因为她的丈夫已经去世，她不得不爱上别的男人。对此，他认为是法官们比较有同情心，所以未判她死刑，而只是让她当众罚站三个小时，并且终生都必须戴着那个羞耻的标记。这是将古代残酷的肉体惩罚景观进一步"文明化"的缩影，福柯在《规训与惩罚》中指出，"19 世纪初，肉体惩罚的大场面消失了，

①［美］纳撒尼尔·霍桑. 红字［M］. 贾宗宜，译. 北京：北京十月文艺出版社，1998：8.

对肉体的酷刑也停止使用了，惩罚不再有戏剧性的痛苦表现"①，因为，在某种程度上，惩罚肉体的方式甚至比犯罪本身更加野蛮。由法官们的同情心所做出的当众罚站在这里实际就是福柯所指的"劝恶从善的技术"，惩罚必须达到警醒和教育他人的目的，在这种条件下，惩罚就"从一种制造无法忍受的感觉的技术转变为一种暂时剥夺权利的经济机制"，同时，"刽子手这种痛苦的直接制造者"也开始被"一个技术人员大军所取代"②。由于赫丝特·普林坚决不说出通奸者的姓名，这就表明她还没有完全认罪，她的灵魂还处于一种坚强的与人们对抗的状态，而要打击和屈服一个人的灵魂，显然需要更加复杂的技术。首先，给赫丝特·普林胸前绣一个醒目的红字是打击其灵魂的主要武器，它让她时时刻刻陷入这样一种折磨中：她到底应该为了爱情忍受这种折磨，还是应该为了减轻折磨而暴露男人的姓名，它也随时在提醒公众，要注意这个女人的罪犯身份，以便在生活上和精神上与之保持距离，似乎只要通过这种社会的隔离就能阻止新的通奸行为的发生。其次，让年轻牧师丁梅斯代尔专门负责处理这个问题，这是另一个可怕的武器，在那些高高在上的官员和垂垂老矣的神父看来，年轻的牧师更了解年轻女人秉性，他们要他当着众人的面揭露犯人的内心隐私，这样才能触及可怜犯人的灵魂。这种赤裸裸的安排和要求无异于对那个可怜女人的灵魂的无情鞭打，特别是，她深深知道，面前的这个年轻牧师就是自己心中所守护的那个男人。丁梅斯代尔的出场击中了那个可怜女人心中最为脆弱之处，他虽然没有勇气承认自己就是奸夫，但他对赫丝特·普林的感情却是最深沉的。他的话句句感人肺腑，令人心碎，引起在场人们的共鸣，他很可能都已经做好了被揭发的准备，但他不知道的是，正是因为他浓烈而真挚的情感，赫丝特·普林才更加坚定了自己守护的决心。在这场对赫丝特·普林的灵魂拷问中，可怜的犯人用坚忍的意志赢得了胜利。

但是，并不是每一个人都会像赫丝特·普林那样如此可怕地执着于自

---

①［法］米歇尔·福柯. 规训与惩罚［M］. 刘北成，杨远婴，译. 北京：生活·读书·新知三联书店，2012：15.

②［法］米歇尔·福柯. 规训与惩罚［M］. 刘北成，杨远婴，译. 北京：生活·读书·新知三联书店，2012：11—12.

己心中的选择，当年老的威尔逊牧师严厉地要求她说出通奸者的姓名以争取悔过表现时，她凝望着丁梅斯代尔牧师深邃而忧郁的眼睛，坚定地说："红字烙得太深了，它是去不掉的。我宁愿既忍受我的痛苦，也忍受他的痛苦！……我的孩子要找一个天堂的父亲，她永远不会知道有一个人世的父亲！"① 此时此刻，那深藏于可怜的犯人内心的到底是一个什么样的灵魂呢？她选择了自己的爱情，就像《十日谈》中的吉斯梦达一样，她可以为了自己真正爱的人去死。然而，个人的肉体的欢娱和热烈的感情在社会道德注视下又是那么地显得可耻，观看行刑的人们听了老牧师一个多小时的关于"犯罪"的议论，这些长篇大论给犯人灵魂烙下的"耻辱"印记更加深了，那个不光彩的红字在这里为所有人灌输了新的恐惧，只有赫丝特·普林在木然地承受着这一切，她没有昏厥，更没有听进去半个字。随后她被送回牢房，面对曾经的丈夫，霍桑也没有让她为自己的行为作任何辩护，她像一个未经世事的纯洁而空白的女人，她为了自己的爱而选择无视一切宗教和律令，像是被魔鬼撒旦附身，似乎天生就是为了反抗上帝、反抗人世间的律令而来。她的丈夫罗杰·齐林沃斯此时化身为一名医生，用他自己的话来说，他是一个博览群书却老朽畸形的人。事实上，他不光外表上难以与年轻美貌的赫丝特·普林相配，更重要的是他学者的外表下始终潜藏着的那颗邪恶的内心，正如他自己所说，当他们"双双从古老的教堂台阶上走下来，结为伉俪时"，他们道路的尽头就"将有红字熊熊燃烧"。很显然，这是一个自私而且残酷无情的老学究，尽管他一再强调自己不会扰乱上帝对奸夫的惩罚方法，但他也明确表示，将用自己"在书本里寻求真理、在炼金炉中寻找黄金的那股劲头"去查出这个奸夫，面对自己妻子给他带来的耻辱，他决定查出奸夫的真实姓名，以让奸夫身败名裂的方式去狠狠"报复"。他的"报复"与赫丝特·普林的冷静、坚定、忍受一起推进，可怜的犯人知道自己犯下了当世道德不可饶恕的罪恶，她早已决定用佩戴红字的方式来赎罪，默默忍受痛苦和折磨让她心中反而坚实充盈，反之，

---

① [美] 纳撒尼尔·霍桑. 红字 [M]. 贾宗宜，译. 北京：北京十月文艺出版社，1998：19.

一心只想报复的罗杰·齐林沃斯却越发走上迷途，向着罪恶的深渊前进。这两条不同的道路表明，对灵魂的惩罚主要并不是靠外在的说教，而是一个人内在的"自我认识"。随着故事的推进，赫丝特·普林在天真、野性的女儿小珍珠儿的感染下，生活愈加向着阳光灿烂的方向发展，她不再考虑自己的痛苦，而担心那毒蛇般的老学究在暗中对丁梅斯代尔发起的致命一击。

当赫丝特·普林与丁梅斯代尔有一天在森林里相遇的时候，他们两人"像鬼魂"一样恐惧地望着对方。此时的丁梅斯代尔已经陷入深深的"罪恶"之中，与赫丝特·普林内心对爱情的坚韧完全不一样，他认为自己的灵魂已经被污染，却不得不站在高高的布道坛上向人们布道，他为自己这种既欺骗民众又欺骗自己的行为感到羞耻。赫丝特·普林虽然在胸前公开地佩戴红字，但她是幸福的，反之，丁梅斯代尔虽然没有佩戴红字，那个真正的红字却在他的灵魂上灼烧。当赫丝特·普林告诉他那个一直在他身边的医生正是她的丈夫罗杰·齐林沃斯时，他变得冷酷而绝望，他站在一个坐拥显赫声名的高贵牧师的角度，为自己竟然曾经与一个有夫之妇发生那样的情欲而感到羞耻和无助，他把罪恶的魁首推给了可怜的赫丝特·普林，更谈不上主动用自己的行动赎罪的勇气。两个男人的行为似乎在告诉我们，那些夸夸其谈、徒有其表、学识渊博的人更加容易在"清洁灵魂"的道路上越走越远，他们除了报复、逃避和慌张、崩溃之外，剩下的就只有那种长篇大论却苍白无物的自我辩护。"罪恶"无须辩护，只需默默承担其后果，越是绞尽脑汁地运用理性的辩护，越是显得苍白无力。赫丝特·普林和小珍珠儿本性勇敢无畏，敢闯敢干，霍桑肯定她们"漫无目标地游荡于道德的荒野"，她身上佩戴的红字"就是她闯入其他妇女不敢问津的禁区的通行证"，耻辱、绝望和孤独都是她的教师，使她更加坚强同时也更加叛逆，也正是在她那种坚韧倔强但同时又虔诚的精神感染下，丁梅斯代尔在最后的时刻终于毅然决然地向公众坦诚自己正是当年的通奸者，从此也彻底摆脱了那心中的红字所带来的永恒的耻辱和罪恶。在完成一场听者云集、震撼人心的空前绝后、充满胜利的布道之后，他原本鼓荡的精神一下子萎缩了下来，他已决定要用死去赎罪，但他必须在死前勇敢地与那可怜的娘俩相认。他脸色苍白、身体孱弱，他感觉到自己已经完成了上帝交给的使命，于是脸上的红光褪去，霍桑写道："他的脸面像死人一般煞白，根本不像活人的脸；身体如同没有灵魂的行尸走肉……他茫然挪动着脚步，不知不觉来到了那个记忆犹新、由于风吹日晒而变黑的刑台的对面。"[①] 他的肉体与灵魂都在这一刻摇摇欲坠，但他仍然坚定地走向那个佩戴多年红字的女人，以及她身边的小女孩。经过七年的挣扎，他终于坚决要承担起那本属于他的耻辱，他的一只手由赫丝特搀扶着，另一只手紧握着小珍珠儿的手，此时此刻，他勇敢地面对着那些德高望重的统治者、神圣的牧师、广大的人民，用高昂、雄浑、庄严但也时而颤抖、时而尖叫的声音喊道：

> 你们这些热爱我的人、你们这些视我为神圣的人！请睁大眼睛瞧瞧我这个世上的罪人吧！终于！终于！我站到了我七年前就应该站的地方。正是这个女人用她那柔弱的胳膊搀扶着我爬上这里，在这可怕的时刻支撑着我不至于倒下去！瞧瞧赫丝特戴的红字吧！你们视之为瘟疫，避之唯恐不及！不论她走到哪里，不论忍辱负重的她希望在哪里找一块休息之地，这红字总是向她的周围散发出令人畏惧、令人厌恶的幽光。但是在你们中间站着一个人，他的罪孽和耻辱的印记，你们并不躲避、并不害怕！[②]

随后，他扯开自己法衣前襟的饰带，露出了自己胸前的烙印，向世人表明他正是当年人间的法律一直要追查的奸夫。的确，无论他心中多么虔诚地向上帝赎罪，但只要他还没有在世人面前受到人间律法的惩罚，他就不可能真正获救，在这里，霍桑完美地统一了世俗律法与神性律法对于"人"的作用，世俗律法惩处的永远只是肉体本身，它要求犯人以"身体"的本来形象袒露在公众面前，接受众人的围观和议论，接受法律条文的审判，而神性律法惩处的，则是人类的灵魂，它迫使犯人最后从内心深处认识自己的罪孽，从而做出承受痛苦和折磨以换取心灵平静的决定。只有当

---

① [美] 纳撒尼尔·霍桑. 红字 [M]. 贾宗宜，译. 北京：北京十月文艺出版社，1998：182.

② [美] 纳撒尼尔·霍桑. 红字 [M]. 贾宗宜，译. 北京：北京十月文艺出版社，1998：185—186.

两者都被惩处时，正如柏拉图所说，这样的罪人才算是幸福的，同样，对宗教而言，也只有这样的罪人才算得上真诚，才会终得解脱。

第三节　"罪"的诱惑与惩罚美学

回到一个根本的问题，本书的最终目的是试图从文学作品中探讨一种关系，人们对书写错误、复仇、罪恶或惩罚等为什么情有独钟，基本上所有的冲突性故事中，都包含着这些元素。这似乎是一个不需要任何答案的问题，因为人类的生活就是如此，文学来源于生活又高于生活，即使所有的文学作品都写复仇或惩罚也不为过。但是，正是在这最为普通平常无须回答的假设背后，我们还可以进一步追问，不同时代、不同文化背景下人们是如何在文学中思考"罪恶"的？事实上，相比于古希腊和古代中国，也只有在希伯来神话中，"罪恶"才与人类堕落具有了必然性联系，在古希腊神话和中国神话中，"罪"的演变都有比较明显的"进化"痕迹，它是"错误"自身在社会中不断被认识的过程，"罪恶"的性质、程度、大小等取决于社会发展进步的整体状况，反映出一种从神话思维到伦理思维的进程。而在希伯来文化中，上帝对"罪"的最初界定使人类不得不依靠"罪恶"来确证自身，我们甚至可以说，希伯来文化似乎暗含着这样一个逻辑，没有"罪恶"，人就不成其为人，这是一种"使人成为人"的终极哲学，"罪"变成了人可以从自身内部去思辨、去确立以及去超越的东西。在古希腊和中国的文学传统中，"罪"的本质实际上只是一种非常明确的"错误"，即一种违背了基本伦理道德要求并且必须被判罚的行为，其更多反映了某种"物理"性质，既可以将之进行清除，也可以将之作为不会轻易变易的东西而加以"封印"、压制或改造。

然而，我真正想进一步探讨的是，在一般作家而不是专门写作"犯罪"的作家那里，他们是如何在作品中描写形形色色的"罪恶"的。或者说，在不是以犯罪和查案故事为主要内容的文学作品中，不同国家不同年代的不同作家是如何思考"罪恶"的。这是一个很庞大的题目，以至于我不得不借助其他非文学作品和文献来展开探索。在我所能看到的作品中，特别是叙事作品中，有可能有许许多多的罪恶事件，也许没人去追查、审理和判决，这样，这个"故事"就以一种"被安排"的成分被写进了作品中，它本身变得可有可无。这种现象表明，现实的秩序整体上是稳固的，犯罪事件不会触动固有秩序的神经，它们总是以一种"被排斥"的状态被写进文学作品中，由于其被当时的社会秩序和价值观念所排斥，它也就自然为文学作品带来了必要的张力，从而形成某种社会压抑与个体反抗的奇妙关系，随着社会的发展和时间的推移，我们慢慢会发现，故事情节的跌宕起伏离不开剧烈的冲突，而冲突的结果必然要确定一方的罪责。如果希斯克利夫不狠下心来对呼啸山庄和画眉田庄犯下罪行，他也就失去了存在的意义，小说就会变得平平无奇。同样，于连如果不犯下罪行并被审判，也就无法将当时传统封建贵族势力对青年的残酷迫害写得那么真实，同样也就失去了应有的批判力量。

因此，就犯罪事实本身而言，它并非作家专门用于批判社会的武器，它也绝不因其批判性而获得作家的青睐。犯罪是人类活动中必然产生的结果，它既是社会自我设计的产物，同时，如果从弗洛伊德的精神分析学来看，它甚至也是人类自身的一种本能。既然一件事是被规定为"错误"的，那么从它被规定的时候开始，它就处在"被排斥"中，成为时刻与"正确"进行对峙的力量。如此一来，所谓"罪恶"或"错误"就不再是外在的问题，而是内在的问题，换句话说，它也是本能的问题。"一般来说，本能是一种有伸缩性的生物体，一种要求恢复某种曾经存在过，但由于外界干扰而销声匿迹的情境的冲动。"① 弗洛伊德进一步解释说，生命所展现给我们的图像，就是厄洛斯与死亡本能相互斗争、相互作用的结果。这样，生死之间就不再是一条简单的直线，不再是时间的更迭造成的结果，而是两种力量斗争的外在体现。既然在生命体中存在这种力量的流动，假定我们承认弗洛伊德和柏格森关于绵延的观点，那么人的存在也自然具备某种内在的抗争。在心理学和思维领域，可能也存在对过去观念的反复引用和不

---

① [奥] 西格蒙特·弗洛伊德. 弗洛伊德自传 [M]. 顾闻，译. 上海：上海人民出版社，1987：82.

断否定。一方面，我们要否定过去观念，于是我们引用过去观念；另一方面，如果我们不否定过去观念，我们也引用它，在绵延中，仍然呈现为对过去观念的否定。就犯罪来说，正如孩子成长过程中大人对其行为的纠正一样，被纠正的行为作为一种不良行为被否定了，直至形成一种条件反射。在这个过程中，不良行为会反复尝试得到实施，以作为对那个否定它的主体的抗议，只有当它自身消耗掉所有的力量，它才彻底被压制并沉潜于人的内心深处，成为一种具有冲动势能的东西。因此，我们不能把犯罪仅仅看作是理所当然的恶果，还要知道它本身自带的诱惑，一旦外在压制的力量有所放松，它就有可能喷薄而出，给主体带来灾难。一如《巴黎圣母院》中一直强忍各种欲望当上副主教的克洛德，当他有条件对美丽迷人的吉卜赛女郎爱斯梅拉达进行犯罪时，他毫不犹豫地实施了这一恶行，导致自己被卡西莫多从楼顶丢下。的确，同古老的"报复"本能一样，犯罪的本质也是一种要求主体继续实施"错误"行为的冲动，正如埃斯库罗斯悲剧中被安放在地底的复仇女神们，要确保现实秩序的正常运转，就不得不将那些威胁自己的力量进行压制。

如此一来，在文学作品中，"犯罪"就逐渐成了那躲在幽深的黑暗角落里蠢蠢欲动的怪物，它躲在黑暗中，用嗜血的双眸注视着光明中的一切。从古至今，作家们的热情除了歌唱大自然和社会的公平正义，还有那爱恨情仇中的种种"罪恶"，特别是在古代人的作品中，他们总是希望把某种"罪恶"作为人类永久不变的"错误"来加以控制。但是，正如阿那克西曼德所说，其实人们的真正"过错"恰恰在这里，他们把只在"变化"和"流逝"中的某些事物自信为确已"存在"的东西，把一些只是从某种状态过渡到另一种状态的事物确认为事物的本身。[①]事实上，人类的"错误"或"罪恶"从一开始就是动态的，我们与其说某一件事是"罪恶"的，毋宁说它是一种反映"罪恶"的关系。古往今来，人们对"罪恶"的界定往往只是为了维护其对立面，或许这才是"罪恶"对于人类真正的诱惑。

---

①[英]吉尔伯特·莫雷. 古希腊文学史 [M].孙席珍，蒋炳贤，郭智石，译. 上海：上海译文出版社，2007：119.

尼采在《道德的谱系》中对此有深刻的阐述，在 1878 年春夏的自传笔记《回忆录》中，他认为"上帝只有通过设想出他的对立面的方法来设想自己"。他将这个问题进一步转换成人类是在什么条件下为自身发明了善与恶的价值判断？而这些价值判断本身又有什么价值？是阻碍还是促进了人类发展？是生活困顿、贫乏与蜕化的标志还是反映了生活的充盈、信心与未来？最初激发尼采关于道德起源假设的，是 1877 年出版的英国学者保罗·罗伊的《道德感觉的起源》，尼采对其中的观点感到不满，而叔本华 1840 年的《论道德的基础》也引来了尼采以《人性的，太人性的》的论战。叔本华以卢梭、莱辛等人的理论为引导，发展了"同情乃是道德的基础"的观点，同情有三种道德意义，第一种"无限制地""为自己谋求幸福"；第二种是"希望他人遭遇不幸"；第三种是削弱自爱心理。这第三种的目标就是利他主义、平等主义和消除任何形式的统治。尼采认为，这种"同情式道德"掩盖了人类真正的本能，即生命意志与权力意志，他称其为"危险中的危险"，并声称自己是同情及同情式道德这一"可耻的现代情感脆弱化倾向"的反对者，千百年来，产生于此基础上的"道德价值本身的价值"被人们"看作是现成的、事实存在的和超越一切质疑的"，也丝毫未动摇过"善"高于"恶"的价值观念，因为"善"更能对人类有促进、助益和效用。但事实真的是这样吗？尼采设想，人类永远无法企及那原本可以达到的强大与卓越的顶点，是否恰恰是因为"道德"自身的罪过呢？

一般心理学家的工作是把人内心世界的"Partienonteuse"（法文，可耻的部分）暴露出来，同时用理智加以压迫，这就是"善"的产生。尼采对此进行了批判，他认为那些研究道德的历史学者的确受一种东西支配，这就是"善良的精灵"，然而，这些"精灵"却缺乏历史精神。之所以这么说，是因为尼采发现那些英国式思维的心理学家对"好"和"善"的设定有"先入为主"的谬误。在他看来，心理学家们是从施善者即"好人"的角度来设定"好"，而不是从受益于善行的人的角度来设定"好"。由于"好人"自己才是"好"和"善"这一判断的起源，因此，这些人就以"上等人"的心理自豪于拥有"好"和"善"的声望，"就好像拥有某种人类的特权一般"①。这样的结果就使那些上等人最终判定，"他们自身以及他们的行为是好的，即属于第一等级的，与他们相对的则是低下的、下贱的、卑劣的群氓"②。这种等级观念的优越感是显而易见的，正如美国作家马克·吐温笔下的美国政客，他们可以以任何借口对他们认为的"低等人"进行犯罪，但却始终"保持着等级差别的激情"，为了保持自己在评判"好坏"或"善恶"上的话语权，美国人将那些服从其文化价值观念的人判定为"政治正确"。话说回来，如果用尼采的眼光来看，他对这种所谓的"激情"是持强烈的批判态度的，在他看来，心理学家们的道德谱系从一开始就是拙劣的，他们的"善"是一种指称，在将"无私行为"对其对象的有用进行称赞时，赞许其是"好"的。事实上，"好"这个词与"无私的"行为并没有必然的联系。心理学家们，如英国的赫伯特·斯宾塞的错误就在于，他们将"好"与"有用""实用"等同起来，既然"无私"是"好"的、"有用"的，当然也就是"道德的"，而与"无私"相对立的"自私"自然就是不道德的了。尼采从语源学的方面探讨"好"在不同语言的意义，"高贵""高尚"等社会等级意义上的概念必然转化出"心灵高贵""高尚"的道德意义上的"好"，而与之并行的，则是"卑贱""粗俗""低等"等词汇最终被转化为"坏"。如德语中的"schlicht"（朴素）与"schlecht（坏）"曾是通用概念，"schlechtweg"和"schlechterdings"最初指的就是朴素的男子，用于高贵者的对立面，大约在1618—1648三十年战争时期转变成了"坏"的含义。尼采提醒我们，古人用词汇来表达的概念是粗糙的、笨拙的、非象征性的，不要过于严肃、广义地在开始之初就象征性地理解一个词的概念。比如"纯洁"最初只是指"洗脸洗澡，拒绝食用某些会导致皮肤疾病的食品，不和低等民族的肮脏妇女睡觉，厌恶流血"的人，这些祭司化的贵族并不因为这种"纯洁"就百病不生，他们仍然生病了，不过其医治方法却是愚蠢的禁荤食、斋戒、节制性生活等，他们"按

---

① [德]尼采.道德的谱系 [M].梁锡江，译.上海：华东师范大学出版社，2015: 65.
② [德]尼采.道德的谱系 [M].梁锡江，译.上海：华东师范大学出版社，2015: 65.

照苦行僧和婆罗门的方式进行自我催眠"① 从而进入一种与上帝神秘结合的虚无状态。在他们于虚无中的冥思苦想下，"高傲""美德""放荡""疾病"等危险的象征产生了这些"危险的象征"实际上正是智慧的表现，尼采将之视为"罪恶"，在《悲剧的诞生》中，他就曾指出俄狄浦斯神话"好像要悄声告诉我们：智慧，特别是酒神的智慧，乃是反自然的恶德，谁用知识把自然推向毁灭的深渊，他必身受自然的解体。'智慧之锋芒反过来刺杀智者；智慧是一种危害自然的罪行'——这个神话向我们喊出如此骇人之言。"② 在他看来，智慧之恶其实也是充满诱惑的，它们表现为人类日渐完善的某种秩序，正如普罗米修斯，"这个上升为泰坦神的人用战斗赢得了他自己的文明，迫使诸神同他联盟，因为他凭他特有的智慧掌握着诸神的存在和界限"③。事实上，这也正是"罪恶"对于人类的致命诱惑的所在，恰如尼采本身的矛盾，尽管他强烈地批判英国心理学家的那种"道德的谱系"，但他也不得不承认，正是那些凭靠人的"智慧"而出现的"危险的象征"反而使人成为一种有趣的动物，人逐渐变得既有更深度的灵魂，同时也有更日渐浮出的邪恶，"这正是迄今为止人优越于其他动物的两个基本表现形式"④。

---

① [德] 尼采. 道德的谱系 [M]. 梁锡江, 译. 上海：华东师范大学出版社, 2015：74.
② [德] 尼采. 悲剧的诞生 [M]. 周国平, 译. 桂林：广西师范大学出版社, 2002：73.
③ [德] 尼采. 悲剧的诞生 [M]. 周国平, 译. 桂林：广西师范大学出版社, 2002：75.
④ [德] 尼采. 道德的谱系 [M]. 梁锡江, 译. 上海：华东师范大学出版社, 2015：74.

第九章　文学中的"罪"与"犯罪"文学

第一节　"犯罪"文学及其特点

在《小说的艺术》一书中，米兰·昆德拉相信卡夫卡所展示的世界并不是马克斯·布罗德所说的"神学领域"，他说，"这种解释是错误的"，但它却揭示出"权力在哪里神化自己，它就在哪里自动产生出它自己的神学；它在哪里像上帝一样行事，它就在哪里唤醒对于它的宗教感情"①。如果说拉斯科尔尼科夫是"罪过寻求惩罚"的话，卡夫卡笔下的约瑟夫·K就是"惩罚寻求罪过"。与此相应的，从古希腊悲剧到中世纪的创作，则凸显出一条从认定"犯错"到判定"有罪"的线索，然后，这条线索才明显地如昆德拉所说那样分化为两种展现方式。正如他自己所说，"堂吉诃德起身进入一个在他面前广阔敞开的世界。他可以自由地外出，也可以在他高兴时回家。早期的欧洲小说都是些穿越世界的旅行，而这个世界看上去无边无际。一打开《宿命论者雅克》，就碰上两个半路上的主人公；我们不知道他们来自何方，去往哪里。他们生存于一种没有始终的时间和没有世界的空间之中，介身于一个前程未可限量的欧洲之中。在狄德罗身后半个世纪，在巴尔扎克笔下，这条遥远的地平线已经像一片风暴一样消失了。它消失在那些现代组织和社会制度（警察、法律、金钱和犯罪的世界、军队、国家）背后"②。

这条遥远的地平线与其说是古代世界广阔空间中的边际线，毋宁说是

---

① [捷克] 米兰·昆德拉. 小说的艺术 [M]. 唐晓渡，译. 北京：作家出版社，1992：103.
② [捷克] 米兰·昆德拉. 小说的艺术 [M]. 唐晓渡，译. 北京：作家出版社，1992：7.

将某种远古朴素的犯罪及惩罚形式一点点带离现代社会的巨幅轻纱，那些关于神与人犯罪与惩罚的古老话题和呓语，在现代警察制度和法律金钱的清洗下，早已变得若隐若现。随着神话秩序与宗教秩序的慢慢退隐，俗世就愈加精彩起来，与之相应的，"犯罪"也在文学表达中变得更加千姿百态，"犯罪"似乎正在被重新定义，它们不再与"神"以及其惩罚有更多的联系，特别是从侦探小说大行其道开始，文学中的"犯罪"话题也越来越类型化、程式化和科学化了。在"犯罪—探罪—罚罪"的基本结构中，"探罪"获得了前所未有的关注，侦探成了整个故事绝对的主人公，他渊博的知识、洞察入微的观察力、抽丝剥茧的逻辑思维以及凡案必破的高效率满足了人们对自己强大理性的想象，而罪犯层出不穷的犯罪、掩罪手段也愈加迎合人们内心深处被道德之链锁住的"犯罪"欲望，在这种越来越遍布全世界的类型化的"犯罪文学"中，人类的"罪恶"被最大限度地挖掘出来，"罪恶"像游戏一样被描述、言说和运用，而对"罪恶"的惩处也完全成了一种机械的人为的规训。

随着"罪恶"的严肃性在现代社会被逐渐消解，我们更应该回到经典的严肃文学中去梳理其对于人类的终极意义。诸多经典的严肃文学中，"罪"并不是被特殊对待和重点呈现的对象，每个人一生中都有犯错的必然性，这是人类自身无法弥补的天然缺陷，尽管如此，生活本身是丰富多彩的，生活必须延续，犯罪或犯错也只是人生中的一小段经历，没有人从生下来就注定一生都在作恶。因此，我们所考察的"犯罪"文学也不是全部描写犯罪、探罪和罚罪的类型化文学，而是在广阔的社会土壤和丰富的人类经验中穿插着"罪恶"情节的严肃文学，其本质是对"人"的探索。

早期文学中的神或人往往都会犯错，从而引来"正义"的降临。古罗马诗人奥维德的《变形记》模仿赫西俄德的《神谱》和维吉尔的《埃涅阿斯纪》，但却将神从高高在上的神圣天空拉低到凡人的周围，以试图利用神的各种故事来教育人们必须遵守现世的戒条和法律。他的创世主创造了天地、星辰和万物之后，由普罗米修斯用泥土创造了人类，在神最初创造人的黄金时代，没有法律、没有刑罚也没有恐惧，到了铁的时代，由于土地、粮食和财富等变得私有化，欺骗、诡计、阴谋、暴力和贪婪等罪恶爆发了，奥维德写道："人靠抢夺为生。客人对主人存戒心，岳父对女婿存戒心；就连兄弟之间也少和睦。丈夫想妻子快死，妻子想丈夫速忘；后母炮制了毒药行凶；迫不及待的儿子求神问卜打听父亲的寿限"①。然而，在真正写到神与人的"恶"时，我们会发现，这些所谓的"恶"其实最开始都不过是人的本来欲望，比如第一章中的天神朱庇特因为情欲而诱拐凡人少女伊娥，致使伊娥被嫉妒的天后朱诺派百眼怪物看管起来，并且在她的内心深处种下"盲目的恐惧"。另外比如第二章，青年法厄同为了满足自己的虚荣心，居然要求日神父亲给他太阳车驾驶一天，结果太阳车失控给世界带来灾难，他本人也被烧死。日神曾劝说法厄同不要冒险驾驶他根本驾驭不了的太阳车，因为那将会使他丢掉性命，法厄同把能够驾驶太阳车当作是世上最光彩的荣耀，殊不知这种荣耀的真名却叫作"灾殃"，他越是努力地去追求这荣耀，就越是难以逃脱被惩罚的命运。同样，一个名叫巴图斯的老人因为贪欲不守诚信而被天神麦鸠利（古希腊神话中名为赫尔墨斯）变成石头，而阿格劳洛斯也因为贪婪和嫉妒被惩罚变成一尊石头雕像。类似的故事在《变形记》中有很多，在这些故事中，我们会发现一个基本的"犯罪"结构——欲望本身即罪恶，这种远古的朴素的"犯罪"形式与寄希望于人类理性去追查真相的犯罪—探罪—罚罪的现代形式有着根本的区别，很多时候，人们都是在完全不知情的情况下就犯下了罪行，比如阿伽门农、帕里斯、西西弗斯、坦塔罗斯、俄狄浦斯、彭透斯、阿克泰翁等，他们或因为无知，或因为傲慢，或因为欲望等而引发神的不满，继而被惩罚。比如卡德摩斯的外孙阿克泰翁和同伴在荒野中打猎，在一个长满了针松和翠柏的山谷，他们无意中闯入了狩猎女神狄安娜和女伴们沐浴的地方，在泉水喷溅的山洞，他看到了女神的裸体。为了惩罚阿克泰翁的罪行，狄安娜向他发出了诅咒，把他变成了一只麋鹿，由于不能说话，他最终被自己的同伴当作猎物，被自己的猎犬围攻咬死。这一"观看的禁忌"所引起的惩罚通常被解读为神对人的为所欲为，然而，这种故事也恰恰是"犯罪"文学神话特征的某种体现。

---

① [古罗马] 奥维德. 变形记 [M]. 杨周翰，译. 北京：人民文学出版社，1984：5.

　　"犯罪"在这里具有了象征意义，阿克泰翁的无意行为更像命运的必然安排，在将他变为麋鹿之前，女神对他说："你现在要愿意去宣扬说你看见我没有穿着衣服，你尽管说去吧，只要你能够。"① 为什么狄安娜要对他说这句话？阿克泰翁的无知在这里被狄安娜转换为一种"偷窥"的欲望，从而也将一个本来无罪的人转换成一名亵渎神之尊严的罪犯。在这里，阿克泰翁不需要像现代制度中的人那样首先有明确的犯罪动机，他也不需要处心积虑地去设计一套犯罪的计划。他只是以卡德摩斯外孙的身份经过诅咒而被"变形"为一头不会说话的麋鹿，与被变为小白牛的伊娥一样，他们尽管有着人的智慧，却无法表达和言说，从而与自己原本所熟悉的人和事完全分离开来。多年以后，卡夫卡的格里高尔重复了这一神话，他毫无征兆地变成了一只大甲虫，也失去了语言，在现代制度中，格里高尔的悲惨境遇无疑隐喻了人类无可奈何的孤独。但古老的神话显然有其独特的象征，猎人在森林中经过欲望的引领竟然变成了猎物，因此，控制欲望及其罪恶也就成了古希腊诸多故事的主题。的确，无知、傲慢和欲望往往深深地交织在一起，根本无法区分，这也是古希腊人对"罪恶"的最原始也最深刻的理解。无论是史诗还是悲剧，都在试图告诫人类自身必须通过自我规训和节制来克服无知、傲慢和欲望，或许，这才是真正地认识自己。英俊傲慢的那耳喀索斯被回声女神厄科所爱，但他冷酷地拒绝了她，羞愧的厄科不得不藏身山林之中，最后只剩下声音，然而那耳喀索斯从来不会去爱别人，在一片水平如镜的池塘边，他看到水中自己的倒影，立刻爱上了这个"无体的空形"，他每天望着水中的这个美男子赞不绝口，这样的爱使他自己去追求，同时也被追求，他实际上陷入了"自我欣赏"的欲望魔圈，就这样，他不吃饭不睡觉，到最后，他终于明白他爱的其实并不是另一个人，而是他自己，在他最后因为这虚无的爱而油尽灯枯的时候，他终于面对水中的影子说了声"再见"，一直守在他旁边的厄科则同样以"再见"回复他，他死了，尸首变成了一朵花。显然，这并不仅仅是一个叙说"自恋"的神话，它还是一个惩罚无知、傲慢和欲望的神话，在《波斯人》中、在

---

　　①［古罗马］奥维德. 变形记［M］. 杨周翰，译. 北京：人民文学出版社，1984：37.

《俄狄浦斯王》中、在《酒神的伴侣》中，因为人类对自身理性的盲目信任，他就势必陷入无知、傲慢和欲望的怪圈而无法自拔，以致最终引来惩罚。

作为人类犯罪的罪魁祸首，无知、傲慢与欲望无疑是构成我们从"错误"到"有罪"的主线，"错误"引来的"报复"在一次次肉体的痛苦中越来越逼近人的精神和灵魂，从而将单纯的"报复"行为上升为一种面向灵魂的惩罚。在这个过程中，逐步产生了一种特定的、象征的语言，正如保罗·里克尔所说，"没有那种语言的帮助，体验就依然是缄默的、朦胧的，并淹没在它固有的矛盾之中"①，也就是说，这种语言必须把一个纯粹的无知者所犯下的"错误"引向其自身的缺陷，正因为无知，所以才傲慢，同样也正因为无知，所以才无法管控自己的欲望，普罗米修斯神话和亚当神话已非常明确地证明这一点，人类自身的缺陷带来的必然是人类自身的"堕落"。当人类到了"堕落"的时代，"犯罪"就成了一种纯粹的主观行为，表征为人类灵魂的污染，也因而被保罗·里克尔称为"灵魂放逐的神话"。

有关这一整条线索，或许可以在浮士德博士那里一窥全貌，当他自称已经将哲学、医学、法律和神学全部学完时，他已经意识到自己的无知，"我并不知道什么事情"②，无聊的书斋世界无法给他带来充盈的生命，他必须走进那个"生动的自然"，在辽阔天空下的大地上闯荡。离开书斋，与原来的生活彻底决裂，像一个新生儿突然置身于广阔的宇宙，这是人类重回混沌起点的象征。首先摆在他面前的是无限而神秘的大自然，生生死死，永恒交替，在召唤地灵时，浮士德还未真正认识到神灵创造世界的伟力，他"无知地"认为神灵应该和他一样是一幅"人"的形象，结果遭到地灵的呵斥，尽管他十分向往探索大自然的奥秘，但却不得其门。他清楚自己心中盘踞着"两种精神"，一个是肉体的、欲望的和尘世的，另一个是灵魂的、净化的和超凡的，无奈却没有勇气奔向那火焰密布的"窄口"。靡非斯陀的诱惑隐喻了神对凡人犯错的宽容，正如天帝与魔鬼的打赌，"人在努力追求时总是难免迷误"，他深知绝对的"安逸"对于人的危害，所

①［法］保罗·里克尔. 恶的象征［M］. 公车，译. 上海：上海人民出版社,2005: 141.
②［德］歌德. 浮士德［M］. 董问樵，译. 杭州：浙江文艺出版社，1992: 135.

以他才允许靡非斯陀"作为魔鬼来刺激和推动人努力向前"①。因此，从真正的无知到"堕落"，不论是"报复"抑或"惩罚"，的确存在着某种必然性的安排，同样，这也是人类自身必然的选择。靡非斯陀作为"恶"的象征，本质上是对一切事物的否定，从亚当夏娃被蛊惑开始，他的使命就没有变过。在诗剧的开头，浮士德博士的真正悲剧并不是他的"无知"，而是他竟然"知道"自己的"无知"，从而克制自己的欲望，他像一个苦行僧"常常独坐在石上沉思"，用祈祷和斋戒来苦自己，如果生活本身就是这样，那么他宁愿去死。天帝与魔鬼的赌约暗含了人的一生必须在正反两方面的不断体验和较量中前行，同样，浮士德与靡非斯陀的赌约则表明，他必须在世俗的真正生活中去享受、去犯错，哪怕最后自己的灵魂成为魔鬼的奴隶，正如他自己所说，"我要委身于最痛苦的享受，委身于陶醉沉迷，委身于恋爱的憎恨，委身于爽心的厌弃"②。从这一刻开始，他将摈弃自己的理性和学识，重新以一种全新的状态开始真正的探索，他先是一度和别人饮酒作乐，之后喝了女巫的药汁而变年轻。变年轻的浮士德面对美丽的少女葛丽卿时，他的情欲使他命令魔鬼将葛丽卿引诱投入他的怀抱，但靡非斯陀却告诉他葛丽卿"是个无瑕的白璧"，自己"无力支配"。爱情使人盲目，葛丽卿在与浮士德的交往中犯下了错，为了在夜晚与浮士德幽会，她用浮士德的药水给母亲服下，没想到药量过大而导致母亲身亡，之后，葛丽卿的哥哥瓦伦亭为了阻止他们的幽会在与浮士德决斗中被杀死，她的孩子也被她溺死。就这样，一个天真无邪甚至连魔鬼都"无力支配"的美少女犯下了大罪，她被关押起来。靡非斯陀的算计不仅没有让浮士德沉沦，反而激起了他内心深处的正义感，他为葛丽卿的被捕而深深自责，决定去监狱救她，但是葛丽卿深知自己的罪恶，她选择在监狱中忏悔。这一次爱情的经历其实也预示了浮士德的未来，葛丽卿既代表了情欲又解除了情欲，悲剧第二部，浮士德饮了忘川水在沉睡，他忘却自己曾经的罪恶，以一种全新的状态领略人世的爱恨苦乐，宫廷魔术师的无聊、古典爱情神话的命

---

①[德]歌德.浮士德[M].董问樵，译.杭州：浙江文艺出版社，1992：131.
②[德]歌德.浮士德[M].董问樵，译.杭州：浙江文艺出版社，1992：177.

运以及移山填海的幻想，也是他人生追求的失败之处，在他年迈的时候，贫乏、过失、忧愁、苦难四个穿灰衣的女人同时登场，此时的浮士德终于感到自己"迄今尚未在自由状态中斗争"，他的内心希望尽快摆脱魔鬼的诅咒。回想人世匆匆，他抓牢每个欲望，不断追求、不断实现，渴望高天的永恒，然而到老的时候，他才知道必须把握好"尘世光阴"，干好自己应该的事业。"忧愁"让他失明之后，他的内心却"闪耀着灿烂的光明"，他满怀信心和幸福投入开掘壕沟的工作中，那一刻，他也终于领悟到"人必须每天每日去争取生活与自由，才配有自由与生活的享受"，从而发出"你真美呀，请你暂停"的感慨。

在浮士德孜孜追求的一生中，他没有露出"邪恶"的面目，换句话说，他并未主动去作恶，所有的罪恶都由靡非斯陀在操控，这里既没有"罪过寻求惩罚"，也没有"惩罚寻求罪过"，而是"罪过寻求拯救"，诗剧严肃地讨论了善与恶的辩证问题，浮士德的"罪恶"是内心世界欲望的投射，但同时也是他拯救自我的道路。换句话说，没有"罪恶"也就当然无所谓"拯救"，歌德将对"罪恶"的惩罚通过"拯救"的方式转移了，对浮士德的惩罚当然是"死亡"，然而"死亡"本身也是"拯救"，最后，天使从魔鬼手中抢走浮士德的灵魂就说明了这一点。这三种关于"罪恶"的处理方式恰恰也是"犯罪"文学而非"犯罪文学"的主要特点，"惩罚"的目的不是宣告人类理性干预下司法体系的胜利，也不是单纯为了展示侦探技术的成果，而是严肃地探讨"人"往何处去的问题。拉斯科尔尼科夫在杀害老太婆之前为自己找了一大堆杀人的理由，既然那是一个凶狠、专横、刻薄并且吃人不吐骨头的对人类有害的老太婆，那么杀了她并用她的钱去做几千件好事难道不能赦免一桩小小的罪行吗？这难道不也是一种正义吗？但是，这个杀人动机真的成立吗？拉斯科尔尼科夫知道，这样的说辞无非是为了掩盖他真正的犯罪动机——杀人劫财，他用斧头将老太婆砸倒之后，马上就伸手去掏她的钥匙，正当他刚刚准备打开柜子时，他突然害怕老太婆没有死透，于是又跑回尸体前验证了一番，在确认老太婆的头盖骨已经被打碎，确实已经死了之后，他才手忙脚乱地翻找钱财。此时的拉斯科尔尼科夫完全陷入了杀人的疯狂之中，当他看到老太婆的妹妹莉扎维塔已经发现他时，他毫不犹豫地用斧头劈开了她的前额。他一开始逃脱了法律的惩罚，可当他帮助索尼娅澄清一桩栽赃嫁祸时，他再也无法控制自己的罪感，他承认自己不是为了母亲，也不是为了别人去杀人，而是完全为了自己而杀人，但他又说他杀死的是自己而不是老太婆，老太婆是魔鬼杀死的。痛苦使他胡言乱语，他既深感自己的罪行，又想方设法要逃脱法律的指控。最后，他终于鼓起勇气去向索尼娅讨要了一个十字架，用他自己的话说，他这是"背起了苦难的象征"①，在索尼娅的督促下，他终于去广场中央俯下身子亲吻了土地，在警局自首后，他以二等流放犯的身份被关押在西伯利亚的一座监狱，刑期八年。在他被关押的几年，我们看到，随着他的平静、忍耐和默默赎罪，小说开头那种绝对的贫困、完全的绝望和无尽的痛苦慢慢消散了，曾经无助、懦弱、只靠出卖肉体换回一家口粮的毫无尊严的索尼娅被囚犯们尊为"可爱的母亲"，她瘦小的身影打动着人们。对此，陀思妥耶夫斯基写道：

> 这是一个逐渐复活的人的故事，一个逐渐再生的人的故事，一个从一个世界逐渐转入另一个世界、逐渐认识至今尚未知晓的新现实的故事②。

这就是我们所谓"犯罪"文学的本质特征，既然它在生活的漫漫长路中已经无法避开各种各样的"罪恶"，那么剩下的就只有"惩罚"的"拯救"和"拯救"的"惩罚"了。

第二节　技术性"犯罪"与道德滑坡

在《论人类学与古典学的关系》中，克莱德·克拉克洪列举了一些经典的、同时也不大为文学专业所知的人类学必读书目，其中就包括了多兹的《希腊人与非理性》，他指出该书的论点，"荷马时代的文明也就是人类学

---

①［俄］陀思妥耶夫斯基. 罪与罚［M］. 石国雄，译. 北京：北京十月文艺出版社，1998：623.

②［俄］陀思妥耶夫斯基. 罪与罚［M］. 石国雄，译. 北京：北京十月文艺出版社，1998：654.

家所谓的'耻感文化'。被禁止的以及非理性的冲动外在于神与魔鬼之上。随后的古风时代展现了从'耻感文化'到'罪感文化'的转变，后者是由起于紧密的家庭组织与不断增长的个人权利之间的张力决定的。……父亲的罪责就像他的债务一样可以由儿子继承。为了战胜'人类的无知以及不安全感带来的循环'，这样的世界需要由迷狂的预言所提供的神圣保障，尤其是在德尔菲"①。在克拉克洪看来，人类一方面诞生于自然科学，另一方面也诞生于人文科学。如文艺复兴时期的蒙田、博埃姆斯、米兰德拉等。文化人类学相当直接地起源于启蒙时代，如孟德斯鸠、伏尔泰、孔多塞和赫尔德等。克拉克洪认为，智者派关于人的自然与法则的关系的认识不同于柏拉图，普罗泰戈拉的"法则"是人所特有，因此，美德能被教导。"人是万物的尺度"事实上是强调人的"主宰"地位。柏拉图则认为，法则在自然甚至在人之中，法则不与自然相冲突，而是相互调和的。法则，在某种程度上，就是一种理性行事的准则。他将希腊文化用如下一些配对来加以理解，如确定与不确定、一元与多元、人类与超自然物、邪恶与善良、个人与群体、自我与他者、自由与束缚、纪律与满足、现在与过去，等等，他进一步概括希腊文化的价值，"坚持存在主义的假设，即宇宙是确定的，而且是单一的，邪恶比善良更突出；相信个人具有自由的制度，而且在道德上是负有责任的；重视人类，将之与超自然对立；个人对立于群体；自我相对于他者；当下对立于过去也对立于将来；重视不同语境下的纪律与满足"②。

人如何成了万物的尺度？笼罩在德尔菲上空的神圣光辉为何慢慢消退？换句话说，是什么赶跑了神？答案是确定的，就是人类日益膨胀的繁衍。早期希腊人从赞扬"自给自足"到反思"傲慢"，似乎是人类的一种自我反思，当人口扩展的速度超过人们原有的治理节奏时，神就会慢慢退居二线。人类开始与命运斗争。格林在《英伊拉》中看到，人类的错误就

①［美］克莱德·克拉克洪.论人类学与古典学的关系［M］.吴银玲，译.北京：北京大学出版社，2013：20—21.

②［美］克莱德·克拉克洪.论人类学与古典学的关系［M］.吴银玲，译.北京：北京大学出版社，2013：83—84.

是由于幸福、繁荣而带来的傲慢,这样必会遭到报应,众神嫉妒、灾难降临。对希腊人来说,"罪"是不道德行为,亚里士多德在《尼各马可伦理学》中将不道德行为分为三类,其中一类就是"悲剧性的错误",即英语中的"mistake"(细碎的错误),在《诗学》中,译为英语时,将之译为"人性的脆弱",而在苏格拉底看来,hamartia就是无知,即道德观念的无知。随着时间的推移和现代性文明进程的加快,文学中的"罪恶"及其惩罚都越来越变得不那么"脆弱"了,"耻感"与"罪感"开始慢慢地被拉入历史的虚无空间而成为一种供后人解读和考证的文物,"罪恶"变得越来越善于隐藏和聪明了,与之相应的,惩罚也逐渐隐蔽起来,不再是一种公开的表演。福柯写道,从19世纪开始,那种公开的充满戏剧因素的惩罚的野蛮程度甚至超过了犯罪本身,它"使刽子手变得像罪犯,使法官变得像谋杀犯,从而在最后一刻调换了各种角色,使受刑的罪犯变成了怜悯或赞颂的对象"[1]。由于惩罚本身的罪恶性质使得执行司法者羞于实施惩罚,社会就愈加呼唤一种隐蔽的、同时也行之有效的惩罚方式,即从纯粹的操纵罪犯的肉体转变为一种劝恶从善的技术。在这种技术手段下,原先的由刽子手直接给予罪犯肉体痛苦的惩罚慢慢被监狱看守、医生、牧师、精神病专家、心理学家、教育家等技术大军的工作所代替。而与此相应的,犯罪也不得不迎合惩罚技术的需要,在如此众多领域专业的参与下,罪犯的性格、作案动机、作案手段、作案对象、作案工具乃至犯罪影响等都被充分考量,进行技术分析。

的确,在某种意义上,随着技术手段的发达,罪犯的救赎变得已经越来越不重要,而与之相应的惩罚也越来越体现出执法者的道德滑坡。1955年,在加利福尼亚州的圣昆廷监狱,一名叫巴巴拉·格雷厄姆的女犯因谋杀罪被判处死刑,尽管她矢口否认,但死刑仍要执行,在行刑前的一分钟,有通知要求暂缓执行,她被松绑,昏了过去。然而,当她醒来感慨自己还活着的时候,撤销暂缓的命令到了,要求立即执行,不论她如何大喊大叫,

---

① [法]米歇尔·福柯. 规训与惩罚 [M]. 刘北城,杨远婴,译. 北京:生活·读书·新知三联书店,2012:9.

她仍然被带进毒气室准备第二次死刑。荒谬的是，暂缓执行的命令再一次传来，紧接着，20分钟后，她第三次被捆绑在死刑的椅子上。此时的罪犯已经精疲力竭，她已经完全认命了，任由那些负责审理案件的官员和执法者操控自己的命运。布鲁诺·赖德尔不禁问道："这个死刑难道是为了正义吗？"①

技术的发达使得人们越来越不相信罪犯是无辜的，甚至，在类型化的犯罪小说中，如果一个罪犯不够聪明、手段不够丰富，所作的案件不够离奇，那这个小说基本上就宣告失败。现代社会似乎越来越喜爱高智商的技术性"犯罪"，以展现人类自身理性和科学的成果，作为社会的一种消遣方式，技术性"犯罪"似乎也同时推动了某些犯罪技术、破案技术和惩罚技术的发展，这也构成了现代社会人们对于侦探小说等类型化文学的整体兴趣。朱利安·西蒙斯就曾提出一个问题：为什么阅读侦探小说？他认为这个问题没有被文学史家关心过，而心理学家也"忽略了犯罪文学的阅读动机"。在犯罪文学中，罪犯的"诱惑"使读者把自己想象成罪犯，因为这是一种安全的尝试。而侦探也为读者提供了一个"弥补"未完成心愿和童年不安记忆的可能。因此，读者不仅是罪犯，也是侦探。问题也在这里，说读者是侦探几乎不会有任何问题，因为侦探帮助读者实现了"破解疑团"，从而减轻了我们的犯罪感。而如果说读者就是罪犯又该如何理解？在中国的传统小说，主要是侠义和公案小说中，罪犯的主人公地位往往被洞察秋毫的官员和兴味索然的读者剥夺，主人公既然不是罪犯，阅读的快感就不能来源于他，而只能来自神探的高明和抽丝剥茧。这样一来，是否可以做如下假设：因为读者没有成为罪犯，因而他没有负罪感？负罪感的缺场，是否导致了爱与同情的失落？由于沉寂在对罪犯的惩治快感中，导致我们忽略了爱、同情与宽容？

罗伊·富勒将侦探小说与俄狄浦斯神话类比，得出"显赫的受害者，初步的谜团，偶然的爱情元素，逐渐被揭露的过去，最不可能的凶手"的

---

①[德]布鲁诺·赖德尔. 死刑的文化史 [M]. 郭二民，编译. 北京: 生活·读书·新知三联书店，1992: 2.

模式，他认为侦探小说是"每一个作家和读者生活中用以替代俄狄浦斯神话的东西，不让人讨厌，又经过了净化"。W·H·奥登则认为侦探小说的镜像是"寻找圣杯"。朱利安·西蒙斯将富勒与奥登的某些观点进行比较，与奥登认为的罪恶属于个人不同，富勒认为犯罪小说给读者带来的阅读满足等同于原始部落对麻烦处理的结果预期。罪犯是社会的替罪羊，对罪犯的处决意味着献祭，也意味着对魔鬼的消除，从而确保群体的纯洁。不过，如此一来，罪犯和魔鬼一样，也是被人排挤的对象。然而，在许多侦探小说中，罪犯并不是一开始就受到排挤，而往往是处于被人接受甚至被人尊敬的地位，只有到结尾的时候，其真面目才被揭露出来，比如《悲惨世界》中的冉阿让。因此，侦探的神奇好像正是他天生具有特异的嗅觉，能嗅出某一群体中潜藏的罪犯或魔鬼，并能最后将之揭露。

侦探小说以侦探为主，公众的同情心已"转向法律和秩序一边"。正是在一个秩序井然的社会，侦探成了其代理人，为了维护既有的安定秩序，他可以超越法律开展侦探工作，从而惩治罪犯，拯救社会。法国评论家，《柯南·道尔》的传记作者埃尔·诺顿这样看待侦探小说，以福尔摩斯为例，他说福尔摩斯系列故事"是为大部分特权阶层写的，利用他们担心社会混乱的心理，借福尔摩斯及其所代表的东西去安慰他们"①。托马斯·德·昆西将谋杀视为一种优雅的艺术，在《论谋杀》中，他并没有对谋杀作道德评价，他似乎更关注谋杀者对于谋杀的艺术理解。作为一种设计，谋杀事件是谋杀者呈现给读者的一件作品。谋杀的艺术性在于，一次成功的谋杀反映了人们的期待。也许每个人都曾有过要杀死他人的念头，但如何实施这一具体难题通常摆在我们面前，以至我们因为考虑到谋杀的困难而转向考虑谋杀带来的恐惧。这时，犯罪的恐惧压倒性地使我们忍耐住杀人的冲动，因而，在阅读一个谋杀案件时竟然怀着好奇心和兴奋感去走进谋杀者布置的杀人现场。

然而，更多的情况是，读者面对的凶杀是有着十分明确的前因后果的。

---

① [英] 朱利安·西蒙斯. 血腥的谋杀 [M]. 崔萍，刘怡菲，刘臻，译. 北京: 新星出版社，2011: 11.

在一般文学作品，即我们前面所讲的"犯罪"文学中，而非以谜团专长的文学作品如侦探小说、推理小说中，谋杀要么只是整个文学故事的一个极微不足道的部分，如果它没有与罪联系起来的话，在这种情况下，谋杀之罪必须寻求惩罚。在《乌托邦》中，莫尔借拉斐尔·希斯拉德之口说，上帝怎么可能容许人们有彼此残忍相待的权利？关于重刑，比如对盗窃犯判死刑，莫尔认为这虽然对威吓盗窃犯有一定作用，却让盗窃犯变得更危险，因为他既然盗抢一点东西就该死，而他杀一个人也是一样的结果，他不如杀人灭口，反而更安全。[①]在莫尔看来，快乐是人生存的目标和幸福之所在，乌托邦人认为快乐就是"指人们自然而然喜爱的身或心的活动及状态"，乌托邦以外的人追求的是虚假快乐，这些快乐是欲望的诱骗，其特征是通过不正当手段，丧失更为愉快的事物，可能招致痛苦。因此，社会如果纵人为恶，就必须要惩办恶，在这类文学作品中，就要迫使读者跟着一起追溯"恶"的起源，从而将之从社会中根除。乌托邦之所以幸福的真正秘密在于取消了金钱这个万恶之源，实际上即消灭了私有制，回到神人同在的"黄金时代"，表明了一种人与神和谐共处的终极理想，而这，恰恰也是现代技术性"犯罪"文学所极力摈弃的。

如果说现代世界还有什么"犯罪"文学的神话，那么卡夫卡当之无愧。卡夫卡的小说并不简单是对资本主义或极权主义的批判或反映，"卡夫卡式的"事实上"代表着人类及其世界的一种基本可能性，一种并非受历史决定的可能性，一种或多或少永远伴随着人类的可能性"[②]。为什么是卡夫卡第一个抓住了这种趋势——权力竟然会逐步神化自身，官僚化把所有机构都变成了无穷的迷宫，而个人的自我感正逐渐丧失。米兰·昆德拉深刻地指出，卡夫卡作品中反思的实际上是人的"自由"问题，卡夫卡之所以能抓住，他的作品之所以被公认为"社会政治的预言书"，完全是卡夫卡处在一个与极权主义同质的"家庭"中。"正是从家庭内部，从孩子与被神化了的家长权力之间的关系中，卡夫卡获得了有关'惩罚技巧'的知

---

① [英] 托马斯·莫尔. 乌托邦 [M]. 戴镏龄，译. 北京：商务印书馆，1982：26.
② [捷克] 米兰·昆德拉. 小说的艺术 [M]. 唐晓渡，译. 北京：作家出版社，1992：107.

识"。也就是说，在政治社会中，权力控制的心理机制和在家庭生活中家长控制孩子的心理机制是一回事。此外，导致"卡夫卡式"现象的"微观社会"，除了家庭，还有他工作的办公室。昆德拉认为，卡夫卡所在的公务员的官僚世界有三个基本的特征。第一，这里没有主动精神、发明创造和行动自由，只有秩序和规则，是一个顺从的世界；第二，它是一个机械的世界；第三，由于只是和文件及陌生人打交道，它也是一个抽象的世界。昆德拉说，卡夫卡的伟大之处就是，他看到了办公室的虚幻本性，这里面包含着神话和诗意，"无论小说揭示存在的哪一个方面，都是将之作为美的东西来揭示的"①。的确，随着技术手段的不断丰富，现代社会既缺乏历史感，也缺乏未来感，它只局限于现在，以致把那古老的"罪恶"及其惩罚形式推出了我们的地平线，那种沉重的赎罪愿望和良心谴责在类型化犯罪文学中已经被简化成仅仅是曲折离奇。在这个系统中，犯罪文学不再是一种联系起神与人、古代与现代的关怀人类命运的严肃作品。"罪恶"的诱惑的神圣性被降低为纯粹世俗的欣赏或处理，正如埃米尔·德克海姆所提出的，"对于一个健康社会的维系而言，犯罪是必要的，它可以用来辨明和证实道义上何者是可以结交的"②。

与古老的"犯罪"的神话学相比，现代侦探小说为了迎合读者参与侦破案件的趣味，它们必须抛弃那些莫名其妙的"犯罪"故事，转而一定要以高度的智力在文本中留下各种各样的线索，而且必须让侦探从错综复杂的线索中提出合理且必然的结果，这是技术性"犯罪"的集中体现，在这里，类似古代世界那种凭神启、直觉、巧合甚至鬼魂参与的作品都是失败的作品。这里既不需要劝人信仰的技术，也不需要劝人为善的技术，只需要破解谜语的技术，这种技术从俄狄浦斯破解斯芬克斯之谜、追查老王被杀真相的神话中延续过来，从卡夫卡那迷宫一样的官僚机构中解脱出来，不仅演变为侦探的技术，还演变为分解"罪恶"的技术。今天，随着科学技术的发展和司法体系的不断完善，它变得更加与人们的安全和生活息息

---

① [捷克] 米兰·昆德拉. 小说的艺术 [M]. 唐晓渡，译. 北京：作家出版社，1992：123.
② 肖剑鸣. 犯罪学研究论衡 [M]. 北京：中国检察出版社，1996：57.

相关，与此同时，人的道德也因为这种技术的精密运用而变得越来越多样化、计量化、商业化了。

第三节　回到"禁忌"：那些不可触摸的

乔治·巴塔耶的《色情史》或许是我们从另一个角度理解"犯罪"与"禁忌"之间关系的一本读物，色情在人类生活中似乎总是处于一个被排斥的地位，与动物相比，色情的性生活是人类生活中的必要部分。尽管被排斥，但没有色情世界，人类的全体性就无法协调和完善。在人的世界，禁忌（interdit，法语中有被禁止的、被剥夺权利的等意义）与"taboo"略有不同，"taboo"（有"忌讳"的意义）"规定了性生活的地位：性生活的自由从来都是有保留的；禁忌总是将性生活限制在习惯规定的范围内"①。在巴塔耶看来，人类之所以区别于动物，是因为"禁忌"的存在，在禁忌中，厌恶使人具有一种排斥力，划定自己的范围，思想就在规定范围的无性世界里形成。巴塔耶在规定范围中又区分出无性世界和性欲世界，其目的是将色情的性欲世界的被排斥性揭示出来。在人类的历史上，思想总是无性欲的，在道德强制的禁忌中产生和运作。巴塔耶的创造性正在于他重新"发现"和"找回"那被我们道德的精神世界所排斥、践踏的性欲的色情世界，赋予它一个可以与道德权力对话的地位。

为什么人的性欲具有"色情"意味？因为人是"倾向于从性的方面确定自身没有任何性因素"，色情自身包含了一种"禁忌"特征，即当我们说"贞洁"时，它是建立在性欲的基础上，体现为一种与性放纵完全对立的状态。首先是乱伦的问题，这是"色情"发展中的第一个问题，巴塔耶用消耗、生产、消费、总体性等几个概念来探讨"色情"发展的过程。"总体性"经验，"就其深度和广度来说，接近伟大的神秘主义者的经验"，这是一历史性的弥漫性的存在，在这个总体性中，"色情世界与理智互相补充、地位平等"。然而，理智在人类生活中总是作为有用的、目的的内容

---

①［法］乔治·巴塔耶. 色情史［M］. 刘晖，译. 北京：商务印书馆，2003：13.

出现，它既具有某种消耗性，但更多的是一种生产性，因为理智和思想的总体趋向和努力是建构。相反，色情是一种无用的消耗，是能量的耗费。换言之，如果没有这种无用的、能量的消耗，生产和建构的意义就不明确，甚至可能因为过剩而导致"总体性"的崩溃。"色情"进入思想领域往往是作为道德的对立面而被轻轻抹掉，尤其是人类文明的社会和历史上，作为一种"负"的存在，它实际上促成了理智的统治。

在列维－施特劳斯的《亲缘关系的基本结构》中，乱伦是家庭范围的两个人的性关系和婚姻的禁忌。从禁忌的形式看，这些人能够结婚发生性关系，那些人则不能，这里面体现了特权对性关系的规定和禁止。"乱伦禁忌构成了基本的手段，多亏了这个手段，通过这个手段，尤其在这个手段中，才完成了从自然到文化的转化"，对乱伦的恐惧使人反对性接触的宽松自由，"反对动物的自然的和不确定的生活"①。对乱伦的拒绝和禁止，是从历史的角度得来，或者，是在我们的"话语"中得来。换言之，它不是本来地、简单地存在于事物的范畴中。巴塔耶通过简单考察母系氏族制中舅舅的女儿与父系氏族制中姑姑的女儿与"我"结合或发生性接触的禁止情况，认为"血亲关系的基本形式是禁止或允许通婚的基础"，在列维－施特劳斯的著作中，这两种允许通婚和禁止通婚的情况都在不同的社会群体中出现，那么，区分的依据何在？巴塔耶认为是某种权力的运作，即在古老制度中，女人作为一种财富的可交换性，这种性质使得有权力的男人来做出允许还是禁止的决定，或者说分配原则。异族通婚也遵从分配原则，其内涵是妇女的赠与。列维－施特劳斯指出，在莫斯的《论赠礼》一书中，"交换在原始社会中与其说是以交易的形式，不如说是以互赠礼物的形式表现出来"，巴塔耶由此认为，人类的性行为也"是一种旺盛精力的赠礼"。但是在礼物的互换中，"严格的利益"是被避免的，有时是等价交换，有时是被受方回礼更重。这样，交换的礼物就逐渐具有了奢侈品特征，而其意义则更多地彰显身份和特权，从而"脱离了生产性消费"。

"所以，妇女主要是用于交流的，这就意味着：她们应该来自那些以

①[法]乔治·巴塔耶.色情史[M].刘晖，译.北京：商务印书馆，2003：21.

一种直接的方式拥有她们的人，她们是礼物。"①乱伦禁忌不是单纯地对家族内部婚姻的禁止和否认，而是一种特权对交换自己女儿（或姐妹）的承认。它意味着，如果嫁出一个女儿将会为儿子得到一个女人。在《亲缘关系的基本结构》中，列维－施特劳斯就说："乱伦的禁忌与其说是一个禁止自己娶母亲、姐妹或女儿的法则，不如说是规定母亲、姐妹或女儿嫁给别人的法则。"巴塔耶从列维－施特劳斯关于妇女的物质用途立场出发，指出妇女交换在社会组织中的作用，它使得男人更加具有经济地位并促成家庭的真正的"生产合作"。

与婚姻的这种实际性相比，色情通常被作为其对立面。色情预先指定了令人垂涎的对象，从而对与该对象的性行为进行否定和禁止，它正是通过此否定强调了该对象的性价值或色情价值。作为婚姻（交换）的一个派生面，色情并没有生殖的直接目的，它使动物和人区别开来。因此，色情的本质就是欲望和对欲望的压抑。尽管巴塔耶没有提到欲望，但他的那个"对动物来说不过是一种不可抗拒、不可捉摸且缺乏意义的东西"的确可以看作是"欲望"的另一种表达。很显然，婚姻与色情的矛盾是从一开始就确定了的，"色情一旦被婚姻摒弃，婚姻就倾向于只体现一种主要是物质的特征"。他引用列维－施特劳斯的观点，"因为保证令人垂涎的妇女——物的分配规则保证了妇女——劳动力的分配"，人的性生活是对动物自由进行否定的历史。自然否定人，人也否定自然，两者只有在某种理想状态下达到合一。但总起来说，人的世界的确是一个利用工具与自然进行对抗的世界。人只有在某种程度上否定自身自然的动物性才成为人，这种否定不妨看作是社会属性。换句话说，人的社会属性是一种否定、排斥异己的属性。巴塔耶认为，人否定既定的世界和否定自身的兽性是互相联系的。人一方面通过劳动，另一方面通过禁忌否定其兽性，否定其动物需要。动物需要或动物本能中对待赤身露体和排泄物的不同态度和结果是人与动物的一个很好区别。衣服裤子使人的活动具有隐含的对色情意味的排斥，事实上也就造就了其色情功能。因此，淫秽色情只不过是一种关系，淫秽禁

①［法］乔治·巴塔耶.色情史[M].刘晖，译.北京：商务印书馆，2003：30.

忌的主要表现就是限定一个性活动进入的场域，超出这个限定就被认为是
淫秽色情的。

　　巴塔耶说"人的本质产生于乱伦禁忌及作为其结果的妇女的赠与之
中"，婚姻处于肉欲与禁忌的交叉点，它最初的活动证明它是赠礼，赠礼
的本质是"对兽性的、直接的、无保留的享乐的禁止"，因为，婚姻与其
说是夫妇的行为，不如说是女性"供给者"和男人"献出者"的行为。男
人将自己可以自由享有的女人（女儿或姐妹）献出，这种对近亲的放弃（禁
止接受属于自己的东西）决定了人的本质，同时也造就了"献出物"（女
人）的色情的诱人价值。只不过，这种诱人价值随之转移到了对将来性行
为替代者的期待上。而期待，大多数以"尊敬、困难、保留"的面纱遮掩，
孕育着"暴力实现"的犯罪冲动。因为，在一个尊敬谅解的文明社会，"暴
力"是被禁止的，属于犯罪范畴，恰恰如此，犯罪的冲动也就同时存在。"婚
姻更确切地说是性活动与尊敬的一种折中。它尤其具有后者的意义①"。

　　"人类懂得将动物肉欲的世界限制在严格的范围内，这个肉欲的世界
在这个范围内适得其所，但是人类并不愿意消除这个世界。……他们只
需将它缩小，让它从光明中隐退，将它纳入黑夜，让它在黑夜中掩人耳
目。……秘密是性活动的条件……"② 在巴塔耶看来，人的总体形象是："人
有工具，他劳动，他采取性方面的限制；他对源于生殖或排泄的污物感到
一种难言的厌恶，他对死亡和死人也有同样的厌恶；此外，我们还会看到，
他的反感是模棱两可的，对破坏的力量很宽容。"③ 因为厌恶，人类成其为
人类就是通过限制、排斥所厌恶的东西，同时建立自己的想象来创造一种
秩序。显然，动物与人的区别还在于人能在厌恶中确立某种东西，在某一
个时间点上，人摆脱了动物性的黑暗。"就像信徒让自己听到一个先知、
一个预言家的声音一样"，人建立了自己本来没有的秩序，并以此成为人。
巴塔耶以安德烈·布勒东的"英雄的需要"来进一步阐明人是如何将不真

---

①［法］乔治·巴塔耶.色情史［M］.刘晖，译.北京：商务印书馆，2003：43.

②［法］乔治·巴塔耶.色情史［M］.刘晖，译.北京：商务印书馆，2003：47—48.

③［法］乔治·巴塔耶.色情史［M］.刘晖，译.北京：商务印书馆，2003：58.

实相信为一种真实，并且依赖，某种不真实一旦变成我们的真实需要，或者说进入了我们的情感，我们就会响应它，否则，生活就成了虚无。就此而言，禁忌，与其说是为我们更好地适应自然而建立之物，还不如说是对自然的否定而构成之物。在巴塔耶看来，自然是已知条件和既定条件，对这个已知条件的抛弃是为了树立一个更利于自己实施的禁忌，以此否定自身对自然的依赖。不过，抛弃并不等于永久弃绝，抛弃具有一种模棱两可的特性，一方面要抛弃，另一方面被抛弃的东西又有诱人可能而回归。这样，人的总体性才发展起来。色情就具有这种基本双重性。

"禁忌的自然领域不仅是性欲和污秽的领域，也是死亡的领域"[1]，巴塔耶认为，排泄物的性质类似于尸体的性质，死亡不仅是腐败、臭味，同时也是生命的源泉和令人厌恶的条件。生于腐朽，最后又归于腐朽，生命就在这些令人厌恶的、运动的、恶臭的、湿润的物质中骚动，我们并不存在，只是期待着存在。然而，期待也不可避免地会让人失望。这样，对死亡的厌恶，对期待的失望都引起我的否定，它们带给我巨大的恐惧。

死亡就是对期待的最终绝望，是无可挽回的沉寂和可耻的腐烂物。我们对死亡之所以恐惧，是因为它"窃取"我所真正期待的存在。与人相比，动物没有期待，只有欲望，它不会限制自己的兽性而建立一种不切实际的可以期待的幻想，它们用现在代替结果，没有未来。反之，"人类的智力既代表了行动的可能性，又代表了期待行动结果的人的脆弱"[2]，一个人如果死得很早，他的期待就永远落空了。的确，人的悲剧性正在于他意识到了从生到死的距离和过程，死亡和我们期待的存在一样，在未来的前方等待着我们。因此，我们所厌恶和禁忌的，实际上包含两者，用巴塔耶的话说，"发展的根源是支配人类命运的厌恶和禁忌"。如何克服死亡对期待的窃取？很显然，劳动与色情对立并克制后者，这里，在人的总体性上我们首先找到以下几个关键词：劳动、期待、色情、死亡。巴塔耶进而指出，由于对死亡的共同的无知，色情往往被看作生命的许诺，似乎生命逃离死

①［法］乔治·巴塔耶. 色情史［M］. 刘晖，译. 北京：商务印书馆，2003：64.
②［法］乔治·巴塔耶. 色情史［M］. 刘晖，译. 北京：商务印书馆，2003：68.

亡的出路是色情的享受和新生命的更新。不过，巴塔耶也看到，"孕育生命的过程代价越高，机体的产生就越需要浪费，活动就越令人满意"，这意味着，死亡是这样奢华生命的顶点，当生命的安全感降到最低，对死亡的恐惧就会达到毁灭性的穷奢极欲的巅峰。然而，一般人看到的却是与生俱来的对死亡的焦虑，他们增加焦虑，让生命消费奢华。

死亡，尤其是代表某种秩序的君王的死亡"可能产生最显著的恐惧作用和放纵作用"，巴塔耶引用罗歇·凯鲁瓦在《人与神》中的例子，在夏威夷群岛，得知国王已死的众人放火、抢劫、杀人和公然卖淫，只有国王的尸体腐烂完毕剩下骨架时才会结束。这个例子固然表明国王死亡和尸体腐烂隐喻了秩序的瓦解，但它只是暂时的，这就是节日的产生，节日是对平时各种禁忌的短暂违反。对禁忌的违反使人回到"自然"，回到令他作呕之物。既然我们要回归，那么如巴塔耶所问，"我们厌恶自然的基本意义是什么"，他意识到人否定自然的虚弱，因为人知道自己无法逃避死亡和腐烂，单纯的自我的对兽性的否定因为无法逃避的死亡而归于失败，劳动也很难保证得到期待的存在。这种情况下，"某种陌生的，令人困惑的东西产生了，它不再仅仅是自然，而是经过改造的自然，是神性"，原来被否定、被鄙视的纯粹的兽性转换成了神圣的兽性。巴塔耶由此可能划分了三种生活：动物生活、世俗生活和神圣生活。这里面包含了两个层次的否定，世俗生活否定动物生活是第一层次的否定，神圣生活否定世俗生活是第二层次的否定。第二次否定呼唤第一次已经否定了的力量，即兽性的力量，正是借助这些力量，节日活动解放它们，造成放纵，将生命投入一个更加丰富的世界。世俗生活是对动物生活的延续，在巴塔耶那里，没有将战争、爱情和政治主权纳入世俗生活，似乎这些东西都由神圣世界的统一性笼罩着，里面包含着禁忌与违反、恐惧与渴望。

色情具有快乐意义，但同时也是被厌恶和否定的，"快乐要求我们消耗我们的能量资源"，因此，悖论在于，"我们想要的是让我们精疲力竭并让我们的生活处于危险之中的东西"。巴塔耶提出虚构文学的参照，"小说的虚构特征有助于支持真实的、能够超越我们力量并让我们沮丧的东西"，比如说侦探小说中的主人公面对错综复杂案件时完全站不住脚的勇气。文学的虚构犹如宗教献祭的虚构，文学延续了宗教的游戏，但献祭中的令人着迷之物不仅可怕，而且神圣，恐惧在这里只是为了烘托诱惑，促成其伟大。而文学中的这种严格的活动较为罕见，主人公因其自身的性格而走向毁灭时，叙述的吸引力才最大。

空虚、毁灭或死亡具有极大的诱惑力，国王之死所隐喻的秩序崩塌暗示了我们对堕落诱惑的向往。节日的狂欢遵循着对禁忌违反的尺度，以确保回到禁忌所支配的生活。我们可以由此推测，道德的限制意义保证了人的存在及其安全。尽管我们服从快乐原则，但正如巴塔耶所说，真正的快乐要求一种直至死亡的快乐，而死亡同时也会结束快乐。因此，人们只有通过文学或献祭等方式在假想中接近死亡，这就是说，在我们的日常生活中，与文学一样作假的，幻想建立某种秩序的勇气始终充斥着我们。在《词与物》中，福柯对《堂吉诃德》曾有过精辟的分析，他指出，塞万提斯的这个书面文本中，实际暗示了一张隐藏的充满骑士、女仆、客栈、城堡和军队等的符号的图表，这些符号所勾勒过的故事无疑是荒诞的，在堂吉诃德的社会中没有与之相似的存在，它们"悬置着"。然而，正是堂吉诃德证明了它们的存在和生命，他重新演绎了这些符号曾经标记过的史诗，堂吉诃德所证明的那些符号并不讲述生活的真相，但却具有一种魔法。或许，这也是那些古老的"罪"文学的魅力所在。

参考文献

[1][古希腊]希罗多德.历史[M].王以铸,译.北京:商务印书馆,1959.

[2][苏]谢·伊·拉齐克.古希腊戏剧史[M].俞久洪,臧传真,译校.天津:南开大学出版社,1989.

[3][法]古朗士.希腊罗马古代社会研究[M].李玄伯,译.上海:上海文艺出版社,1990.

[4][法]让-皮埃尔·韦尔南.希腊思想的起源[M].秦海鹰,译.北京:生活·读书·新知三联书店,1996.

[5][法]若-弗·马泰伊.毕达哥拉斯和毕达哥拉斯学派[M].管震湖,译.北京:商务印书馆,1997.

[6][法]让-皮埃尔·韦尔南.古希腊的神话与宗教[M].杜小真,译.北京:生活·读书·新知三联书店,2001.

[7][古希腊]柏拉图.柏拉图全集(共四卷)[M].王晓朝,译.北京:人民出版社,2003.

[8][法]莱昂·罗斑.希腊思想和科学精神的起源[M].陈修斋,译.广西:桂林师范大学出版社,2003.

[9][英]G.E.R.劳埃德.早期希腊科学——从泰勒斯到亚里士多德[M].孙小淳,译.上海:上海科技教育出版社,2004.

[10][德]彼得·毕尔格.主体的退隐[M].陈良梅,夏清,译.南京:南京大学出版社,2004.

[11][法]保罗·里克尔.恶的象征[M].公车,译.上海:上海人民出版社,2005.

[12][法]米歇尔·福柯.主体解释学[M].佘碧平,译.上海:上海

人民出版社，2005.

[13][德]马克斯·霍克海默，西奥多·阿道尔诺. 启蒙辩证法 [M].
渠敬东，曹卫东，译. 上海：上海人民出版社，2006.

[14][法]皮埃尔·维达尔－纳杰. 荷马的世界 [M]. 王莹，译. 北京：
中国人民大学出版社，2007.

[15][古希腊]埃斯库罗斯等. 古希腊悲剧喜剧全集（第一卷）[M].
张竹明，王焕生，等译. 南京：译林出版社，2007.

[16][法]让－皮埃尔·维尔南. 希腊人的神话和思想 —— 历史心理
分析研究 [M]. 黄艳红，译. 北京：中国人民大学出版社，2007.

[17][英]吉尔伯特·默雷. 古希腊文学史 [M]. 孙席珍，蒋炳贤，郭
智石，译. 上海：上海译文出版社，2007.

[18]叶秀山. 前苏格拉底哲学研究 [M]. 北京：社会科学文献出版社，
2007.

[19][法]裘利亚·西萨，马塞尔·德蒂安. 古希腊众神的生活 [M].
郑元华，译. 上海：上海人民出版社，2008.

[20]郭振华，曹聪. 古代悲剧与现代科学的起源 [M]. 上海：华东师
范大学出版社，2008.

[21]刘小枫，陈少明编. 经典与解释27：埃斯库罗斯的神义论 [M].
孔许友，译. 北京：华夏出版社，2008.

[22][美]西格尔. 荷马史诗中的英雄和歌手 [M]. 杜佳，等译. 北京：
生活、读书、新知三联书店，2009.

[23][美]西格尔. 悲剧英雄与认识的局限 [M]. 黄旭东，译. 北京：
华夏出版社，2010.

[24][奥]莱因哈特. 导演兼神学家埃斯库罗斯 [M]. 史竞舟，译. 北
京：华夏出版社，2010.

[25][古希腊]修昔底德. 伯罗奔尼撒战争史 [M]. 谢德风，译. 北京：
商务印书馆，2011.

[26][古希腊]赫西俄德. 工作与时日. 神谱 [M]. 张竹明，蒋平，译. 北
京：商务印书馆，2011.

[27] 刘小枫.普罗米修斯之罪 [M].北京：生活•读书•新知三联书店，2012.

[28][法] 西蒙娜•薇依.柏拉图对话中的神 [M].吴雅凌，译.北京：华夏出版社，2012.

[29][古希腊] 埃斯库罗斯等.古希腊戏剧选 [M].罗念生等，译.北京：人民文学出版社，2012.

[30][德] 汉斯•布鲁门伯格.神话研究（上下）[M].胡继华，译.上海：上海人民出版社，2012.

[31][古希腊] 荷马.伊利亚特（希汉对照）[M].罗念生，王焕生，译.上海：上海人民出版社，2012.

[32][英] 弗雷德里克•G.凯尼恩.古希腊罗马的图书与读者 [M].苏杰，译.杭州：浙江大学出版社，2012.

[33][美] 迈克尔•加加林，保罗•伍德拉夫编译.早期希腊政治思想：从荷马到智者 [M].蒋栋元，译.北京：中国政法大学出版社，2013.

[34][古希腊] 亚里士多德.亚里士多德全集（共十卷）[M].苗力田，主编.颜一，秦典华，译.北京：中国人民大学出版社，2013.

[35][古希腊] 荷马.奥德赛（希汉对照）[M].王焕生，译.上海：上海人民出版社，2014.

[36][美] 托马斯•J.费格拉，纳吉主编.诗歌与城邦 [M].张芳宁，陆炎，译.北京：华夏出版社，2014.

[37][英] 奥斯温•默里，西蒙•普赖斯编.古希腊城市 —— 从荷马到亚历山大 [M].解光云，冯春玲，译.北京：商务印书馆，2015.

[38][英] 阿诺德•汤因比.希腊精神 [M].乔戈，译.北京：商务印书馆，2015.

[39][法] 皮埃尔•阿多.伊西斯的面纱 [M].张卜天，译.上海：华东师范大学出版社，2015.

[40][古希腊] 安提丰等.阿提卡演说家合辑 [M].冯金朋，主编.长春：吉林出版集团有限责任公司，2016.

[41][加] 科纳彻.埃斯库罗斯笔下的城邦政制 [M].孙嘉瑞，译.上

海：华东师范大学出版社，2017.

[42][法]乔治·巴塔耶.色情史[M].刘晖，译.北京：商务印书馆，2003.

[43][捷克]米兰·昆德拉.小说的艺术[M].唐晓渡，译.北京：作家出版社，1992.

[44][英]朱利安·西蒙斯.血腥的谋杀[M].崔萍，刘怡菲，刘臻，译.北京：新星出版社，2011.

[45][德]布鲁诺·赖德尔.死刑的文化史[M].郭二民，编译.北京：生活·读书·新知三联书店，1992.

[46][法]米歇尔·福柯.规训与惩罚[M].刘北城，杨远婴，译.北京：生活·读书·新知三联书店，2012.

[47]宋莉华.传教士汉文小说研究[M].上海：上海古籍出版社，2010.

[48][明]凌濛初编.二拍——拍案惊奇、二刻拍案惊奇[M].济南：齐鲁书社，1993.

[49][明]冯梦龙编.喻世明言·警世通言·醒世恒言[M].长沙：岳麓书社，1989.

[50][清]王先谦.荀子集解[M].陈志坚，主编.诸子集成.北京：北京燕山出版社，2008.

[51][明]安遇时等编撰.包公案[M].北京：文化艺术出版社，1998.

[52][宋]朱熹.四书章句集注[M].北京：中华书局，2011.

[53]冯友兰.中国哲学史（上）[M].上海：华东师范大学出版社，2000.

[54][清]曹雪芹，高鹗.红楼梦[M].海口：海南国际新闻出版中心，1996.

[55][英]J.G.弗雷泽.金枝（上下）[M].徐育新，汪培基，张泽石，译.北京：新世界出版社，2006.

[56][法]列维—布留尔.原始思维[M].丁由，译.北京：商务印

书馆，1981.

[57]［英］泰勒. 原始文化 [M]. 连树声，译. 上海：上海文艺出版社，1992.

[58] 江灏，钱宗武. 今古文尚书全译 [M]. 周秉钧，审校. 贵阳：贵州人民出版社，1990.

[59] 王子今. 秦汉社会意识研究 [M]. 北京：商务印书馆，2012.

[60]［古罗马］第欧根尼•拉尔修. 名哲言行录（第十卷）[M]. 徐开来，溥林，译. 桂林：广西师范大学出版社，2010.

[61]［法］米歇尔•福柯. 词与物 [M]. 莫伟民，译. 上海：上海三联书店，2012.

[62]［英］托马斯•陶伦斯. 上帝与理性 [M]. 唐文明，邬波涛，译. 北京：中央编译出版社，2004.

[63]［德］恩斯特•卡西尔. 国家的神话 [M]. 范进，杨君游，柯锦华，译. 北京：华夏出版社，1999.

[64]［法］保罗•里克尔. 恶的象征 [M]. 公车，译. 上海：上海人民出版社，2005.

[65]［俄］陀思妥耶夫斯基. 罪与罚 [M]. 石国雄，译. 北京：北京十月文艺出版社，1998.

[66]［德］歌德. 浮士德 [M]. 董问樵，译. 杭州：浙江文艺出版社，1992.

[67]［古罗马］奥维德. 变形记 [M]. 杨周翰，译. 北京：人民文学出版社，1984.

[68]［德］尼采. 道德的谱系 [M]. 梁锡江，译. 上海：华东师范大学出版社，2015.

[69]［德］尼采. 悲剧的诞生 [M]. 周国平，译. 桂林：广西师范大学出版社，2002.

[70]［英］吉尔伯特•莫雷. 古希腊文学史 [M]. 孙席珍，蒋炳贤，郭智石，译. 上海：上海译文出版社，2007.

[71]［奥］西格蒙特•弗洛伊德. 弗洛伊德自传 [M]. 顾闻，译. 上海：

上海人民出版社，1987.

[72]［美］纳撒尼尔·霍桑．红字 [M].贾宗宜，译．北京：北京十月文艺出版社，1998.

[73]［美］杨庆堃．中国社会中的宗教 [M].范丽珠等，译．上海：上海人民出版社，2007.

[74]刘再复，林岗．罪与文学 [M].北京：中信出版社，2011.

[75]［德］康德．道德形而上学原理 [M].苗力田，译．上海：上海人民出版社，1986.

[76]［德］莱布尼茨．神义论 [M].朱雁冰，译．北京：生活·读书·新知三联书店，2007.

[77]［意］但丁．神曲 [M].王维克，译．北京：人民文学出版社，1996.

[78]［清］蒲松龄．聊斋志异（二十四卷抄本）[M].济南：齐鲁书社，1981.

[79]王青．西域文化影响下的中古小说 [M].北京：中国社会科学出版社，2006.

[80]苟波．道教与明清文学 [M].重庆：四川出版集团巴蜀书社，2010.

[81]［法］谢和耐．中国与基督教——中西文化的首次撞击 [M].耿昇，译．上海：上海古籍出版社，2003.

[82]陈中梅．普罗米修斯的hubris——重读《被绑的普罗米修斯》[J].外国文学评论，2001（02）：75—89.

[83]潘桂英．普罗米修斯在西方文学史上的形象变迁 [J].中国社会科学院研究生院学报，2013，3（2）：104—108.

[84]刘东．能否扼住命运的咽喉——普罗米修斯主题的变奏 [J].清华西方哲学研究，2016，2（01）：55—101.

[85]王峰．普罗米修斯的Bound——重读《被缚的普罗米修斯》[J].安徽大学学报（哲学社会科学版），2016（02）：76—81.

[86]刘小枫．普罗米修斯神话与民主政治的难题——柏拉图《普罗

塔戈拉》中的神话解析 [J]. 学术月刊，2016，5（05）：5—12.

[87] 李包靖. 普罗米修斯的辩证法神话研究 [J]. 中国社会科学院研究生院学报，2017，3（02）：77—85.

[88] 陈春莲. 人类自我意识的神话起源和现代性问题 —— 对西方文化中普罗米修斯盗火和亚当堕落的分析 [J]. 江苏师范大学学报（哲学社会科学版），2017，5（03）：85—89.

[89] 刘小枫. 一个故事两种讲法 —— 读赫西俄德笔下的普罗米修斯神话 [J]. 中山大学学报（社会科学版），2010（02）：113—124.

[90] 唐俊峰.《普罗米修斯》中技术何为 —— 悲剧《普罗米修斯》436—1093 行疏解 [J]. 海南大学学报（人文社会科学版），2010，12（06）：97—101.

[91] 唐俊峰. 普罗米修斯的"业"与"罪" —— 从普罗米修斯形象看技术的得与失 [D]. 海南大学硕士学位论文，2009.

[92] 潘桂英. 普罗米修斯在中国 [D]. 中国社会科学院研究生院博士学位论文，2013.

[93] Bruno Snell. *The Discovery of The Mind: The Greek Origins of European Thought, translated by T. G. Rosenmeyer* [M]. Harvard University Press，1953.

[94] Robert Holmes Beck. *Aeschylus: Playwright Educator* [M]. Martinus Nijhoff-The Hague，1975.

[95] Finley, M. I. *Politics in the Ancient World* [M]. Cambridge University Press，1983.

[96] Brunel, Pierre. *Companion to Literary Myth, Heroes and Archetypes, London and New York* [M]. Routledge，1992.

[97] P. E. Easterling, ed. *Greek Tragedy, in The Cambridge Companion* [M]. Cambridge University Press，1997. Shanghai Foreign Language Education Press，2000.

[98] Hans Blumenberg. *Arbeit am Mythos* [M]. Frankfurt am Main: Suhrkamp Verlag，2001.

[99]Clay, Jenny Strauss.*Hesiod's Cosmos*[M].Cambridge University Press，2003.

[100]Danielle S.Állen.*The World of the Promethues:The politics of Punishing in Democratic Athens*[M].Princeton University Press，2003.

[101]Seigel, Jerrold.*The Idea of the self, Thought and Experience in Western Europe Since the Seventeenth Century*[M].Cambridge University Press，2005.

[102]Carol Dougherty.*Prometheus, Routledge*[M].New York，2006.

[103]Hall, ed.*The Theatrical Cast of Athens: Interactions between Ancient Greek Drama and Society*[M].Oxford University Press，2006.

[104]Jan N.Bremmer and Andrew Erskine，ed.*The Gods of Ancient Greece: Identities and Transformations*[M].Edinburgh University Press，2010.

[105]Zahra A. Hussein Ali. The Prometheus Myth in the Sculptures of Sami Mohammad and the Plays of Aeschylus and Shelley[J]. *Comparative Literature Studies 49*, No. 1 (2012): 50—83.

[106]Fernandez, AGR. The Prometheus of Aeschylus and Romantic Aesthetics. A Comparative Study of the Lectures of Thoreau and Menendez Pelayo[J].*Euphrosyne-Revista De Filologia Classica 41*, (2013): 409—419.

[107]Picariello, DK and AW Saxonhouse. Aeschylus and the Binding of the Tyrant[J].*Polis 32*, No. 2 (2015): 271—296.

[108]Swanson,Judith A.. The Political Philosophy of Aeschylus's Prometheus Bound: Justice as Seen by Prometheus, Zeus, and Io[J].*Interpretation*, 22.2 (1995): 215—245.

[109]Todd O J. The Character of Zeus in Aeschylus Prometheus

Bound[J].*Classical Quarterly*，19.2(1925):61—67.

[110]White, S. Io's world: Intimations of theodicy in 'Prometheus Bound[J].*Joural of Hellenic Studies*,121(2001):107—140.

[111]Johnston, W.Robert, III. Aeschylus' Prometheus Bound: Building a Framework for Successive Interpretations of Man's Relationship to the Deity and the Universe.ProQuest Dissertations Publishing, 2017.